南昌当代文学名家作品选

赵 军  主编

江西人民出版社
Jiangxi People's Publishing House
全国百佳出版社

图书在版编目（CIP）数据

南昌当代文学名家作品选 / 赵军主编. —南昌：江西人民出版社，2017.11

ISBN 978-7-210-09885-0

Ⅰ.①南…　Ⅱ.①赵…　Ⅲ.①中国文学—当代文学—作品综合集—南昌　Ⅳ.①I218.561

中国版本图书馆CIP数据核字（2017）第262599号

南昌当代文学名家作品选

赵军　主编

责任编辑：涂如兰

书籍设计：同异文化传媒

出　　版：江西人民出版社

发　　行：各地新华书店

地　　址：江西省南昌市三经路47号附1号

编辑部电话：0791-86898965

发行部电话：0791-86898815

邮　　编：330006

网　　址：www.jxpph.com　E-mail：jxpph@tom.com

2017年11月第1版　2017年11月第1次印刷

开　　本：787mm×1092mm　1/16

印　　张：26.5

字　　数：420千字

ISBN 978-7-210-09885-0

定　　价：58.00元

承 印 厂：南昌市红星印刷有限公司

赣版权登字—01—2017—845

序 言

赵 军

　　从历史纵深的角度看，文化代表着一座城市的高度，而文学是其中不可或缺的重要支柱。正是基于重视文化、珍重文学的理念，南昌市文联组织编选了这部我市老中青三代作家的精选作品集，对建国后南昌市的文学创作做一次集中梳理与展示。

　　近年来，市文联陆续扶持出版了多部文学作品集，其中有《系马桩：2000-2012南昌文学作品选》《南昌诗歌十六家》（一）（二）（三）《石头街：南昌散文十三家》等，都是旨在对我市的文学创作进行检阅、总结。《南昌当代文学名家作品选》是其中档次较高的一部，汇集了老中青三代作家创作的各个文学门类的水平较高、影响较大的作品。此次入选的作家，是经市作家协会广泛征求意见后确立遴选标准，再通过推荐和自荐入选，经编委会反复商议，最后报市文联审定的。还有一些作家由于时间紧或在外地等原因未能入选，难免遗珠之憾，只有待收入更加精彩的《南昌当代文学名家作品选》第二部、第三部……

纵观文学史，凡成大器者，勤奋、天赋、机遇三者俱备，缺一不可。市文联的工作就是发现人才、鼓励创作、为勤奋者提供脱颖而出的机遇。作家们应潜心创作，以勤奋争取机遇，向国家核心期刊、重点文学期刊冲击，以产生更大更广泛的影响，涌现更多的名家名作，形成后浪推前浪、后浪超前浪的可喜景象，呈现南昌的文化大发展大繁荣。

　　中国人民正在实践着人类历史上最伟大的事业。大时代需要大作为，大事业需要大担当，大变革需要大文化，作家们又面临一次全新的机遇。在此，期待全市作家深入生活、扎根人民，书写中国故事、南昌记忆，唱响时代发展和社会进步的主旋律，创作出更多的精品与经典。

（作者系南昌市文联党组书记、主席）

目录

小说类

【王 芸】

（短篇小说类）

中国作协会员、南昌市文联兼职副主席、南昌市作家协会副主席。生于湖北，现为南昌市文学艺术院专业作家。出版有长篇小说《架花》《江风烈》，小说集《与孔雀说话》《羽毛》，散文集《穿越历史的楚风》《接近风的深情表达》等。在《小说选刊》《人民文学》《新华文摘》等刊物发表小说、散文逾200万字，有作品被收入《2003年度中国最佳短篇小说》《2010中国短篇小说年选》《21世纪年度小说选·2010短篇小说》等40余种选本。作品曾获第二届全国冰心散文奖、第二届林语堂文学奖（小说奖）唯一大奖、第二届湖北文学奖、第三届湖北文学奖、第五届湖北文学奖新锐奖等。

红袍甲

烈烈灯光下，油彩在变软，融化，胶膜一样覆在脸上。刘玉声不由在心里感慨，到底是久未登台了啊。戏服像一层壳子，人套在里面却化不进去。他暗暗提醒自己，眯眼，立眉，缩鼻，端出关老爷的子午相来。可眉眼不听使唤，嘴唇像被胶住了。

他仿佛看见自己呆立在台子中央，灯光从上泼下缭乱的暗影，一脸红赤赤的木涩、软塌，何曾有半点关老爷的神韵啊。

完了，这下要砸场了。刘玉声一急，双唇一用力挣开来，他看见自己的声音像一滩亮汪汪的水银从嘴里喷了出去，砸在地上，冰珠一样四溅开来，迅速铺满了台子……

醒过来，刘玉声好半天才稳住砰砰乱跳的心。有多久未登台了啊，做这样的乱梦。慢悠悠洗完口脸，他照例走上阳台，刮胡刀在下巴两腮浑浑圆圆转了几圈，收拾清爽了，冲小北门方向提一口气，嘴里滚珠一样吐出一串字来。

不知是否梦的缘故，今儿气不济，只念到百来字就泻尽了。想当年，刘玉声可以提一口气念五百来字，那是年深月久练出来的功夫。以前是做功课，现在是锻炼身体，练着练着就对自己马虎了。

再做几下甩手、扭腰，刘玉声和老伴招呼一声，出了门。他每天穿小巷插上内环道，走到小北门附近，那里早点店多，早堂面就有好几家，还有手工米粉、黄豌豆泡糯米、伏子酒。刘玉声今天觉得嘴里寡淡，点了一碗酸辣手工粉。

红油油的汤盛在土陶碗里。是家老字号，来吃的人多。刘玉声找个位子坐下来，从衣兜里摸出个布袋，解开，抽出一双银色筷子，一把银色汤勺。布袋收好，再从另一个兜里掏出一方红黑大方格手帕，将筷子和汤勺擦一擦，这才用汤勺荡开表面的红油，挑起宽白的米粉吃起来。

吃了几口，刘玉声注意到对面坐的太婆怀里有个孩子，孩子正眼睛一眨不眨地盯着他，鼻子下挂一条清鼻涕。流小龙了，刘玉声用手帕擦擦嘴，拿手指指。先生好过细个人啊，太婆笑笑，从桌上扯过一截卫生纸，擦去了孩子的鼻涕。刘玉声无声地笑笑，埋头继续吃。

风从北门外吹来，见了凉意。绿中带黄的梧桐叶旋转着，落在青砖地面上。刘玉声顶风往城门外走，想起了早晨那个梦。

有多久未登台了啊，戏服、台子，包括那油彩、脸谱都认了生呢。他忘了台下有没有观众，只觉得四周很空旷，梦似乎是无声的，他连自己的声音也听不见。梦里，他穿的那件绛红袍，罩了护心甲，手里握着青龙偃月刀，那刀似乎格外沉，脸上的油彩也完整。冰珠铺到脚边的一刻，他慌地一抬脚，绿靴面划一道突兀的弧度，人就仰面倒了下去。还没等身子触地，惊醒了。

似乎这梦是个预兆。中午，羽飞忽然回来了。

从进家门，羽飞的表情就不自然。他单租了屋住，经常半月一月才落家一次，也不知忙些什么。一见那表情，刘玉声就知道儿子有事和他说。他偏偏沉住气，不问。对这个儿子，他没有满意的时候。从小时候学戏开始，他记词比人慢半拍，台步比人欠点稳，架子比人蔫一层，唱起来气息又比别人短一截，没少给他丢脸。

老伴多少次怪他，不是他当初执意叫儿子学戏，进什么少年戏剧班，好好读几年书也不至于有今天。结果，父子双双成了中国戏剧的牺牲品。牺牲品，老伴说到这里总会加重语气。刘玉声不接话，他无话可说。

儿子学戏的天资不高，自己当时怎么就鬼迷了心窍，非让他学戏不可呢。仿佛人生只有这一条路可走。自己教得苦不说，儿子也学得苦，好不容易熬出点成色来，又遭逢剧团缩编解散，一众人等各奔了东西。他心里的苦往谁倒。

那时候，戏剧还风光。只要有演出，大红海报贴出来，演几场场场爆满，买票还得找熟人开后门，那个俏。舞台也亮，"崩登仓"的锣鼓一响，上台那么一亮相，人仿佛处在光芒芯子里，耳边一片山峦起伏般的彩声，视线里混沌一片，剧场的楼上楼下满满都是人头。他迷啊，第一次迷，经历了上百次还是迷。

哪个父亲不想将最好的给儿子，谁又能想到金灿灿的苹果有一天会烂到核里去。如今儿子没着没落、东一下西一下地奔着前程，他心里也急，却使不上劲。每月，他拿着折子去银行取那五百来块社保金，坐在玻璃窗后面的丫头冰着脸，爱理不理的，她们怕是连一场像模像样的京剧都没看过，更不用说他刘玉声的名字了。

刘玉声知道儿子憋不住，该说的话迟早会吐出来。可真等羽飞吞吞吐吐说出那番话，他内里的一口气还是没沉住，像冲破瓶塞的香槟爆洒开来。

爸，那红袍子戏服借我一段时间吧。羽飞手里拿张报纸，哗啦啦扇个不停。

干嘛，刘玉声心里一拧，你要唱关公？

唔。羽飞垂了眼帘不看他，报纸扇动的频率慢了。

在哪里，唱哪出？刘玉声听见了自己的心跳声。

唔……唔……报纸停下来，羽飞眼睛盯着脚尖，我们排了个戏，关于三国的，里面有关羽，需要戏服。

我问你在哪演？刘玉声望着他头顶喇叭花似的发丛。

唔，一家商场二十年店庆……

刘玉声闭一下眼，再闭一下，睁开来，整个人腾地从沙发上冲起。臭小子，我就知道你干不出什么好事来！

老伴早有准备，冲过来拦在他面前。羽飞也站起来，梗着脖子，比他高出半个头来，我怎么没做好事，你怎么知道我没做好事！不借就不借，干嘛骂人。

我就骂你个臭小子。这是能借的吗，你就不该开这个口！你好歹也是上过台的人，关公戏那可是圣人戏。我和你说过吧，过去演这戏，得先斋戒、刮脸、沐浴、焚香、祭拜，为的什么？这关公不是一般人啊，他是圣人，关圣人、关老爷！刘玉声脖子上的青筋暴突出来。烈烈的灯光、空旷的台子、胶合住的嘴唇、四溅的冰珠子……那梦魇般的一幕飞速划过脑际。借戏服？亏这臭小子想得出。

我给你讲过吧，演关公戏的主师爷王鸿寿每次演完戏，都要在后台歇两钟头，然后步行回家，他陷在戏里出不来。你小子竟糊涂到要拿关公戏的戏服去演什么街头剧！那是演关公戏的地儿吗，做梦吧你。

我看你才陷在梦里呢，都什么年月了，还关公戏、关公戏的，现在还有人看你的关公戏吗？羽飞梗着脖子，不知望向哪里，我怎么啦，街头剧怎么啦，演一场一千，比你每月那点钱可多出一倍来。

臭小子，你敢挑剔起老子来了。我每月五百怎么啦，那是国家发给我的，想当年，我是古城响当当唱关公戏的头块牌，徐麟老名头响，可唱关公戏唱不过我，你老子也是戏台上风光过的……

好了好了，耳朵早磨出茧了。你当年还说，下功夫端稳了戏碗，名气响了，下半辈子不用愁。现在怎么样？不一样拿社保，连自己都养不活。

刘玉声的一根手指在空中抖了两抖，上下嘴唇也抖着，似乎有话含在里面，却终是一句也没抖出来。他一屁股坐到沙发上，拿手直抹垂下的一缕头发，再不说话。

羽飞摔门走了，留下两老在屋里。一个坐在东头沙发上，一个坐在西头沙发上。刘玉声已经不再用手捋头发，他歪着脖子看瓷砖地上的一处坑疤，似乎要用目光把它修补起来。老伴也不说话，苦着脸，仿佛喉咙里填了一堆黄连。

良久，老伴叹出一口气来，你就不能依儿子一次？他也不容易。戏服是现成的，你还会穿吗，难道要他再去费神做一件？你回来前，他就和我说了，怕你不同意，下了多大的决心，儿子和你开次口不容易。从小到大，只听你对他提要求，要他学戏挨老师批，他怨过你吗，进剧团不能说是你儿子，他怨过你吗，还没唱几天戏，剧团就散了，他怨过你吗，现在他想法子谋生活，怨过你吗，这些年儿子向你叫过苦伸过手吗……哎，我不多说了，你想想吧。

红袍和护心甲悬在柜子里多少年了，刘玉声没去摸过。也不刻意去想，那红袍甲的样子就在他脑子里了，还有他穿上它的样子。那场景有声有色，清晰如昨。

刘玉声打开柜子，拿出那套红袍甲。它们静静地铺展在灯光下，散发出淡淡樟脑丸的气息。手指抚上去，布的柔软，甲的坚硬，绛红和暖褐，浅浅的褶和深深的沟。

每次演关公戏，他总是从头夜就不敢马虎，早早睡下，调匀气息，只盼来日容光焕发、神气饱满。次日起来，洗个热水澡，站在阳台上刮净脸，冲着小北门方向深提一口气，念完五百来字后，再深吸一口气，便觉神清气爽，心里垫足了底。

通常喝一碗苡仁粥，加一碟素炒青菜，再洗了手脸，点上香，刘玉声冲桌上的关公像鞠三个躬，一身布鞋布衣出门，走到人民剧场。更衣室里，全套戏服早齐齐整整挂在那了。刘玉声再洗了手脸，冲墙上龛枕里的关公像鞠三个躬，凳子上静坐一刻，这才更衣上妆。

妆成，不论离演出还有多久，他不再许人打扰，俨然入定一般。来来去去的人，谁也不知他在想些什么。非得等到"崩登仓"的锣鼓点子响起来，台上的灯光亮起来，他才仿佛重新活过来，起身握刀整衣，迈大步挑帘登台，压着步，满脚落地，头上的绒球颤也不颤，崩登仓——，眯眼，立眉，缩鼻，斜身，丁字步，定住身子。

好一个威而不猛、稳而不瘟、勇而不火、庄而不僵的关老爷！台下立马爆出一片彩来。

可叹这红袍甲做好没两年，他穿上没演几场关公戏，就收进了柜子里。而今，居然有人想拿这红袍甲，去演街头小品戏。刘玉声知道儿子说的是什么戏，现在满大街到处都是，商场门前拿木板搭个巴掌大的台子，放轰得耳朵疼的音乐，上蹿下跳、噱头不断的主持人，加几个不入流的演员整的几档不入流的节目。

一次，刘玉声走在街上听到有人唱《贵妃醉酒》。凑过去仔细一瞧，台上一个浓妆艳抹的女人穿了件纱衣，露出白花花的大腿和肚皮，在台上扶头晃身的，嘴里吟吟呀呀曲不成曲，调不成调，哪像惹得"红尘一骑妃子笑"的杨贵妃啊，明明是夜总会的女郎换了个装而已。

回来饭桌上一说，羽飞反说他老古董，都什么年代了，还缩在他的壳里不肯出来。羽飞拿筷头点着桌面，爸，你知道不，剧团的好多人现在都走穴，有的改唱流行歌曲了，有的改演小品了，有的改吹萨克斯了，人家日子过得可是滋润，每月收入过万呢。要是老爸你也走一走穴，没准现在也是"古城一热"呢。古城现在正打关公牌，关公祠重修了，春秋阁重建了，三国公园的塑像都换了新，听说还要在东门建三国实景地，古城地面上就差个能唱能演的活关公了……

活你个头啊，亏你想得出，让你爸去走穴，关老爷那句唱你还记得吧，刘玉声两指一并，脆脆地击三下桌，亮开嗓子，竹可焚不可毁其节，玉可碎不可改其白，有死而已——。他将"已"字唱得格外悲壮绵长。

音未落，羽飞一拱手，好了好了，关老爷，关圣人——，他也甩起了戏腔，小生得罪，小生佩服——。

收了音，羽飞叹一口长气，您老就继续保持气节吧，我不行啊，老婆还没娶进门，还得继续奋斗啊。您老反正已经奋斗到家了，我这不争气的品种好歹是出了炉，安心歇着吧您。

这才过去几天，他居然提出这么个无理要求，刘玉声想想就气不打一处来，这是让我安心歇着吗。

这一夜，刘玉声在床上烙饼。脑子里左边站着儿子、老伴，右边站着他自个儿，他感觉自己仿佛关公赴那古城会，慷慨激昂舌战双雄。可到底没关公那股豪气垫底，刘玉声并不能慷慨，也不能激昂，老伴那几句话，无锋无芒的，却让他无言以对。

天还没亮，刘玉声起了身，洗漱一番走出门。小北风，有点扎骨。他点了碗清汤早堂面，一夜无眠，似乎舌苔增厚了一层。还是头道汤，浓浓鲜鲜的，喝下去不只润了舌苔，满腹肠胃也暖得通透。可刘玉声还是觉得寒，他两手插在口袋里，在小北风中不由微微佝偻了腰身。

似乎没什么地方可去，他不想就这么回家。街上行人多起来，流流沓沓的，迎面开来一辆24路，刘玉声犹豫一下，跟在了上车的人群后面。几个孩子背着鼓胀的书包挤在最前面，只上去三个，最后那个书包像暴突的牙，在豁开的车口摇晃了半天，车门好不容易将它含了进去。

刘玉声终于挤上第四辆车，上了车在口袋里一掏摸，发现忘了带乘车卡，只有拾元的纸币。往里走，不要挡在门口！司机是个毛头小伙，头顶一蓬被风吹乱的黄稻草，声音像一支矛。小师傅，我没有零钱，刘玉声软着声音。下去买！伴随着司机刺过来的又一支矛，车一个急刹，刘玉声的头撞到前车窗玻璃上，闷闷的一声响。

这停在路口呢，我怎么下去买，刘玉声尽量压住上窜的火气。车又开动起来。我说大爷，有点常识好不好，哧——还怎么下去，跳下去呗。司机的声音宛转成三截棍，刘玉声挨了钝钝的几下，有点蒙了，声音提高一格，小师傅，怎么说话呢，你车正开呢，我怎么跳下去？摔了这把老骨头，你负责啊。

咻——脑子有毛病吧你，我让你到下一站去买，报刊亭里有车票卖！咻——蓬仿佛被乱风拨弄过来拨弄过去的稻草在刘玉声眼前直摇晃，晃得他眼晕。还有司机的语调，简直——不可理喻，刘玉声心里翻江倒海，最终甩出四个字来。

仿佛回应，车门拖着长长一声"咻——"，开了。刘玉声带着无法言说的气恼下了车，本想一走了之，可司机那声"咻"还像钻头搅着耳膜，他奔向报刊亭买了张车票，跟在队伍最后面再次挤上车。前面人的屁股几乎顶在刘玉声的脸上，他侧过头，将手绕过那人的身体，试图将车票塞进票箱。

赶紧站上来，站上来！司机不耐烦地大叫。刘玉声不作回应，他的手还在不屈不挠地摸索着。耳朵聋啦，叫你站上来，关门啦！刘玉声将屁股努力收一收，手终于摸到了投票孔。"咻——"伴随着长长的一声，刘玉声只觉左裤腿一紧，低头一看，裤脚卡在了车门缝里。他慌忙大叫，夹住了，夹住脚了！

车内一阵骚动，前面人的屁股像波浪往后一涌，刘玉声狼狈地将头后仰。"咻——"伴随着长长的一声，车里嘈杂混沌的一切突然以一种不可思议的方式，迅疾后撤，消失在了他的视线范围之内。

身体触地的一瞬间，刘玉声本能地闭上了眼睛。仿如置身梦境，喧嚣退远了，直退得干干净净。刘玉声再睁开眼时，发现许多人的脸构成一个不规格的圆形，叠覆在他的头顶上。起初，他听不见任何声音。梦里就是这样，空旷的戏台，他连自己的声音也听不见。但是，很快，声音出现了，零乱粘稠地搅拌在一起，刘玉声无声地转动眼珠，他试图张开嘴，可是听不到自己的声音。从耳边翻滚的凌乱声音里，他渐渐明白了自己的处境——躺在一辆已卸载了所有乘客、空荡荡的公交车旁，与前车门呈三十度角，斜躺在地上。

蓬乱的黄稻草出现在眼前，司机从他口袋里掏出手机，大声询问他，打给谁。刘玉声张了张嘴，没有声音。告诉我打给谁，你有家人吗？刘玉声很想说儿子，他脑子里第一个想到的是儿子，虽然他们才吵了架，虽然他不知道儿子这时在哪，在做什么，能不能马上赶过来。老伴不行，她胆子小，经不起吓。刘玉声无声地张张嘴，冲着黄稻草一个字一个字说，我——儿——子。

黄稻草这时一点不神气了，一副不知所措的样子，时而蹲下来看看他，时而走到一边去。刘玉声不知自己躺了多久，警察来了，公交公司的人来了，他很想问问，有没有打电话通知他儿子。他缓缓转动眼珠，在一张张陌生的脸里寻找那张熟悉的脸。

羽飞出现的一刻，刘玉声心一下松散开来，散得不可收拾。他很想说，你来啦。他看见儿子俯近他，爸，你还好吧，你哪里痛，没事的，我们马上去医院，你要坚持住。从什么时候开始，他就没这么近距离看过儿子的脸。这张脸不像他想的那么熟悉，可是亲切。儿子从没这样对他说过话，他无声地张张嘴，很想对儿子说，我没事，你不要急，送我去医院吧。

一些时刻，刘玉声恍惚觉得真是在梦中。他躺在那里，看见儿子跑过来跑过去，他从没看见过儿子这样的表情。有儿子，真好，刘玉声对自己说。他看见躺在病床上的自己露出了微笑。也有时，他仿佛躺在白茫茫的光芯里，穿着他的红袍甲，手握着青龙偃月刀，高处的灯光刺目地罩下来。我这是在哪里，为什么穿着戏服？他问自己。也有时他站在一个台子中央，刀沉沉地握在手上，戏服纸壳一样套在身上，他一张嘴，一滩亮汪汪的水银从嘴里直喷出去，砸在地上冰珠一样四溅开来。这不是梦里的情景吗，他诧异地问自己……

刘玉声看见了老伴，在一片虚白的底子上，看不太清楚，可他认得她的轮廓，看了四十多年的眉眼轮廓。你醒了，老伴话没说完湿了眼睛，赶紧含住，冲他笑一下，醒了就好。

羽飞呢，刘玉声觉得自己很轻很轻，轻得声音都像飞在半空，抓不住。儿子在病房里守了一个星期，看你今天情况稳定了，我让他回去好好睡一觉，刚走。

哦，难为他，刘玉声想起了儿子俯近他的样子，还有儿子的表情。我还没见他这样担心过你，到底是父子连心，老伴拿湿毛巾轻轻蘸他的嘴唇。刘玉声拿舌头舔一舔，没说话，闭上了眼睛。

傍晚，羽飞来了，提着个保温饭盒，进屋瞟他一眼，就不再看他，饭盒往桌上一搁，医生说今天可以吃点流食，这是在"民间瓦罐"端的汤，妈，你们趁热喝一点。

刘玉声一直拿眼睛看着儿子，可儿子瞟也不瞟他，一屁股坐到门口旁边的沙发上，掏出一张纸在看。臭小子，他在心里骂一句，骂得很轻。

老伴将枕头垫高，用碗盛了汤，一勺一勺喂他吃。你们也喝，刘玉声轻声说，不看儿子。等了一刻，他冲沙发方向努一努嘴，老伴会意，拿碗另盛了汤，羽飞，喝点汤，趁热。儿子闷闷应一声，埋头喝起来。

一碗汤，儿子三下两下就喝完了，拿起纸继续看。刘玉声冲老伴再努努嘴，多喝点。羽飞头也没抬，不喝了，喝不下了。病房里静下来，只有汤勺碰碗的声音，时不时响一下。

公交公司答应承担所有的医疗费，另外赔偿一万元精神损失费，羽飞突然没头没脑地冒出一句，目光还在纸上。刘玉声等了一刻，见儿子没有下文，可以，你做主。声音很轻。

那就这么定了，我让他们打到你的社保金卡上。可以，你做主。

医疗费到现在总共花了两万三千，包括手术费，等伤口养好了再出院，反正对方承担费用。可以，你做主。

每天饭菜在医院食堂订，钱谈好了也由公交公司出，不要省。可以，你做主。

我请了护工，明天来上班，是个男的，听说很细致。可以，你做主。

妈不能太累，我怕她犯高血压，白天来照顾一下，晚上还是回去睡吧。可以，你做主。

护工每天下午五点来接班，第二天上午医生交接班后才能走，说好的。可以，你做主，那个……红袍甲你拿去用吧。刘玉声盯着对面墙上镜框里的水粉画，缭乱的线条和色块，不知画的什么。

病房里的空气似乎凝固了。

哦，不用，我们另排了节目，羽飞说得平静，有什么事就和护工说，别忍着。

是吧，刘玉声心里颤一下，眨一下眼睛，这水粉画还养眼，他冲画面笑一笑，轻声说，也好。

（原载《长城》2010 年 6 期）

铸　剑

接到乐曲的电话，我特地去了一趟博物馆。鉴于他在电话里的语气和措辞，我觉得有必要先去见识一下那把真剑。

惭愧得很，在这座城市生活了这么些年，我对这把据说是从我们这里地底下挖出来的、两千多年前的古剑还一无所知。我直奔青铜展区，它陈列在非常显眼的地方，一进门就能看见。

我与那把剑隔玻璃而望。玻璃上映出一个虚幻的我，几扇窗子的投影、背后展柜的投影叠映在上面，我不得不将眼睛尽量贴近玻璃表面，一股异常沉默的寒气穿透玻璃而来。

剑，修长、锋利，光扑在上面像被粘附住了，剑身有几个稀奇古怪的字，隐约可见菱形的底纹。剑柄倒是显得古旧，黑里掺一点铜红。整把剑，给我轻盈又沉重的感觉。它已经在这世上存在了两千多年？我正想感叹，注意到下面的牌子——越王勾践剑（仿制品）。寒气哗地退回到玻璃里，我重新感觉到了空气里密不透缝的暑热。

讲解员带着一群人走过来。我站在人群外围听了一阵，原来这不是越王勾践用过的唯一一把剑，也就是说他卧薪尝胆时不一定拿着这把剑，率军攻克吴国大门时也不一定拿着这把剑。迄今，已有四五把越王勾践剑在国内不同的地方出土。至于这一把为什么跑来了这里的地底下，至今是个谜。

我越过众多人头，大声问，那把真剑在哪里。省博物馆。我想乐曲应该见过那把真剑。对一种东西发生兴趣，自然就会尽可能多地去了解，人的好奇本性决定了这一点。乐曲急需一把越王勾践剑，当然不可能是真的，但他说，一定要工艺最精湛的仿制品，我打听过了，仿制的高手在你们那里，在荆州，在民间。

他一定觉得凭着大学四年的纯真友谊，我会义不容辞地帮这个忙。我确实一口答应下来，但得承认，直到现在我还毫无头绪。

乐曲挂断电话，又追了一条短信来：老弟，一定要帮我弄到一把好剑，这把剑至关重要，且越快越好。不惜成本，工艺要是最赞的！！！

我没有追问"最赞"是个什么概念，只回：放心，全力以赴。四年上下铺的兄弟，好得可以穿一条裤子，默契绝对有。

老古是一家报社记者，走出博物馆我拨通了他的电话。他说话带着浓重的鼻音，嗡嗡嗡的，好像一年三百六十五天都在感冒中。哦，我知道知道，你是要那什么高仿真剑吧，今年过春节那会儿炒得特别凶，我想想，想想，对了，那人叫什么孙世海，我们报还报道过，说是经过十多年苦心钻研、试验，终于掌握了古代铸剑技术的秘诀，仿得和原件没十成像，也有九成像。没问题，我问下同事就能拿到他的电话，他现在火了，求剑的人马拉车载的，不过，他一年只做一百把剑，天王老子来求也不多做的，所以价格越炒越高，他现在电话都对外界保密……我越听心里越亮堂，没想到得来全不费功夫，还以为有多难呢。

我赶紧将消息反馈给乐曲，谁知喜滋滋地赶路，一脚踩了个空。

我知道那个，我不要那种高仿真剑，那个再难求，也不过是多花些钱、多打几个电话的事。那剑我见过，太伶俐了，伶俐得让人感觉不到岁月的沧桑感。我不要那个剑，炒作出来的东西，再赞也是商品。我现在要的是艺术品，是最赞的工艺！不是和你说了吗，高手在民间。我是听一个朋友说，你们那里有个六十岁左右的老人很厉害，自己用土法铸剑，铸出来的剑几可与原件乱真。那气息，那神韵，剑的形容易仿制，两千年时间沉淀下来的那股子神气，不是每个师傅都仿得出来的。我要的是那样的剑，要你帮我找的是那样的铸剑师傅。

我这才意识到，这个暑天被迫接受的确实是个烫手的难题。民间，如此浩大的民间，我怎么去找一个不知名姓的铸剑师傅。为了全力以赴完成任务，我上网查阅了一点资料。荆州出土的这把越王勾践剑，剑首有 11 圈同心圆，这类剑采用的是分铸工艺。第一段先铸造剑身、剑格、剑茎，这一段的难度在于剑身与剑刃硬度完全不同，需要采用复合金属工艺铸造。第二段是铸造剑茎末端和同心圆剑首部分，有研究人员认为古人是用轮制法直接车制出具有同心圆的剑首陶范，以陶范铸造法来铸造。两段铸成，分别经过机械加工錾刻铭文后，再将两段用范连接进行浇注，采用"铸接"的方法使剑身与剑首连成一体。而且，越王勾践剑剑格背面还满嵌有0.1毫米厚金丝的绿松石，镶嵌工艺非常复杂，需要经过"母范预刻凹槽、錾槽、镶嵌、磨错"4个步骤。仿制的上品，其装饰物与剑表面吻合自然，手感平滑。此剑工艺复杂，虽仿制者多，剑的品质却是高下不一。

储备一定知识后，我再次拨通了古记者的电话，电话那端沉默了十多秒钟，才传来嗡嗡的鼻腔。这样，我认识一个收藏古玩的朋友，你去问问他，没准他知道些情况。

在古记者的描述中，这位姓曲的朋友是个收藏杂家，邮票、烟盒、啤酒标签、酒瓶、弥勒佛、火柴盒、月份牌、报纸……什么都收藏。最经典的轶闻，为了收集邮票，他经常埋首在单位的每一个废纸篓上，将一捧一捧的信封装进塑料袋里，抱回家。老曲满脸的络腮胡子吓了我一跳，那些胡须各自弯曲出桀骜不驯的造型，组合成一幅极具视觉冲击力的画面。他在电话里一再强调，我们必须面谈，似乎他对电话有心理障碍，觉得这个东西会将双方的对话进行截流、变异，从而导致语意变形。

你找我是明智的，绝对是。他握住我的手，那手像一把大钳子钳住了我的。这座城市里做这个的，没有人比我更清楚了，都在我这里。老曲用粗壮的食指点一下自己的太阳穴。都装在这里面。你说吧，你要找谁。

我愣住了，是啊，我要找谁。我嗫嚅半天，老曲终于明白了我的意思，手在空中划过一道坚硬的曲线。这也好办，工艺最好的是吧，六十上下是吧，土法子铸剑是吧，做这个有很多年了是吧，那只可能是两个人中的一个，张师傅或者孟师傅。

老曲的胡子晃得我眼花，我眨眨眼睛。再没有其他人了吗。张师傅。孟师傅。这两个姓很普通，我怎么咀嚼也难和"最赞"发生联系。他们的剑做得怎样，可以看看实物吗。

唔，这我得联系一下。这两个老师傅都没有手机的，只能晚上打电话到家里。联系好了我通知你。老曲办事效率很高，当晚我就接到他的电话，说都联系好了，明天上午见张师傅，下午见孟师傅，他亲自带我去。

张师傅开一家工艺品小店，就在博物馆的斜对门。店面不大，挤得满满当当，很多我在博物馆里见过的东西，这里都能见到。漆木器比较多，据说楚国那时候流行使用这玩意儿，虎座鸟架鼓，漆木套盒，长着鹿角样的镇墓兽，具而微的小型编钟，还有没上漆的木俑，竹简，小青铜鼎什么的，整个店子看起来像个大杂烩。老曲和店里站着的女人打个招呼，径直带着我穿过店堂，走进一个小门。

　　光线蓦地一暗。我差点一脚踏空，定住神，原来里面的地坪比外面低了近一尺，不过空间很大。老曲带着我继续往前走，眼前豁然一亮，我们已经站在一个小院子边上了。有三个人分散在院子的三个角落里，都埋头在鼓捣什么。

　　张师傅！老曲大叫一声，一个头发花白的老人回过身来。老人挺斯文的样子，鼻子上架了副眼镜，胸前套着条黑皮围裙。我跟着老曲走过去，他鼓捣的是一只绿锈斑斑的铜鼎。这干嘛呢。老曲冲铜鼎扬扬他的络腮胡子。修修。老人笑了笑，嘴里一道银光闪了闪。

　　生意好吧。老曲拿起铜鼎，曲起食指敲了敲，那动作有点像我买西瓜时试那瓜熟不熟。马虎。老人嘴里又是一道银光闪了闪，这次我看清了，是颗镶银牙。这只有五成吧。老曲歪过头，一副蛮内行的样子。哪里，起码七成。老人这次没笑，拿手在皮围裙上搓了搓。

　　老曲说明来意，张师傅马上招呼一旁的徒弟，徒弟进屋没多久抱出三个大木盒子来。黑红花纹的漆色，抽象缭绕的凤纹，看起来沉甸甸的。张师傅一个盒子一个盒子打开来，三把剑孪生兄弟般在我面前一字排开。

　　是越王勾践剑没错。那修长、锋利的样子，我记得很清楚，还有剑身上的菱形底纹，和那几个稀奇古怪的字，虽然我一个都不认得，但我觉得就是这个模样。我拿起一把剑来在手里掂量几下，手感很沉，锋刃也利。可我还是觉得这不是乐曲要的那种剑，不是。我也说不清为什么这么判断，要知道两天前我对此剑还一无所知，可就是感觉不对，这不是乐曲要的最赞的工艺。

　　老曲在一旁一直没做声，由着我看，由着我掂量，大概看出了我的意思，末了向张师傅要了一套照片资料，说给外地客户看了才能定。张师傅客气地将我们送出小院，送过小门，一直送到临街的店门口。

　　你相信我，这条街上所有店里卖的，都没他家的好。老曲的大胡子凑近我，我立刻感到一股燥热之气袭过来。对了，那剑的气息不对。我也不知道那剑该有什么样的气息，可就是不对，我握着它的时候，周围的气场没有发生丝毫改变。我很想告诉老曲这个，可是张张嘴，什么也没说出来。我只是不置可否地笑了笑。老曲等了一刻，摇摇头。那好吧，下午去孟师傅那。

一个人往单位走的路上，我的胃空得慌，心也空得慌，早上吃下去的一大碗早堂面好像都消化掉了，原本那里装得满满的信心也流泻得差不多了。不是不相信老曲，我只是对乐曲说的民间最赞的工艺没有信心。也许他听到的只是子虚乌有的传说，这世上从来不缺少这样的传说，这时代也不缺少这样那样的神话。一些事传着传着就离谱了，飞天了，邪乎了。实在找不到，也是没办法的事，我只能这么安慰自己。

孟师傅在老城区的深巷里。这是城区唯一还没进行大规模拆建的一小片区域，旧名软脚坡，路面铺的青石板，两边还有一些木阁楼的旧式房子。从空中俯瞰，它就像镶嵌在城市腹部的一块陈年伤疤。不过快了，据说规划案已经制定好，一年后这里就将矗立起全球连锁的沃尔玛大型超市。

老巷子像绕来绕去的古戏文，有味。老曲晃着他的大胡子对我说。喜欢收藏的人，自然喜欢怀旧。只是可供怀旧的场所，越来越稀少了。老曲带着我在这戏文里穿来绕去，我已经辨不清东南西北了。终于在一个低窄的木门前，老曲停了下来。

开门的是个满头花白发茬的老头，脸上的花白胡茬也硬绰绰的，还有他的手，像用久了的砂纸。来啦。老人寒暄一句，握一下手，领着我们往里走。巷子不长，小院子很安静，放了把木椅，两张条凳，靠墙角用红砖砌了个小型碉堡似的东西。空气里有股金属的冷硬味道，我环视一圈，在张师傅那里看到的认识不认识的工具，这里一样没有，也看不到铁、铜、铅、锡之类的金属。

孟师傅让我们在两把木椅上坐下，自己搬过条凳来。一棵枣树从墙外边伸过一撮树枝，正好遮在我们头上。老曲细说了来意，从头至尾，孟师傅都没什么表情，也不接话。等老曲住了嘴，孟师傅站起身来。你们跟我进来。

走进院旁的一间小屋，我愣住了。迎面一座一人高的千手观音铜像，墨绿色泽，数不清的手婉转在空中，线条柔美流畅。我忍不住走上前，前前后后地仔细打量。这是孟师傅生平最得意的作品，有人出一百万，他都不肯卖啊。颈部一热，我一扭头，老曲的大胡子凑在跟前。是吧。我拿手摸摸观音一根根修长的手指，凉沁沁的。

你们看看。回过头，孟师傅手里端了一把剑。我认得，越王勾践剑。伸手拿剑，看到孟师傅在剑柄下托了一块绒布，托着剑身的手上也有一块，我忙小心翼翼地连布带剑一起接过来。这剑也沉，即使隔着布，也凉沁沁的。这是几个什么字。我端着剑问。孟师傅拿手点着那几个字。越、王、鸠、浅、自、乍、用、钅金，鸠浅就是勾践，乍就是作，钅金就是剑，这是鸟篆文。

孟师傅的声音，也像他的胡茬、发茬一样硬绰绰的，不拖泥不带水。放下剑，我才发现屋子的三分之一处堆放着工具，大大小小，一样一样，规矩地躺在地上。

这剑多少钱。我的眼睛在这些工具上浏览，装作不经意的样子问。一千五，不议价。孟师傅将剑小心地放回木盒。这价格比张师傅的高出了三百，且张师傅送我们到门口时，还缩口说价格还可以稍微打一点折扣。可是我不打算议价了，我觉得这高出来的三百块钱值，况且乐曲说不惜成本，他要的是最赞的工艺。我相信老曲，他说再没有其他人了，那就是没有了，尽管不知道乐曲最终能否满意，但标准就像光线，不会固定在一个地方一成不变的，我想我能找到的最赞的民间工艺就在这里了，这间穿过戏文般深巷的小院子的一间小屋里。

这把剑我要了。我从怀里摸出钱夹来。不行，这把是别人定做的，后天来拿。孟师傅盖上盒子，站起身来，表情还是那么平静。您这里还有吗。没有了。我做得少，都是别人先定，我再来做。可是我急着要。那也没有了，这些年身体不太好，做一把剑很花精力的。加钱可不可以，这把先让我拿走。不行，不是钱的问题，我答应人家的不能失信……

最终，我空着两手离开了孟师傅的小院子。孟师傅答应我，一个半月后来提货。这是最快的了，通常他做一把剑需要两个月。我好说歹说，才将时间提前了半个月。所有工艺要做到位，不能抢，不能急，要不我没法保证剑的品质。孟师傅硬绰绰的语气，让我选择了妥协。我也相信好的品质，是需要足够的时间做保证的。

我赶紧将情况汇报给乐曲，之中的周折做了适度的夸张，没别的，表示我这个老朋友尽心了。末了，我问，剑你是自己留着，还是送人。我要那剑干嘛，放在家里辟邪吗，当然是送人。送谁，领导，朋友，同事，还是某位要害人物。送谁你就别问了，自然是喜欢这剑的人。什么东西，在喜欢它的人那里是宝，在不喜欢或是无所谓的人那里，就是一堆破铁烂布了。至于这剑，可以是艺术摆设，也可以是实用工具，可以是进攻的武器，也可以是自卫的武器。这就是生活的辩证法。总之，这事至关重要，办好了我一定好好谢你，别的就不多说了。

该告诉我的，乐曲自然会告诉我。多年的朋友了，这点信任我想还是要给乐曲的。老曲那里，我送了一套新出的奥运纪念邮册给他，顺便向他要了孟师傅家的电话。我需要随时了解铸剑的进展情况。

电话里，孟师傅的声音依然是硬绰绰的。可不知为什么，这反而增加了我对孟师傅的信任感。我平均一周打一次电话，孟师傅没有多话，两个字——在做。

八月底的时候，乐曲来荆州出差，带了贵重的烟酒过来，我请他好好地喝了顿酒。酒酣耳热之际，他提出想去现场看看那师傅铸剑，心里好有个数。他的舌头已经有些打结，猛摇晃着手。不是我老兄不信任你，绝对不是，咱们是多深的友谊啊，骗谁你也不会骗我是吧，我被谁骗也不会是你骗我是吧，我就是想看看，亲眼看看，那、那师傅怎么铸剑，怎么把假的弄得跟真的似的，怎么把新的弄得跟旧的似的，弄得像千百年前就有的似的。老弟，这就是工艺，最赞的工艺！

我拍拍他的肩，满口答应下来。送乐曲到酒店住下，我就给孟师傅家打了电话。喂，你找哪位。这次接电话的不是孟师傅，电话里传来的男声不像硬绰绰的头发茬子，而是卷卷软软的。

请问孟师傅在吗。您是哪位。我是向他订了把剑的。哦，是您啊，我知道我知道。我是孟师傅的儿子，我爸有事出去了。孟师傅明天在吗，我一个外地朋友来，就是托我买剑的朋友，想现场看看孟师傅铸剑，他后天就要赶回去。啊，真是不巧，我爸刚好有事，可能过两天才回，而且他铸剑一般不给人看的。您也知道，现在做剑的人太多了，人人都说自己找到了秘诀，我可以说只有我爸这手活，其他人是做不出来的。您放心，我们一定按期交货……

挂了电话，我发了会呆。还真有些不好和乐曲解释。再一想，也没什么，这么深的友情，乐曲这点信任还是会给我的，我也不用庸人自扰了。果然，乐曲听我说完,拍拍我的肩。那好,我就不看了,不过老弟你一定帮我盯牢。这剑至关重要,靠你了老弟!我郑重地用力点点头。

几天后,我又给孟师傅家去了电话,还是他儿子接的。哦,我爸回来了,正在给您做呢,您放一百二十个心好了。再几天,还是孟师傅的儿子接的,还是那番话。说心里话,我开始犯嘀咕了,怎么每次都赶巧孟师傅不在家啊。

转天,我溜了班,凭着模糊的记忆在那戏文似的老巷子里绕了半天,没能找到孟师傅家那扇小窄门。烈阳高照,窄长巷子悠悠地在我身前身后延伸开去,我的影子胖胖短短地萎顿在脚边上。我前看看,后望望,巷子里空无一人,灿金的阳光仿佛在空气中晃荡。一股强烈的不真实感笼罩了我。我这是在哪里,在做什么。我为什么出现在这条窄巷子里。

这条巷子真实吗,往前越过一百年,或者往后越过一个年头,它可能都不存在。站在晃晃荡荡、迷迷离离的阳光下,我甚至怀疑它是否真实地存在过。就是那把剑,果真是越王勾践用过的剑吗。那个在传说里卧薪尝胆的人,真的握过那把剑吗。谁能证明,就凭剑上那几个字吗?

如果不是一个老人晃晃悠悠从巷子一头走过来,我不知道自己还会站在那里恍惚多久。老人从我身边慢吞吞地走过去,胖胖矮矮的一截影子紧跟着他的脚步。定定神,我掏出电话打给了老曲。二十分钟后,老曲风尘仆仆地赶来了。他带着我左穿一下右绕一下,那扇记忆中的窄木门很快出现在我眼前。

老曲拿手拍拍门,没人应声。孟师傅。老孟。孟辉光。老曲的嗓门一声比一声大,还是没人应声。透过门上的一个小窟窿,只看得见门后巷子的一点局部,毫无悬念。

晚上我拨通了孟师傅家的电话,是他的儿子。哦,我一听就知道是您,剑快做好了。您说那里啊,那是我爸原来做东西的地方。他现在不住那,和我们住在一起,也不去那里做剑了。我们给他另找了个地方,这地方对外保密的。您也知道,现在做这行的人太多,竞争太激烈了,我爸他是个实诚人。您放心,剑我们一定给您做好,还有七天吧,七天后一定把剑交给您。

尽管心里不祥的预感翻腾,我还是竭力让自己镇定下来。没有问题的,不就三百元押金吗,有名有姓的,还怕他跑了不成。就是跑了他,还有老曲,还有古记者。即便时间上来不及,我也可以从张师傅,或者那个孙世海那里去买一把剑，谁又能看得出来这是不是孟师傅做的。况且，孟师傅做的剑就真的高人一等吗。这么一想，我的心慢慢安定下来。当然，我还是希望自己拿到的真是一把好剑，一把工艺最赞的剑。

拿货的日子临近，孟师傅的儿子主动打来了电话。他说剑已经铸好，没有问题，只是孟师傅出了点问题。孟师傅怎么了。我追问，不祥之感终于得到印证。您放心，剑没有问题，您明天来家里取吧。而且，可以告诉您，这把剑绝对物超所值！

那晚我辗转反侧，并不能放下心来。第二天，我特地邀上了老曲。我们按孟师傅儿子说的地址，很快找到了孟家。

在客厅坐定后，孟师傅的儿子捧出来一个黑红漆色的大木盒。他打开盒盖，先从一侧的格子里拿出一副白色的手套，小心翼翼地戴好，然后将一方绒布垫在左手食指和中指上，将剑柄拿起来放在上面，再将另一方绒布垫在右手食指和中指上，沿倾斜剑身的下沿滑行到它的尖端，双手将剑托起来。

他的样子像是在进行某种庄严神圣的仪式。室内的空气仿佛凝滞了，气氛肃穆。我站起身来，不由地屏住呼吸，凑近剑身，仔细端详那把剑。

剑身修长，剑柄厚重，似有一股气流扑面而来。我扭过头看看老曲，他也表情庄重，冲我点一点头。

待孟师傅的儿子重新将剑小心翼翼放回盒子里，关上盒盖，室内的空气才仿佛重新流动起来。我的心情也渐渐轻松起来，想起了关键人物。孟师傅怎样了，您说他出了点事。

孟师傅的儿子表情肃穆。我爸中风了，就在完成这把剑的晚上。我和您说过，这把剑绝对物超所值，它很可能是我爸的封山之作了。

啊，老人现在怎样了。我和老曲异口同声。

算是抢救过来了，情况还好。孟师傅的儿子垂下头，我想他的眼眶应该红了。

那，我们去看看老人家吧，孟师傅还在医院里吗。我和老曲对视一眼。我的心里翻腾起一股愧疚。不用不用。孟师傅的儿子抬起头来，摆着两手。

我们还是去看看吧，毕竟孟师傅是为了铸这把剑。老曲搓着两手，一脸不忍的表情。是啊，不然这剑我都不好意思拿走呢。我也接口道。

孟师傅的儿子迟疑一刻，点点头。好吧，我爸现在就躺在家里，本来不想你们看到,怕影响你们心情。既然执意要见,那就见见吧。他站起身来,推开了关着的一扇木门。我这才发现客厅四周的几扇门都关着。

浓烈的药味混杂着一股说不清楚的复杂味道,从门里涌出来。我屏住呼吸,跟在孟师傅儿子和老曲身后走进去。孟师傅仰躺在床上,一侧的嘴角斜吊上去,与耷拉下来的眉毛形成了古怪的呼应。老人眼睛半睁,嘴豁开来,呼吸声一下一下的,清晰可闻。

似乎看见了我们,老人突然半边身子抽搐扭动起来,仿佛被捆住了手脚的人竭力想挣脱开绳索。老人的眼睛、嘴巴成了一张被弄乱的拼图。他望着天花板,发出一连串"甲、甲、甲……"的声音。

那硬绰绰的声音像剑一样直戳过来。我不知所措地站在原地,好像有一只手正在身体里粗暴地搅动。我记起了一个半月前,第一次看见孟师傅。他硬绰绰的发茬,硬绰绰的胡茬,还有他像用久的砂纸般的手。

孟师傅的儿子奔到床边,轻轻拍抚老人的肩膀,想让他镇定下来。他嘴里重复着,我知道,我知道,爸,我知道……

回过身,孟师傅的儿子脸上带着明显的不安和忧戚。他冲我们挥一挥手,我和老曲默契地退出屋子。孟师傅的儿子随即跟出来,轻轻带上了屋门。

屋里依然传出硬绰绰的声音,甲、甲、甲……

我的身体有些僵硬,双脚直接将我带向大门。等等。孟师傅的儿子将木盒抱了过来,将它放在我手上。我不敢看他的脸,动作机械地接过木盒。

我爸一直怕我向你们多要钱,所以他一直念叨价、价、价的,哪能呢,说好的价格。

我这才想起来,还没有付钱。

我提着木盒逃一般离开了孟家。巨大的愧疚在我身体里翻涌,仿佛我手上拎的剑穿透孟师傅的身体,导致了病床上那悲惨一幕。我甚至开始后悔,为什么坚持要看一看孟师傅呢……

接到我的电话,乐曲兴致勃勃赶来荆州拿剑。我的心情已经恢复了平静,生活以它日常的质地拂去了愧疚之感。不过七天时间,人是多么容易健忘。

我抱出沉甸甸的木盒子,在乐曲面前打开,学着孟师傅儿子的样子,小心翼翼地戴上白色手套。我将一方绒布垫在左手食指和中指上,将剑柄拿起来放在上面。再将另一方绒布垫在右手食指和中指上,沿倾斜剑身的下沿滑行到它的尖端。一用力，我将整个剑身托在了手上。

可是,可是,我的心忽然莫名地一颤。剑很沉,锋很利,熟悉的菱形底纹,稀奇古怪的鸟篆文,越王鸠浅自乍用钅金。可是一种不祥的直觉,突然间攫住了我的身体。

我仿佛又站在烈日下一条空荡荡的巷子深处。

一团疑问在晃眼的光线中,恍惚而起：这把剑,真是孟师傅亲手做的吗?

（原载《人民文学》2010 年 2 期）

【杨　帆】

（短篇小说类）

女，生于1976年9月。中国作协会员。鲁迅文学院第13届青年作家班、第28届深造班学员。江西省作协理事，南昌市作协副主席，江西省文学院特聘班作家。南昌市政协委员，现供职于南昌市文学艺术院。作品散见《人民文学》《十月》《小说月报》《中篇小说选刊》等刊，入选《中国短篇小说年度佳作2016》《中国当代文学经典必读·2016年短篇小说卷》《江西小说30年》《江西文学精品文丛》等年选，部分作品译至海外。出版长篇小说《锦绣的城》，小说集《瞿紫的阳台》《黄金屋》《天鹅》等。

德馨园

钟夫打算写一个短的小说。他坐下来，望向窗子外的梅树，思索着昨夜的梦。都还是一个个花苞，像是唐朝仕女嘴上的那一撮小点儿。远处是河塘，水瘦成一缕青烟，这当然是钟夫打算写进小说里的句子。事实上那河塘里漂浮着树枝树叶、昆虫的尸体、塑料袋，浑浊呆滞。隔得远，钟夫闻到的是园中草木在冬季特有的清苦气。更远处是山，四下里水气弥漫，云雾环绕，眼看要下一场雨。

雨只是一种猜想。钟夫用意念揣摩上天的用意，总不得要领。雨总也没有下，云气犹豫不决，绕树三匝。这个屋子是山中住持的女儿提供的，他可以住到河水涨满的时候。钟夫并不是第一个住进来的艺术家，前些年曾住过一位大人物，上世纪八十年代，他写鄱阳湖的一部小说被拍成了电影，得了百花奖。临到垂暮之年，他被邀请来这里，很是清静了一阵。事实上文学盛况不再，他在山下也是为琐事所扰。大人物鹤发童颜，不怒自威，说话声若洪钟，背着手走路疾步如飞。他与山中住持是幼年邻居，住持的女儿又是文学青年，两下里一汇总，他便施施然上来住了一个季度。中途他的老寒腿不能忍受山里湿气，也有说法是有一个妇人寻到这里，大人物不胜其扰，后搬到南方沿海一带。这园子便有了名头，叫德馨园。

九点，钟夫照例接到素总电话。这个节点，他应该起床了，再不济也在床上醒着，接电话是没有问题。假如她打断了他的创作思路，那是不凑巧，因为她隔三天才打一个，中奖概率不高。那边有乐器声，她应该不是独处，而在一个大众场合。她问到他的饮食，他的口腔溃疡，以及他的肠道氙气。他身上的毛病不少，来此修养很有必要。素总强调说，关键要吃素，戒烟戒酒倒可缓一步。素总没有皈依佛门，在全市开了十三家素食连锁店。全国每年数以万计的教徒来此停留，作为朝拜菩萨的中转站。在朝西房间的冰箱里，她给他留下一堆食物，当然是素食，熟食，或是加工半成品。园子里还有块菜地。钟夫在此修身养性，只管等着福祉来临。素总常穿简洁的黑白套装，从来不穿那些宽袍大袖，一头青丝剪成赫本头，有时来的时候在刘海上压一个蝴蝶结发箍。她一进园子里，高挑的身材便把梅树比对得苍老下去。假如她一直不走近，没有露出她不怎么露出的笑容，额角的纹路不会出卖她的年龄。钟夫眼望梅树，跟她探讨了一会山里的雨意。

　　思路还是被打断，不过，他想不起来昨夜的梦境。仿佛是梦到了他的上司，那个长着一颗硕大脑袋、没有脖子的家伙。曾经他有意把他写进小说，仿佛陡然闯进了一个怪兽，这个诙谐、轻盈的小说瞬间被破坏掉了。他处心积虑营造的那样一堆云山雾罩般的氛围，清雅别致的遣词造句，立刻变得古怪起来。他暗中吃了一惊，没有料到时过境迁，他的内心还存有如此突兀的咆哮。他小心地将那家伙摘下来，想让这个小中篇气息连贯，首尾呼应，在预设的完整结构里得以善终。但是这个举动的结果是，这个小说随之消失了。它停止在怪兽消失的地方，再也无法往前一步。他记得那个清晨他抱着脑袋，在桌边呻吟。太阳光照进来，他把这个无望完成的中篇撕成碎片，浸在泡麦片的温水里。

　　他的肠胃不好，早餐吃点麦片，晚餐喝小米粥。生活变得规律，符合他现今的身份和体质。还有什么比这两样更重要的东西？在他的生活里，其他的谈不上。那个怪兽般的清早再没出现过，他安稳地写着小说，平衡着体质与身份之间的落差。评论家对他的揣摩比较一致，认定他有一种气功师的功夫。他一度对此沾沾自喜，毕竟作品的气韵连绵，是需要坚实体力做底子的。也就是说，一度病魔缠身的人不知不觉在小说里痊愈了。即便他不能断定，是小说滋养了他，还是一股神秘的气体通过小说抚摩到他，曾经脆弱多疑、狂暴忧悒的他。

　　总之，他的确练起了太极，远离了酒和女人。太极拳的那些个意蕴深广的弧度，能令一切排山倒海般的风暴轻轻滑落。他有了一个柔韧的护体，风暴卷起的沙砾、石块接触不到它，黯然自行凋落。山里的安静时时令他感到安慰，吹着晚风，想起在他那个马路边的书房，嘈杂不堪的清晨，夜晚，一切的时辰，便有一阵酥酥的幸福感从手臂传上来。他母亲住进家里带子焉，每日看护他上下学。他狠一狠心，春节也在此度过。这不是自虐，不是对亲人的冷落，说起来不像是理由，却是实实在在的难题，他想不出令他人不感到无趣的法子。临行他安排好一切，带着隐隐的喜悦，上得山来。

这天早饭后，他在园子里散步，察看梅树和菜地。花苞还是花苞，冒出的红似乎面积大了一点。零零碎碎不成气候。菜地种的是芹菜，菜叶入汤，菜杆素炒，倒也吃不腻。他看到河塘上飞过几只水鸟，清寂地叫两下，便在烟灰色的天空失了踪迹。他踱到塘边，乱草丛中孵着一朵朵积雪。阳光洒下来，相安无事。塘边有一块石头雕成的棋盘，棋盘上搁着黑白子，每次的阵势均不同，仿佛被某位高人摆弄过。每天前来察看，他都带着三分愉悦，自搏一番，也俨然同高人交过手了。他从没有遇到什么人，只有远处青山隐隐，云雾深处偶现寺庙白墙青瓦，晨钟暮鼓，被风送入沿岸一丛竹林里。前方传来活泼的水声，他一看，河心漂浮着一只活物，一滩滩偏紫红的金属色泽的油光，在它的四周打着漩儿。它向这边刨过来，猫狗样的东西，扑腾几下便到了岸边。钟夫皱着眉头，看它旁若无人地抖着水，从它三角形的脸，一撮撮湿毛下的窄条身子，看不出它是只松鼠，还是野猫。它在发抖，同时用一种尴尬或者说内疚的眼神自下而上地盯他。他蹲下来，它又把头扭到一边去。钟夫从屋里取来毛巾，它跟他到了园门口，趴在门前，柔顺地由他将它裹进毛巾。毛巾里是一团散发温热和河水腥气的柔软物件，他在揉搓它的时候，觉得事情有些怪异。它身上不仅有河水的气味，还带着一股浓重的类似铁锈那种血腥味。它不停地发抖，在吹风机的暖风下眨巴着小黑眼睛，随着毛发舒展起来，它渐渐还原成一只黄毛狗。就狗的体量来说，它太小，既不能看家护院，也不能令人大快朵颐。看上去是土狗和宠物犬的杂交，它黑黑的鼻子，金子般的毛发，显示它被照顾得很好。它的主人很可能是一个不切实际的人。他剥开几根火腿，丢在它面前。它很快吃完了，大力舔着嘴巴，不时扭捏地抬眼瞟他一下。

附近有人家，他估摸着它是从东边来的。此前两个月里，除了鸟、素总和地鼠，德馨园里从未出现过生物。他无意于收留它，在晨光中打完一套拳，便收工回屋，专心对付那个短小说。他没有再把那些落在稿纸上的字浸在温水里，当早餐吃掉。他养成了早晨写小说的习惯，因为素总讲他的胃病不是真的胃病，而是一种神经上的病。素总平日结交各个领域的精英人物，其中有个民间奇人，专治各种疑难杂症。钟夫的这套自成一路的太极操，以及早睡早起等，就是他授给他的护体秘方。每天，一套拳打下来，下一盘棋，写上几页字，早早睡下，他的胃被滋养得光可鉴人，富足圆满，再没有闹过大的意见。他先写一段，在主要人物即将登场之际，开始煮麦片。燕麦是有机的，大概还没有转基因，不像大豆、大米、玉米不能大胆吃了。中餐吃点蔬菜就红薯，一碗汤，实在馋了才煮点米饭。薯类只吃本地产的黄心薯，水果是园子里的番茄，没买过超市的紫薯和圣女果。此外，他每天喝一碗本地农户挤的羊奶。送奶人在清早将半公斤的袋装奶放在园门口一棵樟树的树洞里，每月收一次奶钱。按这个习惯，他每天出一次园门。次日来取奶，那只狗还趴在那里，他丢给它火腿的地方，像是一夜没挪窝。昨天写得顺利，从人物出场一直写到高潮部分，他边写边考虑着这个短篇应该能出其不意地结尾。直写到窗外一团黑，才丢手睡了。夜里也没有听到它的叫声。

他想过它的主人是一个游手好闲的大龄懒汉，一个行将就木的暴戾老太婆，镇长的一个相好，甚至镇长本人——一个精瘦、骨节粗大、眉头竖着川字的人，方圆百里流传着他的铁腕手段和长相。他应该想到是这么一个少女，说起来他们也很搭。她的身躯是那么壮硕，挺拔，她的姿态那么健美，甚至威风凛凛。哪怕额角挂着血串，脸上有污泥，衣衫不整，破碎的膝盖处露出她杨树皮一样的肌肤。在他端出半碗羊奶看它喝的时候，她在晨光里出现，头发直到脚踝，光脚套一双球鞋。米色长夹袄上团团水渍，显是涉水而来。她像最浓烈的一株山茶花，怒放出清冽之气，凛然之香。现在，她把下巴埋进杂种狗背上的毛里，眼睛自下而上盯着他，一点也不眨，不移开，这同狗是一个牌子的，里面含着类似戒备、乞求的神情。她的厚嘴唇那么嘟噜着，但不娇媚。而是一种很硬的东西砸到他头顶的感觉。

呃，他说，你在流血。

她如梦初醒地摸摸额角，顺着他的目光眼珠斜斜上翻，笑了。她那副俏皮而轻浮的神态，不亚于梦露在风口扑打裙摆的效果，让他的脸微微热了起来。那狗从她手里滑下来，一跃而起，在她身前两侧不停蹦来蹦去。不知什么时候她手里托着个柚子，躲着它越来越高的袭击。她的笑声又甜又沙。她向他走来，双手将柚子端给他。那柚子皱巴巴的，像一颗失血、蜷缩的心脏。他接过来时，心没来由跟着沉了沉。

　　趁着他进屋找碘酒，她跟进园子，里里外外走了一遭。等他出来，看到她蹲在菜地里拔草。她一点不顾夹袄后摆蹭在地上，水淋淋的裤筒沾了泥巴，两只脚灵巧地挪动着。拔到他脚边，她站起来将草扔了，把额头往他这边凑来。钟夫给她涂了紫药水，伤口不大，涂的时候她嘴里发出嘶嘶声。她的毛发真是茂密。她长着一对金鱼眼，含着雾气，没有睡醒一样。她看他的时候，眼睫毛一根根向肿胀的粉色眼皮扎去。他觉得她是不会说话，然而她忽然开了口，说，这瓶过期了。说完拔腿进屋，在五斗柜里翻找起来。钟夫望向她被长发覆满的背部，怀疑这是不是一个虚幻的场景。在他胡思乱想时，她扭头问他，你那些书呢？钟夫一愣。她低头找了一会，沮丧地转过身。你写的书没有了。钟夫说，你知道我写书？少女点头，我爱看，你都带走了。你看过哪本？我看过……，少女翻起眼想着。

　　一只小老鼠，爱吃芋头，她嘻嘻笑着，结果偷来的是石头。钟夫皱起眉，问她，不是在找药水吗？嗯，少女说，找药水。她回身继续翻找。钟夫走到她身后，看她两只透明般的手在药箱里飞快地翻捡着，仿佛对里面的药品熟悉不过。

　　以前来过这里？他听到自己的声音。

　　她回头看看他，好凶啊。是不是三宝惹你不高兴了？三宝。

　　三宝应声来了。它欢快地纵身扑来，一次又一次，以为主人手里拿着什么好吃的。少女咯咯笑着，拿手里的药瓶逗着狗，说，这个可不是你吃的，好吃鬼，知道他生气了吗？你知道？……他会赶我们走的。

　　钟夫感到屋子空旷了起来，按说多了人和狗，他该觉得拥挤才对。屋子里有风，让他后背发凉。他坐了下来，缓和了声色问，你怎么受伤的？从哪里来？脚，不冷吗？少女用手指给狗梳理毛发，我住桃花源里，跑出来跌了跤，都是这个捣蛋鬼闹的。它知道你回来了。

　　你是说，你来找我？

　　我找的是你啊。她睁着黑白分明的眼睛看他，看得他脑袋乱了起来。

　　钟夫脑袋嗡嗡响，我是谁？他听见自己干巴的声音，不像是自己发出的。门外天色明亮，刚刚有太阳，这会儿阴下来。树木举起整个天空，发出一种玫瑰金色的光。光秃秃的杨树枝发出清泠泠的声响。

　　你是柳先生，少女说完跑了出去。确切地说，她追着狗跑进了园子。

一会儿工夫，连人带狗不见了。木门在风中咿呀着，像从未有人经过。远处传来一两声水鸟的叫声，含着清音，如同程派传人的啼啭。钟夫举起手里的药瓶，发现上面的日期果然超过了使用期。

次日素总来电话的时候，他在樟树下。一早他就出来了，但是送奶人没有出现。他心里隐隐觉得蹊跷，把这件事同狗的出现挂上钩。他还想到，手里这个小说写得如此顺利，几乎史无前例。寻思要不要将结局逆转，好摆脱某种诅咒或厄运。问起近年有没有一位姓柳的作家，素总说她很少过问这边的事，如果不是钟老师在山上的话，她都要忘记这里还有个闲置的房子。若事情重要，她着人去查。问候的话三言两语就完了，她迟迟不挂电话。她提到年前给他代领年货，同他母亲照过一面。她昨天从他单位拿来一堆书信，有一句没一句，给他报着上面的地址或书名。下雨了，她刚从公司回来。她用土耳其大披肩包住脑袋，邻居说她像个欧洲人。泡泡，她的爱猫四只蹄子脏得不行，她真想给它一只只拔掉。她的话听来亲切，且形象。他开玩笑地说，你要允许你的爱将在春天撒撒欢儿。素总听了，说她周末上来一趟。钟夫没有像上次那样悲观，反而庆幸她上来陪他。说到底，写一个短的小说，或是打一套老拳，是无须这样清寂的山水相伴的。他并非无消受的定力，当素总在除夕夜上山的愿望被他推挡掉，他依稀看到今后要走的路。但是现在，他对此踌躇起来。

电话挂断后，雨从山下赶了上来。先是淅淅沥沥，后来密集成一片。天地闭合成一维空间，然而一股辽远的清气不时传进窗子里。午后，送奶人来了。钟夫将纸笔推开，上面没落一字。他拦下了这个青年，一边付给他下月的奶钱，一边向他打听柳先生。青年高兴地收下奶钱，抖掉安全帽上的雨水，问他住得还习惯。他来迟是因为整个上午在新开发的地盘上帮工，这里要建一个带游乐场的温泉度假村，拆掉民宅，填平河塘，都需要人手。他是入秋时接替他爹爹的活，没听说过什么柳先生，不知道这个屋子住过些什么人。先前他在东莞打工，厂子关掉了，他同那些没拿到工资的工友们拉条幅静坐、游行，后来闹得大了，被当地公安抓捕了几个领头的才散场。他老乡里面这样的情况不在少数，有些换个地方还想蹦跶一阵，有些像他一样认命回乡。剩下的就做了城市盲流。他爹今年七十岁，腿脚不好使，没有心力对付那些羊。现在他同他爹娘一样，一天不干活就没饭吃。至于狗，他们这里从来没有那么小的狗，他们这里都是神气的大狗。一个眼神不对，蹿上来咬断你的脚踝。小狗只能是东边王镇长家里的，镇长的小女儿早年也在沿海一带做事，后来厂房发生爆炸，被震坏了脑子。据说镇长为此跑广东待了半年，同化工厂打起了官司。别看镇长在当地是威风八面的人物，到了大地方狗都不是。本地一个人在大街上见过他，夹着个资料包追的士，胡子拉杂，脸上身上皱巴巴，愁苦的样子简直不像是下过圣旨的人。镇长当年占过他家一块地，这一幕着实让他解了恨。这也是这人混得糟透了还赖着不回的原因，他讲恶有恶报，这城市给他报了仇。后来镇长领着女儿回来了，官司不知道打赢没有。这女儿看上去是个好人，实际没有用处，成天跟狗混一堆，脑子全不记事，不记吃也不记打。那狗是她从广东抱来的，不到一个月给人毒死了。那狗跟本地狗下了崽，她成天抱着狗崽晃荡，有一年差点跟个人贩子走了。有人说镇长把人贩子活活打死了，埋在后山。这么些年没人敢动他女儿和他女儿的狗。

钟夫心里有了底。这个柳先生未必是这屋子呆过的人，也有可能是那女儿在沿海城市结识的人。那狗不是那城市带来的，是它母亲到镇上生下的狗，但是它对他的指认完全可以来自她的臆想。他心里不踏实的感觉还在，隐隐觉得她就在园子里。时近黄昏，他出去查看，草里湿淋淋的，树枝上挂不住的水珠滴进脖子里。远山同天空融在一处，河塘上有青烟升腾。竹林里有人走动，吆喝，引爆火药、搬动木材的咣当声。假如没有这场雨，估计路上会扬起尘土，火药味会更浓郁。

他回来一心一意对付这个小说，那些响动对他形成的干扰，反而有一种安慰的意味。完成它，结束它，这是他此时的念头。然而最初的爆发点没有了，离他而去，在河塘上蒸发了。这意味着再写下去就是行尸走肉，堕入深渊。他合上本子，眼望着窗台上那只柚子，了无生气，飘进的雨水也没让它醒过神。远处传来钟声，涟漪一般一圈圈漾开，山中越发显得静寂。

轰隆一声。钟夫吓了一跳。巨大的响声只能来自对岸，他们要填塘。一方面，他感到不适，毕竟这个河塘远看是那么宁静，人畜无害，早晚眺望一回已成习惯。塘边那块石头棋盘，沿岸竹林，都是他再三流连过的。另一方面，河塘是那狗和少女的必经之途，填平了，他们通过的成本就降低了。仿佛是为了响应这炮声，阳光出来了，云层和水汽快速向天空的四角散去。阳光一照，工地一派欣欣向荣。这气象一直持续到深夜，大吊车发出的轰鸣，像哮喘发作的病人。嘹亮的灯光把整个夜空照得红彤彤。

钟夫睡了四个小时，随之被当当声敲醒。接连三日如此。那声音在耳鼓上极具耐心地击打，不紧不慢，将一根一根钉子敲进他的太阳穴。他起身打拳。每次打完都出一身薄汗，通体舒泰，这一回未出半点汗，周身气息全无。他收拳静坐，只觉太阳穴突突轻跳，耳中出现一线金属般的鸣叫。那股气俨然消失了。在太阳升起的时候，他感到那一堆神经衰弱、肠胃紊乱、关节炎统统回到了身上，毯子一样越裹越紧。太阳仿佛在助长这些声响的传播，暖风推波助澜，春的迹象在满世界尘土里飞扬。出来取羊奶，看到三宝守在门口。钟夫心中一凛，极目张望，三宝在他身后哒哒跑动起来，直跑到他前边去。它一跑三回头，领他来到河塘边，直到他看到对岸王二宝拖着长发的背影。她穿一条绛色裙子，阳光下像是谁向她泼了一碗干涸的血。她用那种又沙又娇憨的嗓音向几个男人喊话，语气急促。她打着手势，头发像鲸鱼的鳍一样摆动，或者说，像一面国际反动组织的旗帜。一开始钟夫并没有打算过去，直到她对面有个男人抓住她头发，将她整个人提溜了起来。几个男人看着她敞开的裙摆，哈哈大笑。钟夫几乎没想什么，纵身下了水。水的冰凉在意料之中，还是咬得他打了个寒颤。

钟夫阻止了那男人的下一步动作，将他搜紧她头发的那只胳膊推脱了曰。另外两个张大了嘴，还没反应过来是发出笑声，还是喝问。王二宝冒着热气的身躯迅速被接管到他这边，他扶她站稳，帮她将头发、衣裙大略整理好，慢慢向那三人走去。两个搀住那个大声呻唤的，讶然看他走近。你是哪个？耍的什么邪功夫？

他向他们抱拳，得罪了。我住对岸，敢问几位为什么对这姑娘动粗？

她是个活宝！左侧浓眉小眼的男人说，不是顾及她爸爸，我们早赶得她做鸭子跳。

你是活宝！王二宝身子向前窜去。

右侧瘦长身形的男人说，天天来捣乱，躲都来不及，谁有工夫跟她缠？加班加点累得脱形了！

不准你们拆屋子！王二宝朝对面人踢腿、吐唾沫，活宝！瘟神！亡种！

那叫疼的人抽了口冷气，分辩道，谁拆你……你……屋？三宝兴奋不已，一下窜到那人胸口，爪子挂到了他胳膊，登时疼得他大汗淋淋，说不出一个字。

钟夫问，你们要把这塘填了？竹林也砍？

瘦长男人点头说，还有那边的桥，你住的屋也要推。

浓眉小眼说，你住不了几天了。

这样一来，三个男人脸上都浮出了欣慰的表情，既满意又落寞，同突如其来的春天很搭。当中那个当然变化要急遽一些，因为还要留白给痛苦。钟夫上前给他一推一送，咔哒。那人张大嘴惨叫一声，左右两人惊惧地摆开架势，眼看同伴脸色转暖，缓过气来。中间那人呼出一口气，指着钟夫说，你，是不是前两年见过你？

太阳当空，钟夫打了个寒战。

他们拆你屋！二宝跺着脚。三宝在她脚边给她伴奏，卖力地一跳一跳。

中间那人定定神，说二姑娘，你莫来为难我们，拿铁锹打我也好，用石头砸、泼粪也好，我们是奉命行事，给你爸爸打工。你有意见回家同你爸爸提。他小心地用那只好手翻起夹袄，肚子上一大块青紫的包块，露出苦笑说，莫让她再来，搞得我们办不成事，钱拿不到，还驮骂。

这种现世宝，不是活在世上给我们寻开心的？浓眉小眼嘟哝了句。

钟夫站了一会，转身离开工地。二宝三宝跟在后面来了。他走几步，停住脚说，你回家吧。二宝顿住脚步，三宝也顿住，不解地抬眼看看他俩。钟夫缓声说，你回去换身衣裳。二宝闻闻自己，鼻子皱了皱，她飞奔下坡，浇水洗起手和脸来。她扭转头，映着渐渐升高的光线冲他笑。看到他无动于衷，涉水而去，她一把抄起三宝，大力踩着水花，追上来。

等等我，短命鬼！

河塘的水浅，只到膝盖。填平也不过三两天的事。他走在岸上，感到膝盖骨以下没有了知觉，那种彻骨的寒冷紧勾住他片刻后，化作一片火辣。他预感到不好，多日来护体的绵绵气流尽数散去，脾那里隐隐作痛。他转身对她和狗说，不要跟来，你爸要寻你了。他不会寻我，二宝看他时眼睛一眨不眨，他有更厉害的手段。钟夫说，听说他会杀掉把你拐跑的人。二宝想了想，说，你别害怕，他不敢寻你。我说过你死了我也死。

钟夫望望她，进了园子。他扫视了一下园中草木，后面两个也跟着停了一停。她的左手虎口又在流血，河水的冰冷暂时让它止了血。好在他前些天找到了新药水，给她做了消毒处理。她一直在微微发抖，像是余怒未消，也可能受了寒。春寒伤人体，这个道理她怎么会懂呢。永远不穿袜子，涉水而来。显然，她还沉浸在刚才的场景里，嘴唇哆嗦着，迷梦般的大眼球放出高热病人那种坚定的光：屋子在，你就在。他找出一套绒面家居服给她，甩下鞋子，套上干爽袜子，对着她进去的房门说，我不是你的那个柳先生。里面三宝嬉闹响动停了下来，有一会没有动静。他继续说，我长得像他吧，你们都认错了。她出来了，手里掐着自己的绛色裙子，目光粼粼地看他。两次见她，都有不同程度的伤势，她像是为了遭受这个世界的打击而生的。什么也阻挡不了她。他摸不准她是忘记了从前的经历，还是不懂得吃一堑长一智。她个子既高，人也健壮，但套进他的衣服还是显大。这套咖色绒衣被她穿出了一种帅气。他心里暗暗赞叹一声，没料到她身上的村野气被收得如此巧妙，简直不是被制服，而是相互映射，相克相生。

　　然而他心里是萧条的，下了水，好像全身功力尽失。自从这场雨下来，他像那个大人物一样无法忍受寒气了。或者，雨是她带来的？带来的还有那只柚子，正在她手里旋转着，她一手握刀，灵巧地给它削皮。她削出了一个五角星般的果肉，像一颗受到重击的心脏，干缩成一团。它被扔在窗台上，她把鼻子埋进柚子皮里深嗅着。仿佛她打开它，就为了接触那些柔软的海绵体内壁。她闭上眼睛，鼓鼓的眼球撑得眼皮变成绯红色。雨后天晴，园子里涌进来阵阵草气，在她睁开眼的那会儿，整个屋子在光线里晃了晃。

　　天阴下来是因为她的全部头发覆盖住他的脸。冰凉的脚丫往他皮肤里钻，她一年四季不穿袜子。她可以说浑身冰凉，俨然记忆的盲区在她皮肤上不停闪烁。她抱住他后背嘤嘤地哭，冰凉的液体流在他背心。后半夜歇了，但那种似有若无的呜咽始终贴在背部的一块皮肤上。他鼻端彻夜萦绕一种凛冽的清香，脑子昏沉沉寻思，莫非窗外的梅花开了。

　　或许是柚子发出的香气。这么一转念，天亮了。他似乎做了梦，这些念头全穿插在各个不相干的梦里，闹得他累极了。他不知道自己睡了多长时间，多年没有这么沉的睡眠了。房间没有人，他坐了起身。狗也不在。昨晚她叫他短命鬼，他很想转个身，问问有关柳先生的事情。现在，她再一次消失了，就像她第一次、必将到来的最后一次那样。他应该怅然若失，或者感到安慰。他在各个房间查看，去园子里寻了一遍。梅花果然开了两树，不，两树半。笔直的细枝条硬生生地切割天空，没有叶子，那些粉红的花朵像是单独的一个个梦，被打上一层蜡，熠熠闪光。他登上天台，看到她正朝他笑，抱着狗，两条腿挂在天台栏杆上晃。她整个人浸在暗金色的光线里，头发微微拂动，逆光之中的轮廓像一团烧着的炭。他不禁停了步子，听到自己在问,这是谁?

声音是从身后传来的。素总高挑的身形从楼道的暗处现出来,径直来到他俩中间。似乎是一根精妙绝伦的尺子,微微丈量了一下两人的间距,果断驻扎在中点的位置上。二宝反问,你是谁?哦,我认得你,你是庙里的菩萨。素总皱眉,忍受着三宝小跑过来嗅她的脚面,对主人观点的郑重确认。

你惹上她,钟老师?素总看向钟夫。

钟夫笑了一笑。这种时刻他感到了轻松,他甚至摊了摊手,带头走下了楼梯。身后素总的鞋跟发出咬牙切齿的响声,混合在三宝欢乐的叫声里。一直跟到了厨房。显然,她已经到卧室转过一圈。他打着火,坐上半锅水,抬眼看到一张脸在微微抖动,就说,到厅里坐,素总早上没来得及吃吧?素总没动,半晌说,我上来,就为着吃你这面?该死的,也该吃得补点儿!钟夫说,我还撑得住。说过了才感到不合适,一句要惹素总动气的轻浮话。素总的眼睛也在微微扭动,压低声音说,这算什么?一个白痴!你被她破了戒。你说的那些都是场面话,你对我不落一句实话!

她走出了厨房。钟夫把面煮好,倒了两碗。端出来时,厅里没有人。园子里隐隐传来狗吠。在亮晶晶的树枝间,两个女人在对峙。素总站在梅树下,梅花开了半树,乌黑的枝条益发醒目,她透过树枝盯着王二宝,这犀利的注视不时被憨态可掬的三宝打断。二宝同三宝互动着,不同的是一个不停动,另一个不怎么动。显然,二宝感觉到了对面投来的敌意,她是迷惑不解的。这对她构不成烦恼,先是有趣,到后来才慢慢有点委屈。

你要跟三宝玩吗,她主动把它抱给她。素总冷眼不语。一滴雨水落下来,两滴,三滴。素总朝天空望了一望,收回目光,朝白痴招手。钟夫听到她用平日给员工讲课的语调,开始向二宝训话。

雨水哗哗落下来,把女人的声音淹没了。钟夫端着面出现,二宝马上飞奔过来,三宝被带得在她脚下打了个滚。她朝他做了个鬼脸,夺过碗,放低嗓音说,你赶她走吧!雨下大了,素总进了屋。钟夫跟着她进来,把碗筷搁在桌上。他在另一边椅子里坐下来,拍拍椅腿,给飞奔过来的三宝倒了半碗羊奶。素总笑说,你是上山养猫养狗了,大艺术家就是讲究个博爱呵。我有义务提醒你,趁早打发它们,惹上她的人没有好果子吃。他直起身,把碗朝她推了推。只有素总能养好猫,我们先自保。好在山上生活成本低，他扫了喝奶后仰躺脚边的三宝一眼，微笑了。

你诚心吃素吗？她讥诮地看着他。

怎么说呢，钟夫眼望窗外，说，我是无心才吃素。我躲到你这屋子来，全因为我一无所用。上不能治理国家灾害祸乱，下不能容忍民间弱肉强食，我独独还能响应你素总，不在餐桌上血流成河，大快朵颐。吃素让我心魂安宁。当然，这是我无趣的地方，也是我们两个之间的一场误会。素总嘴唇动了动，眼睛望向屋外，雨势稍减。她陡然起身，丢下一句，等看好新地盘，我们再谈。

钟夫跟出来送她，提声说，这屋子要推倒了，素总倒瞒我。我瞒不着你！素总回身大幅度打着手势，这是发展需要，是政策，我们历来安分守法，和气生财！雨水浇在素总身上，头上，像是配合她的讲话。她对雨势的判断是错误的，这使得她十分恼怒。钟夫在檐下取了伞，赶过去架在她头顶，说，等雨停吧。屋子的事我们谈一谈。

没什么谈的了！就是拆庙也要配合！素总尖声喊道，像一只被淋湿的鸡一样惊恐。今天我是接你来的。你跟不跟我下去？

我没打算下去，钟夫看了一眼在屋门口摇着尾巴的三宝，我们的合约，还有半个月到期。

你知道我一天要摆平多少人？合约！三教九流，人鬼不分！这些吞掉我多少资源多少精力？钟老师！头顶突然炸响一个雷，素总吓一跳。雨里的身子又瘦又长又轻淡，像个魂魄。雨条更密集，伴随着远处隐隐的雷声，她的声音被冲刷得不成形状。

我不信，找不到另外一块地，找不到比这牢固的房子，比你有来头的大师！

我提前收回房子！

钟夫眼前一暗，天上隆隆滚过一个闷雷。发暗是因为那闪电，等他恢复视力，二宝已经送出了那把刀。给柚子削过皮的短柄刀，正从素总体内穿过。因为闪电太亮，雷声太闷，他没有听到素总发出声音。他也没有看到二宝闪到他们中间，把刀插进素总的脖子。

二宝说了句，你不是钟老师。她望着他笑，身上被浇透了，绛色裙子像黑色的血，一直流到地面。三宝在地上的素总身上嗅着，再三审查着主人的行为。

他们把她搬到园子里的棚子下。脖子上的血被雨水冲刷得干净，没一点血渍，面色青白。那刀插得深，三分之二没入肉里。钟夫感到了一种绝望。假如他身怀绝技，就可以用气将那刀逼出来，不至于让事情到这步田地。他们把尸体卷进一床被子里，搬到素总的车上，朝后山开去。天色暗沉，有些像夏夜。远雷在低低的天际翻滚，路边的柏树将獠牙般的长枝条扫过车玻璃。关在屋里的三宝在吠叫。雨声一会儿清晰，一会儿隐去，错乱如同山路尽头隐伏的深渊。清晰时雨点如秒针在头顶盘踞，催促，割裂，犹如审判。二宝率先进了山洞。钟夫失魂落魄地停车，跟了进去。这个时辰大概是下午两点，不会超过四点。雨势滂沱，以至山洞里幽暗一片。二宝在洞壁摸到什么，打着了火，一根蜡烛微弱地发出小朵光晕。山洞不大，二宝手里操了一把铁锹，铲起了土。钟夫不及细想，接过铁锹急急干了起来。二宝去角落捡来把镰刀在一旁刨。三宝不知什么时候跑来了，哀怨地叫两声，贴着洞壁刨着什么。半个时辰后，一个长方形的坑挖好了。钟夫和二宝垂手喘息，相互看对方汗津津的脸。昨天夜里，他们的脸也是汗津津的。

钟夫走出山洞时，三宝还在角落里刨。它刨出了一个不规则的圆坑，露出了什么物体。他这才看到洞壁前几根熄灭了的香，斜斜插在香盒中。果盘里摆放着两只苹果，一只柚子。他打了个寒噤。

是人贩子？

钟夫蹲下来，将蜡烛放到坑边一晃。那人额头塌了半边，牙床露了出来，龇牙咧嘴，显是经重击死亡又遭蚁虫啃噬。蜡烛失手跌落。钟夫一时魂飞魄散，那张脸正是他自己。

远处钟声响起，一声声悠长。风声空空，拂过即将被斫的竹林。一线金属声从耳孔中穿过，此时他听到车子发动声，阵阵涌动如松涛。四下里更加静谧。

（原载《作家》2016 年 9 期　金短篇·女作家小辑）

按摩店

南湖支路有个按摩店,我下班路过时,里面总是点一盏暗灯。这个季节是春天了,白天长了起来。我从市委赶回办公室,再下楼时,天色变成了灰白。我骑上小电动拐出报社大门,没骑几步路,赶上了交通管制。南湖支路狭长、弯曲,甚至有些崎岖,这是因为它有个陡坡,在上下班高峰堵车是常事。女交警在协调一辆路虎和帕萨特的会车,我瞅了个空档,往九江银行门前拐了,这才杀出重围。经过那个按摩店时,前方正好到了陡坡。长长的车队沿着支路的弯曲度向上排列着,像一只只冻死的甲虫。虽说立春了,天气时冷时暖,我这会儿还套着皮夹克。我撇下电动车,在人行道停好,走进按摩店。

这店门口没站人,推开半闭的玻璃门,里面坐一个妇人。因为天还没黑,屋里没亮灯,这个妇人黑乎乎地坐在柜台后面,吓了我一跳。我以为没人哩!我站在一个大灯盏下,抬手扶住了灯盏。过了十几秒钟,妇人像是才听到我说话,站了起来。她一起身,我注意到她体型臃肿,行动迟钝,拉灯的动作显得有气无力。还有人吗?我心里打了退堂鼓。有!有人,妇人在灯下像一座宝塔,暗红的面孔上是一堆卷发,眼睛红肿,像是没睡醒。这会儿她醒了,身形一晃,堵在了门口。她们逛街去了,回来要一会儿。我手艺不错的,大哥试试?这种小店的女人管人都喊哥,不管你年纪怎样。她长着一对金鱼眼。就着晦暗的灯光,我有点疑惑。

你是盲人?

金鱼眼直直地望向我,我只看得到一点儿光。

你们老板呢？我在一间并排摆三张窄床，用纸板隔断的房间趴下来，感到身上的骨头一块一块散开。我们老板不在这儿，金鱼眼在前台捣鼓一番，咚咚走进来说，她在公司里。我说还开连锁店哪。金鱼眼将手掌按在我背部，比画了一会说，她做得大，按摩店就有十三家。我还想问经营别的什么，困劲上来了，就说，你好生做，做好了下次还找你。金鱼眼应一声。我脑子昏沉沉的，仿佛眯过去一阵，几百个念头在梦境里交战，烽火连天的。我挣扎着醒来，气若游丝，房里静悄悄的。弥漫一股活络油的气味。我感到周身疲乏困倦，每一块骨头像是用廉价胶水给粘在了一起，起身时比躺下前还要重。我打开门，看到金鱼眼坐在柜台后，像我从未进来过一样。我怀疑她在我睡着后就停手了，在我皮肤上涂一层辣辣的油了事。我问她几点钟了，她说快八点。我大约六点进来的，她收我一个半钟，另外加收活络油二十块。我说我没有要求用活络油。这时里间出来了一个年轻女人，问我们在这里争什么。我告诉她，我第一次进你们店，除了腰以外，我没有得到任何服务。年轻女人看向金鱼眼。金鱼眼喊了起来，你的腰，背，你的腿，胳膊，我都按到了！你闻闻这味儿！她提起双手凑到我鼻子底下，一股活络油的呛人气味。她的眼珠此时过于活泛，令我再次怀疑她不是盲人。我坚持我的四肢毫无感应，我不可能加付油费。因为油费我甚至不买车。此外我只付一个钟的钱。年轻女人想了想，说，我们店不欺生不杀熟，时间是一个半钟，就不会少一秒。因为你头一次照顾我们生意，活络油免费送你，图你以后常来。如果你对三号的服务不满意，下次我们换人。你可以在这个意见簿上留言，我们会改进服务的。

店里越来越浓烈的油味令我脑子更加昏沉。我想我不会再来这个店了，付钱后，年轻女人拿来一个课本大小的本子，一根笔。我奋笔疾书了一整页，几无停顿，写毕感到周身疼痛，筋骨断裂，越发怀恨金鱼眼的偷懒使诈。我仄仄地出门，天色已黑，门口的电动车不见了。我返身进店，重新同年轻女人和金鱼眼交涉。我火气很大，虽然我什么都没破坏，但引来了一些司机、周边店主和食客。

那天回家已是深夜。半路下起大雨，我跑在巷子里像一只地鼠，躲避着大黑猫雪亮的探照灯。这令我想起了我的大学时代，那唯一的一次痛快的淋雨经历。现在大概雨的成分不同，我再也没淋过那样凛冽、芬芳的雨。后果倒是一样的。次日发烧，稿子还得照常去跑。说起来我们要跟政府部门、执法部门、三教九流打交道，又被一顶无冕之王的高帽罩着，上知国家政策，下知民间疾苦，注定是传播正义之声的麦克风。但是我难免看到一些血腥镜头，赵家的狗自杀了，钱家的猫被做成了烤串，孙家孩子生出来是个大头娃娃，李家闺女火车上被拐卖，王家大叔袭警入狱了，饭桌上的鱼有股火药味，街头乞讨的残疾儿童像儿时的小伙伴，等等。这些有时让我会心一笑，有时笑不出来。因为我自小笑肌发达，使用过度，面临指挥失灵状态。这次我采访的人物既不是名门政要，也不是街头混混，是一个做房产中介起家、在股市发迹、现今掌管几百号人的私营业主。他是我此次采访的其中一环，这趟跑下来，加个夜班基本就能完稿。八点钟我在会议室见到了他，我不知道他为什么将这个采访安排在这么巨大的一个空间。只有我们两个，和一杯冒着热气的茶。我拿出本子，等他开口。他干咳一声，示意我可以动笔。他在回答了我最初的一个提问后，关于企业转型期间的走向和出路，话锋一转，向我交代起他的人生来。这个上午过得有点扯淡，我插不上话，更别说提问。我预先拟定的采访大纲没法进行，时间流逝，眼看这位愁眉苦脸的人将我的来访当成了一次心理咨询的免费门诊。他苦大仇深地望向我，摊开两只窄小的手掌，时而搓一搓，黯然说，没有安全感。时而垂下眼皮，仿佛在忖度这句话的含金量。

　　他的后面是一幅毛泽东在天安门挥手致意的印刷品，红灿灿的很提神。在伟人的衬托下，他看上去有点猥琐。这么说显然有失新闻工作者的客观，我发着低烧，以一个唯物论者的谨慎重新打量他。事实上他是个干巴中年人，身上有种文弱、狡黠的气息。长得像《功夫》里的包租公。这使得我开了小差，念头窜到包租婆那汹涌澎湃的凶悍英姿里。在他讲起个人第四阶段的奋斗史时，我接了个电话。那是一个陌生的号码，我到走廊去。一个女人扬声对我说，罗先生吗？我说是。她便说罗先生您好，您反馈的有关我公司旗下按摩店的意见得到了及时报送，公司非常重视。有关三号的服务，我们一定严肃处理。我脑子里晃了一下，活络油的气味又涌上鼻端。我问她处理的内容是否包括我的电动车。她停顿了一下，说电动车的事我们不清楚情况，目前没法答复您。明天下午公司安排王经理同您见面交流，届时请您光临公司。我答应去，盼望她说现在就去。

　　回到会议室，包租公已经恢复常态，眯缝着小眼在抽烟。这使得我一改进门告辞的念头，寄希望于还能循着我的大纲完成采访。我刚刚坐定，他掐灭烟头，对我谈起他几个儿子。

会议室空荡荡的，飘着那些话的回音。他甚至不需要喝水，整个上午地说话。中途点了两次烟，也不吸，就让它们那么冒着烟。仿佛是一个什么伴奏，一个辅助的效果。他几乎是得意洋洋地说着，即使他的神态和讲述的内容色调是灰暗的，忧虑的，但是他伸长的前肢，我是指他搭在扶手上两条过于瘦长的手臂，那种放松和舒适表明他对这一幕感到无比满足。他面前已经没有我，而是一面巨大的镜子，里面是他自己。他望着自己在现场时而沉默（非常短暂），时而喷发，时而跌跌撞撞，就像是对自己的前半生做了一次系统、完整的回首。在他点的后面那烟燃到一半的时候，我接了过来，放嘴边一吸。我脑子里那层雾霾消散了，热度也被频繁喝下的茶水浇灭。这个上午对我就是一次中场休息。他从那如梦浮生里醒过来，嘴角搐动一下，对我笑了。老兄，你真是高手，解救劳苦大众于水火的高手。他对我言过其实地夸赞起来，小眼睛里闪动着一种沮丧和轻松掺杂的光。

我这才对他夭折的大儿子、闯祸入狱的三儿子（他们同父异母），以及对他退甲归田的打算说了一点感慨的话。时近中午，他送我出门，同我握手。我说稿子出来大概在后天，今晚我会发给他一个电子稿，有些问题要补充的，要改动的，他改完再发给我，明晚版面必须做出来。他答应了，我觉得他似乎没在听我说话。身后的阳光明晃晃的，我发现他头顶有一小丛头发是麻的，想建议他染个发，重新振作精神。我后来还是咽下了那句话。我同他算是第二次打交道，第一次是半年前政协的一个饭局，彼此交换了名片。我们并不熟。

傍晚小红过来了，她将书包往我床上一扔，翻起了冰箱。我问她妈妈呢，她说谁知道。我只好关上冰箱门，带她出去采购。我本想同她去沃尔玛，到楼下才记起我已经没有交通工具。我琢磨着下下月我是不是买一辆自行车骑。路上我提起了我的肩周炎，关节炎，小红蹦蹦跳跳地，上下左右给我捏了几把。她说走着去啊？小红是生物系的大二学生，选修钢琴，她不怎么在意自行车和电动车的差异。落入她眼帘的一般是四轮车。我知道她暗暗希望我用一辆宝马迎娶她，这样她头顶的白纱可以在海滩飘出老长老长。最重要的是，可以堵住她妈妈那张独居后变得又薄又快的嘴巴。有时我在黑暗中靠着小红，思忖着抽身离开这具略显粗糙的身体，想象着半夜她朝我这边一滚，落在地面发出沉闷、空虚的响声。假如当年我晚一点离婚，可能会生一个同她差不多的女儿。当初小红的妈妈把电话打到我这里，针对小红爸爸隐瞒财产的行为寻求媒体支持。她要求我们追踪调查、曝光，揭露坏人坏事。但是小红请求我不要这么做。在她这边，她爸爸是一个受过罪、犯过错的男人。也就是说，在小红初中毕业那年我们成了熟人。我的租房跟她家豪宅隔着一个陡坡，她经常翻过她家蔷薇花篱笆，飞奔下坡，闯进我家阳台。有时我刚回家，她就从黑暗中窜出来。她有很多话跟我聊，还帮我养了一株兰花。她讲她学校的趣事，拜把姐妹的糗事，男生表白、拦路的窘事，网上的花边新闻，也讲她爸爸妈妈的事。那兰花到今天还活着，长势喜人。它被小红妈妈摔过一次，盆边豁了个口，并未像小红预言的那样裂成两半。五年来我没换花盆。我当然不认为一个离婚了的中年男人，就不配养一株娇艳欲滴的兰花。

　　小红相比父母离异那年，话少了一些。她在我背后默默地涂脚指甲。她涂了三种颜色，一只一只脚趾伸给我看。我说黄色好，她就把另外两个颜色擦掉了。屋里弥漫着一股洗甲油的气味。我把窗子打开了，回来继续赶稿子。小红把十个指甲涂好，等它们干，对我说，她要送我一辆摩托车。我没有回头，指头在键盘上继续敲打，我说我不会骑摩托。小红说，她正愁送我什么生日礼物，还好那个小偷给了她机会。我记起下周就是我的四十大寿，我每年比小红早两月过生日。小红说她暑假去韩国玩，顺便帮我换个女朋友。我回头问她，换哪个。小红吃吃笑，说，你看中哪个韩星，给你换哪个。你不是喜欢千颂伊吗，除了身高没法子，其他的包管一模一样。我把那篇半成稿给合上了，转向小红说，我不想骑摩托车，不想骑千颂伊，就想现在这样。小红看看我，说好吧，妈妈要给我垫鼻子，我只答应点掉几个痣。不要点，我一把揽住她脖子，闻着她细细的脖子后面散发出的馨香，用低沉的气声说，不要点掉它们。小红最怕我这样，她痒得皱起了脖子，但是她强忍着。我一个一个找着她的痣，脖子上就有三个。我找到了就亲吻它们，直到找到她"胸有大志"的佐证。

　　妈妈说，它还在长，有可能转成恶性。小红用手绕着我脑后一撮头发，细声细气地说。我闭上眼出了一口气，说不会的。小红低下眼睛看那颗痣，说，到时候我死了，你在报纸上给我打一个讣告，追认我为你的妻子。我从脑后拿下她的手，放下巴蹭着，补充说，最后一任妻子。小红的眼睛闪闪发光，真的吗？西皮，你可是胡说。我说，我没胡说。每次骑你我都当是最后一次。过了一会，小红笑了起来，我太了解你了，你不能缺女人，我前脚走……我发现小红胸口的痣是长大了点，往常我没怎么注意它，现在盯着它看,觉得它在一跳一跳。陡然耳边响起手机铃声，小红的痣不跳了，她将手一把按在我嘴上。哎,妈。我在莉莉家,附近的蛋糕店。……我饿了！不用接，我就回家。

我连夜将采访内容整理出来，分别给采访对象发了电子稿。次日中午查看邮件，除了包租公，其他人都发回了稿子。我打算等到下午，如果从按摩店那家公司回来，我没接到邮件的话，再给他电话。

三点钟我到了那家位于长虹路上的公司。我没想到这公司规模挺大，占据了商贸大厦一整层楼。我向前台说明来意，那女孩打了个电话，几分钟后，出来了一个穿制服的女子。这女子的微笑十分专业，引我来到一间会客室，端来一杯水，请我稍坐片刻。我随手拿了一本杂志翻看起来。我给办公室打了个电话，让小严收下邮件，看包租公是不是把稿子传过来了。小严神经兮兮地小声说，不用收了，主编说就按原件发。我问主编怎么关心起这事。小严吐一口气说，人已经不在了。我一愣，问谁不在。我听到小严说，昨晚跳楼了，33层跳下来，人摔成了渣渣！

接下来的时间里，我苦苦思索着我听到的消息。有两次我走到窗前，俯视着9层楼下面的景物。我浑然不觉自己耳边呼呼的风声，街面嘈杂，道路流通，那秩序似乎没有什么能破坏。人是在一种什么情境下选择同下面的一切终止联系。我离开了会客室，匆匆走过前台。前台女孩给我指了个方向，我拐了个弯，走进了巨大的洗手间。我在洗手间的镜子前站下，看到那个陌生的男人在掠着鬓角的发丝。一团黑影压过来，头顶的灯暗了暗。金鱼眼壮硕的身体出现在镜子里。我听到自己问她想干什么，她不答话，单是在镜子里死死盯住我。我在她眼珠子里看到了我自己。我后背出了一层汗，她两只眼睛实在大，我怕我在里面出不来。我把背转向镜子，失声问她是不是眼睛能看见。我注意到她穿着一条围裙样的袍子，奶油色，像一朵巨大的花菜堵在洗手间门口。她显然不是来上洗手间的，而是来这里堵我。她的来意只有一个，就是要令我无法发声。我早该知道她不是一个盲人。她两手插在兜里，这使得她看上去利落，也凶狠，头发卷卷的，有几分包租婆的意思。

你，让我出去。我镇静地说。

我想到了包租公。他从30多层跳了下去。这是他向我诀别来了,或者,连金鱼眼也只是我的幻觉?我紧紧盯着金鱼眼从口袋取出的两只手掌,圆实,绯红,不像是她的手。它们按在我背部的印象已经消散,那是因为我实在太困了。我难免有判断失误的时候。她提着手向我走来,一瞬间我记起了小红的痣。她要去韩国点掉它,那颗还在长大、阴晴不定的痣。

她踏前一步,对我流下泪来。不要告发我,她扯着我的衣袖,大哥给我留碗饭吃。我扯回衣袖,出去说。我向大哥赔罪,她哀哀哭起来,不要出去,我说几句我就走。我要吃这碗饭,装盲人也是没办法……我女儿不知道去哪里了,没有回单位,也没去同学家,上了一辆的士……我只有一个女儿,半个月了,你说她会去哪儿?

我不知道该说什么。洗手间的空气让我呼吸困难,我意识到里面散发的香味太浓了。那种轻微的抽风机声也令人难以忍受。金鱼眼的眼睛红肿起来,跟那天傍晚肿得类似。她不能再死死瞪着我,而是低头不断用纸巾擦着泪水。她嘴里稀里糊涂咕哝着,我要吃这碗饭,我有的是力气,我要拿钱去寻我女儿,老吴没有做事了,今天他到了安徽……我挤出一句,报警了吗。她猛然抬头望我,似乎这才想起了我。我心里后悔说了这话,因为这话不但毫无用处,还会引发她冗长的诉说。但她没有接口,而是俯身到洗手盆吐了一口痰。用水浇了一把脸,清水顺着她脸旁的一缕头发扭到人中那里。

三号是你,是吧?

她重新站直身子,望望镜子里的我,羞涩一笑。我看到了她两颗黄牙。她问我,你感冒了吧?她从挎包里摸出一个小瓶子,倒出几粒绿色药丸递给我。我把头转向别处,说,我可以离开这,可电动车怎么办?金鱼眼看我不接,将药丸塞进自己嘴里,强咽着说,像你可以坐公交啊,不该走着回去。就不会淋到雨了。我转过头看她。她吞下药丸,说,我昨天跟踪了你。我问跟踪我干什么?金鱼眼说,我就看看你住哪儿,别介意啊,我本想进去坐一坐。我看到了那个女学生。跟我女儿差不多年纪,花朵一样的年纪……我怒气冲冲地回看她,你让我别介意?我是拐了你女儿吗!你女儿是叫我拐跑的吗?金鱼眼惊叫一声,你说我女儿被人拐跑的?你见过她?你认识她吗,是不是昨天你就是来店里看我反应的?她在哪儿?

我要气疯了,面前这女人比我更疯。她揪住我衣领,将我的脸贴近她两只红眼睛，口水不断喷溅到我鼻孔里。我听不到她在说什么，喊什么，她变形的脸不断在我面前重影，融化，直到消失。

一刻钟后我走出了洗手间。外面空气流通，我感到领口涌进了一股凛冽的气流，脖子那里有点辣。那女人留下的指甲痕是红色的。我大步走出走廊，经过前台时女孩喊住了我。一个面目清秀的女孩子，大概十八九岁，吐气如兰地对我说，经理正在里面等我。我改变了主意，举步朝会客室走去。经理站在窗口，听到响动转过身来，朝我走来。请坐，罗先生吗？她伸手同我握了一下，自我介绍姓王，微笑着等着我开口。我说王经理你好，我来是出于一个什么原因呢，我的电动车。它不能无缘无故就没了。你可能会说，你的服务对象是我，我的车不在你的服务范畴。这不对，我出来吃饭，车没了酒店是不是有责任？我出来住宿，包没了宾馆有没有责任？吃饭、住宿、按摩都是服务，都有责任维护好顾客的财物安全。让顾客有安全感是你们的天职。经理微笑着说，电动车什么颜色，报警了吗？关于三号……我一摆手，说，关于三号我没什么可说的。我希望能得到你们实在的答复，电话 24 小时开机，我还有事先走了。经理送我出门，微笑说，公司将对三号采取扣除一季度奖金的处罚，并对她加强道德教育和业务培训，请相信我们改进的诚意和力度。我们会加油的！

我希望他们不要加油。我不会再去那个按摩店，不会再见长着一对金鱼眼的女人。她现在还在洗手间，嘴里塞着一团纸巾，被我用皮带和领带捆住手脚，像只大肉粽一样粘在冰凉的大理石墙面。

（原载《山花》2015 年 7 期）

【宋小词】

（中篇小说类）

本名宋春芳，汉族，80后，出生于湖北松滋。中国作家协会会员、南昌市作家协会副主席。发表中篇小说《血盆经》《开屏》《太阳照在镜子上》《呐喊的尘埃》《直立行走》等相继被《小说月报》《小说选刊》《中篇小说选刊》转载，2016年获《当代》『文学拉力赛中短篇小说总冠军』。现为南昌市文学艺术院专业作家。

膏肓有疾

1

八年前，一个跟你有过一腿的男人突然要到你的城市来，见还是不见？这个问题像只泥鳅钻进穆可可的心里，令她在床上翻过来翻过去。她的丈夫很是不满，半梦半醒地说，你怎么了，床都被你煎糊了。她说，我看上一翡翠镯子，要十万块。丈夫说，有病。然后卷着被子义无反顾地睡了。

天快亮了。她终于做出了决定——见！

该以什么样子见呢？她把衣柜里的衣服在脑海里统统预演了一遍，思量是该清纯活泼些，还是该优雅端庄些。三十出头的女人了，多少带有一种被生活污染的面相，不可能清更不可能纯了，又想起自己多少次在夜间的大排档里，左手握着冒泡的廉价啤酒，右手握着黑糊糊的牛骨头，撕拉咬扯，一幅梁山大爷的架势，优雅端庄更是想也不要想。算了，莫装逼，装逼遭雷劈。这是朋友圈的警告。她只能简单普通。闹铃响，丈夫掀被子时顺便踢了她一脚，快起床，我们纪委今天有个大会，没时间顺你上班。

她哼了一声，以示自己醒了，是活的，也知道了情况。起床的瞬间她突然敏感地想，如果她端赖柔嘉或是温恭懋著，丈夫还会用以脚踢的方式叫她起床吗，应该会用手摇醒她吧。随后她利用穿衣服的五分钟，仓促地对自己的人生做了深刻地追问，娘希匹，怎么就混成了这球样子。

丈夫出门了，家里一片安静，结婚七年夜以继日地耕种，也没有收获出个娃来，于是家里想热闹也热闹不起来。这是她心里的一个疙瘩，觉得自己是残缺的，这令她时不时感到些心灰意冷，毕竟总要活下去，便只得把这种忧伤死命压制住。

工作日要见旧情人就不能去上班。她得好好思考出一个合理的请假事由，不能说生病，请假的病得是大病，要交住院证明和出院小结，也不能说死人，除非是父母死了，关键是如果你以此请假，只要不出省，工会必定组织人马去送个花圈，无论多么千里迢迢。连说父母患病都不行，因为她的领导有神通将她的父母安排进好医院治疗。这就要穿帮了。这是单位很操蛋的地方。她甚至恶作剧的想，如果她以严重痛经的事由请假，单位会不会派人扒下她的裤子来验证。忽然灵光一现，她想起了她的婆婆，她的婆家是外省的，她领导的手伸不到那么长，她斟酌出病危两个字来，这样避免了诅咒而且又留下了转圜的余地。

她出门的时候都在心里感念婆婆的恩德，无声无息为后人谋取福利。同时她开始盘算她的公公，不知道老人家在她的单位里还能安康多久。

见面的地点约在博物馆门口，这是对方的主意。也好，现在博物馆都免费开放，如果约在什么黄鹤楼什么欢乐谷，还得花钱，他花钱不妥，她花钱又觉得不划算，当然以她对他的了解，他是不会让她花钱的，但她也得拿出钱包装模作样一番，这样就露出了她虚伪的破绽。

因为堵车，比约见的时间晚了一刻钟。

远远地她就看见了他。靠，他穿着一件蓝色的布扣子唐装，袖口卷出宽大的白边，更奇葩的是他居然还撑着一把伞，戳眼的扎在人堆中。嫩黄的五月，太阳还是儿童期，连惜白怕晒的女人们都没撑伞出门。他自以为是古典书生的样子，但在她看来却像是手拿醒木的说书艺人。他是越发的异类了，她心里隐隐燃着的灯光，啪啪啪一瞬间全给它按灭了。

嗨！穆可可。他看见了她，向她走来，并向她热情招手。

嗨！曲画水。她装作才看见他的样子，也装出才看见的惊喜。

走近了，面对面，却不知道说什么话了。他笑笑她也笑笑，然后冷场。那瞬间，她自己都疑惑，当初是不是真的跟他上过床，发生过关系。果真是相见不如怀念，曾经打得火热的一对男女现在竟也无话可说了。

她在心里默默感叹时光的威力，由情感崩裂所造成的山河巨变和满目疮痍，它都能悄无声息的一点点修复，痛苦一页页翻过，忽然就脱胎换骨，呈现另一种面貌。

其实他长得还是一如既往的斯文清秀，小平头、个子也高、皮肤白，算算年龄也是三十好几了，却没有一点被岁月卤过的痕迹，还是小鲜肉的面相，双手依然修长，如剥了壳的山笋。她不经意瞥了一眼他的裆部。她为自己的小动作感到无耻。她赶紧没话找话，说，你怎么突然想到要来这儿？他哑口无言，不知道该怎么回答。她才猛然意识到，这是个难题。于是干巴巴地呵呵而过。

他们领了票进到展厅，看得是宫廷御瓷，每件瓷器都罩着个玻璃罩，只准看不准捞，她便对这些坛坛罐罐失去了兴趣，这跟戴着十几个套子做爱一样，没有感觉是一回事，关键还是一场受罪。她亦步亦趋跟在他后面尽点人情罢了。在清宫粉彩荷花杯面前她留住了脚步。杯子造型别致，色彩纯正，设计得也精巧，一枚荷叶自然卷曲，成了一支吸管。她想象如果用这样的杯子喝水，即使是氯气超标的自来水也是好喝的。

他说，你喜欢这个？

她淡淡一笑就走开了。她想如果她说喜欢，他会不会为她抢锤砸玻璃，把东西拿出来送给她？

他当年为她砸过两次玻璃，救她于水火之中。她知道他对她的感情，作为一个男人的第一次几乎都是在她身上完成的，他对她赤胆忠心，爱得无所保留，她站在爱情的上风里，对他呼来喝去，肆无忌惮。她耀武扬威地在他面前脚踩两只船，在左右摇摆的那段日子里，他一直都小心翼翼地伺候她，并大度地表示他会与"敌人"公平竞争，他还发誓此生非她不娶。她对他的誓言嗤之以鼻，说，哼，谁信呢。

他说，你就看吧。

她心里窃喜，虚荣感得到极大满足，并洋洋得意。但她最后还是无情甩了他。她自己都替他不值，这个傻瓜，应该有人教会他，爱情里卑躬屈膝的一方最终是会人财两空的。

离开他后，在省城的新房里，她把结婚证复印了，用 EMS 寄给他，为的是让他死心。她以为他们这辈子都不会再相见了。没想到，他们还是相见了。

2

在观看丝织品展厅的时候。她抽空到走廊里给裴兰兰打了个电话。她的联系方式准是裴告诉他的。她一说曲画水来了，裴兰兰就心领神会地笑了，说，他说他一直想看出土的编钟，考虑到你在省城，人家不敢来，我就怂恿他来了。其实想看编钟是假，想看你才是真。我跟他说你是心里不存隔夜事的，何况都隔了几年了，曾经的已经是曾经了，做不成情人还可以成为朋友嘛。你说是不是？

裴兰兰是她大山支教那所中学的同事，支教结束后，她逐渐删除了跟那个地方有关系的人的号码，但唯独保留了她的。她人生的每个阶段她都会保留一到两个人的联系方式，小学期、初中期、高中期、大学期、实习期等等，就像纪念品一样，为她所经历过的岁月留下个证据。在支教期间，她与裴兰兰的关系不错，无话不说，导致裴兰兰以为自己是很了解她的，实际上她自己有时都不了解自己。很多事情她都是被胁迫的，不是被生活胁迫境况胁迫就是被感情胁迫。如果真的要她以自己的意愿来生活，她想杀人放火、奸淫拐盗、声色犬马、纵酒放歌，在垂垂老矣的时候吸食毒品，在极度快感中保有尊严的死去。她不想被道德、伦理、秩序、文明捆绑，她只想自由，想飞翔就飞翔想堕落就堕落。可是在她神经没有崩盘之前，她是无法过上她梦想中的生活的，她还得在现实社会中蝼蚁一般苦逼又苦逼的活着。

她看了看展厅，压低了声音问，他先在是什么情况？还没结婚？谈女朋友没？

裴兰兰说，没有，人家发过誓的，这辈子非你不娶嘛。

她忽然觉得这种誓言幼稚得可笑，她再也不为此感到满足和骄傲。这么多年过去了，她存在的价值已经不需要靠男人们的痴情和忠心来证明了。他不婚，在她看来是有病。

她说，你要多劝劝他，要让他多接触女人。她再次压低声音说，哪怕是劝他嫖妓也好。

裴兰兰笑了，说，他女人倒是有，但他就是不结婚。

她问，什么样的女人？

裴兰兰说，一个有夫之妇。纠缠有两三年了。

她问，长得怎么样？

裘兰兰说，还行吧，没你好看，但跟你性格有点点像，爽快豪放的那种。

看见他走出了展厅，她匆忙挂掉电话，笑着走了过来。问，怎么样？感觉还可以吧？

他说，古人真是太有智慧了，所有的物品都是精工细作，古人真的是心灵手巧，他们随便做的一件衣服都能完整保存上千年。我上次买了一件毛衣，才洗一回，挂出去是完整的，收回来就只剩个领子了。

她哈哈笑起来。

他继续说，因为线头断了，被风绞在树枝上，那天风很大，愣是把我一件新毛衣给拆了。

她继续笑她的，整个走廊都是她的笑声。她边笑边说，走吧，去那边展厅看编钟去。然后又是笑，笑得东倒西歪，因为是在电梯上，他不得不伸出手来扶住她的肩膀，恐她跌落下去。她拿下他的手，说，没事。又说，大进步，你会讲笑话了。

他先是叮嘱她小心，然后说，其实我从前讲的笑话也不错，只是那时你对男人和笑话的要求很高，所以你觉得不好笑。

她望着他，忽然止住了笑声。他的话好像大有深意。是讽刺还是埋怨，她一时搞不清，但她已经感觉到，他已经不是从前的那个他了，而她还是从前的那个她吗？

她想起在山中支教的日子，那时她钱不多，却敢于视钱财如粪土，出手阔绰，每每发了工资头一件事便是打酒买菜，然后丢在农家里，给点工钱让主妇做一顿丰盛的席。她则呼朋引伴，认识的，不认识的，通通邀在一起大块吃肉大碗喝酒，微醺中会有山民扯着脖子唱几段山歌，哎，隔山隔岭隔个岩，那边的山歌传过来。山中只有歌最好，你要问我唱那个，唱个蜜蜂把花采。她睡在桃树下的躺椅上，猫狗和鸡都围着她，她端着酒扶着头，敲打着节拍，一幅"太守醉也"的样子。

晚上她趁着酒劲给她的父亲写信。

父亲：

儿在鄂西南山中支教已有大半载，已渐渐适应大山里的生活，这里民风淳朴，空气清新，植被茂盛，茶树遍野，大有陶公笔下武陵渔人之所见景状，尤其泉眼丰富，汨汨而出，水质清冽甘甜，所烹之茶能尽其香，所造之酒能尽其醇，饮之不忘。

当初父强使儿赴穷壤支教，儿怨父有食子之毒，如今看来，儿大错也，望父原谅。儿所教班级乃学校之重点，故而得学校和乡民之器重，每逢节庆，尊当地之俗，学生家长皆备应节之礼慰我，或鸡或蛋，或枣或糕，推却不过，只得收下，存于乡民家中，缝合时之机，制成席面，以还乡民之盛情。

儿支教之地，位处山腹，交通多有不便，地所产虽甚，却不能善价而沽，一年辛劳只能糊其口果其腹已，故山区贫穷落后之貌深重，年壮山民多外出谋生，遗老弱病残于此蹒跚耕种，若遇年成不佳，颗粒无收。虽景象凄惨，然山民安从命理不言其苦。他们尊知重教，节衣缩食供养学生。学校常有乡民探望学生，一双枯手，老茧纵横，于寒风中掏钱掏物，不忘殷殷叮嘱，遵师之言，从师之令，师者父母也，当尊之敬之。儿每闻此言必为之动容。山民寄厚望于儿孙，望其刻苦学习，文墨满腹，有朝一日走出大山，谋其财或谋其位，以大山儿郎之根本，还报大山之父老，一洗大山穷困之面貌。儿所教之班级，学生个个皆有此拳拳之心，令人为之感动震撼。

往常父教儿"十年之计，莫如树木，终身之计，莫如树人"，儿感其山区乡民之情深厚意，儿愿此生根扎于斯，执教乡里，尽吾之所学，助大山学子展翅高飞。儿之志愿，望父成全。

另，父若得闲，可携母亲来此作游或小住，感受一二。后祝吾高堂心宽体健，福寿满乾坤。

儿：穆可可拜伏。

将此信通读几遍后，惹得她自己热泪流出两行来。果然是烟出文章酒出诗。此信寄出后，她得意洋洋了好几天。她的父亲是地级市一所小学的工勤人员，起先是教师，因为一次大会上，校长没留神把九省通衢说成了九省通横，别人都没什么表示，座中独他笑得人仰马翻。从此他从教师沦为了勤杂工。郁郁不得志期间，他古里八怪喜欢上了古汉语，从穆可可上寄宿制中学起，他就给她写信，半白话半文言，竖着的，而且通篇都是繁体，看得穆可可头昏脑胀，往往看完了不知道她的父亲要对她说什么。待她考了一所著名大学的中文系后，她在父亲的来信后面用红笔批注了四个大字——狗屁不通。寄回后，没几天母亲就打来电话，说她把老穆气得倒了床，老穆发誓终生不再给你写信了。她在电话里哈哈大笑，她终于摆脱了老穆要人命的书信。现在她主动给父亲写信，用的是父亲从前的调调，她觉得，父亲看到此信一定会万分激动，一定会漫卷诗书喜欲狂，四下奔走，广而告之，为他生产出这么重情重义的女儿感到荣光和骄傲。

她信心优渥地等待着父亲的夸奖，不料五天后，在她又一次"太守与民同乐"的时候，她的 TCL 王牌翻盖手机铃声大作，是穆老太守的，她端着酒走到盛开的蔷薇花架下，掀开盖子，喂。

你喝多了是吧。

她一惊，嗝了一下，说，没有啊。

没喝多，那就是脑壳被驴踢了。

她摸头不知脑，说，这里有牛有羊有猪有狗没有驴啊。

老穆开始咳嗽起来，说，你个小狗日的，你想以此来报复我是吧，报复我当初不准你去北上广，把你推到穷山沟里了是吧，让你这名牌大学生遭了埋没是吧，你就以此来对抗你老子，扎根山区一辈子，我告诉你，只要我还有一口气在，你休想。

她懵了。她说，谁要报复你了，谁要对抗你了，是你喝多了，是你脑袋被驴踢了吧。你好好想想，我要是小狗日的，那你是什么？

老穆咳嗽得越发厉害了。急的她手心里都出了汗，她赶紧叫了几声爸。老穆渐渐缓和了下来，说，当初跟你交代过，去支教是权宜之计，权宜之计，你懂不懂？是暂时的，是以退为进的，广阔天地，大有作为，你的才华绝不能浪费在那鸟不拉屎的地方，你要有大的眼界，大的志向，父母可是把你做栋梁之材培养的，何谓栋，房子的脊檩谓之栋，何谓梁，房子的横木谓之梁，这是支撑起大厦的重要材料，是国之珍贵，民之大幸，你明白吗？你怎能以做杂木劈柴而甘之若饴呢？

她嘀咕着说，没有杂木劈柴，怎么烧火做饭？没有杂木劈柴，冬天怎么生火取暖。

老穆平复的咳嗽又发作起来，说，你不要偷换概念，老百姓生火做饭都晓得用杂木，你几时见他们把房子的檩条梁木砍了来烧火向的？

在她疑惑的当儿，老穆又说，你不要胡思乱想，支教一天呢就尽一天老师的责任，好好教学，过完这一年，你马上给我报考公务员，我已经打听清楚了，你们这种三支一扶人员报考公务员可以加 30 分。这几天我就把备考的资料给你寄来，你要拿出当年高考的劲头来备战。你一定行。

电话从耳朵旁摘下后，她对着眼前的青山仰头喝干杯中的酒，返回席桌后，又开始招呼下一轮酒，酒没了，她拍出一张百元大钞在桌上，高喊道，曲画水，去小卖部里买酒来。她在桌旁摇摇晃晃，道，我爸刚给我打电话，叫我多读唐诗少读宋词，他说唐诗是洪钟大吕，催人奋进，不是国啊就是家，宋词多靡靡之音，使人消沉，不是月啊就是花，哈哈，我来给大伙读个唐诗，五花马，千金裘，呼儿将出换美酒，与尔同销万古愁。

曲画水在稻场前顿住脚步，说，我可不是你的儿，这酒我不买了。

大伙笑得喷酒喷饭，甚至有在地上打滚的。穆可可也笑得不能自己，扬起拳头做欲打状，催促道，快去。

酒来了，穆可可一杯接一杯，喝到最后，她的酒杯被老乡和她的同事们给夺下了。她醉了，酒全上了头，脑袋像顶了花岗岩一般沉重，腿倒是轻飘飘的，一脚一脚如踩在鸡毛堆上。她团着舌头，道，喝，古来圣贤皆寂寞，唯有饮者留其名。

裘兰兰和曲画水驾着她回租住的宿舍。清明时节的山路上，满山开遍的红杜鹃如同烈火燃烧一般，山腰上的白继木红继木和白花泡桐也在期间插科打诨，无管无收的野茶树绽出密密麻麻的新芽，长毛的蕨子一层层霸占住山脚，构树、松树、柏树、桃树、乌桕树、女贞树、杜英、楝树和一些叫不出名的杂树一起将大山严丝合缝地笼罩住。偶尔两声清脆的鸟叫，更显得山空人静。

穆可可坐在一块石头上感叹，多好的山色啊。可惜日月长人生短，许多事不能尽其意，活着真他妈的憋屈。

裘兰兰说，快回吧，我晚上还有自习。

穆可可说，去吧，我想一个人静静。

曲画水兴奋地说，我陪你。

穆可可记得就是那一晚，他先是在山道上陪她坐，然后又搀扶着陪着她走，后来就陪着她在床上睡了。第二天醒来，她蹬开被子看见自己赤身裸体，再看一旁睡着的曲画水也是赤身裸体，惊异之余，隔夜的片段纷纷闪现。她恍惚记起黄昏时分，他将她伺候上床，脱了鞋袜，盖上被子后准备离开的，是她招手让他过去，他过去后，她就用手钩住了他的脖子。他醒后不停地给她道歉，像是毁坏了一件价值连城的珠宝似的。她想起了他昨夜的生疏之状和不知所措，顿时惊觉，天啦，他还是个处男。她犹如得了宝一般呵呵大笑，君王般地抬起他的下巴，再次"临幸"了他。

3

她以为他会在编钟厅逗留很长时间，没想到他只是略看了看。然后就顺着敞开的一扇门来到了露台。他不是专程来看编钟的吗？这可是从曾侯乙墓里出土的编钟原件，一套编钟就占据了大半个展厅，气势雄伟，漆绘惊艳，纹饰精巧，其音号称"千古绝响"，真的乃稀世珍宝。他就这么囫囵吞枣地看过去了。她忽然觉得他难以琢磨了。

露台不算很大，但因游人多不到此，便显得很空旷。一角还有四个撑了大伞盖的火车座，两株盆栽的鹅掌柴立在一旁，几钵春羽围绕着它，团结合作出一大堆清凉的绿意。

他们往座位走了过去，在她落座前，他从包里掏出一包纸巾，示意她把椅子擦一擦。他还是那么细心。以前在一起吃饭的时候，总是他为她烫杯烫碗烫筷子，来了例假他就提醒她不要吃冰的凉的和辣的，在办公室备课，他会为她把水果洗净切好插上牙签放她手边上，她被牙签刺到后还会迁怒于他。学校的老师们都为他打抱不平，当着他的面劝说他，不要对一个女人这么好，将来一辈子都会在胳肢窝里做人。他置之不理。他对她说了，他不忌讳在她胳肢窝里做人，只要心爱的女人能有个胳肢窝给他，此生便是功成名就了。他说，真正的爱情里那里来的那么多的算计，只要开心只要快乐就好。他说，你开心了我才能开心，你快乐了我才能快乐。那些情话配着雨后的山野之景多么令人心旷神怡。如今的她总是想起那些美好的时光。

落座后，她问，编钟不好看吗？

他说，刚在看的时候我忽然悟出一个道理，那就是永远不要亲眼目睹你倾心神往已久的东西，因为多半会失望。

她笑了笑，转而问关于学校的一些情况。他一一作答。他告诉她，她之前所教班级的学生有二十多位考上了大学，有一个考的北大，有一个考的清华。她顿时就激动了，是吗？是吗？哈哈。这真是太好了，太好了。这个好消息令她情绪热烈起来。

没说上几句话，一个系着围裙的大姐走了过来，问，两位要不要喝点茶？

她摆手，想走掉。她讨厌这种变相地要钱。

他却饶有兴致地盘问，你们这里有什么茶呢？

那大姐说，我们这里有婺源菊花茶、西湖龙井茶、安溪铁观音和云南普洱茶。

她说，那就菊花茶吧。

他说，云南普洱茶吧，要好一点的，来一壶，我们需要续水。

那大姐日本人似的点头，好的，先生。

茶来了，杯子是青铜做的，仿热播电视剧《芈月传》里喝茶道具的器型。她估摸着价格不会很便宜，两百三百四百？一百以内她能接受，如果超出了这茶喝得就冤枉了，她家冰箱里不缺好茶，就算这茶是一百她都觉得划不来，一百块钱都可以买一小罐老班章，能喝上好几天呢。她有点小小的不自在。单身汉不在柴米油盐上打搅，永不知物力维艰。曲画水弓着身子给她斟茶，她喝了一口，只觉得苦。

她说，像潲水。

他笑了笑，说，回甘还行。喝茶不能急躁。

她能不急躁吗？她的身上压着房贷和车贷，压着人情和升迁，压着乱七八糟的应酬和七弯八拐的一些请帮忙，她每天脚下都像踩了烽火轮似的，她要随时听候领导的招呼，起草文件、复印打印、布置会场、联系酒店、迎来送往，还得四处弄发票，以填补接待铺张造成的各种亏空。她的两条腿几乎就是为领导长的。她还得见缝插针地去医院，偷偷摸摸治疗她的不孕症，各种检查都做了，没有查出任何问题，连医生也劝她不要急躁。可是结婚六七年了能不急嘛。每一天她的心里都像是老房子着了火，着急着慌的。

她说，你觉得我很急？

他饮了一口茶，慢条斯理地说，嗯，从你的语速中可以看出你很急，从前你说话没这么快，现在你说话就像打机关枪一样。

哈哈。她爽朗地笑了一下，为他可爱的比喻。

其实你可以练练书法，这样可以把心气沉下来。他建议她。

她"嗨"了一下，说，哪有那功夫，等老了吧。她知道他平日里也练书法，便问，你的字现在应是大师级了吧。他呵呵一笑，说，我十五岁习字，临欧阳询的帖子，现在习王羲之和魏碑，书法是个慢功夫，到六十岁时估计我的字才能真正能立在纸上。

他的这股子认真劲落在这尘埃漫天的时代里，她不知道是该崇敬还是该叹息。她冲他笑了笑。

他忽地从包里掏出一把折扇，吊的是小葫芦坠儿，徐徐展开，是把白扇。给她扇也给自己扇。又打伞又扇扇子还随身携带小纸巾的男人，把他过后估计就绝种了吧。她有点蔑视他的不合时宜。

她问，很热吗？

他反问，不热吗？你额头都冒汗了。

她顿了顿，又看了看，这个露台是凹进去的，四周都是高楼大厦，没有风能钻进来，是很闷，她觉得她背上都有麻丝汗。

我出了汗，竟感觉不到热。我痴呆了吗？她问。

他说，不是，是你对大自然的反应迟钝了。

对大自然的反应迟钝了。她轻轻重复她的话。那她又对什么变得敏感了呢？她在心里问自己。她忽地又笑了笑。她知道自己对交际中人们的脸色言语，一举一动敏感了，这些小动作传达出的潜台词，她了如指掌，她善于揣摸"上意"，领导的屁股一抬她就知道要拉什么屎，并能对此及时做出反应，以博得褒奖和晋升的机会。她的办公桌上永远是清理不尽的文件信函和党刊党报，每天至少要听两到三个会议。不认同的观点要愉快的认同，不同意的人选要由衷的同意，并拍烂双手。她每天都在到处亮着日光灯的高楼里忙活，她很久没有逛过公园了，印象中连天空，哪怕是阴霾的天空都很久没有仰望过了。自从离开支教的大山以后，她就再没有闻到花香、没有听到过鸟叫，那个草长莺飞、小桥流水、空山新雨的生活便彻底与她隔绝了。如今他一针见血指出她的现状，令她陷入一阵茫然，生于自然中的人对自然的感受迟缓，这是多么可怕的事情。她窝在椅子上，一副病入膏肓的样子。

服务员过来了，询问，先生，请问需要续水吗？

他说，不用。多少钱？

服务员说，一共三百五十六块钱。

她说，一壶淴水这么贵？你开黑店吗？她一边抱怨一边拿出钱包。但他比她手脚更块，抢先数了四百块钱递到了服务员手里。

她逼迫服务员把钱还给他，她说，来到我的地盘了，怎么能要你出钱。她也数了四百。他坚决不收。他调侃说，平头百姓能请当官的喝杯茶，此乃莫大荣耀，你就随我吧。她就不争了，说，你够荣耀了。等会吃饭我来。

临起身她不依不饶的向服务员索要发票，服务员说没有。她便授意她去博物馆商品售卖处拿一张，抬头写她的单位，名目写外事礼品。

收好发票后，她说，那边是青铜器馆，鼎和簋都在那里，去看看吗？

他用扇子挥了挥，说，鼎簋只有你们当官的才喜欢，我们平民喜欢春花秋月。他顿了顿，说，到湖边走走吧。

她担忧这样暴露在大庭广众之下会不会被单位的人发现，不是说婆婆病危吗？怎得跟一个男士湖边漫步呢？向来谨慎的她决定侥幸一回。仓央嘉措不是说过吗，世间事除了生死哪一桩不是闲事。

4

他们沿着博物馆旁边的路走到了湖边。他为她撑伞又为她扇扇，她内心满是别扭但面上又不得不欣然接受，因此愈发地热汗汨汨。他问她官至几级了？她说，才提的处长，九品，小喽啰一个。末了又添了一句，真的是小喽啰一个啊。

他说，我们教书那会儿，上课前学生都要唱支课前课，最好听的还是那支《上学歌》，你还记得吗。说着他们一起唱起了那支歌：一年级，二年级，三呀嘛三年级，人生的道路像呀像楼梯；四年级，五年级，六呀嘛六年级，我们一步一步走上去……她知道他的用心，当官嘛，总是一步一步往上爬的。但只有她自己知道这往上爬的艰辛，心力交瘁、卑微屈辱、满身血泪。

站在栽满水杉树的湖岸上，吹着温柔的清风，她说，说真的，还是那个时候最开心。

他说，自从你走后，学校里的老师和学生的家长们都时常念叨你，都喜欢问问你的近况，听说你考取了公务员，进到省政府当官了，他们都替你高兴。去年冬天，还有一个山民指着一片衰草对我说，要是穆老师在，这草估计就被她给点了。

她顿时哈哈笑起来，笑得眼眶一片湿润。以前支教除了教书她最喜干的两件事，一是喝酒二是放火。特别是冬月里，她的兜里随身带着打火机，遇到有死草的地儿，她就一把火点起，欣赏它们由星星之火渐渐燃成熊熊之态，她还专门在学校拉起一支放火队伍，画水和裘兰兰是队伍骨干，遇到假期，他们更是翻山越岭地放。山野的风吹得火焰呼呼作响，收割过后的田地暮气沉沉，冬季里的山也显出老态龙钟之像，唯有这野火呈现勃勃生机。

火苗四处串联，她则在一旁鼓噪，加把劲，让它们尽情燃烧，让它们化为灰烬，哈哈，烈火烈火，多么雄壮的诗篇。火势越大她越激动，有时候火里还会飞蹿出兔子、麻雀、老鼠或是黄鼠狼，这往往会更加令她兴奋，她不断尖叫。

他们一边烤火一边笑她，这女人要疯了，要疯了。

她更加哈哈大笑，说，我们来到这里，为什么不向这山水，这田地，打开我们自己呢，不要自我捆绑，我们应该要与这片火真正融在一起。

他们互相交流一下眼神，说，好，我们来成全你。他们把她往火堆里拖，她惊叫着抵抗，却又笑得上气不接下气，最后他们都笑得瘫在了地上。

她看看近处的山和远处的山，看看蓝天和蓝天上飘着的几片白云，忽然翻身坐起，说，我们办个篝火晚会吧，大大的，让老乡们见识见识，也让孩子们见识见识。她不知道她还能在这里留多久。

前几天她的父亲已经给她寄来了《公共基础知识》《行政职业能力测试》和《申论》，随备考资料一同寄来的还有一幅大字，她展开，是曾文正公的诗作：沉江欲祷王尊壁，击揖谁挥祖逖鞭。大厦正须梁栋柱，先生何事赋归田。落款印章是"穆韬光印"。她呵呵一笑，反复玩味"大厦正须梁栋柱"，她想打电话问问韬光公，是哪里的大厦需要什么样的栋梁柱？但又怕引发他的咳疾，遂作罢。

虽然她的内心拒绝经济仕途，但她不得不遵从父命，把心思和功夫用在上面。好在她没有离开学校太久，心思还算单纯，捡起这类东西不算太难。

她提出的篝火晚会，他积极响应。裘兰兰讥讽他，只要是她提出的，没有你不赞成的。他辩驳，说，那也不至于，如果她说去茅坑吃屎，我应该不会同意。我还是有底线的。

裘兰兰逼问，如果她硬要说去茅坑吃屎，你真不去？

她也逼问，你真不去？

他闷了半天，说，要吃不吃隔夜的。我真的是有底线的。

哈哈。旷野里爆出炸弹般的笑声。穆可可说，亲爱的，叫我如何不爱你。哈哈。

他们为篝火晚会专门去了趟县里采买物品。贫困山区的县城也是小模小样的，比不上沿海城市随便一个小镇。整个县城只有两家说得过去的超市，因为购买力不强，很多商品处于临过期状态。她想买一些"高级"点的，平常里乡亲们和孩子们都很少吃的食品，比如巧克力、肉脯、牛肉干、巴旦木、碧根果之类的。考虑孩子们不能喝烈酒，他们买了些酒精度只有百分之一的果啤。她决心把篝火晚会办成一个狂欢的节日。

篝火晚会定在期末统考结束的那一天，地点在离学校不远的山脚下的农户家门口，那是三家相连的一个屋场，稻场共起来就特别大。与农户商量妥当后，他们便广泛发布消息。弄得方圆几十里的山民都知道了此事，他们的一生所经历过最热闹的就是婚礼和葬礼，看过放焰口，和尚道士开路，看过打斋醮，看过露天电影，但他们不知道篝火晚会是怎么回事，他们说一定要来瞧上一瞧。

她为这场篝火晚会出资了两千块钱，曲画水出资一千，裘兰兰出了五百。五百块钱买柴火，一千块钱办生活，其余的用来买酒，啤酒、白酒和红酒。

考试结束后，学校里的学生交了卷就直奔山脚，老师们也随后去了。农户稻场的柴火已早早被村民们码好了，大大的一堆盘，几张八仙桌远远地放在一头，上面堆的全是吃的，酒一坛一坛、一瓶一瓶、一罐一罐全堆在屋檐下。三个厨房里炊烟袅袅，主妇们都在奋力烹饪几个大型热菜，炖鸡、炖腊蹄、炖羊骨头，咕噜噜地满大锅。用铁盆盛了端出来，垛在煤炉上加热。

七点钟，在碟机播放的《冬天里的一把火》中，篝火准时被点燃，门灯亮起，音乐放起，酒杯端起，在气氛的烘托下，每个人的脸上都洋溢着笑容，那些穷困的山民们似乎忘却了他们严重的生计问题，成绩不好的学生们也放下了沉重的学习包袱，他们吃着喝着，说着笑着，孩子们则在人群里钻来钻去，品尝不同的食物和不同的酒水饮料。

穆老师，干杯！她的学生们结成伴来与她敬酒。

你们只能喝果啤。她叮嘱她的学生们，但很快她又说，小小的尝试一下白酒也没有什么不可以。诗酒趁年华嘛。

她与孩子们一饮而干。她还鼓励他们围着篝火跳舞，什么舞都可以跳，自己想怎么跳就怎么跳。她说，喜欢跳舞的人上帝都会给他好运气。孩子们在她的煽动下围着火堆跳了起来。她把音乐换成了迪斯科，强劲的节拍把许多人都推到了火堆旁，他们随着曲子摆动头，扭动腰，高踢腿。她惊喜地发现，她不少的学生都有很好的舞蹈天赋，有几个男孩不知道在那学的霹雳舞，"擦玻璃""摸钢丝""太空步"跳得有模有样，引来阵阵掌声和喝彩声。

哈哈，多么带劲的人生。她在心里感叹，并朝着红红的篝火举了举杯，然后喝干。后来，她干脆坐在了酒坛旁边，掌着一个竹制的酒提子，给别人把酒也给自己把酒。

裘兰兰从人群里走过来，蹲在她旁边说，乡里人就是乡里人，素质真差，巧克力、榛子一把一把往口袋里塞，饮料喝了留着瓶子装酒，放在孩子的书包里。我真的看不下去了。赚了这点东西就能饱一生吗？这跟偷盗有何区别？怎么就不知道要脸啊。

仓廪实知礼节，衣食足而知荣辱。都是太穷了的缘故。她轻轻地回答一旁的裘兰兰。伤心秦汉，生灵涂炭，读书人一声长叹。穷是大山之顽疾，她一名小教师无能为力，微醺中听此音，只能徒添伤感。她说，随他们去吧，看到了就当没看到一样，不要做声，恐老乡们脸上挂不住。

夜一点点沉下来，四周的山笼统成黑窟窿咚的巨像，与夜色连成一片，寒气已经在四周打下了埋伏，因为篝火旺盛，它们还未袭来。月亮倒是上来了，明亮而饱满，如同一枚玉璧，内里的经络与纹理清晰可见。夜空的星星也开始多起来，她仰头寻找猎户座和北斗座，她只能辨认出这两个星座。她看着它们，像看着两个久别重逢的朋友。仰望星空，见宇宙之浩瀚，忽也生出一种"哀吾生之须臾"的惆怅。

考虑到安全问题，老师们都安排各自的学生或结伴或由家长陪护回家了，偌大的稻场便陡然空了下来，中间的篝火也显得冷清了许多。满稻场只剩五六个乡亲、三四个老师、几桌子残羹冷炙，一地酒瓶子和纸杯子。狂欢过后的狼藉更加剧了她酒后伤感的情绪。她从未感到如此的脆弱，她觉得她是多么的身不由己、多么的困顿乏力。

她像一只受伤的鹿，哀哀的盘坐在火堆旁，任谁过来跟她说话，她都置之不理。

直到下半夜，篝火堆里忽然飘出一阵香气，她嗅了嗅。曲画水用火钳拨出，是洋芋，一大堆，是那些孩子们之前丢进来的。烤得软烂适中，掰开有种砂质感，这几颗好吃的洋芋如同意外之喜，倒一下解了她心中的千古愁绪。

5

沿着东湖走了一小会儿，一个撑船的阿姨过来询问他们要不要坐船。这个她倒是有兴趣，便朝他看了看。他问，坐你撑的船？安全吗？

阿姨笑笑说，安全，怎么不安全，划了十几年了。阿姨将船绳系在树上，热情地招呼，说，这个时候不适合在陆地上谈恋爱，水里凉快。

他们一齐呵呵大笑。他搭着撑船阿姨的手上了船，然后把手递给她，她擎住他的手，船有些晃荡，虽然阿姨一个劲地说没事没事，但她还是不敢。他双手打开，她也只得向他张开双臂，他托着她的胳肢窝，几乎是将她抱上的船。

他说，你胖了。

她说，去你的。

撑船阿姨哈哈一笑。说，不胖不胖，不过不能再长了。

她做头晕状，说，阿姨，您是专门补刀的吧。

他欲撑伞，她赶忙拦住，说，你是打算演《白蛇传》吗？

他怔了怔，然后微微一笑，便将伞一页一页折好收在包里，又从包里拿出那把扇子来。她的心里一片无语，但也不便再说什么。

阿姨撑了两篙子后，改用桨，在船头弄出一片吱嘎吱嘎声，加上被拨动的水声，听起来，像一首破旧而富有诗意的歌谣，环顾四周，白茫茫的水波一层层荡起丰富宽广的粼光。垂柳、水杉、梧桐交织成厚厚的绿带，环绕在湖岸上，此景倒勾起了她心中的古典情怀。

她靠在船舷上，曰，丙申之夏，端午在望，穆子与客泛舟于磨山之下。清风徐来，水波不兴。举酒嘱客……算了，没酒。

他问，你现在酒量越发猛了吧。对了，我这次来专门给你带了一坛山民自酿的高粱酒，你以前最爱喝的那种，存在了火车站边上那家外资超市的储物柜里了。他从包里掏出一个带拉链的小小塑料袋，递给她，说，这里面装着储物柜的条码纸，你今天抽个空去取了吧。

她接了过来，道了声谢谢，脏腑间有片温热漾过。他对她还是那么的用心。从前她享用得心安理得，如今她觉得受之有愧。

其实她现在已经很少饮酒了，基本不喝。官场的酒规矩大，像她这样的小喽啰，席面上一端酒杯，就如端了个包袱一般，心理负担会特别沉重，一桌十来个人，你要知道每个人的级别高低，酒过三巡后，你要从级别最高的那个领导开始，一一给人敬酒，要会说令领导高兴或是凑趣的话。通常一桌中，基本上没有比她级别更低的了（比她还低的一般都是跟司机一道吃，她是多么的情愿跟司机一道吃饭。）从当了科长开始，她的应酬酒就多了起来，敬个酒，你不仅身子要比人低一等，敬酒的杯子也要比人低三分。而且不能光顾着敬酒，你还得留意桌面，领导夹菜，你要把电动的桌面压住，你还得留意领导们的状态，杯子空了，虽然有漂亮的服务员在旁边，但你还得离席亲自倒上，你得时时刻刻笑靥如花，要不断提醒自己不能乱讲话，一言不慎，就有可能得罪人，在官场，得罪一个人就如同凭空踩个地雷，是大忌讳。总之，你就是个木偶，是个奴才，你没有思想，领导的思想就是你的思想，你对任何事都没有态度，领导的态度就是你的态度，领导说西瓜是树上结的，那你就绝不能说西瓜是土里长的。这是她被端了多少次，才获得的深刻教训，属于"多么痛的领悟"。

她永远记得那次应酬，那是在她准备提副处的时候，一个副处长要她代酒，一个正处长也要她代酒，关键时刻，她怎能迎"雷"而上，官场里，官大一级压死人。虽然两个处长有故意为难的嫌疑，但她却不能拒绝，拒绝就是得罪。何况她的领导经常对她说，上级就是为难你那也是瞧得起你。她对他们如此的"瞧得起"无以为报，只有一杯一杯再一杯。桌上喝彩声不断，都夸她有海量，都认为这样的人前途不可限量，是不可多得的栋梁之材。

突然她感觉到胃部一阵痉挛，继而是绞痛，疼痛令她的后背涌出密密匝匝的汗水，接着她的脑门上也是汗大如豆。酒在她的胃里翻江倒海，她忍着强烈的难受，不让自己失态，装作很正常的一次去洗手间。在洗手间里她呕下一滩污秽，也呕下一行热泪。她想起父亲曾寄给她的曾国藩的诗，"大厦正须栋梁柱"，她心里一阵冷笑，这是栋梁柱吗？酒囊饭袋的大厦所需的栋梁吧。她蹲在马桶上，还没尿出，胃绞痛却再次袭来，她几乎要在地上打滚了。但她还是强忍着顾住了体面。终于进来了一个服务员，她请她帮忙叫辆的士，并让她把她送到车上去，她得赶快去医院。

那个夜里，在医院的急诊科她被诊断出胃穿孔，握着那个诊断书，泪如雨下。她觉得受到了莫大的侮辱和损害，可是却不知道是谁侮辱和损害她的。疾病是对身体的警告，表示身体受伤了，而这一次她感觉受伤的不光是身体，还有心理。从此她决心戒酒，她在纸上一遍遍写着"安能摧眉折腰事权贵，使我不得开心颜。"加上要孩子，封山育林，多么堂而皇之的拒酒理由。

她对他说，我已经没酒量了，像从前惯喝的高粱酒，60度的那种，已经碰都没有再碰过了。你知道，我不大喜欢喝应酬酒，我喝酒无拘无束惯了的，高兴了就喝一大口，不高兴的时候就抿一抿，碰到对味的人就多喝几杯，不对味的就少喝一点，喝酒本来就是为了给人生添趣的找乐子的，但如果喝变相了，酒也就变了滋味。

他点点头，表示赞同也表示理解。

其实他那里能真正理解。她戒酒后，慢慢少了很多酒应酬和酒肉朋友。但当这些她深恶痛绝的喧哗和邀请减少后，她不但没有获得某种清静，相反她又处在一种深深的不安中，好像不参与饭局酒局，她就找不到存在之感。她一面感觉到压抑窒息，一面又害怕被抛弃。于是在外表上她只能愈加的奴颜媚骨，她跟自己不断妥协。

有时候她还是欠点酒喝，便趁丈夫不在的时候，夜半溜出去，找一大排档，点两罐啤酒，小解酒馋虫。那时她想的最多的便是山中教书的岁月，那个时候的她恣意洒脱，自由自在，像风中奔跑的一匹野马。

她说，不过你的酒，我肯定是要喝的。

她问他，你现在也成家了吧？

想起刚刚裘兰兰告诉她的，说他跟一个有夫之妇纠缠在一块，她的心里就存下了一个小疙瘩，她想亲自问问他，也想善意提醒一下，莫玩火，以免引火上身。

他摇摇头说，没有。

那女朋友呢，总谈了吧。

他笑了笑，不回答。

她说，你难道还真的非我不娶？别傻了啊。赶紧谈一个，要求不要太高，是女的，活的，就行啦。

他噗嗤笑了一声，白扇子摇了两摇，倒吟出两句诗来，曾经沧海难为水，除却巫山不是云啊。

她推了他一下，又挥了挥手，说，别存些酸诗在肚子里。我告诉你，不要指望一张旧船票还能登上我这条破船。赶紧找只好船，扬起帆，快点划上岸，这才是道理。

他莞尔一笑，不做任何回答，沉默。显然他不愿跟她讲起那个有夫之妇，他也不愿意聆听她的劝诫之言。她只得作罢，有夫之妇就有夫之妇吧，去他娘的伦理与道德，男女间的事，只要快乐就行。

她看看表，已经十一点了。她向驾船的阿姨挥了挥手，说，阿姨，您觉得这湖边上哪家餐馆的菜好吃，客人多，您就把我们送去那。

阿姨说，好。

她看看他，像是闷闷不乐的样子。便转过头对阿姨说，阿姨您看过《新白娘子传奇》吧，白娘子和许仙坐在船上的时候，艄公唱了一首非常好听的歌，您也给我们唱一个吧。

阿姨摆摆手，说，我不会唱。

她说，您唱一个吧。

阿姨说，我不会唱。

她说，您唱一个吧，我多给您船钱。

阿姨说，好。唱一个。唱个我儿子经常唱的，说是叫瓦谱。

信了你的邪，信了你的邪
武汉的房价像打了鸡血
光谷一万三
汉街两万五
这还不说汉口的地老虎
有钱的老板他只管泡媳妇
没钱的我们就只能光屁股
我们叫声苦
当官的不舒服
连忙过来问，大爷，你幸福不幸福？

我信佛我信佛

信你个板马的阿弥陀佛

　　他们拍着船舷,笑得前赴后继又东倒西歪。她笑得飙出两行泪来,问他,如何? 如何?

　　他捧着肚子,说,绝了,绝了。

　　上岸后,她抢先给了阿姨三百块钱。阿姨说,多了。她大手一挥,翘起一大拇指,说,不多,值!

6

　　坐在"东湖岸边"餐厅的包厢里,等候服务员上菜。她和他隔着落地窗户看东湖,湖面上飞过一辆又一辆冲锋舟,是驻地部队在演习水上救人,"轰隆隆"地卷起"千堆雪"。他忽然感叹说,你当年弃教从政是对的,这里的生活比那里的生活要精彩得多。

　　有句歌儿唱得好,外面的世界很精彩,外面的世界很无奈。她说。

　　各有各的无奈。他说。

　　她又说,其实有时候我会做许多假设,假设当初不出来,留在学校继续教书的话,现在会是什么样的心态? 假设跟你结婚会过什么样的日子,会不会孩子都很大了? 到最后,这么多的假设堆在一起,我就会感到茫然。我总是会问自己,这样的选择到底是对的还是错的。

　　他散开桌上消毒餐具的包装,用开水反复烫洗,还像从前一样,先烫她的那份,再烫他自己的,然后用他自带的餐巾纸擦干摆好。他一面做一面说,人生的道路没有对和错,站在十字路口,选择朝左或是朝右都是对的,只有左右摇摆犹豫不前才是错的。

　　菜上上来了,一盘葱烧武昌鱼、一盆油焖大虾、一罐排骨藕汤和一盘清炒竹叶菜。她问他,喝什么酒?

　　他说,黄酒吧,不伤身。

　　她便吩咐服务员来一坛女儿红。

　　酒上来后,她拦下了桌边准备开瓶的服务员,说,谢谢,我来。她亲自开瓶,并下位跟他斟酒,他不知所措,只能慌慌站起。说,穆处长,给草民这么高的待遇，草民领受不起啊。

她不理睬他的调侃，端起杯说，久别重逢在中国的传统文化里算是一桩喜事，你我为此干一杯。

复又斟满，她站了起来，说，曲画水，这么多年了，我一直欠你一声"对不起"，今天，我借这杯酒向你说出来，说了，我的心里就好过一点了。

他也站了起来，眼眶带着些湿润，说，不要说什么对不起，你没有对不起我。这么些年我也对我俩的事进行了反思，在我心里，你是美丽的孔雀，是高贵的凤凰，我爱你，仰慕你，就像桌上这小玻璃瓶装的金鱼一样，你看因为空间的狭窄，这鱼游动得多么吃力，甚至掉个头和摆个尾都很困难，时不时头就撞在了瓶身上，如果这瓶水有情，它一定会感知到他所爱的鱼的痛苦。说着，他拿起玻璃瓶打开窗户，将那条鱼放到了东湖里。他说，不能怨这条鱼的离去，只能怨瓶中的水太浅。

她忽然感觉喉头一阵灼辣，哽得让人要流下眼泪，她赶紧仰头喝干杯中的酒，然后逼迫眼泪回流。她要面子，不想让他看到她的感动。她在他面前一直都是螃蟹，是横着走的。

每当她头疼脑热又恰逢雨天的时候，躺在床上看着窗玻璃，脑海中就会想起他为她破窗而入的样子。那时她支教已经满两年了，她的父亲说她已经符合三支一扶人员报考公务员的政策了，便隔三天就打个电话督促她为国考做准备。没几天她父亲又来打电话，语气神气又神秘，说，我已经跟你报上名了，猜，我跟你报的什么职位？

她问，什么职位？

她父亲说，省政府办公厅主任科员。

她嗤之以鼻，说，这很好吗？

她父亲很不满的"哎"了一下，说，这不错啦，其他的岗位要求研究生学历，你有吗？再说专业也不对口，这个要求汉语言文学专业，学历本科，不是为你量身打造的么，更重要的是办公厅是出人才的地方，有很多一把手、实权领导、大官都是从办公厅出来的。

她说，你一个勤杂工怎么对当官握权有如此大的热情？韬光公你给我解释解释看。

韬光公说，你个小狗日的，我告诉你，在中国你只有当了官你才能有脸有皮有尊严地活着，才能活得像个人，只有掌了权你才能照顾到理想，才能更好实现胸中抱负。你要知道，人生不得行胸怀，虽寿百岁，尤为夭也。

她说，你知道我的胸怀是什么吗？是人生得意须尽欢，莫使金樽空对月。是且放白鹿青崖间，须行即骑访名山。是我见青山多妩媚，料青山见我应如是。

她父亲怒道，你就不能志顶江山，胸怀宇宙吗？我们九死一生，含辛茹苦培养的就是你们这垮掉的一代吗？然后她父亲一阵猛烈咳嗽，像是气绝一般。

她怔住，垮掉的一代，这个定论下得太武断了。最后以头悬梁锥刺股的方式妥协了。每天晚上下自习后就回宿舍看参考资料，做模拟试卷。她看到有一道论述题"日本 2010 年名义 GDP 为 54742 亿美元，比中国少4044 亿美元，中国 GDP 超日本正式成为第二大经济体。正如英国《金融时报》评论所说："中国经济总量超过日本是意料之中的，但是成为现实之后还是让人们感到震撼。世界将重新打量中国，并且以一种新的方式与中国打交道。请问你是如何看待中国 GDP 超日本的呢？"看到此题她忽然想起她漂在首都的同学，该同学当年以"拍栏杆、发牢骚"闻名文学院。她给他打了个电话，问他是如何看待中国 GDP 问题。

该同学说，"鸡的屁"？祖国的"鸡的屁"猛涨，而我们的荷包没涨，反而更瘪，这样的"鸡的屁"有意义吗？以吾之见，就跟发炎的扁桃体和阑尾一样，应该割掉。

她哈哈大笑，然后挂断电话，将资料搁在一旁，转而翻《全唐诗》，信手翻到杜甫《赠卫八处士》，读到其间两句"夜雨剪春韭，新炊间黄粱"，忽然感到腹中一阵饥饿，寝室里已经没有存粮了，她便想到镇子上去买点花生米和卤豆干之类的，顺便打壶酒，以慰五脏庙。

出门时还有"明月别枝惊雀，清风半夜鸣蝉"的好景致，哪知山里天气多变，连夜里也不得消停，才走到半道上，满天繁星被乌云遮盖，只剩的"七八颗星天外"更兼得"两三点雨山前"，走着走着"两三点"就变成了"十几点"，然后点连线，一大片，噼里啪啦兜头浇了下来，满世界都是"穿林打叶声"。她被浇了个透，连内裤和内裤上的卫生护垫都是雨水，赶路又没留神，一下跌进一个水凼子里，挣扎着爬了起来，但人却受了惊吓。跌跌撞撞回到寝室，头昏昏沉沉的，四肢又绵软无力，勉强支撑着脱了衣服，就钻进了被子里。

迷迷糊糊中，她梦见大学里的毕业晚会，莺歌燕舞，一片闹哄哄，然后"哐哐哐"的几声响，是有人敲门，她起身去开了门，门外却没有人，但敲门声却一直在持续，她觉得这一定是有鬼，然后她扭头看见她的同学们的身后都露出了一截长长的毛尾巴，她吓得东躲西窜，"哐哐哐"的敲门声却追着她跑。她觉得这是在做梦，她就逼迫自己睁开眼睛，然后她就看见了曲画水，她向他大喊，"救命，救命"，我被狐狸精包围了。她的同学们从后面追过来了，一个个青面獠牙，红眼红唇的，她的冷汗一阵一阵流了下来。忽然一声巨大的"哐哐"声，迷蒙中，她看见曲画水砸了玻璃，湿漉漉的伸着一颗脑袋，正从窗户里爬进来。可是她感觉曲画水好像没什么功效，她的身边仍然围绕着许多妖精，这些妖精索性连衣服都脱了，一个个都赤身裸体的，他们都垂下脸来吓唬她，她感到自己浑身滚烫，像是被火烧着了一般，低头一看，自己真的驾在柴火上。她又睁开眼，看见曲画水正拿着衣服往她身上套，她心急如焚，他不救她脱离火海，还给她身上添易燃物，是要眼看着她被烧死吗？她只觉得她快死了，然后头一偏，干脆死了算了。

真正醒来是第二天的早上了，一睁眼看见自己面前挂着个冒泡的盐水瓶，长长的塑料管子一直连在自己左手背的静脉处。"我病了？"她满是疑问。看看四周，这是在镇上的卫生院，看来是真病了。忽然她想起了雨、想起了自己没穿衣服，她掀开被子一看，谢天谢地，自己穿戴得整整齐齐的。她"啊"地叫了一声，曲画水便旋风一样钻到她床前，问，你醒了？

她立马想起了那颗湿漉漉的脑袋，然后所有的事就闪电般迅速连在了一起。她发烧陷入了昏迷，是他破窗而入紧急送医救了她。

她斜着眼睛问他，是你给我穿的衣服？

他急急辩解，说，当时情况危急，时间就是生命，那里顾得了许多。又小声地说，你，我又不是没见过。

她说，怎么不给我穿胸罩，你看看，这，放浪形骸的，雅观吗？

他瞧了瞧，噗嗤一声笑了，又赶忙憋住，但又实在憋不住，只有放出更粗暴的笑声来。

因为对他的感激，她和他之间的感情也有了变化，开始了谈婚论嫁的节奏。他一次次邀请她到他家里去玩。他家就在邻镇，虽然也是山区，但家境还过得去，父母在镇上做点小生意，有楼有门面。她不知道为什么，对见他父母这事很是抵触，好像一直都没有做好心理准备似的，所以每次都以各种理由推脱。她说，等我考试完了再去吧。

在她备考的那个月里，他几乎包揽了她生活和工作上所有的杂事。她不咸不淡的叫他声"亲爱的"，他就为她忙得屁颠屁颠的。每天早上他给她带早餐，帮她备课，并标注课堂重点，学生的作业也是他帮她批改，晚上帮她烧水，把热水瓶灌满，下了夜自习又过来帮她洗衣服，甚至内裤都是他帮她手洗。她摊着考试资料，看着他任劳任怨的背影，内心有了一丝丝压力。她对他付出的真心生出一种胆怯。

她双腿高高架在写字台上问他，如果我将来成了女版陈世美，你怎么办？

他说，你不会。

她问，我是问你我成了忘恩负义的陈世美，你怎么办？

他说，你不会。

她突然恼火了，吼道，跟你丫聊个天都他妈累，我问你我会不会成为陈世美了吗？我问的是，我成了，我他妈的成了陈世美，你怎么办？怎么办？

他搓洗她的衣服，不再做声。屋里一阵安静。她突然觉得这日子真他妈没劲。就像胸中憋着什么似的，不能直抒胸臆，不能淋漓尽致，不能随心所欲。她忽地又叹了口气，给他道歉，说，对不起，亲爱的，刚刚没忍住。

他说，没事。其实我并不是有意要答非所问，而是你的那个如果令我恐慌，我内心里害怕它成为现实，我只能回答你不会，因为我相信你，也相信我自己。

他走后，她拧开一瓶红星二锅头把自己灌得晕乎乎的。

7

她时常想，如果没有遇见她现在的丈夫，他就真的会成为她的丈夫吗？她那个时候心里其实就很清楚，她并不爱他，而她对他的亏欠就是利用了他对她的真心，利用了他对她的深情，她对他要了心机，这是她不能原谅自己的地方，每每想起来，她就觉得自己是多么的卑鄙。这一笔永远都是她人生的败笔。

她的丈夫也是知道曲画水的，每次她说起他的时候，她的丈夫就会猖狂而得意地给他一声评价——傻逼。她感到刺耳，便把一杯酒泼在丈夫的脸上，说，一个总说别人傻逼的人，自己永远也成为不了乖逼。

她和她的丈夫是在公务员考试的考场上认识的。他是最后一个进的考场，穿着一件橘红色的印花衬衫，那颜色飙的，她看一眼就浑身燥热，那鸡冠一样的发型配上一双后现代感的板鞋，那是正宗的"狂拽酷炫吊炸天"的派头。他就坐在她的旁边，一落座就四周点头，并轻声地说，多多关照，多多关照。她心里想，这有什么好关照的。十足的游子哥（她们老家对不务正业的男子的称谓）。但她忍不住又朝他看了一眼，不料他朝她璀璨一笑，一口牙白得像刮了腻子似的。她的心莫名其妙的"咚"了一下。

《公共基础知识》对她来说并不难，很快就做完了。她无聊地玩弄着手里的2b铅笔，两个监考老师在前面晃来晃去。她感觉她的胳膊肘被什么东西碰了一下，扭过头一看，那个"游子哥"一脸谄媚地冲着她笑，指了指他的考卷，然后偷偷地向她拱了拱手。她发现他的选择题还是一片空白。她便有意将她的答题卡放在他那一边，而且还翘起来。她一点都不心疼自己的劳动成果，一点都不忌讳他白白占她这么大的便宜。

交卷出来后，他在她屁股后面一直撵着她，他说他叫田均匀，是武汉的。她说她叫穆可可。他向她索要电话号码，她告诉了他，他拨通后，说，存一个吧，考《申论》我们不在一个考场，但考完后我要请你吃饭。

《申论》考完后，她的电话就响了，他一定要请她吃饭，她推却不过只得答应。他带她到水果湖路的一家土菜馆，点了一锅牛肉，一锅田鸡，一锅鲢鱼，一盘拍黄瓜和一盘青菜。他说，这是水果湖路，省委省政府都在这条路上，我看你将来肯定是要混这条路的，提前让你熟悉熟悉环境。

她被他逗得哈哈大笑。

他问她，喝点什么？酸奶还是饮料？

她说，你呢？

他说，我随便，你喝什么我喝什么。

她便招呼了一个服务员，问，你们这儿度数最高的白酒是什么？

服务员说，霸王醉，70度。

她说，好，就来这个。

他目瞪口呆，连连砸舌，说，厉害厉害，你是个酒行家，我有眼不识泰山啊。

边喝边聊，他问她报考的什么岗位？她说省政府办公厅主任科员。她问他报考的什么？他说省纪委办公厅主任科员。

她呵呵一笑，说，真扯淡，你他妈报考纪委，你还作弊。

他"嘘"了一声，说，轻声些轻声些。

一瓶霸王醉喝完后，两个人都晕了。他知道她是外地的，便殷勤留她在武汉过夜，并在酒店为她订了间房。他送她过去，替她付了房钱。他还想送她上楼，她制止了，说，你回去吧，谢谢你了。

他说，那我明早过来，带你好好转转。

进了房她才发现这是间大床房，窗明几净，温度适宜，装修精致又奢华。她冲了澡，洗了头，换上浴袍，整个人一身轻松。她烧了壶水，用自带的山里毛尖泡了杯茶，喝了几口，觉得空虚无聊。便上床睡觉，床垫松松软软，躺那就立刻沦陷在那，她在床上舒服地滚来滚去，有些后悔不该将他放走，这么好的床，只有两个人滚才端的是种享受。

次日一早，房门响，她开门一看是他，手里捧着一大束玫瑰。她心头一喜，却故意关门，他一脚跨进来，将她搂在怀里，她被这样的霸道和蛮力弄得晕眩，感觉到窒息但心脏却又瑟瑟发抖。一束好端端的玫瑰花被他们全揉散了，枝干跌在地毯上，留下一床花瓣，满室都是玫瑰清香。

他说，我一晚上没睡着，昨夜里几次想过来，但怕你误会说我是酒后起兴，所以苦熬到今天早上，人都瘦了一圈，我只想告诉你，我的酒醒了，我是认真的。

她说，做都做了，还谈真的假的，有意义吗？

他说，我对你是认真的，我要娶你。虽然咱俩昨天才认识，但我认定了。

她沉静了一会，轻蔑地说，你是在赌我将来能不能混水果湖路吧。

他说，天地良心。

她在武汉上车后给曲画水打电话，叫他五个小时后在县里车站接她。等到站见到瘦瘦弱弱的曲画水后，她才明白，叫他来接她简直就是个错误，她从看见他的第一眼起，心里就满是不乐意，她连对他的感激之情都荡然无存了，心里只有对他数不尽的讨厌。从县城到学校，那一路都是对她的折磨。

他送她到宿舍后，说，看得出你今天很累，早点休息吧。她说好。他憋了憋又说，考得不好没关系，不要放在心上。她说好。关上门，她就拿着手机跟田均匀短信来短信去，眉开眼笑。

她知道她移情别恋了，但很快她就否定了，她对曲画水是没有情的，何来移，她对曲画水从来也没有恋过，又何来别。从一开始，她对曲画水就没有心旌摇荡的感觉，不像田均匀，她第一眼见到便是欢喜，便是心跳，便想跟他睡一觉，这才是爱情的感觉。

曲画水再次邀请她去他家，说他的父母念叨这事有好几次了，但她依然是推托，各种理由的推托，她也越来越不想看见他，她每次看见他，就绕道走，绕很大一圈，可一个学校里，抬头不见低头见又如何躲得开呢，于是她就与裘兰兰结伴，无论裘兰兰干什么，她都跟着，不给曲画水单独与她相处的机会。所以有时候即便是曲画水与她在一起，但因为中间隔着裘兰兰，她能看出他眼角眉梢的失魂落魄。

这个男人算是陷进她的套子里了。她对他充满同情但同时又充满厌恶。

她用手机与田均匀打得火热，他们煲电话粥，能从她下晚自习开始一直聊到第二天上早自习。她明显感觉到体力不支，一天到晚处于极度亢奋与极度疲劳之间。她无法专心上课了，有时候讲课讲着讲着脑子里就是一大片空白，旁征博引，引经据典是她上课的风格，但她现在常常是口边上的东西就是想不起来，后来有许多堂课她索性放起了鸭子。校长每次巡视到她的班级，所看到的课堂景象就是一片乱哄哄。她已经被校长提醒过很多次了。情势所迫，她不得不对曲画水的态度软下来，她说，亲爱的，帮我去上早习。亲爱的，帮我去上上晚自习吧。亲爱的，帮我把这套试卷刻一下吧。亲爱的，帮我去监考吧。亲爱的,这套试卷你帮我把分数总一下，并把平均值算出来。

曲画水以为他奄奄一息的爱情复活了，无精打采的他又重新精神抖擞，开始电动马达似的忙前忙后。对她的各种吩咐如遵圣旨。而她则躲在她的寝室里补大觉，讲电话，喝酒吃肉看电影。她跟田均匀说曲画水，田均匀说，傻逼。她听了有点不舒服，但是他不是傻逼又是什么。

一个平常的早间，办公室里只有她一个人，她出去上了个厕所，回来时发现门被风给刮上了。然后就在此时她的手机响了，是武汉的号码，她顿时心急如焚，她没有带钥匙，刚好曲画水来了，他也没带钥匙。她怨恨地白了他一眼，责备他干什么吃的，钥匙都不带。手机还在不死心地唱《笑傲江湖》，他看她如此心急，忽然伸手一拳砸向玻璃，碎了，他把手机给她拿出来，她发现他手背上一道道血印子，她仅仅只是用眼神表示了一下歉意，叮嘱了一句，快用创可贴贴上止血，便慌慌去接电话了。

她的笔试过了，笔试成绩是全省第三名。电话里通知她下个月去省里面试。然后她就陆续接到了韬光公和田匀均的电话，都是恭喜她的。她问田均匀过了没有？田均匀说，鸡巴上挂镰刀，掐着坎儿过的。她哈哈大笑。田均匀要她把银行账户告诉他，他说要给她打一笔钱过来，给她买面试的服装。他说面试形象很重要，而形象主要就是靠衣装，所以必须要舍得砸钱。她不大习惯用男人的钱，但都说钱就是男人的心，看一个男人爱不爱你就是看一个男人舍不舍得为你花钱，从来飘在天上的她那一刻竟也变得世俗了，她告诉了她的银行卡号，过了十分钟，她便收到银行短信，她的建设银行卡里转入了两万块钱。

她神采奕奕地走进办公室，他举着血迹斑斑的手掌看着她。她说，我笔试通过了，全省第三。说完她就拿着教科书上教学楼去了。她都不想看他的反映和表示。她用冰冷的背影告诉他，她和他之间彻底没戏了。

8

在她留在省城后，在一次与裘兰兰聊天的时候，裘兰兰告诉她，自她走后，曲画水整个人就垮掉了，他一个人在网吧里待了九天九夜，学校里的老师找到他时，他躺在网吧的椅子上，耳朵上架着耳机，目光呆滞，脸色惨白，一副死了半截没埋的样子。学校还把他送到医院挂了两天营养液，人才渐渐有了点生气。好了后就开始酗酒，你知道画水从来不喝酒的，你在学校时那么爱喝酒，他都不喝，你走后，他倒终日拧上酒瓶子了，动不动就咕咚一口，成天一股酒气，成天醉醺醺的，弄得学校几次都要开除他，最后还是觉得他可怜，又将他留下了。裘兰兰说，你真是害人不浅，曲老师这辈子真的被你害着了。你知道吗？人家父母早早就为你准备了见面礼，等着你上门时好送给你的。她问，是什么啊？裘兰兰说，是一只翡翠手镯，曲画水的爸妈专门托了懂行的朋友花了十万块钱买的。

她是真负了他了，她是个负心女，她利用完了人家就彻底甩了人家，她觉得自己是多么的龌龊，多么的肮脏。她甚至将自己多年的不孕归结于此事的报应。玩弄一个人的真心，上帝是不会原谅的。

从此关于他的消息她选择屏蔽，她删除了他的一切联系方式和以前学校里很多人的联系电话，她再也不愿听见关于他的任何消息，好的坏的，因为她无力承受，每一次想起她就会照见自己的卑鄙，这令她极度的不爽。

9

饭毕，他们从餐馆出来。他伸出一只手握住她，说，谢谢你可可，我要走了，下午四点的动车去四川，在武汉站乘车。我想去西藏走走，都说西藏离天最近，可以拯救人的心灵。

她怔住，就来这么会儿。她以为他们还会有个很美好的夜晚。

他说，这么会儿对我来说是多么奢侈的一会儿。

她终于流下眼泪。她轻轻抱住他，说，一路顺风。

他拍了拍她的肩膀，说，谢谢。

（原载《飞天》2016 年 6 期）

【万剑声】

（长篇小说类）

江西南昌人，中国作家协会会员、南昌市作家协会副主席。江西教育学院汉语言文学专业毕业，1993年考入北京师范大学·中国作家协会鲁迅文学院联合招收的作家创作研究生班。曾为南昌县教育局干部，1997年成为南昌文学艺术院专业作家。已出版长篇小说及纪实文学二十余部，另在《中国作家》《北京文学》等刊物发表中短篇小说数十篇，文学作品逾500万字。其中，长篇小说《雄性的资本》获江西省第四届「谷雨」文学奖；长篇小说《欲望的尽头》获江西省第二届文化艺术优秀成果奖。

《逐鹿北京》节选

26

阿漆的图书经营进入了一个怪圈，做几本稍微好一点的书，就得做一两本死书，把好不容易赚的钱又搭进去。这使得他对自己的专业眼光充满了疑虑，每次进行选题策划时心里都打鼓，越看越不像，越不像就越紧张，就越不敢放手去做。因此，公司发展速度和规模始终起不来，一年下来怎么努力也超不出十本书。

为了有朝一日能在北京独立当老板，为了让自己的"蓄水池"早日达到循环流动的水位，阿漆曾经是那样的充满斗志，义无反顾勇不可挡，到如今都算是实现了，却才发现那些仅仅属于起步阶段，究竟能不能赚钱，赚大钱，还要看你接下去怎么做。这里需要的智慧是讲管理、拼选题、抓效益，争勇斗狠玩名堂毫无意义。

阿漆不得不承认，自己陷入了发展的泥潭，且难以自拔。

这让阿漆很是沮丧，也很是焦虑，却又不得不正视现实。既然玩不了"大"的，那就玩"小"的，节约成本，控制开支，低调朴实，亲力亲为。阿漆租了一个五十几平米的开间作为办公室，虽然摆放了四五张办公桌，但实际员工只有一名女孩子，守守办公室，给他打打下手。阿漆买了一辆捷达汽车作为代步工具，每天开着什么事都自己去跑去处理。对客户，他也学上了老曹当年的做法，软磨硬泡，能欠则欠，能少则少。

在图书利润逐渐淡薄的大趋势下，阿漆这个老板当得有点辛苦，那种大进大出颐指气使大公司大老板的场景，无论是在现实中还是在他心里，离他都是那么地遥不可及。

阿漆意识到，行业跟行业有区别，老板与老板也有区别，无论是谁，赚钱都不容易，要想赚大钱更是难于上青天。那些大家所熟知并且经常谈论的亿万富豪，其实属于凤毛麟角，现实中没几个，真要做到那一步，光凭能力加努力是不够的，还必须有掷骰子摸彩票的运气。

再要给自己订出明确而具体的目标，阿漆没有底气，也不知道该如何去做。图书出版是个非常现实的行业，作为行业的最上游环节，出版商不仅需要前期的投入，而且后期必须把图书卖出去，最后批发商还得把钱给你返回来，这样才能去计算你的赢利和亏损。况且，图书不是生活必需品，不存在刚性需求一说，年平均购买量不及一本书的人群超过50%，这些特性都决定了出版商玩不得半点虚假，所有的后果都将由你承担。

没有基本的保障，也没有基本的安全感，却必须一刻不松懈地努力去做，这就是阿漆在北京生存的客观现状。阿漆不想经历大起大落的人生，也害怕一闪失又回到从前那种没钱的穷苦日子中去，所以，当老板之后的阿漆反而畏手畏脚不敢大刀阔斧继续向前进。

平时生活中，阿漆是个兴趣爱好与劣迹俗习都不多的人，下象棋是少有的爱好之一。小区外面有一家棋牌台球俱乐部，那里成了阿漆没事时经常光顾的场所。

棋牌台球俱乐部位于大路边，是个将近两千平米的半地下室，装修豪华，环境优雅，墙壁上贴有许多高清运动图片。三分之二属于台球厅，三分之一是棋牌室。棋牌室里有围棋、象棋、麻将等娱乐项目，也对中小学生进行棋类教学与培训。

因为是收费场所，来玩的人通常都具有一定的水准，凭阿漆的棋艺，跟对手厮杀显然还存在一定的距离。他来这里的主要目的是打发空余时间，然后是观摩学习。来的次数多了，便成了常客，上上下下的人都认识。

阿漆基本上不上桌，也就没有消费，买瓶矿泉水拿着，东转转西瞧瞧一呆能待上几个小时。倘若有人闲得无聊，让个车或者让个马炮什么的，只要对方愿意，阿漆都乐呵呵迎战，绞尽脑汁奋力拼杀。赶上有小学生培训，他也坐一边跟着旁听。那边打麻将如果三缺一或者中途有人离开，需要人凑数顶一下，阿漆也不推辞，收费就收费，来钱就来钱，一次输赢个几百块的没问题。

按说来棋牌室的玩客大多是些无所事事的闲散人士，或者一拨一拨相邀而来关上门打麻将赌博的人，阿漆是个来北京求生存谋发展的有志青年，是个骁勇善战的小老板，这种场合不是说他不能来，但经常独自来晃悠似乎不太合适，与身份也不相符。

对了，这里面其实另有隐情。

棋牌台球俱乐部的老板金姐是个北京人，三十多岁，虽然离过婚，却身材姣好，唇红肤白，穿着光鲜。她喜欢打麻将，坐在那里捋起双袖，低胸半敞，神淡气定，时不时抽出一根白色的薄荷味香烟点上，时不时特优雅地弹弹烟灰，那神气极具韵味，极具诱惑力。

金姐不仅形象上佳，性格也颇有满旗遗风。她矜持安静，少有表情，说话言简意赅，平时没人敢跟她嬉皮涎脸地开玩笑，说话办事干脆利落从不拖泥带水，且最看不上磨磨唧唧的人，跟她打麻将的谁要是毛手毛脚故意算账不清不楚，她能当场让你下不来台。

关于金姐的婚姻与前夫是大家私底下爱嚼舌头的话题。那人是内蒙的煤老板，金姐最初在那人北京的办事处上班，后来两人好上了，金姐18岁，男的48岁，分手的时候金姐30岁，男的60岁，期间，金姐给那人先后生过两个小子。金姐和那男的是否办过结婚证还是仅仅为小二或小三什么的，没人知道，两人究竟为什么分的手，大家也不清楚。这是大家喜欢猜测议论的重点。最后的结果是两个小子让那男的带走了，近两千平米的半地下室归了金姐。

金姐是独生女，父母都是普通市民。她的家原来就在小区最后面的大塔楼里，属于拆迁征地的回迁房，所以跟小区里很多人都是街坊邻居。后来他们家把房子卖了，搬去了东直门那边住。如今金姐每天开着一辆白色宝马上午来深夜走，相当于在这边上班，小区里面基本上不进去。那栋大塔楼里的老街坊邻居有什么婚丧嫁娶之事，一般不再联系金姐家，联系也没用，因为金姐会明确告诉他们没时间，来不了。

有关金姐的话题很多，阿漆这个耳朵听那个耳朵出，他对这些没兴趣。阿漆感兴趣的是金姐这个人，觉得特有感觉，特令人着迷。金姐比阿漆的年纪要大四、五岁，这在别人也许是一种心理障碍，而阿漆却不然，恰恰是最让他产生联想和冲动的地方。

必须说明一下，阿漆对金姐发生兴趣并不是说想跟她谈恋爱或娶她为妻，也不是阿漆有口味重的癖好，而仅仅是出于一种朦胧的男性的本能。在阿漆看来金姐是那种专门为男人准备的尤物，她的身上散发出一种勾人魂魄的气息，不需要有其他的杂念，一看见她你就觉得很享受，就想泡她睡她，且欲罢不能。

但阿漆却迟迟不敢贸然发动进攻，甚至连惯常使用的旁敲侧击进行暗示都没有，这与他以往的风格大不相同。阿漆很苦恼，也很费解，行就行，不行就拉倒，有什么大不了的？阿漆总结了一下，发现其中有两个因素制约了自己的发挥，首先是金姐的经历、身份与资产，都是摆在那里的，还有她所显示出的那种曾经沧海难为水的超脱与淡定，这些都让阿漆意识到自己处于下风，有点小巫见大巫的畏惧心理，担心未必排得上号；其次，自己也就是想跟她上床享受一回温柔之乡的放纵，满足一下男性见不得人的狭隘心理，作为一个现实而理性的人，阿漆觉得动力还不够，或者说没有一定的把握就讪皮讪脸地上，万一被拒绝了便有些不值当。

阿漆需要等待一个水到渠成的契机，说浑水摸鱼也好，说顺手牵羊也罢，反正就是那么个意思，然后开始一场别具风味的风花雪月之艳事，然后完了也就完了，以后的事以后再说。阿漆没想太多，更没想太远。

可是，契机没等到，阿漆却先出了一档子丢人现眼的事。

那是一个星期六，排版公司给阿漆打电话说印刷片子出来了，问什么时候可以送过来。阿漆说现在就可以，自己在小区旁边的棋牌台球俱乐部，要他们直接送这来。排版公司的小伙子来了之后，把片子和校样交给阿漆，让阿漆看看是否有问题，说如果没问题，就把钱结一下。阿漆没接他的话茬，前后检查了一遍片子，没发现有什么问题，便说先放这吧，你可以回去了。

小伙子说，把钱结一下。

阿漆说，身上没带钱，明天咱联系。

小伙子说，那不行。一共就两千多块钱，就别拖了。

没带钱，我怎么给你结？

没带钱可以去取。门外就有银行取款机。

阿漆说，也没带卡。明天咱联系

阿漆其实是不想这么快就结账，不欠一下不习惯，也不舒服。而小伙子领教过多次阿漆拖欠的功夫，熟知他的"明天"是什么概念，并且已经对他失去了耐性。阿漆是最小的那种客户，几个月才排一本书，但阿漆的欠账却是最让他们烦躁的事情，不把你逼急了就是不给，要给也是挤牙膏似的一点一点给，简直就是故意气人。小伙子来之前下决心要改变这种局面，要做你就规规矩矩做，不做就拜拜，赚你这点小钱还要让你胡折腾受你的窝囊气，大爷我伺候不起。

小伙子说，那我跟你回公司吧，反正不远。

哎，我说就这点钱，明天咱联系怎么了？阿漆先不高兴了。他没意识到小伙子已经铁了心必须拿到钱，依然抱着不欠一下不爽的心态。

那好吧，我把片子先拿走，明天咱联系。

……你今天是不是吃错药了？阿漆莫名其妙。

小伙子不说话，把片子包好，装回包里，拎起来真要走。

你给我站住！回来！阿漆厉声喝斥。

……给钱吗？

把片子放下！阿漆命令道。他是真的愤怒了，决心要争这口气，今天这面子你不给也得给！阿漆还是没有学到老曹的精髓，老曹要浑拖欠时的生气都是假的，看着事态不妙，会主动找梯子下，该服软时打着哈哈比泥鳅都软，绝对不会在理亏的状态下把事情推向对抗的极端。阿漆倒好，不给钱还脾气大，人家没急你先急了，事先没有一点准备，却非要强吃对方不可，这显然是不明智的。

小伙子一点不示弱，回头一招手，门外又进来两小伙子。好家伙！这是有备而来，反而要强吃阿漆了！

小伙子对阿漆宣布规则，一手交钱，一手交货，天经地义。片子已经在这了，请把钱给我。

三个人围着阿漆，虎视眈眈，剑拔弩张。要像老曹那样立刻见风使舵，年轻气盛的阿漆真没修炼到那份上。他坐在沙发里没动，心想今天这钱肯定不能跟你结，人多怎么了？我不怕这个！敢动一下，我先揪住你往死里整。不信你就试试。

我已经说了，把片子放下。阿漆冷冷地说道。

一直在前台关注生态的金姐起身过来了，她的脸上还是那副神淡气定不动声色的表情，像个见过大场面的女寨主。金姐对小伙子说，把片子拿出来。

小伙子迟疑了一下，将片子校样重新放到茶几上。

打开。

小伙子把黑胶布打开，展露出片子。

金姐转向阿漆，看看缺不缺东西。

阿漆没说话，就为两千多块钱被人这样糟践，他很是尴尬，也很是憋屈。

金姐对小伙子说，去前台把你的钱拿走。

阿漆闻听急了，站起来。金姐一摆手，制止道，没事。这事姐作主了。

等三个小伙子走后，自觉颜面无光的阿漆拿着片子校样也很快离开了。独自调整消化一天之后，恢复了常态的阿漆再次来到棋牌台球俱乐部，先把钱如数交给前台，再找到金姐说昨天谢谢了！

金姐淡淡地说道，多大点事。

阿漆灵机一动，说，算我欠姐一个人情。我请姐吃饭吧，地方随便你挑。

阿漆想借机测试金姐的态度，可金姐只是看着他，什么话没说，什么表情也没有。阿漆反而弄得不知所措，没法继续下面的进程。

虽然一时受挫，但阿漆却从金姐的反应中看出了破绽。发生这件事之后，两人的关系无疑算是拉进了一大步，阿漆认为金姐能在关键的时候主动帮自己化解难题，至少说明对自己是有好感的，这是发展的基础。同时，阿漆相信金姐不是那种讨厌腥味的女人，相反，阿漆怀疑她是风月场的高手。不管孰真孰假，阿漆都觉得有必要继续进行测试。一旦捕捉到来自金姐的信息，阿漆就将迅猛扑向猎物。

阿漆已经蠢蠢欲动了，出击，是接下去的必然。

阿漆连着一星期没去棋牌台球俱乐部，不见反应，再坚持了一星期，于是，他所期待的事情便出现了。下午金姐给他打来电话，先问他说话是否方便。阿漆说方便，在家待着呢。金姐又问最近是不是挺忙。阿漆说不忙，没什么事。金姐说那是不是故意躲着她，怕真让阿漆请客吃饭。阿漆说绝对不至于，只要你肯赏光，邀请永远有效。金姐说跟你开玩笑的，我对吃兴趣不大。没事过来陪我打几圈麻将就可以了。阿漆说好的好的，没问题。

吃过晚饭，阿漆穿戴一新满心欢喜地来到了棋牌台球俱乐部，前台告诉他金姐在6号棋牌室打麻将，阿漆推门进去，桌上人已经满了，边上还有旁观的。和其他人一样，金姐抬头瞟了一眼阿漆，阿漆赶紧热情地点头打招呼。金姐两根细润的手指直直地抻着，夹着一支细细的白色香烟，袅袅升起的轻烟散发出淡淡的薄荷味，她没说话，也没反应，低头继续专注自己的麻将牌。

　　屋里都是常来的熟客，阿漆挨个转了一圈，没什么意思，便退出来去了象棋区域，先转了一圈，然后选定其中一台，拉过凳子坐下观战。

　　阿漆连续观战了三局象棋，耗去了一个多小时。期间，阿漆密切留意着金姐所在棋牌室的动静，金姐始终没有出来。阿漆心想，九点钟你再不出来和我说话，我就回去了。

　　九点，金姐依然没有出来，阿漆觉得烦躁，过去再次推开了6号棋牌室的门，准备打声招呼回家。

　　阿漆挨个看过去，到金姐身边时一局麻将牌正好打完，数完子之后金姐站起来让阿漆帮他打几把，说出去处理点事，然后便走了。整个过程中，金姐依然没正眼看阿漆一回。

　　阿漆坐下，心说这还差不多，不理不睬你装什么逼样？然而，接下去的事情却再次让阿漆陷入了郁闷之中，金姐竟然一去不回，两个多小时都没回来。棋牌台球俱乐部的营业时间是从上午十点半开门到凌晨两点结束，阿漆每次来玩最晚十点钟会回家，后面的事情他都不知道，今天这就是最晚的了。难道是要我帮她打到凌晨两点？这他妈的算怎么回事？

　　还好，一大圈打完，有人提议今天到此为止，阿漆赶紧附和。于是数子结账，刨去钟点份子钱算下来金姐这方赢了一百多块。大家把钱给阿漆，各自散去。

　　阿漆捏着赢的钱找金姐，金姐正在前台收拾东西。已经是十一点半了。阿漆把钱给金姐让她数数，金姐塞进包里，却问阿漆开了车没有。

　　阿漆本已冰冷的心一下又被激活了，车小区停着呢，你这是……

　　金姐说自己的宝马去了4S店保养，如果阿漆方便就送她一下，太晚了，打车怕不安全。

　　没什么不方便呀……两点才走？

　　现在就走。金姐每天差不多都是这个点回家，她不必坚持到最后。

阿漆去小区里面把自己的捷达车开过来，一路小跑着。绕来绕去，原来在这等着我。这样的方式是他事先没想到的，他不得不承认金姐今晚的安排非常有效率。阿漆很是兴奋，办事就得注重效率，接下去就看自己的了。他想，今晚结束含糊其辞的状态，挑明意思之后把球算传给她，只是底线，至于上线嘛，那就不好说了。

到这个时候，阿漆并不清楚又一场人生大的博弈已经开始了。当他对金姐发生兴趣的时候，金姐也注意上了他，而他在构想着擒获金姐这个尤物时，金姐也在暗中钓钩着他这只愣头青。但两人的目标是不同的，阿漆只是想把金姐弄上床，体验一番尤物的别具风味，金姐却是欲将阿漆锁定套牢，跟自己长期厮守。大龄女人找老公都困难，像金姐这种有过污渍情感故事的女人，更是让优秀单身男望而却步，金姐都三十六岁了，已经到了刻不容缓的危急关头，她要使出浑身解数抓住老天送给她的这次机会。以金姐的人生阅历，她能识别得出阿漆对她这种女人具有的价值，也完全能够掂量出阿漆作为一个男人在当下社会上的含金量。

坐上捷达，阿漆先说话，我这破车跟你的宝马没法比，让你受委屈了。因为准备大胆一点调情，阿漆有意将之前不离口的"姐"给换成了"你"。"姐""姐"叫着虽然显得亲近，但此时沿用那种称呼显然不合适，会让阿漆觉得别扭。

开你的车吧，哪来这么多废话。金姐正襟危坐，看着前方。

阿漆一改往日的青涩憨萌，贫上了，废话吗？我说的可是大实话。捷达能跟宝马相提并论吗？

为什么一连半个月都不来看我？是不是我不打电话，今天还不想来？金姐说。

是想听废话还是想听大实话？

这么嘚瑟？

不敢不敢。两个原因，第一个原因，上次让人围着丢了人，没脸见你。我想跟你解释解释，其实我没那么寒碜，别说三个人，就是再多我也不怕，打得过打不过是一回事，怕不怕又是一回事。对不对？

还在嘚瑟。说第二个原因。

这第二个原因嘛，就是我想看看你会不会想我，多久才会想我。

金姐转过脸来审视着阿漆，没表情……我中你的套了，是吗？

一句话把阿漆闹了个大红脸，连连摇头，嘿嘿傻笑。可金姐依然不动声色地看着他，阿漆只好转移话题找台阶下，嘚瑟好像是句东北方言，有没有吃饱了撑的的意思？

……有。

我就是那意思，嘚瑟，嘿嘿，没事就嘚瑟。

金姐还是不动声色地看着阿漆。阿漆说，你干嘛总看着我呀，让人瘆得慌。看前面，午夜的北京灯火璀璨！你看那，还有那。

金姐慢慢转过脸去，不再说话。阿漆把要说的话说了，也就随她的便了。

金姐的家不远，午夜路上车少，一会儿就到了。按照金姐的指引，阿漆把车一直开到楼道下。金姐指着一个空着的停车位，让阿漆往里泊车。

不必了，麻烦！阿漆说。

不上去坐坐？金姐说。

阿漆梦想的好事突然就降临了，这大大超出了他的预期，但金姐确实发出了邀请，他听得清清楚楚一点没错。阿漆有些措手不及，心"嘭嘭"狂跳不止，吱吱唔唔说出的话却大煞风景，我这会儿上去合适吗？伯父伯母是不是已经休息了？

阿漆想表达的意思其实是如果有兴趣，咱可以去开宾馆，更方便，更放得开。他无法想象跟金姐父母睡在同一套屋里与金姐偷情是什么感觉。阿漆曾听别人背后嚼舌头时说过金姐和父母住在一起，但究竟怎么回事，他不知道，也没问过金姐。

如果不想上去，你可以回家。金姐平静地说。

想呀，我怎么能不想呢？我太想了！阿漆抖擞起精神，一把轮将车顺进停车位。自己先下车，跑过去为她打开车门，一弯腰说道，请！

电梯里，阿漆很自然地挽住了金姐的芊芊细腰，金姐瞥了他一眼，没反应，转过脸去继续望着跳动的楼层电子显示屏。

事后证明阿漆的想象力不仅丰富，而且相当地准确，金姐果然是个很特别的女人，给了他一次从未有过的消魂体验。之前阿漆认识的女友尽管也有长得不赖的女人，可那些人到了床上一个个都傻不拉唧把主动权交给阿漆，即使偶尔想表现表现，一看便知属于假冒牌，笨手笨脚不踩点，而阿漆对自己的水平有自知之明，除了哼哧哼哧卖苦力，别的一窍不通。金姐则完全不一样，主动权始终操控在她手上，节奏、火候、花样都把握得非常到位，阿漆根本不必担心自己的表现，只需随性而发、尽情释放就是了。最难能可贵的是金姐的主动权不是用来为她自己服务的，而是绝对以男人为主体，甚至可以说是乐此不疲，并且能从中获得极大的快乐和满足。正像阿漆事先所判断的那样，金姐天生就是一个为男人准备的尤物。你好，她就好，当你需要享受的时候，她让你飘飘成仙欲罢不能；如果你愿意为她坚持到最好一刻，她能帮助你战斗到弹尽粮绝；当你像英雄般倒下的时候，她是你第一个崇拜者和见证人。

那晚上阿漆抱着金姐简直就是爱不释手，而金姐那柔美顺滑的身体总是以最妥贴最舒适的姿势与他相依相偎，纯粹一副小鸟依人让你一次爱个够的模样。

早上，阿漆醒来的时候，又感受到了另一番让他陶醉而又难忘的情景。

这时候的金姐变成了一位标准的贤妻良母。她穿着一件白色的低领丝绸睡衣，脸上已经有了淡妆，显得性感而迷人。她先拉开猩红色的窗帘，让阳光透过粉红色纱帘泻进屋里，然后去洗漱间把热水打开，试过水温之后才过来叫阿漆进去冲洗。阿漆洗澡的时候，金姐拿着浴巾一直站在玻璃门外，不停地告诉阿漆洗漱用品放在哪哪。阿漆走出洗漱间时金姐递上浴巾，很抱歉地说，没有给你准备睡衣，就用浴巾围着先对付一下吧。

阿漆大大咧咧地说，这很好呀，没事。

然后，金姐让阿漆到餐桌就坐。早餐已经准备好了，是一份西式早点，牛奶、面包、火腿肠加煎鸡蛋，还有一盘水果。金姐一样一样摆放在阿漆的面前，依然是用抱歉的口吻说，不知道你的饮食习惯，就凑合着吃吧。不行下次再给你换。

阿漆感激地望着金姐，不知道说什么好，这、这已经是我吃过的最丰盛的早餐了。阿漆说的是大实话，虽然父母给他起的大名叫长贵，但出身皖南农村的他从小就不知道富贵是啥样，即使在北京当书商赚钱之后，吃过的最可口早餐也就是路边小摊上的一碗馄饨加三根油条，或者再加一个茶鸡蛋。这种西式早餐，他真没机会吃过。

金姐略显羞涩地嗔怪道，就你这张嘴会说！

吃饭的时候金姐提醒阿漆，时间不早了，吃完了赶紧回去上班。

阿漆说，没关系，我等你一起过去。

金姐不同意，我没这么早。你得先过去，男人应该始终明白什么是自己的正事。

金姐这么一说阿漆就不好坚持了，问，你的车不是去保养了吗？

回头我打电话，让他们送过来。

在阿漆看来，金姐是个真正的有钱人，一举一动都透着有钱人的派头。临走的时候，因为金姐的父母住在同一层对面那套房子里，阿漆把吻别仪式改在了大门里。

阿漆抱过娇媚的金姐，轻声耳语道，昨晚我很快乐。

金姐低语道，我也一样。你太棒了！

……我还可以来吗？

这得问你自己。

金姐的回答含有多层意思，阿漆基本上都能听懂。但阿漆毕竟是个小帅哥，如今还是位小老板，在北京跟女孩子上床不算什么了不起的事情。金姐虽然给了阿漆特别的感受，但在他心目中依然属于情人艳遇范畴，跟当年李莉给阿漆的感觉是不一样的，阿漆能分清这之间的区别。在情感方面，阿漆忠实于自己的内心，对方怎么想那是对方的事，阿漆管不了。当然，阿漆并不是个多情种，无论是交女朋友、处情人或者一夜情，都有"约定俗成"的游戏规则，这方面阿漆是愿意遵守的，反过来，他也希望对方遵守。阿漆对金姐的态度与承诺也就停留在这个层面上，上床之前是如此，上床之后还是如此，他没想太多，也没想太远。

接下来阿漆没事便会去棋牌台球俱乐部，通常都是晚上。如果金姐在打麻将，阿漆就去看下棋，四处转悠，如果金姐在前台，阿漆便会在前台找张椅子坐下趴着上网，金姐该干什么干什么，没事就陪着聊聊天。前台一般都有其他服务人员在，没关系，两人也不说什么隐秘的话，听见也无妨。

两人幽会的决定权操控在金姐手上，阿漆有权利随时提出要求，但同意不同意则要看金姐，这个过程两人用简短的手势便能完成。阿漆招手跟金姐发暗示，金姐张开手指回应，便是不同意，做成 OK 手势回应，便是同意。得到同意的指示后，阿漆就可以回家了，到了晚上十一点半左右，阿漆开车到外面路边等着，金姐的车驶过之后，阿漆再跟上。

金姐的规矩原则上为一星期一次，周五或周六晚上，那样第二天上午的时间比较充裕，期间可以加一次，但不作固定，视具体情况而定。金姐说好事也得有节制。阿漆说我听你的。

第二次去的时候，金姐为阿漆准备了一套个人用品，包括睡衣、内裤、浴巾、拖鞋、剃须刀、毛巾、牙刷，还有男士专用洁面乳、润肤霜、香水等等。

金姐的细心周到让阿漆很感激也很被动。独自一人在北京漂泊，他对生活没这么讲究，很多东西都属于可有可无。如果是有必要的，比如安全套什么的，他自己会去置办。生活方面的用品即使一定要准备，阿漆也认为没必要买太好的，这些东西换了阿漆去采购，也就是几百块钱的事，可金姐买的都是大牌产品，以阿漆的时尚知识，虽然无法准确计算出东西的价值，但六、七千元肯定是打不住的。这就太奢侈了。

没必要跟自己过不去，用着舒适点不好吗？金姐满不在乎地说。

可……可……阿漆想说用着虽然舒适可我这心里就不舒适了。为了事业为了生存与发展，阿漆有侵占别人的嗜好，甚至不惜铤而走险进行掠夺，却从不会为了生活享受而动别人的脑子，更不想将这种屁事掺杂进男女情感的游戏中，这和金姐是不是有钱人没关系，跟金姐是否真心乐意也没关系。再说……再说让女人为自己花钱，那岂不是成了小白脸？

阿漆无法对金姐表述这些，一狠心，说，这样吧，你把票据都给我，算我自己买的。

金姐望着阿漆，好半天才说，没票据。

没票据也行，那明天我就看着给你。

你有完没完？

你别让我觉得欠你的，行不行？

你要是认为我们之间是欠与不欠的关系，那你现在就可以解脱了。滚吧！

我可没说咱之间是这种关系。

……那是什么关系呀？

阿漆被金姐追问得没办法，答不上来，只好偃旗息鼓主动媾和。他一把将金姐用力抱住，抓过她的手贴在自己的胸口，说，我对你怎么样，难道需要我告诉你吗？

如果说第一个晚上刻骨铭心的记忆，阿漆觉得与新鲜感多少有一定的关系，那么这一回阿漆的判断又错了，他低估了金姐的魅力。再次坠入温柔之乡，那种飘飘欲仙、赴汤蹈火万死不辞的消魂体验，不仅没有因为时间而流失，反而越来越深刻地植入他的机体骨髓，令他流连忘返，难以割舍。

阿漆躺着，迷迷瞪瞪望着天花板，感慨万千，我算是明白了你为什么说好事得有节制。有道理！太有道理了！

……是骂我吧？

我骂自己也不敢骂你。

那解释给我听听。

如果我天天来，不出三月，非死在你裙下不可。

又嘚瑟上了？

我还没说完呢。

还有什么幺蛾子？

阿漆一跃而起把金姐压身下，能做你的花下鬼，也值了！

两人相处久了，一些敏感的问题自然无法回避。金姐也不忌讳，偶尔提到了，该怎么说就怎么说。当然，阿漆也不是故意要打听，更无恶意。

关于金姐与内蒙煤老板有没有结过婚的问题，金姐说，他有老婆，而且本来就是二婚，他还是当地人大代表，跟我怎么结？阿漆觉得费解，没结婚是好事呀，干嘛不告诉那些街坊邻居？省得大家都以为你是个离过婚女人。金姐说，我懒得搭理他们，爱怎么想怎么想。我解释得越多越说不清。阿漆想想说倒也是。

关于两个孩子给对方的问题，金姐说他的老婆不能生孩子，我一个女孩子，孩子跟着他们比跟着我好。阿漆说会想他们吗？金姐说没印象，都是生下来就抱走了。阿漆感觉这里面好像还有故事，但实在太敏感了，不便继续往下问。

关于和内蒙煤老板分手的原因，这是阿漆最想搞清楚的问题。金姐反问阿漆，一个30岁的女人和一个60岁有家的男人分手，你觉得还需要别的理由？

阿漆点点头又摇摇头，转过身噗哧一下笑了，心想就你床上那功夫，60岁，换了谁都得跑得快。金姐揪住阿漆的耳朵，用力拽着，你就不能正经点吗？阿漆嗷嗷求饶，我没不正经！我哪不正经了？

关于离开老男人之后金姐还有没有其他男人，有过多少？这也是阿漆关心的问题。阿漆觉得该问题可以作为公开的话题进行谈论，而且没什么不妥，于是，合适的时候便直接提出来了。

你先说你有没有。金姐果然没有责怪的意思。

我……当然有。没有，那我问题就大了，是不是？

很光荣。是吧？

呵呵，瞧你说的。不过，认识你以后我可没有。我发誓。

你发誓我也不能确定。我能确定的是我没有。金姐说。

认识我以后？还是……

一直没有。

……怎么可能呢？你身体没毛病呀。我也就是随便问问，有，很正常，我不会计较，也无权计较。你这是照顾我的情绪？

真没有。

……为什么？

金姐幽幽地说，我都玩成这样了，再玩，还有意思吗？

阿漆发现话题跑偏了，戳到了金姐的伤心处，连忙打住。

关于双方的生意问题，两人也有过交流。

经营棋牌台球俱乐部，金姐主要目的是给自己找点事情做，看中的是管理相对简单。接下去如何发展，金姐没计划。只要能赚钱，就一直往下做，不能赚钱，就出租。不管房价是涨是跌，不管是否有新项目，半地下室都不会卖，也不能卖，金姐的余生就全指靠那近两千平米养着了。金姐让阿漆给点评点评。

那么大的地方不用交租金，你做什么都不可能赔钱。阿漆说。

金姐纠正说，我说的赚钱赔钱，是以租金为参照的。

那就还是存在经营风险的。不过，按照你的设想计划，一辈子衣食无忧，这不会有问题。

如果结婚成家养孩子呢？金姐引导说。

也不会有问题。一个人的时候叫有钱人，一家人的时候叫有钱人家，而且不怕通货膨胀。

我一个胡同里长大的女孩子，连大学都没考上，什么本事没有，能做到这一步，也就不想别的了。

金姐这么说，阿漆却不这么认为，他对金姐的认识逐渐变得清晰而具体。阿漆觉得金姐是个不一般的女人，有头脑有胆识。她的人生经历其实很简单，却一步一个脚印，环环相扣。阿漆最为欣赏的是金姐懂得如何运用女人的优势去实现自己的目的，她不仅知道自己要什么，而且知道该怎么去做，并且能够将目标分解为最少的步骤去实施，关键之处，敢于不计后果地押上大注，以求实现一招定乾坤之大胜结局。没名没份，却为一个五六十岁的老头连生两个小子，并且都让对方抱走，一般女人做得到？或者做得到，但你能换回近两千平米的半地下室？那是一场持续十二年之久的马拉松竞技，其中不仅需要眼光和智慧，更需要相应的能力去把控。像很多又想要钱又想要爱情，还想要感觉的女孩子，纯属误入歧途，没摸着庙门更没入道，一百个捆绑起来折腾上一百年也不可能修得正果。以阿漆的性格和办事风格，他也是个喜欢采取极端方式解决问题，敢于胜向险中求的人，可跟金姐比起来，阿漆觉得自己尚不能同日而语，敢赌、敢于付出的气魄都存在距离。

谈到阿漆的图书经营时，阿漆显得有些局促不安，一方面是因为没有金姐做得好，尤其是稳定性很差，一方面是因为自己目前正陷入的怪圈，做不大，不敢做，没信心。不过，阿漆却愿意跟金姐聊聊自己的苦恼，这些问题他没人可以聊。

问题出在哪呢？金姐关切地说，按说你拥有一个覆盖全国的销售网络，威力是很大的。

是呀，做好了赚钱特别快。可前提是你必须有好书，而且能够卖出去。

是因为缺少资金吗？

阿漆很客观，资金只能解决数量和规模问题，但我目前面临的主要是产品问题，而产品背后的根源还是我的水平和能力问题。

可以通过别人的帮助来弥补吗？

别人的帮助最终也需要你自己来选择和确定，这个没人可以替代你。

图书我不懂，但我相信你的能力没有问题。

……是吗？

如果需要我为你提供帮助和支持，我会考虑的。

阿漆看着金姐，不置可否。

阿漆什么人？金姐即使不露财，阿漆以后会不会打她的主意都难说，如今竟然在阿漆面前公然放出话茬，岂不是想自投罗网？但阿漆不会轻易作出判断，他觉得金姐并非简单之人。

其实，这正是金姐的策略，也是她特有的办事风格，只要是阿漆感兴趣的方面，都给他布上诱饵，不仅让你闻见香味，而且让你看得见摸得着。就像罂粟花一样，对你展示出一种极致的美丽，如果你不为所动，只是远远地欣赏，那没事；一旦你心怀叵测地靠近它，想要品尝它甚至拥有它，那时就由不得你了，不管你出于什么动机，都将被它俘虏，最终只能是死心塌地跟随它，并且难舍难离。

金姐所有的努力和付出只要一个目的，让阿漆这个地下小情人变成名正言顺的老公，阿漆如果愿意把这顶桂冠戴上，那么所有的诱饵也就不成其为诱饵了，该是你的都是你的；如果你执意不肯就范，金姐也不会勉强，但诱饵只能始终在你眼前漂着，诱饵究竟是什么味？诱饵后面究竟还有什么？那你也只能去想象了。

当然，要实现这个目标，还必须有方法。对付男人是金姐的长项，她知道该怎么做。她将通过女人的魅力、家的温馨、稳定无忧的生活保障，三管齐下对阿漆这个在北京闯荡打拼的浪子进行全面渗透与侵蚀。她需要时间，需要等待阿漆的一步步进入，直至吸食成瘾，直至成为一只瓮中之鳖。

一晃过去了六个月，时间来到了2005年的年底，也来到金姐的下一个时间窗口。

最后一个月，金姐主动放弃了对幽会次数的管制，让阿漆自己看着办。于是，阿漆将时间变成了最多隔一天去一次。去金姐家睡觉，不光是因为有女人可以搂抱，而且环境舒适。相比金姐那个应有尽有的家，阿漆自己睡觉的地方只能叫窝。工作一天之后，晚上去金姐家睡觉，这种早出晚归的生活状态让阿漆感觉特别受用。

但金姐所带来的快乐和温馨却无法排遣阿漆心头的郁闷，又一年要过去了，已经三十岁的阿漆始终原地踏步不见起色。

……累吗？金姐抚摸着阿漆的胸脯轻声问。

阿漆叹了口气说能不累吗？

如果我们结婚，你会不会感觉好点？

阿漆一动未动，他已经估计到金姐早晚会提出这个问题，也考虑过多次。但金姐真提出来之后，他还是感觉有点突然，无法正面回答。

不过，既然提出来了，也不能装聋作哑呀。阿漆说，我有点担心。

担心什么？

我还没有做好结婚的心理准备。也不知道能否胜任婚后的角色。

你这种心理也许所有人都会有。但我想，两个人终归会比一个人要好。

那晚上他们没有再讨论这个问题，一切皆在不言中。早上走的时候，阿漆不自觉地环顾了一遍金姐的屋子，抱着金姐说，让我考虑一下，好吗？

金姐温顺地点点头，但说出的话却让阿漆大感意外，考虑好了再来。我爱你！

阿漆心里空落落的，陷入了两难的选择之中。他反复咀嚼着金姐的话。考虑好了，再来；考虑不好……就不能来了？继续做情人？金姐给他的选择中没有这一项。

阿漆面对的实际上是一种理想与现实的矛盾冲突。而金姐给他设下的这个局，对他来说就是个无解的死局，阿漆根本没有能力无视金姐的诱惑，更没有勇气和魄力拒绝。

到这个时候，阿漆才意识到，所谓姿色韵味，所谓床上的功夫，所谓偷情的感觉，统统都是自欺欺人的托辞，金姐真正吸引自己的其实就是她的资产，以及由此带来的生存稳定感。一开始他就是冲着这些来的。阿漆在北京漂得太辛苦了，太压抑了，太渴望安定了。

阿漆无法接受的是比自己大6岁的金姐，是过往情史劣迹斑斑充满污秽的金姐。这要是接受下来，怎么对人言？怎么面对父母？自己来北京闯荡还有意义吗？人生的形象与价值都将从此黯然失色……

那些天，阿漆像只被羁绊的狮子一样待在自己的屋子里，坐卧不宁，电脑里一遍又一遍播放着汪峰的歌曲《存在》。

多少人走着却困在原地
多少人活着却如同死去
多少人爱着却好似分离
多少人笑着却满含泪滴

谁知道我们该去向何处

谁明白生命已变为何物
是否找个借口继续苟活
或是展翅高飞保持愤怒
我该如何存在

多少次荣耀却感觉屈辱
多少次狂喜却倍受痛楚
多少次幸福却心如刀绞
多少次灿烂却失魂落魄

谁知道我们该梦归何处
谁明白尊严已沦为何物
是否找个理由随波逐流
或是勇敢前行挣脱牢笼
我该如何存在

坚持了两个星期，阿漆最终放弃了抵抗。他低头奄脑地又来到棋牌台球俱乐部，看见金姐时，阿漆呆呆地望着，只是傻傻地笑，傻傻地笑，许久，他缓缓地抬起了自己手……

金姐立刻回应了阿漆一个 OK 的手势。

2006 年的春节，阿漆与金姐在北京正式登记结婚。结婚前两人进行了婚前个人财产公证。这是金姐提出来的，阿漆没理由反对。

婚礼在北京搞得非常低调，只是请金姐家的亲戚象征性地吃了两桌。阿漆这边一个人没请。虽然阿漆在北京有许多同学和朋友，但当年为了创业，只要有可能，阿漆都或多或少地向他们借过钱，由于经营状况一直不是太好，那些钱基本上没有还，只有极少数撕破脸并且有手段的人才要回去了。阿漆本想请几个代表凑个数，可实在拿不准请谁比较合适，想想只好作罢。

婚礼过后，两人开着宝马汽车去了皖南。在阿漆老家举行的结婚仪式跟北京就完全两样了，他们在镇上包下了当地最高级的一家酒楼，连吃了七天流水席，全村的父老乡亲和村干部，阿漆小学中学的老师和同学，阿漆家所有的亲戚，只要能联系到的，或是通过人能联系上的，一律发出邀请。凡参加酒席的客人，包括抱在手上的婴儿，都给座位，每人一包大大的、带香烟的喜糖，香烟都是带翻盖的"黄山"。而最最让阿漆父母长脸的是，所有嘉宾一律不收礼金，中午吃了晚上可以继续，今天来了明天照样欢迎，其财大气粗的作派在当地是破天荒头一个。

七天折腾下来就苦了金姐一个人。南方小镇没有暖气，她穿着从北京带回去薄如蚕丝般的高档婚纱，每天像道风景一样站在那迎来送往，胳膊胸脯都露在外面，差点没冻死。不过金姐毫无抱怨，而是庆幸自己坚持到了结束，虽然最终还是病倒了，却满脸幸福地对阿漆说，没关系，没关系，只要没给你们家丢人，我死了都值！把阿漆感动得哇哇大叫，你要是有个三长两短我去哪找你这么牛逼的媳妇呀！

【后记】

随着网络的兴起，纸质图书从 2008 年之后，走上了不可逆转的衰退之路，2009 年，最早一批无力维持的小出版商被迫相继退出图书出版行业，阿漆不幸位列其中。

金姐经营上虽然没有起色，但北京的不动产却迎来了历史性的大机遇，持续暴涨，资产价值由最初的几百万，到千万，到数千万，大有朝着亿万富婆行列挺进之势。

（中国作家出版社 2015 年 1 月出版）

【吴源植】

（长篇小说类）

男，汉族，1932 年 3 月生，江西省南昌县人，中共党员。曾就读于南昌师范，1949 年 6 月参加解放军二野四兵团，历任干事、昆明军区文学创作员。1980 年任南昌市文联副主席、党组成员。著有《金色的群山》《紫翎箭》《魔女》《南征北战二十五年》等长篇小说和《西南方的峡谷》《红河之予》《佤族姑娘》等短篇小说集，其中《金色的群山》由日本学部委员、京都大学教授竹内实译为日文在东京出版。

《金色的群山》（节选）

一

在我们伟大祖国的西南边陲——云南省西盟佤族自治县境内，有一群气势雄伟的高山，名叫阿佤山。那儿有峻峭的山崖、无边的森林；也有宽阔的山谷、肥沃的土地；无数条江河，长流不息。

在这群山怀抱之中，散布着许多星座似的佤族部落。千千万万的佤族人，自古以来，就以自己的勤劳、勇敢、智慧，生活在这片土地上。

杨散部落是周围部落中最大的一个，横卧在一脉数千米高的山腰里。它坐北朝南，背倚高山，面对辽阔的山谷。特别引人注目的，是东寨口那两株高大的菩提树，它们那繁盛得就像华盖一样的枝叶，都快长得连接起来了。

山是云的家乡，古老的阿佤山是多云的地方。有时，白云填满了山谷，淹没了山林，于是，杨散部落好像浮在云层上边。

1951年夏天的一个深夜，整个阿佤山像一个熟睡了的巨人躺在那里，只有天空的星星闪耀着。

这时，杨散部落里的一幢板房中，不断地传出一阵阵鞭子的响声和粗暴的咒骂声。一群从睡梦中被惊醒的"娃子"即奴隶们，怀着关切的心情，悄声慢步地走到房前。年龄大一点的"娃子"，还敢把眼对着板缝向里张望，好看个究竟，年小的"娃子"们，一到木板墙跟前，就吓得两腿哆嗦，浑身冒汗了。

这是一间长方形的宽敞的板房，长年被烟火熏得发黑的四壁，留着成千上万的斧印。在旧社会，阿佤山的木板，是以斧子砍出来的。上下两方，摆着一排排的牛头骷髅：眼洞乌黑可怕，两只长角翘着。主人认为这些骨骼是炫耀自己最好的财产，为了摆置它们，几乎占去了大半间房子。右上方是一张由几块木板拼凑而成的矮床，这床矮得出奇，只有几寸高，上面铺着下等的英国呢毯、红花被子。在几乎没有披盖的阿佤山区来说，这种摆设，就像宫殿一样华丽了。

火床中吐着几丝火苗。不大明亮的火光，为这间房子的四壁，涂上了一层铜锈似的颜色。房内的中柱上，挂着一个相框，里面嵌着一个佤族老人的画像。老人的脑袋上缠着红头巾，身材瘦小，眼光狠毒，手握刀把，虎视眈眈地看着前面。

离床头不远，一只粗糙的矮腿木椅上，坐着一个同样瘦小的中年人，他的额头像顽石般突出来，嘴角鼻梁间的线条异常粗深，如果没有那对转动的小眼珠和搐动的脸肌，真会使人认为：坐在椅子上面的不是活人，而是一块岩石。这人便是杨散部落中最大的珠来佤族话译音，剥削者之意，即为奴隶主。——甲拉森。他有一种习性：从来不允许"娃子"们有片刻的安静和露出一点笑容，常以毒打来残酷地折磨"娃子"，泄愁解闷，寻欢作乐。

这会儿，在他那终年不见阳光的惨白的手中，捏着一根黑长的牛皮鞭子。一个头发蓬乱的佤族孩子，双膝跪在地上，胸背露着，皮肤黑而粗糙，布满了血红的鞭痕，下身只系着一块白布。他两眼恐惧地注视着甲拉森手中的皮鞭。

"艾布月，你跪好，把头抬起来！"甲拉森大声吆喝，鞭梢"吧嗒"一声，落到孩子的背上，随即又添了一条红痕。

"你要记住，你是我的'娃子'，这是神鬼的意思，你要不好好干，就会被雷劈死，被山崖压扁，被乱刀斩烂！听到了没有？"

"听到了！"艾布月掉着眼泪，声音颤抖。

"那怎么不喂饱我的羊儿？至少有三十只的肚子没有鼓起来。是那个该死的老加加找你去了，还是你找他去了？我早就告诉过你，你已经不是他的孙子，你为什么还要去见他？唔？"

孩子颤动着嘴唇，眼中饱含泪花，只是说不出话来。

鞭子又呼啸着像雨点般落到孩子的身上。

主人的额上冒汗了，手腕也发酸了，皮鞭才无力地垂在地上。但红里透紫的鞭痕，已像毒蛇一样缠满了孩子全身。

甲拉森旁边立着一个身穿佤族衣服、体态肥胖而臃肿的人。他一直冷冷地欣赏着这场鞭打，见主人已经累得擦汗，看了一眼在楼板上痛得翻滚的小"娃子"，龇牙狞笑了一阵，说："起来起来，谁容许你这样的？羊没喂饱，这是一错；去见老加加，错上加错。神鬼把你圈到长爷名下，你生是他家的'娃子'，死了也是他家的鬼。"

艾布月看了胖子一眼，打了一个寒噤。这人是甲拉森的管家，名叫岩王。他的心眼儿像狐狸一样，甲拉森凡事都要找他计议，一切坏主意都是从他心中钻出来的。他的鼻子就像老雕的喙子，那对眼睛就像是野猫的眼睛。这会儿，谁能知道他心里又在出什么鬼主意。

"还不快去把羊儿喂饱！"岩王把艾布月朝黑黑的门洞外推去。

"狗东西！要是你再去见老加加，我要捣碎你的骨头！"甲拉森的声音从门洞里追了出来。

艾布月下了板楼，抱着同伙便哭起来。大点的"娃子"轻声地咒骂甲拉森，用烟叶子为艾布月擦了下伤口，把羊从栏里赶出来，送他上了路。

艾布月走后，甲拉森揉着酸痛的手腕，长叹了一口气，眼光落到相框上面。

这是甲拉森早已入土的父亲，临死之前曾说："甲拉森，就是阿佤山所有的山峰都塌了，我们的家业也要留下去。"甲拉森的确费尽了心血，使他家的谷仓由一座变成两对。六七年前，他读了管家岩王的话，还把唯一的儿子岩火龙，送到东北面遥远的山那边去，满心期望儿子回来以后，成为阿佤山中独一无二的人物，使他的家业，更像铜铸钢塑一样的牢固。

不过，事情并没有完全按照他的理想来发展。他听说山那边发生了战争，儿子落到共产党手里去了！岩王还告诉他：共产党是一些可怕的汉人。更使他吃惊的是：阿佤山在昨天已经出现了这些共产党汉人！这就是他近日以来，感到特别不痛快的原因。

"长爷，你累了吧？是不是要喝杯酒解解渴？"

甲拉森摇摇头："不要，你坐下！"

岩王带着做作的笑容，在床上坐下来。说起佤族人的床，是不让二家人坐的，可是岩王却不受这个限制，因为他为甲拉森创家立业出了一臂之力。甲拉森为了岩王过去的功绩和现在的忠诚，对他就像是自家人一样，还经常对人说："岩王是我一堵靠背的山崖。"

"天又要下雨了吗？我的骨节又痛起来了。"

"长爷，外面满天星斗。老天保佑，祭祭鬼就会好的！"岩王弯下腰把那根带血的鞭子拾起来，挂到壁上。

"你真会说！"甲拉森从口袋中掏出一个银盒，打里面撮了点掺和着槟榔的烟叶，放到口中咀嚼，"岩王，你再说说，共产党有些什么迷人的经符？"

凡是重要的事情，甲拉森总要人一遍又一遍地说，像反复咀嚼嘴中的烟叶一样。

"他们认为：天下什么东西都会变……"

"山会变，星星也会变吗？"

"他们是这样想的！"岩王点头。

"这太不像话了！"

"他们把世界上的人分成两边：一边是穷人，就是那些向长爷借过谷子的人，连'娃子'们也在内；另一边是有钱的人，就像长爷你这种人。共产党要穷人都起来反对有钱人，也就是要杨散部落里的穷人，都起来反对长爷，欠你的粮食不还，还要把你的财产拿去分光。"

"这些符咒太可怕了。"

岩王捻着右腮一颗大黑痣上的长毛，得意地说："他们的符咒魔力很大，能使人六亲不认，比如说，儿子不认父亲。"

甲拉森听着这句话，"呼啦"一声站了起来，把楼板踩得"吱吧，吱吧"直响。

岩王的心里立刻为自己三言两语打中了对方的要害、触着了对方的痛处而得意，但又怕甲拉森被吓到，便改口道："长爷，你放心，神鬼会保佑你。共产党再厉害，只要想办法对付他们，也不那么可怕。岩火龙的心永远是向着你的。"

甲拉森的心踏实了一些，但仍感到自己无可奈何，他乞求似的向岩王说道："往后的事就全靠你指点了。"

岩王见他已经把甲拉森彻底握在手中，一面高兴得眉飞色舞，一面更装作卑微谦恭地向甲拉森点头哈腰，连声说："蒙长爷重看，在下一定效劳，一定效劳！"

他向前靠近一步，小声地对甲拉森说："老'么巴'巫神之类的人。来过好几次了，他说今年能以一颗人头来祭鬼，保管长爷事事如意，半开和谷子会像终年不断的河水，流到长爷家里来。……加加老鬼一家和长爷仇怨太深，小老虎长大了也是个祸害，不如来个斩草除根，将艾布月宰了祭鬼，一举两得。"

甲拉森略略沉思一阵，点了点头。

"长爷，祭鬼就这样确定了，明天我去告诉老'么巴'，等事成之后，赏他两只羊。"

院子里的狗突然咬起来，甲拉森的脸上闪过一阵疑虑的表情。岩王站起来，做了一个请示的手势，见甲拉森点了点头，便弓着腰跨过楼门出去了。

没有多久，岩王又重新出现在门口，笑着说："长爷，有人要见你！"

话音刚落，从他身后钻出好几个商人，有的戴着礼帽，有的披着毯子，有的穿着黑得发亮的套鞋。这些，在山区来说，都是十分稀罕的东西。商人们走上前来，弓腰站着。

甲拉森脸色变得威严起来：

"怎么，你们的驮子还没有装满、肚子还没有填饱吗？"

"哪里，哪里，这些我们都托长爷的福。"

"那么，有什么事呢？"

一个三根筋挑着脖子的商人站出来说："长爷，近几天，在阿佤山这片圣洁的土地上，出现了一些不三不四的人，他们既没有敬长爷的礼物，也没有请我们吃喝一顿打个招呼，马马虎虎地就打算做起生意来了！长爷为我们出点主意吧！……"商人们七嘴八舌地嘟囔着。

甲拉森和岩王咬了一阵耳朵，岩王道："长爷说，一切按照你们的意思办！"他的手腕子在空中笨拙地摆了摆，"在这方面，你们的主意是很多的！"

商人们恍然大悟，喜形于色，"叽叽咕咕"地交流了一会意见，又哈腰点头说："谢谢长爷，我们这就要走，日后长爷有什么事情，尽管吩咐好了。"

岩王把商人们送出了甲拉森的板楼。走在最后的一个商人从毡子下面取出一个用草包着的方形匣子，迅速地交给岩王，油滑地说："这是给你捎来的新'礼物'，往后你很用得着。"他捏捏岩王的膀子，"'季节'开始变了，你该换换不同的'衣服'。"

"谢谢你！再见了！"岩王轻声地回答。

寨子里的狗咬了一阵，便不声不响地钻到角落里睡觉去了。

夜，深了。

艾布月赶着羊群，出了杨散部落，顺着蜿蜒的山道，向南面的山谷中走去。

羊儿从肮脏、潮湿和狭小的羊栏中，一下来到这自由天地，心情分外愉快，撒开腿便奔向有水草的地方。这下可苦了艾布月，他不得不跟着羊群奔跑，浑身的鞭痕，经汗水一浸，就像抹上了盐巴，痛得钻心入骨，眼泪就像檐前的滴水，成串儿落到他走过的土地上。

突然，艾布月在羊群前面把鞭子一甩，羊群停住了，一只只扬着头，竖起耳朵，四处张望着。从附近的山林里，飘来一阵凄凉的歌声，还伴随着微弱的琴声。这声音多么亲切！艾布月从小起读过何止千百遍！

艾布月随着歌声向山林里搜寻，见西边半山腰里露出一星火光，在微弱地跳动着。艾布月像远狩的猎人瞧见了家里的炊烟一样，熬着疼痛，擦干眼泪，挥鞭赶着羊群，向那点火光奔去。

虽然正是夏天，山区的晚上仍然带有寒意。山林像叶子上的脉络一样，顺着山峰之间的沟涧向前延伸。在深深的山谷中，高山挡住了寒风，山林保住了白日阳光留下的余温，可是穷苦的佤族人，离了火还是不能生活。

火光在四周的草梢、枯藤、古树上跳动，光圈里坐着一个六七十岁的佤族老人和一个十四五岁的佤族少年；光圈外面，便是那无边的黑夜了。

老人的眼光明亮而善良，枯瘦的脸上满是刀刻似的皱纹，满腮是蓬乱的粗黑短须。他的脸容愁苦，动作缓慢，身上似乎还有某种难言的病痛。多少年来，生活的创伤和痛苦，就像那枯树上凝固了的树脂一样，在他身上留下了痕迹。

"刚才打的吗？"看到小孙子身上的条条鞭痕，痛刺到老人的心里去了。

"刚才！"

"恶鬼又缠住了他们？"

"他说我没喂饱羊，也不应该来见你。这几天，岩王和老'么巴'也常常骂我，动不动就打人……"

"老'么巴'也来了？他来干什么？"老人震惊了一下，忙问。

"不知道。"

"啊！"老人望着乌黑的夜空，若有所悟，以祈祷的口气念道，"老天保佑，灾难不要落到我艾布月的头上！"

孩子不解地望着祖父。

老人把孙子搂到怀里，摸着他那粗糙的满是伤痕的身体，轻轻喊着："我的艾布月！"眼泪就唰唰地流了下来。

"爷爷，你怎么啦？"孩子用巴掌为祖父擦眼泪。

老人噎着泪说："艾布月，我对不起你那死去的父母！"

孩子猛然把埋在老人怀里的头抬起来："爷爷，快告诉我，我的爹妈到底是谁？这么多年，他们到哪里去了？"

从懂事的那年起，祖父编了个神话般的故事，安慰他说："在一个大雷雨的天气，我出去打猎时，从一个树洞里把你拾回来，用羊奶把你喂大。……"可是随着年龄的增长，艾布月已经不相信树洞里会生出孩子。平常，他赶着羊群在路上走的时候，遇到一个佤族汉子或妇女，就希望他们突然跑过来，叫他一声："儿子！"艾布月是多么渴望有个爹妈啊！他那受尽折磨、创痕累累的幼小心灵，是多么需要母爱的抚慰啊！甚至有时看到小羊吃奶，他也会淌下眼泪来。

平日这一切，老祖父又何尝没有看在眼里！他把孩子搂到怀里说："艾布月，你大了，懂事了，一切都该告诉你了！……十几年前，我们部落里有一个佤族汉子，名叫阿郎强。他是一个能干的汉子，可是他的家里很穷，只有一幢破旧的草房。"

阿郎强日夜为佤族人操心，他想：我们成年劳累，怎么会穷呢？这年夏天，他把自己的两头牛剽了（剽牛是佤族人祭鬼宴客的一种方式），请来了客人。在剽牛会上，他问大家："我们佤族人为什么会穷？"大家一听，都扯了起来，全认为是神鬼没有保佑自己。

可阿郎强说："我们世世代代，祭了多少鸡、牛、猪、羊，神鬼该保佑的都保佑了。我看这要怪那些汉官，从外国来的商人。我们阿佤山好比一条大水牛，他们像是一窝窝的蚂蟥，吃饱了爬回去，饿了又爬来。我们的血快要干了，得赶走他们！"

会上，大家一起喝了血酒，立下誓言，把阿郎强选为我们部落里的酋长。

"艾布月，我们佤族人有一句话：贪吃的豺狼，不容易赶出山林。没有多久，阿佤山外开来了好多汉人的官兵，一个个手持洋枪，多得像蝗虫一样，喊着要把佤族人杀光。"

"我们从来不怕张牙舞爪的黄狗，就跟他们抢夺每一座山岭。黄狗像认识每条小道似的，常常打我们背后杀来，叫我们死了好多人。"

"阿郎强和你阿爸带着好几百汉子，被围困在一座山上，只要黄狗靠近山脚一步，就用石块砸他们。那时，我也在山上，眼见人越来越少了，好不着急，可老珠米带着的一批人，也不来救我们。三天过去了，我们吞不下这口气，一鼓劲儿冲下山去。几百个人只冲出来十几个，阿郎强跟你阿爸全给黄狗害了，我给抓去坐了几年水牢。"

"往后，一连是几个荒年。为了养家，你阿妈借了老珠米半筐谷子，第二年还不起，便被老珠米拉去当了'娃子'。他看到你阿妈年岁轻，长得好，老珠米起了黑心。你阿妈不从。正好这年寨子里死了几条牛，老珠米却说你阿妈是'鬼人'，牛是给她害死的。你阿妈被戴上木枷，丢到深山里，活活喂了狼。她临死之前，把你托付给穷乡亲们，直到我从虎口里逃出来，才见到你。孩子，你要记住，珠米和官家，害了我们一家……"老人没有说完，已经泪水纵横，泣不成声。

孩子偎在祖父怀里，好久才抬起头来，泪水扑簌簌落个不停。

沉默了一阵，孩子在地上把琴拾起来，塞到祖父的怀里。琴身已经发黑，上面有无数的伤痕，猛看好像已经腐朽了，仔细一瞧，乌黑色中透出日久抚摸的光亮，揣在怀中还颇为沉重。

老人把琴放在盘着的腿上，用长长的指甲拨着琴弦，一种低沉郁抑的声调，好像幽怨的泉水一般，从远远的山谷尽头流来。琴声一顿，他便唱起来：

人们唱歌是心里欢乐，
我们佤族人是吐愁吐怨才唱歌。

人们的日子有早晨，
我们佤族人的日子啊，
尽是黑夜和黄昏。

也许是木琴雕得太空了，也许是琴弦太粗了，声音多么低沉！听着这琴声，就好像晴天里布满了乌云，连火堆也失去了温暖。

有人问我佤族人受了多少苦？
谁能告诉你，
去问那滚滚的江河吧，
问它卷走了我们多少血和泪。
有人问我佤族人遭了多少难？
谁能告诉你，
去问那重叠的青山吧，
问它埋葬了多少佤族人的白骨。

在粗犷、低沉的歌声后面，和着一个尖嫩细弱的嗓音。

夜更深了，琴声、歌声分外凄凉。饱食了的羊儿，不时地蠕动着身子，仿佛它们也因为这悲哀的歌声而睡不安稳。

祖孙两人面对篝火，边唱边流眼泪。歌子像是唱不完，眼泪也流不尽。

半夜里，突然来了一场狂风暴雨。

大雨过后，东面天空中一片红光，把云层都照亮了。孩子揉着眼睛说："爷爷，天要亮了！"

老人疑惑地说："今儿天亮得这么早？"他拉着孙子跑到林子边上，只见东面的一座山岭上，满布着火堆，火光交映，把天空都照红了。

老人眯着眼睛说："围猎的不会出动得那么早，他们是谁呢？"火光似乎驱逐了寒意，老人挺了挺腰。

火堆越烧越旺，整个山谷都给映照得通红。

二

临近黄昏，一支几十个人的民族工作队，进了阿佤山。

他们选择一个背风向阳的洼地，搭起了四五个帐篷。帐篷，在这个古老的山区来说，稀罕而新鲜，就像一群刚从地里长出来的白色大蘑菇。

晚上，一堆堆的篝火熄灭了，经过长途跋涉，疲惫不堪的人们显得特别爱睡，连马儿也停止了咀嚼草料，不时倒换着后腿，睡得十分香甜。

山区的气候，千变万化，反复无常。风雨说来就来，而且特别狂暴，初来的人，一时摸不透阿佤山的脾气。

半夜，忽然四周风呼雨啸，帐篷被鼓得一起一落，好像是惊涛骇浪里的一条小船。外面星月无光，伸手不见五指。闪闪的电光，把这块洼地和附近的山岭照得奇形怪状。

闪电中，雨雾滚滚，浓烟似的裹住了山头。阿佤山变得神秘起来。阿佤山呵阿佤山，谁知道你在这个夜晚，要耍些什么花招！

"轰隆隆……轰隆隆……"雷声好像要把山谷震翻过来。

在洼地东边远远的山沟中间，发出一片擂鼓般的洪水滚腾声。阿佤山变得怒不可遏起来。营地四周，水声汩汩，一刹那淹到帐篷里面来了。

人们准备立刻转移到附近的山岭上去。

大家忙着拆帐篷、搬物品、拽牲口……风雨声、人的嚷叫声、雷声……组成了一片奇异混乱的声浪。

"各组注意！帐篷等下拆，先把东西运出去！快！快！"在一片嘈杂混乱声中，冲出党委书记邢平苍劲有力的声音，"你是第三组的吧！你光管自己做什么？个人的背包由组里派人统一运，先去运公家的……"

一个矮胖的人影结结巴巴地回答："书记……这……这箱子……"

书记看到一匹白马在打滑，顾不上回答，已冲过去帮着拽牲口去了。

"喂，那边不要挤！……让牲口先上前！"他一面拽牲口，一面指挥大家。

响亮的声音透过风雨，把这个混乱的场面镇定下来，人们开始有秩序地在山上山下反复地流动。在夜色中看来，就像几条小河在流着。

闪电中，照见书记淋湿的白发，雨水正顺着两颊向下流淌。

后面冲上来一个青年人，关切地说："书记，你这样不行呀！"他把一件雨衣披到书记的肩上。

书记站住了："张勇，我挺好。你看医务所的人手太少，已经不顶事了，赶快去搬运药品。"

黑暗中，叫张勇的这个青年人，似乎感到面前射来两道严厉的目光，还想说什么，"轰隆隆！……"一声炸雷，把吐到口边的话又堵回去了。

雷声就像百十发炮弹在山谷里爆炸，空气中弥漫着一股焦臭味，显然雷电烧着了什么。山坡上，到处杂乱地堆着刚刚抢运出来的东西，奔跑着浑身湿漉漉的牲口。不少人把被子打开，盖在货物上面，大声喊叫着。这种气氛真像在战场上一样。

洼地东边的山沟中，山洪的呼啸声更响亮起来。

"山洪来了，山洪来了！"有人在喊。

人们都撤到山坡上。

"下面还有两个驮子，里面全是医疗器械，这怎么办？"一个焦急而苍老的声音。

"老医生，你不能下去，山洪眼看就要下来了！"

书记站在不远的地方，面临着这样的情况，脸孔异常严肃，思考着什么。

"算了，来不及了！"那个光顾搬行李的矮胖子说。

"不要把人卷走了！"有人在书记的身边，瞎"参谋"一气。

"谁说不能去！报告书记，让我们去！"突然在书记面前出现了一高一矮两个影子。

人们没有来得及看清楚是谁，他们就同时跳上两匹白马，向洼地冲下去。

书记没有说话，显然他默许了。他知道，去抢救这些东西万分危险，可是，要是失掉这些器材，医务部门将无法工作，再到远方城里去购买，至少要几个月。再说这两个小伙子的脾气和本领，他是非常熟悉的。

人们全神贯注地看着，不时用手擦掉迷蒙眼睛的雨水，心都快跳到嘴里来了。

山洪的声音更近了，接着是一串闪电。

闪电中，两匹白马长了翅膀似的向洼地飞驰，像两只神鹰向下展翅降落。

闪电中，他们跳下马背，钻进了帐篷。

闪电，照着他们冲出帐篷，一个翻身上了马鞍。

闪电，照着两匹白马双双向回奔跑。

快呀！山洪下来了！

雨水和着山洪的泡沫，飞溅到人们的脸上，眼前一片白光擦过，"哗啦啦"一声，洼地里的帐篷，一下子全都看不见了。电光一闪，两匹白马双双跃上了山坡。吼叫着的山洪，擦着牲口的后蹄子呼啸冲过。

"那两个人是哪个组的？"

"三组的，听说他们都是部队上下来的！"

"怪不得有那么一股冲锋陷阵的劲儿！"

"阿佤山也真不客气，刚到，就给咱们来了这么一个下马威！"

暴风雨来了，又迅速地被卷走了。工作队的同志带着湿漉漉的货物，另找了一个妥善的营地。这里山势险要，风景秀丽，附近有清澈的泉水，簇簇的树林。同时，位置居中，到各个部落都很方便。

一住下来，队部便命令各个小组立即烧起火堆，烘烤物资、衣被。火光冲天，照亮了低飞的云层。

在一簇火堆中，晃动着一大一小两个人影，来来往往，搬运的动作都很协调。大个子是张勇，三组的组长，黑黑的脸膛，浓眉大眼，目光明亮，长得满俊秀；另一个名叫万小五，个子瘦小些，在对比之下，显得有几分单薄，他有一张孩子气的热情脸孔，嘴唇上留着一层薄疏疏的汗毛。两人同样的打扮：下身穿一条球裤衩儿，上身一丝不挂，汗水在他们的背上淌着，混着灰土，显出一条条黑色的道儿。这就是飞马抢救器材的两个小伙子。

"小五子，快点把柴抱过来！"张勇一面喊一面用棍子通火。火焰腾起好高，一丈多远也炙得人脸发痛，可是他还嫌火不够大，不停地喊："快，快，腿儿跑快一点。"

"哦，来了，喷气式来了！"万小五从暗处抱来一大捆柴，投进火里。火烧得格外旺盛，四面八方堆着的大包小包的货物，被火烘烤得腾腾地冒着湿气。

一个瓜子形脸儿的姑娘，走近一个火堆边坐下来，把拖在胸前的两条粗黑的辫子甩到背后，迅速地从口袋里掏出一个日记本子，往膝盖上一摊，取下钢笔，就唰唰地写起来。写着，写着，嘴角上露出愉快的微笑。是呀，她感到在雨后的深夜里，在这熟睡的群山密林中，坐在欢跃的篝火旁边，听着奔腾的山洪的呼啸声，仰望天空那被火光映红的云层……这一切该是多么新鲜，多么富有诗意啊！

不知什么时候，她感到身后有人的鼻息。她扭过头来，"啊呀"叫了一声，后面竟立着一个矮胖的人！她警惕地合上本子，站了起来。

"对不起，李照同志。"

"任兴隆，你怎么一句话也不说，把我吓了一跳！"

"你的胆子也真太小了，哈哈哈，不错，不错，女同志的胆子就是要小一点。"任兴隆弓着矮胖的身子，摆出一副很正经的样子说道，"好！李照同志，这种时候你还记日记，不简单，有意思！"

他乘李照不防备，伸手就把日记本抢了过来，翻了几页："啊，写得不错！我来朗诵一段，'风雨过去了，但风雨没有浇熄我们的热情，我们烧起了许多火堆，把山头照得雪亮，把云层映得通红……'真好，真是美极了，就像是诗一样。从前我也写日记，那还是在动荡的年代里，我记了这么两厚本，"他以大拇指和弯着的食指比了比厚度，"后来，全都丢了！"

"那多可惜！"姑娘睁大了眼睛。

"是呀！要是能留到现在，只要稍稍把文字修饰一下，就可能在报纸上发表。"

"真是太可惜了！"显然，她对这个认识不久的任兴隆是尊敬的。

任兴隆又转用训诫的口吻说："日记，凡是看到的、听到的、读到的，全都可以写，比如，我们都是三组的同志，我的讲话也可以写上去！……"任兴隆嘴角上露出得意的神色。

"你了解佤族人吗？"李照问，"比如他们的人情、风俗……"

"当然！"他笑了笑，毫不犹豫地开了口。

这位任兴隆，可说是一个十分健谈的人，话匣子一开，便像山涧里的流水一样，从佤族人到现在还不会使用犁耙耕牛谈起，一直谈到他们住的简陋的房子，谈到佤族人剽牛祭鬼等旧社会留下的风俗习惯。然后，他又煞有介事地说："佤族人，他们最爱砍胡子多的人头。"

"那你不是太危险了？"姑娘看看他那满是络腮胡子的脸。

任兴隆用手摸摸下巴和两腮，支支吾吾地说："我没关系，胡子可以把它刮掉呀！而且他们并不是所有人都敢砍的。"

"干什么吃的，这简直是拿国家财产开玩笑！"突然传来万小五愤怒的声音。空气里好像夹着一种刺鼻的焦臭味。任兴隆和李照不禁吃了一惊，两个人一下就地跳了起来。

这时，万小五就像一阵风似的刮到了他们的面前，"嗵"的一声，把一大捆布摔到地下。黑沉沉的脸对着他们，薄薄的嘴唇一动一动，眼睛里含着愤怒，眼珠滴溜滴溜地对着李照浑身上下乱转，双手像铁卡子似的叉在腰间——别看他的个儿不高，却有几分气势逼人的劲儿。

李照弯下身来，看着被火熏黄了的布匹，自觉心痛。她责怪自己：不该到这边来光顾写日记，而且，一扯就是这么久，这当然是自己粗心大意的过错。

任兴隆搔着头皮在一边解释："刚在这儿坐了一会儿，没想到就出了问题。"

李照把头一仰说："任兴隆，你别说了，这是我的过错。"

任兴隆略带吃惊地看了她一眼，立即说："算了，算了，别闹了，这些东西归我来处理。"表面上是为李照说好话，实际上是想为自己卸责任。他去推万小五，没想到对方胳膊一舞说："你来处理！你怎么处理？她都承认了错误，要你来管什么？"

这时候，其他小组的同志也都围拢来了。

"你们看，竟寻到我头上来了！这不是狗坐轿子，不服人抬么！连好歹都不识！"任兴隆将两手一摊。

万小五毫不示弱，胸脯向前一挺说："任兴隆，你的嘴巴放干净一点，我不是和你吵架，告诉你，这布是公家的，要是我姓万的东西，我连嘴唇皮也懒得一动。我还要对你提个意见：像你这样一天三溜四转，尽找人胡吹乱扯，也要负责任！"

听了这番话，有人点头，有人说："别看这小伙子，脾气倔，心地却像金子一样闪闪发光哩！"

李照大声地说："任兴隆，我错就错了，不需要什么人来卫护我，谢谢你这种好意！"

任兴隆把手一摊，眼睛瞪得大大的，说："你们看，你们看，倒都骂起我来了，怪不怪？"

万小五说："别人都没有什么怪的，怪的是你的脑子。"

这时，张勇也来了，说："任兴隆，你难道忘了党委书记的嘱咐？我们每人身上挑着千斤重担。我们不是为了做生意赚钱，一尺青布万片心，不能随便糟蹋！小万，把布收起来，大家注意烤火，这事会上再说。"

任兴隆瞧着走散的人们，慢慢垂下了头。

篝火黄而小了，忙碌了整夜的人们，借着黎明前不多的时间来恢复精力，都纷纷睡了。

然而篝火东边的山崖上，还坐着两个人，一粗壮，一瘦小。粗大个子还在抽烟，烟火一闪一熄，照着他们的脸孔——这是张勇和万小五。他们睡不着，干脆坐在这儿聊天。

万小五突然想起了昨天路上遇到的一件事。

中午，工作队的人在山道上走着。拐过了一个山嘴，忽然看到前面浓烟滚滚，一片大火，他大声喊："野火烧山啦！咱们快救火去啊！快呵！快呵！"

跑到跟前一看，大火烧的是一堆堆枯枝。

这是干什么？这么好的一些树枝，就一把火白白地烧掉了？大家感到既惊奇又可惜。

张勇告诉大家："这是佤族人在摆弄庄稼地。佤族人到现在还不会使犁耙，仍沿用原始的刀耕火种方法:他们看上了哪一片山坡，头年把树砍倒，第二年在干枯了的树枝树干上放一把火，将烧成的灰作为肥料，再使用竹筏遍山扎上窟窿，投下种子，算是种上了庄稼，往后便没人管了。到了秋天，再来收割谷子。谷物和杂草丛生，山中的野兽又多，往往是人吃一半，兽吃一半，若是猎获了野兽，就把兽肉和谷物同时煮着吃了。"

万小五一想到这儿，担忧起来，见张勇正一个劲儿抽烟，便问："按你昨天说的办法，佤族人一年能收多少谷子呢？够吃吗？"

张勇狠狠地吸了几口，把烟蒂丢了说："一亩地收不到几升，有时连谷种也捞不回来！"

"这怎么行？"

"你没听书记说么，压迫佤族人的东西太多了……可是凭着他们勤劳的双手，和锋利的刀箭，他们还是活下来了，只是他们活得太苦了。"

"你见过佤族人吗？"万小五追问。

"见过……"张勇点点头，带着眷恋的感情说："去年，我还在部队上。

我们进入离阿佤山不远的一座城镇。那时，国民党残匪刚从那里逃跑，当地人民流传着一个故事，他们说：前一天，一个赶街子的佤族人，被国民党匪徒捉到了。残匪给他许多盐巴、布匹，逼他带匪徒们进阿佤山，逃往外国去！这个佤族汉子拒绝了。敌人给他上了镣铐，对他施了许多苦刑，都没能使他屈服。"

这天早晨，敌人准备进山了，慌慌张张地把他拉到路口。沉重的枪托落到他身上，刺刀划着他的脊背。这佤族汉子挺着胸，站稳脚跟，始终不肯向阿佤山挪动一步。最后，敌人把他杀害了。

听到这个故事，同志们决心为这个佤族人报仇，一定要把他的尸体找到。

几个小时以后，我们终于找到了他。这个佤族人的生命是顽强的，他受了重伤，心脏仍未停止跳动。我们就把他抬到卫生所来。

伤口是不容易医好的，尤其是他心中的'创伤'更不好治。

当时，我在卫生所里搞政治工作。我亲眼看到他医治伤口的过程，也就是消除民族隔阂，建立民族友谊的过程。

在开始几天中，他整天大喊大叫，撕绷带，打护士……他不相信我们！在他看来，外族人把他杀伤，怎么又肯为他治病呢？

我们向他耐心地解释，说我们是毛主席派来的新汉人，和旧汉人不同！他什么也听不进去！要使他真正了解两种汉人的区别，的确是一件不容易的事情。

但是，往往一件事实，能够胜过千百句话。我们把他身上的伤口医好以后，他渐渐地不大骂人，也很少发脾气了，更多的时候是在看什么，想着什么。

一天，护士突然告诉我："佤族汉子不见了！"我很着急。立刻又有人告诉我，他躲在后山的一个灌木丛里。我们没有去惊动他。到了天黑时分，他又悄悄回到了床上，饿坏了，吃了很多东西。他是在试试，我们对他好，是真心还是假意；他不在的时候，看看我们会不会去追他。

果然，他开始对我们有些信任。他常常笑了，也和我们说话了，一有空，就要我学说他们的佤族话。平日，他爱去看贸易公司、百货公司，那里有许多新东西，他从来没有见过。

过了一段日子，我发现他又变得沉默起来。他经常坐着，远远地望着白云后面的山岭出神。我问他，他的指头点着心窝说："心里想阿佤山，想家啦！"

真的，对这个汉子来说，什么地方能比他们阿佤山更好，比他的家更美呢？

一天，我们送他走上了回阿佤山的路……

到了晚上，我忽然发现门外立着一个人——就是白天送走了的佤族人！我吃了一惊，抱着他问："你怎么没有走？还需要什么？丢了什么？"

他拉着我的手，摇摇头，脸上带笑，眼中却含着眼泪，嘴皮动动，没有说出一句话来。好久，他说："解放佤族人对解放军和工作人员的简称。我什么也没有丢，什么也不要，只是心中舍不得你们……"

我很感动，拉着他的手谈到天亮。吃过早饭，又重新送他上路，送了一程又一程，我们走着谈着，一直把他送过了好几座山头。

万小五关心地问："他叫什么名字？"

"艾桑！"

"你说他会知道我们来阿佤山吗？"

"不一定。"他们沉默起来。

山坡西边有人的脚步声，渐渐朝这边走来。万小五向张勇摆摆手，蹑手蹑脚地站起来，轻轻地说："注意，说不定是书记来了。他在晚上经常爱查个铺，给睡觉不老实的人盖个被子，要是发现我们还没睡觉，一定又要狠狠地刮咱们一顿鼻子。"

"张勇，张勇，你在哪儿？"来人的嗓子很细，怕吵醒别人。

张勇一听，是书记的通讯员黑牯子，就答道："干什么？我在这儿！"

万小五见黑牯子走近了，故意认真地说："咱们刚起床，在这儿吸吸新鲜空气，可别到书记面前添油加醋，说咱们没睡觉，知道吗？"

黑牯子得意地说："别装蒜了！还能瞒得住我？不睡觉是你们自己活该，我是有大事来的！"

"什么大事？你快说吧！"万小五着急地问。

"书记要我提醒你，"黑牯子对张勇说，"明天，佤族人要在离这儿几里地的山坡上赶街子，派你们第三组和医务所一块儿去，要你们抓紧时间休息，然后做好准备工作。"

"嘿！咱们打头炮，好极了。"万小五得意地说。

"别吹啦！明天出动五个组，分到各个街子上去。"黑牯子仰着脑袋说。

"好呀，咱们可以竞赛一家伙。"万小五神气地说。

"你回复书记，准备工作天明前就开始。"张勇看了看东方灰黑的天色说。

"是！"黑牯子眨眨眼睛，嬉笑着说，"那么你们什么时候休息呢？书记问起来怎么答复？"

万小五威吓着笑道："你别多嘴，这就睡了！"

三

下弦的月亮像一只小船似的，刚刚贴着东面的山头，万小五睁眼一看，见张勇已醒了，正揉着眼睛，他就亮起小公鸡似的嗓子叫起来："起床啦！佤族人快来啦！起床啦！"一下把全组的人都叫醒了。

对他们来说，今天就像是过新年一样：男同志刮了胡子，女同志扎上了彩色的发带。

万小五穿了一件洗得很洁净的蓝布衫子，戴着一顶被雨水、阳光蚀白了的旧军帽，帽檐已经有点软了，他用手拉了拉，捏了捏，让它刚刚压住眉毛。在他看来，部队里留下来的军装，简直贵重得成了礼服，遇上什么办好事的日子，就把它穿戴起来，一来表示不忘部队，二来也显得精干一些。

昨天上午，党委书记亲自对他们说："不要把赶街子单纯看作做买卖，凑凑热闹，这是我们工作迈出的第一步，千万不能马虎。"

当他们来到那片山坡上时，太阳刚刚露头，大家在地上铺了几张大油布，将各色各样的货物，精心别致地摆了起来。

医务所的工作地点，设在比较远的地方。也许他们认为自己需要和贸易部门有着不同的工作环境，比如说:这边人越多越挤越好，而对他们来说，这却是十分禁忌的。他们在那儿铺了一张较小的油布，上面放着一排排药瓶子，经阳光一照，五光十色。他们还挖了炉灶，从炊事班借来了一口小小的白铁锅子，作消毒用。

李照不是医务人员，但今天也到医务所去帮忙。她穿上了白色的工作服，在青山的衬托下，苗条的身影显得特别美丽。

任兴隆今天特别容易生气，几乎每隔几分钟，他就要吊着沙哑的嗓子大叫："来呀，来帮忙呀！你们快点好不好！我的脊椎骨都快要累成两截儿了。"

准备工作大致就绪了，人们都把眼光转向山下，期待着来人。

每隔半个小时，万小五就气呼呼地爬到山头上去张望一次，从那里能看到四面八方的大小山道。

太阳升起好高了，还没有见着一个人影儿。四山静静的镀着一层朝日，一群群爱暖和的山雀落到山坡上。

万小五不停嘴地安慰大家："别急，我看见寨里到处是青烟，佤族人正在煮饭吃哩。赶街子总要先吃点饭才行呀！"

隔了一会儿他又说："好，佤族人吃过饭就准备上路了。你们别急，我再去看看。"

一两个小时又过去了，还没有一点动静。

有人在草地上睡了一觉。

医务部门的同志已经把不耐热的药品放回木箱子去，大家把贸易部门的货物也用大油布盖了起来，免得被阳光晒得褪了颜色。

蹲在货堆里的任兴隆，口中不停地咕咕叨叨："天还没亮就吊着脖子叫呀！叫呀！叫魂……"

万小五心中早急得像火燎一样，听到任兴隆一句比一句说得更刻薄，忍不住一股火冲了上来："嚷嚷个屁，讨厌。"

"那你一早就瞎叫个什么？"

"我又没有叫你的名字，谁叫你起来？你是个聪明人。要是佤族人来得早，我们准备工作还没有做好，怎么办？"

张勇跑了好几里地，问了问书记，回来说："别吵了，佤族人会来的，他们也许是日中为市。"

太阳接近当顶时分，来了几个不三不四的商人，他们每个人都牵着四五匹马，驮东西的却只有一匹。

"准是些马贩子！"万小五说。

那些商人匆忙地解了驮子，分成四撮，就像走围棋似的，在这片平坦的山坡的四个角上，各压了一颗。

万小五突然高兴地舞着帽子，嚷道："来啦，来啦！都来啦！快来看呀！"坡下各路人群，就像泛起的云雾，没隔多久，都上了山坡。

人的喧嚷、马的长嘶、女人的尖叫，使山坡上添了生气。银扣子耀眼，长镖和佤族汉子乌黑的皮肤在闪光。山野里的风，掺和着槟榔烧酒的气味。

万小五仰头看看，太阳正当顶，对张勇说："这个钟真大，成千成万的人都能看见。"

有个佤族妇人，一只脚跪在地上，从褪了色的筒巴一种彩色挎包，上有图案，很秀丽。中拣出四五枚鸡蛋，摆到一个商人的面前。那商人从纸盒中取出一包针，用手指蘸着口水，捻给她一根，然后又把剩下的包了起来。佤族妇人把针小心地别在裙子边上，站起来，临走时，还留恋地望望那几枚已经属于别人的鸡蛋。

人群中又出现一个穷苦的佤族妇人。她穿着一条褪了色的破裙子，弓着腰，费力地背着一个背箩。她使劲在人群中挤过来，站在商人面前。她往地下一坐，从额上松下宽宽的草带，把背箩放到地上，以裙角拭拭额上的汗和似乎有毛病的眼睛。背箩里金黄色的烟叶在闪光。这么多烟叶，商人只给她一小块青布，卷在一起，不过拳头那么大。

那边的商人以虚伪的眼光，迎接一个佤族老人。老人的背歪向一边，横披着一张毡子，好像背上有一个非常不顺心的东西。他的眼光善良而痛苦，枯黑的脸上到处是刀刻般的皱纹，满腮的胡子。商人敬了老人一支纸烟，又从瓶子里倒了一杯酒递给他。这一番殷勤，感动了老人，他满脸通红，多筋的手在发抖。隔了一会，老人在鼓囊囊的毡子下面，拖出一张黄灿灿的物件，它有个尖嘴、四条短腿和一根长尾巴。

"好家伙，狐皮，狐皮！"任兴隆惊叫起来，张着的嘴半天合不拢。

商人接过了狐皮，放在大腿上摸了摸，那漂亮的皮毛在阳光下，抖闪着金色的波光。

"好狐皮，上好的狐皮。"任兴隆还叫着。

可是那个商人却摆出一种不屑多看的神色，摇了摇头。忽然他又把那张狐皮放到绿色的草地上，用一只手按着，仿佛怕它跑了似的。接着从一只麻袋中摸出一块比拳头略微大一点的盐巴，放到鼻子下做作地闻了闻，交给老人。老人摇摇头。他只得又伸手掏出一块较小的。老人再摇摇头。商人却仰脸大笑，拍着老人的肩膀，装出殷勤的笑脸，又是敬烟又是敬酒，把老人裹了起来。

"他妈的，你看，心多狠，这简直是些土匪！"万小五骂起来。

"啧！啧！那块狐皮至少值好几十元，他们才给几毛钱的盐巴就换下来了！"任兴隆啧着舌头。

张勇没有吭气，但是心中想着："这些商人对佤族人来说，就像是水牛背上的乌鸦，讨厌他们又离不开他们。这些狼心狗肺的家伙，必须把他们赶走！"

卖酒的地方，每个酒贩面前摆着一只木挖的大桶，不断有佤族汉子把长矛倒插在地上，坐下来饮酒。白色的米酒顺着他们的紫色胸膛流着，有的带着醺醺醉意，戏谑地把酒泼到姑娘们的身上、裙子上。

一群佤族人突然叫了起来。

"看，我们阿夹一喝酒，罗圈儿腿都挺直了！"

"阿夹，你喝过酒就显得漂亮多了。"

"我的天呀！瞧吧，我们阿夹抱着酒桶就像抱着老婆一样。"

许多人都在戏弄一个佤族人。这人在汉子群中，显得这么瘦小；腿是罗圈形的，微向外弯曲；胸前的肋骨，就像是铁环似的从皮下鼓突出来。他翘着尖下巴，喝着一大瓢酒，眯缝的眼中露出极其幸福的笑意。

刚才，阿夹可怜地抱着肘子，在每个酒桶边蹲下来，伸手去抓瓢，但每次都被酒桶的主人夺了回去。最后，走到这家酒桶边，主人似乎答应了他。

阿夹喝着酒，根本不答话，好像一开口，就会冲淡这美好的酒味。喝完了一瓢，他又把瓢伸到酒桶里去。酒贩有点犹豫，但大家在一边凑合："让他喝吧！我们阿夹量大，财多，家有成仓的谷子，成群的水牛……"

阿夹也没有在这个外寨来的酒贩面前否认，只是带着笑意，伸手到桶里去舀……

阿夹的幸福时刻终于结束了。酒喝完了，酒贩伸手向他要钱。他嬉皮笑脸地说："钱？嘿，嘿！钱……下个街子天再带来吧！少不了你的。"一边说，一边打算钻到人群中去。

酒贩看出了他的企图，一把拽住他的胳膊。阿夹把手一舞，一下就滑脱了，不过没跑几步，酒贩一下揪住了他的裤带。接着，他们揪打起来，没有多久，这个曾经"幸福"一时的阿夹，就被压在地上，结结实实地给痛打了一顿。可是一眨眼间，他将罗圈腿一蹬，"哗啦啦！"一声响，酒桶翻倒了，白色的香醇的酒浆泼了一地，立刻就被阿佤山的土地喝得干干净净。当旁边的人们把两人拉开时，阿夹已经被打得不容易站起来了。

远处，一个妇女的声音"哇啦，哇啦"地叫了起来。紧跟着，一个高大的妇女从人丛中钻了出来。她把裙子提到膝盖以上，一串褪了色的草珠子，在她宽大的胸间晃动着，光着一双大脚在地上"啪嗒，啪嗒"地响着。她走上前来，不由分说便用巴掌狠狠地在阿夹的背上擂了下去，扯着他的胳膊，扭着他的耳朵，一起隐进人丛中去了。

　　一个佤族汉子吐着舌头："乖乖，这种老婆比辣子水还厉害！"

　　人群中爆发出一阵笑声。

（长江文艺出版社 2014 年再版）

【傅汉清】

（长篇小说类）

1941 年出生，男，汉族，南昌县人。大学中文系毕业。编审。历任教师、剧团编剧、期刊编辑、总编辑。1985 年加入中国作家协会。出版《井冈之子》填补了新中国成立后南昌市长篇小说创作的空白。主要作品有长篇小说《斩蛇剑》《强盗的儿子》《叛徒的女儿》《澳门情仇》，中篇小说集《龙王面里疯女人》《九岁女杰传》，长篇报告文学《来自红土地的报告》《田野的呼唤》等 12 部，有作品入选各种选本、选刊，并介绍到国外。曾获江西省政府奖、南昌市政府奖、江西省第一、二届谷雨文学奖、黑龙江省及公安部政治部优秀作品奖。

长篇小说《斩蛇剑》节选

血溅万寿宫

眨眨眼三天过去了，

今天，是一年一度的农历九月初九重阳节，也是红石冲远近一带山民百姓到万寿宫隆重进香的日子。

万寿宫，相传是为纪念晋朝治水的能工巧匠许逊铁链锁孽龙、挥剑斩巨蛇，保全了江西千百万亩山川土地没化为汪洋大海的丰功伟绩而修建的。世人尊称许逊为"许真君"。到北宋时，仁宗皇帝又御笔加封为"神功妙济真君普天福主"，并赦令天下立庙祭祀，享受人间烟火。因此，万寿宫遍及黄河以南，尤其是江西境内，除誉满海内的南昌西山万寿宫之外，山山岭岭、村村寨寨，几乎无不遍及大大小小的万寿宫。

每年从农历八月初一起，各地群众便沐浴净身，设坛开祭，而后吹吹打打，结伴而行，虔诚地赶到万寿宫朝山进香，向许真君求神还愿。于是，清冷的庙宇里香烟袅袅，钟声震天，善男信女，游人如织。大刹前，有屋即摊，无屋即场，场外有篷，篷外有摊。那些经营夏布、茶叶、鞭炮、香烛的小商贩，出售笋干、烟叶、活蛇、兔肉的农民猎户，乃至卜卦算命、卖狗皮膏药的三教九流，也肩挑手提，纷至沓来。一座座万寿宫便成了个繁华的吁场一般，琳琅满目，无所不有。

今天拂晓时分，铅灰色的乌云低低地笼罩着红石冲山头上青砖碧瓦、玉柱飞檐的万寿宫。

空旷沉旧的真君殿里，一灯如豆。昏暗的长明灯摇曳着，不时闪跳在漆塑金身、慈眉秀目的许真君的脸上，越来显出神秘而阴森的气氛。

宽阔笨重的樟木供桌前，一个云鬟高绾，年约十六七岁的小道童盘膝坐在草蒲上。正手持紫颤木缒，有气无力地轻击着硕大的描金木鱼。突然，一道刺眼的闪电划过，照亮了供桌上一个被烟火熏得发黑的雕花签筒。隐隐的雷声里，只见供桌后慢慢地伸出一只白森森的手。

又一道闪电划过，小道童惊恐地睁开双眼，供桌上的签筒不翼而飞。他以为看花了眼，擦擦眼睛再看时，签筒"唰啦"一声，又好端端地摆在供桌之上。

天大亮了。蒙蒙的秋雨伴着阵阵秋风还在沙沙沙地下着。

万寿宫的五龙镏金大铜钟"当！当！当——"地敲响了，不一会，破旧阴森的大殿里人生喧嚷，爆竹炸响。香客游神们叩首磕头，点烛的，燃香的，许愿的，抽签的，摩肩接踵，一个个诚惶诚恐，顶礼膜拜。自从一九三四年秋天，红军长征北上以后，近两年了，重新处在地主豪绅压迫剥削之中，过着水深火热生活的贫苦百姓们，不少胆小怕事的善良群众，只有把自己的希望和寄托，虔诚地放到大慈大悲的福主菩萨身上了。故而小小的一座红石冲万寿宫，今天的香火是有增无减。

半上午时分，在大殿里殷勤照应香客的小道童，忽然合掌作揖，对香客们大声嚷道：

"各位施主，今日适逢重阳，小庙略备斋饭，以为施主解乏充饥，务往各位赏光，小庙还要和各位共商为真君重修金身。"

小道童的话音未落，忽然，庙外"砰"地一声枪响，随即"抓共党探子呀——"令人发怵的喊声四起。临时吁场上，一时如黄蜂炸了窝，人们慌不择路，四散奔逃。

"砰！砰——"又是几声凄厉的枪声传入庙内，大殿里的香客一个个如惊弓之鸟，吓得面面相觑，目瞪口呆，良久，才一窝蜂似地向庙外逃去。谁知刚到大门口，就被五六个实枪荷弹的靖卫团丁驱赶着回到大殿。接着，人群中"呼啦"闪开一条通道，一个五花大绑、蒙着双眼、肩宽背阔、筋骨健壮的青年后生，在吆喝声中，被推搡着押了进来，捆在殿前的麻石柱上。

靖卫团副参谋长狮子狗威风凛凛地跨步上前，跳到真君前面的长供桌上，鼓着眼珠狠狠而又缓慢地朝大殿四周一扫，骄横而颇有气派地开了腔：

"父老乡亲们，静一静！大家不要惊慌。据密报，共党油山游击队妄图趁重阳进香之机，在红石冲万寿宫交接一份重要情报。我们明察秋毫，已知共党探子混在你们当中。"

大殿里一阵骚动。狮子狗一跺脚，提高了嗓门：

"我们已抓获共党奸细一名，特绑押示众，然后就地证法。为搜捕共党漏网分子，本参谋长宣布，军民人等，凡进香者一律要接受检查。违抗者，以通匪论处！"

大殿里又是一阵骚乱，狮子狗不耐烦地一挥手，靖卫团丁呼喝着把香客们统统押进了后殿。

狮子狗跳下供桌，"嚓"地划着根火柴，叼起一根"海盗"牌香烟，悠悠地吸了一口，也斜着鼓暴的眼珠对小道童说：

"叫你们当家的滚出来！"

"老总，今年朝山以来，大师父连日辛劳，加上偶感风寒，昨日已下山去白龙镇看病了。"小道童惊恐地回答。

"唔庙里还有谁？"

"还有一位癫道人，"小道童吓得一脸煞白，"是大师父多年的棋友。"

"给我带上来——"狮子狗一声令下。

小道童唯唯应诺而去。大殿里一片沉寂，只见风吹香烟，旗幡摇曳。狮子狗一怔，不由自主地打了个寒噤。

不一会，阴暗的偏殿里突然传出一阵令人胆颤的笑声。狮子狗张嘴刚要喊"来人！"一个满面油污、胡子拉碴、道袍零乱、赤脚草鞋的中年道人，左手拿着云帚，右手提个酒葫芦，一步三跌，疯疯傻傻，被几个团丁押上殿来。他醉眼蒙眬，摇摇晃晃，一个趔趄撞在狮子狗身上。

狮子狗没有提防，一下被撞出老远。幸好团丁扶住才没跌倒。他不由大怒，也不答话，伸拳朝癫道人当胸打去，谁知道癫道人一闪，狮子狗一拳打空，自己反而跌倒在地上。

癫道人双手一合，作了个揖，念念有词地道：

"善哉，善哉！有缘千里来相会，无缘对面不相逢！施主是进香还是许愿？天理昭昭，心诚则灵，愿真君保佑你步步高升，大炮轰顶，福寿双全，早升天界，哈哈，善哉！"

狮子狗恼羞成怒，一蹦而起，"啪"地扇了癫道人一记耳光：

"妈妈，操你祖宗十八代！滚开——"

"善哉！善有善报，恶有恶报，"癫道人摸摸腮帮上清晰可见的五个血红的指头印，嘻嘻一笑，又仰脖咕嘟喝了一大口酒，嘴一张，哼起"望夫望到三月桃花开，相思奴的夫，望到三月桃花谢，不见夫归来"一扭身，手舞足蹈地朝后殿走去。狮子狗一努嘴，一个团丁尾随跟踪而去。他又吩咐一名团丁通知小道童，酒饭谁也不能动，全部留下慰劳靖卫团。他还留下两名团丁，交代他们严格看守蒙眼后生。安排完毕，他悠闲地喷出一串烟圈，迈着戏台上的方步，踱进后殿，想到香客们身上搜刮些油水，好回去讨好他的骚狐狸。

这时，大殿上只剩下捆在麻石柱上的蒙眼后生和两名团丁。那后生忽然粗野地叫喊起来：

"爷们要屙屎，快放开我！"

一个干柴棒似的团丁操起枪托，骂骂咧咧向蒙眼后生劈头盖脸地打去。倏地，却见'唰'地一道寒光白晃晃地飞驰而来，干柴棒嚎叫一声，"噗通"倒毙在地。几乎是与此同时，又见一团红云从许真君的塑像后飘然而下。

另一名团丁定睛一看，我的妈呀！原来是个十六七岁，苗条秀气，白白净净，身着紫红衣衫，腰扎红绸飘带，一身火红，威风凛凛的小姑娘。这名团丁眨眨眼，以为是真君菩萨显灵，吓得三魂出窍，七魄飞天，本能地端起上着明晃晃刺刀的"汉阳造"，没头没脑地朝着姑娘微微隆起的胸部猛力一刺。

红衣姑娘纵身腾空一跳，没容对方收回刺刀，她一个猛虎掉头，冲到他面前，纤足飞起，"啪"的一声，团丁手里的大枪已脱手飞去。这家伙倒退数步，正待叫喊"捉共党"，红衣姑娘回手抽出程亮的匕首，一抖雄姿，刀尖斜点，快似流星，正中对方的咽喉。随即，她敏捷地从两个团丁的尸体上拔出鲜血淋漓的飞镖，"噌噌噌"在绣花鞋底上擦了几下，又麻利地将尸体和枪支踢入神龛底下。

收拾停当，红衣姑娘转身割断被捆在青年后生身上的绳索，伸手扯下蒙在他眼睛上的黑色布条。

"快，跟我走！"姑娘急促地命令着。当她闪亮的目光接触到被救的汉子时，全身像遇上了一块巨大的磁铁，直挺挺地一动不动了。四目相对，良久，姑娘撕心裂肺地喊了一声：

"杰哥哥——"

"师妹！"

"你没有死？"

"傻娟娟！我不是好好地站在你面前吗？"

娟娟撩起束腰的红绸带擦了擦泪花闪烁的双眸，嘴巴张了几下又闭住了。天啦，想不到在这里遇到了自己日思夜念的师兄王少杰啊！她如堕五里雾中，脸上泛起一阵红晕，又脉脉含情地望了他一眼说：

"杰哥哥，半山亭冲散后，我听说你被白狗子吊死在金鞭镇，还特地去看了……"

王少杰却似乎没有体味到此时此刻娟娟那外静而内热的一往情深，他大大咧咧开口了：

"娟娟，白狗子能吊死我？告诉你一个好消息，大队红军又要打回来了，上级派我上万寿宫……"

他神采飞扬地说着，从口袋里掏出支金灿灿的丹桂。

娟娟也惊喜地亮出支丹桂，喜眉乐眼地说：

"杰哥哥你？"

"上级要我来取黄泥圹地下党员的花名册。"

"花名册？"

娟娟怎么也没有想到，上级派来的接头人竟是分别了好几个月一直杳无音信的杰哥哥！她为今天的相逢庆幸，更为王少杰终于走上了革命的道路感到由衷的高兴。真该好好坐下俩畅叙一番离别后的情景啊，但是，狮子狗一伙就在身边，情况紧迫，刻不容缓，得赶快护送杰哥哥离开这危险的地方。她正想起身去拿取花名册时，忽然，偏殿里传出一阵令人恐怖的笑声。

"是谁在笑？"王少杰大吃一惊，紧张地仓皇四顾。

娟娟忽闪着眼睛，沉着地回答：

"庙里的一个癫道人。"

"哦。"王少杰点点头，有些亢奋，又有些急躁不安地说，"想不到花名册在你手上，时间紧迫，是不是快点。"

娟娟刚要答话，庙门"吱呀"一声开了。王少杰机灵地隐蔽在麻石柱后暗暗窥视，只见一个头戴礼帽，眼罩墨镜，皮鞋贼亮，衣冠楚楚的青年人闪了进来。手里托着只精致的空鸟笼，说：

"请问，有八哥吗？"

是联络暗号！娟娟心头怦然一跳，随即脱口而出：

"对不起！只有成双配对的杜鹃。"

"可惜展翅高飞了。"

"自有系腿的红线。"

青年人连忙摘下墨镜，举起一支金灿灿的丹桂，激动地说：

"娟娟同志，真是人生何处不相逢，没想到我们又见面了吧？"

娟娟一眼就认出了来人就是那天晚上从屋顶救她出狱的后生。正惊疑不定时，青年后生急眉火眼地从皮鞋帮夹里取出一张纸条，慎重地递给娟娟说：

"娟娟，这是大老刘的亲笔介绍信，派我来取花名册的。"

怎么，又是拿取花名册！

几天中接二连三发生的事，使娟娟觉得搞地下联络工作太复杂，太蹊跷了！龙王庙里的教训对她来说，确实是刻骨铭心的。那么，今天她柳眉微耸，飞快地掠了介绍信一眼，试探地问道：

"同志，谢谢你上次救了我！我有一件事请教，如今，根据地不存在了，要这花名册有什么用？"

"娟娟同志，你很有思想，参加革命的时间不长，倒很能动脑筋。知道不，这份名册是黄泥矿地区三十多位地下党员的名单啊！中央指示，要保存革命火种，开展游击战争。那么，星星之火，可以燎原，这三十多位同志可是股不可低估的力量呢！"青年后生正侃侃而谈的时候，从麻石柱后闪出的王少杰，挥刀向他劈去。娟娟听得身后一阵风响，急忙拉开青年后生，让过刀锋，小声地喝道：

"休得胡来！"

青年后生被这突如其来的袭击吓了一跳，当他发现对方是王少杰，更是意外一惊。他恼怒地责问道：

"王少杰，你怎么不分青红皂白，暗箭伤人？"

王少杰脸一沉，倨傲地横了他一眼，冷冷一笑：

"冯飞狗杂种，可惜你来迟了一步！无耻的叛徒！"

"啊！"娟娟如炸雷轰顶，差点叫出声来。

"真是笑话！"冯飞头一扬，从容不迫放下手里的鸟笼，反问道："请问，根据何在？"

"这……"王少杰一时语塞，"你……你为什么不按规定，想冒名顶替来万寿宫接取名册？"

"组织的决定，你管得了吗？"冯飞涨红着脸，理直气壮地高高扬起头，"王少杰，当着你师妹的面，我倒要问你几句话。你上个月不是被眼镜蛇抓住了吗？"

"对，中秋节的晚上。"

"几个人？"

"我和邹振国。"

"为何他死你生？"

"我只脚跟中弹。"

"瞒得过靖卫团？"

"我当时确实昏死过去。"

"今天为何被捕？"

"我正要问问你！"

二人唇枪舌剑，聒噪不休，就像一股旋涡把个娟娟给卷了下去。眼前陡然刮起的风云，使她惊诧、困惑、左右为难。她寻思：三天前与程荣叔叔在龙王庙分手后，她领着弟弟上黄泥圹，按照外公指示的地点，顺利地拿到了这份珍贵而绝密的名册。为了保证递送时的安全，她将多多留在那儿，只身来到了万寿宫，可是前后不上五分钟，竟来了两个交通员。何况，一个是情同手足的师兄，一个是于己有恩的同志。但是，今天这两个人同她再亲，其中也有一个是居心叵测的冒牌货。是谁？她拿不准。只觉得脑子里一片紊乱，难道，龙王庙里闹剧又要重演吗？不，血与火的搏斗是无情的。她必须擦亮眼睛，识别真伪。对，名册无论如何不能交！她双眸溜溜一转，"嗤"的一声笑了，露出两个甜甜的酒窝：

"好了，好了，干我们这一行的，五百年前就是一家嘛！都不必盘根问底了。不过，私情归私情，工作归工作，你俩都是上级派来取名册的，叫我交给谁呢？"

"给我，给我！"二人异口同声地嚷嚷，各自向娟娟伸过一只手。

娟娟又嫣然一笑：

"我看，暂时谁也不交，等下山了解了情况再说。"

二人还要争执，却听"嘭"地一响，板壁上的窗户霍然洞开，又见一条黑影一闪，好像有人呻吟着倒了下去。娟娟一惊，忙招呼他俩窜进偏殿。原来是个团丁四脚八叉地躺倒在血泊之中。三人刚刚交换了一个惊诧的眼色，飕飕一线冷风吹过，身后猝然响起了一声杀气腾腾的喝问：

"想不到吧，贾某略施小计，尔等便成了我笼中之鸟了！"

娟娟侧目一瞧，糟糕，是狮子狗端着蓝光闪闪的"二十响"狞笑着对准他们，逼着他们高举双手，面墙而立。

"把武器交出来！"

冯飞的手枪，王少杰的单刀和娟娟那两把系着红绸的匕首，都"叮当"抛在地上。刁滑的狮子狗又命令冯飞捆住王少杰，娟娟又把冯飞绑起来，这时，狮子狗才微眯起鼓暴眼，嘲弄地瞄瞄娟娟说：

"小婊子，久闻你学过几下武艺，好吧，省得老子为你逃跑担心，现在，你自己将自己的裤腰带解下来！"

娟娟尽管充耳不闻，不予理睬，也不由一阵羞赧，窘迫，脸上火辣辣的，一片血红。

"快！臭婊子，别敬酒不吃吃罚酒！"狮子狗示威地朝天鸣了一枪。

两个团丁闻声而至。娟娟眨眨眼，计上心来。装着无可奈何地长长叹了口气，缓缓垂下手，解下束腰的红绸带。

"再把内裤的带子解下来！"

娟娟装着转身解内裤的样子，趁狮子狗色迷迷地分了神，突然，"呼"的一声，将红绸带抛向狮子狗，趁势一跃，劈手就夺手枪。

狮子狗颇有几斤蛮力，小时又随人学过几天武功。他见娟娟来势凶猛，便护住手枪使出全身力气一拽，娟娟一个趔趄，险些摔倒。

面墙而立的王少杰听到拼搏声，敏捷地转过身，抬腿向狮子狗的下部狠狠踢一脚，狮子狗防不胜防，倒在地上真像条癞皮狗一样嗷嗷叫着，不住翻滚。娟娟上前补上几脚，这家伙早已动弹不得了。

娟娟这才捡起匕首，利索地将王少杰和冯飞的绳子割断，又在狮子狗嘴里塞了一团破布，将他手脚反剪捆起来，丢在神龛上的菩萨后面。

三人长长地出了口气。

冯飞和王少杰又为名册的事争吵开来。双方剑拔弩张，一触即发，几乎要动武了。

"哈哈哈哈——"一阵震人心魄的怪笑打断了他们争吵。只见癫道人提着酒葫芦跌跌撞撞地闪了出来，嘴里还悠然自得地哼着词儿不全的采茶戏：

东边日出西边雨，
道是无情却有情，
山盟海誓何足信，
真真假假难分清……

癫道人的歌声戛然而止。他对娟娟他们挤挤眼，拱手作揖道：

"道高一尺，魔高一丈，功名利禄，诱人死亡，啊，善哉，善哉！"

说罢，又旁若无人般昂首向天，哈哈大笑，闪出门去。娟娟正觉得奇怪，小道童气喘吁吁地疾呼着"癫师父——"惊慌失措地跑了进来。

"癫师父，出人命案啦！"

冯飞一怔，忙插嘴问道：

"小师傅，出了什么事？"

"什么事？几个老总搜查香客后，还有说笑喝斋酒，不知为什么一个个直脖子瞪眼睛，口吐白沫，全躺下人事不知了，"小道童又比又划，高喊着"癫师父"追进了后殿。

小道童的话，引起了娟娟的沉思。庙里别无他人，难道是癫道人干的？看他是痴若呆的样子，特别是那话里有话的暗示，难道他是自己人？要真是这样，那情况就更复杂了。那么，解开眼前的谜团再说。娟娟长长的睫毛一闪，拉着王少杰的手，细声细气地说：

"杰哥哥，你先去后殿看看动静，名册等会一定给你。"

王少杰点点头走了。冯飞和娟娟回到正殿后，立即挨到她身边关切地道。

"娟娟同志，知人知面不知心，王少杰虽然是你的师兄，但他的行动实在可疑。为了革命事业，也为了对同志负责，你千万要小心啊！"

娟娟瞟瞟他，点点头，眼神透着严肃：

"正因为这样、我才支开他的、你救过我的命，暗号又全对，我当然相信你！冯同志，名册就在供桌上的签筒里，为了慎重起见，也省得王少杰干扰，你先走一步，等我取了名册再到庙门口的树林里会面。"

冯飞展眉舒心地笑了，恋恋不舍地瞟了瞟神秘的签筒，频频回首地跨出了庙门。娟娟呢，也对着签筒笑笑，然而她没去动签筒，那扎着红绒线的粗辫子一甩，纵身跃上神龛，轻盈地闪身隐进了许真君的金身塑像后面。

霎时，大殿里空空荡荡，现出死一般的沉寂；庙堂外，秋风秋雨里，偶尔夹着沉闷的雷声。

忽然，庙门"吱呀"一声，裂开了条缝隙。不一会，慢慢探进一个戴礼帽的脑袋，骨碌碌地眼珠迅速地向四周一转，轻轻喊了两句"娟娟"，没有反应，这人便一个箭步冲到供桌前跟前，伸手抓过签筒，甩掉竹签，敏捷地旋开底层，取出一个用毛边纸订成的小本，急促地念了一遍：《黄泥圹乡下党员花名册》。对，就是这个宝贝！"他正待将花名册往内衣口袋里塞，冷不防供桌下冒出一只大手，一把扭住他的衣襟，打雷似地一声巨吼：

"姓冯的，爷们等候你多时了！"

冯飞吓得魂飞胆裂，手里的小本"啪"地落在红石地面上。他急忙就地一蹲，双手撑地，返身一个扫堂腿，"通"的一声，两人同时仰面跌倒。冯飞一个鹞子翻身站了起来，见来者是王少杰，顿时怒从心头起，恶向胆边生。他挥动双拳，就像斗红了眼的野牛，"哇"地大叫一声，朝王少杰的太阳穴处狠狠一击。

王少杰早已跳起，稳稳当当摆出了个马步桩。他一低头，躲过对方的攻击，继而一拳举过头顶，一拳护在胸前，左手一晃，右脚重重踢在冯飞的小腹上。"啊——"冯飞一声怪叫，"腾腾腾"倒退了几步，王少杰求胜心切，一拳又向冯飞出击。冯飞扑身一闪，抓住王少杰的手腕借力一拉，王少杰一个踉跄，连沉重的供桌也撞翻了。冯飞乘胜而进，窜过去一脚踏住他的背脊，挥拳雨点般一阵猛击，把个王少杰打得七窍出血，昏迷过去。

冯飞也感到筋疲力尽了，在地下找到了名册簿，又到神龛后轻轻喊了声"参谋长！"见狮子狗已气绝身亡，便一拐一瘸地往庙外走去。刚要出门，却见娟娟挡住了去路。他像着了魔一样安定站着不动了。

"啊，是你师兄，不，不，是叛徒王少杰私盗名册，被我发现，我，我不……"

娟娟杏眼圆睁，喷射着盛怒的目光。

冯飞勃然变色，"唰"地抽出手枪，恶狠狠地说：

"不许动！"打开天窗说亮话吧，我早已是靖卫团的人了。前次被你滑了过去，今天，嘿嘿！你要识相，就跟我下山，冯爷正好缺一房如意夫人。

"无耻！"娟娟双手紧拽着雪亮的匕首，迎着黑洞洞的枪口，一步步向前逼来，俨如一尊冷峻威严的女神。

冯飞知道娟娟飞镖的厉害，怯怯地向后退着：

"你再朝前一步，我就开枪啦！"

就在这时候，突然一道白森森的寒光朝他迎面扑来。他头一偏，正打着手枪。他一看，原来是婉热气腾腾的白米斋饭。他负痛忙去拾枪时，苏醒过来的王少杰伸手捞住冯飞的脚跟用力一扯，冯飞摔了个狗吃屎，嘴啃泥。他慌慌张张一跃而起，抬步就往外跑。娟娟一抖手，匕首"噗"的一声，冯飞的后背登时鲜血喷涌，倒伏在地。

王少杰激动喊了声："师妹！"

娟娟的眼窝里也泪花闪闪：

"杰哥哥，多亏你打落了他的手枪。"

王少杰惶惑地摇摇头。娟娟不免大惊失色。她寻思，是谁暗助了一臂之力呢？王少杰自然没发现娟娟脸色的变化。他用汗巾擦擦脸上的血迹，捡起地上的手枪和名册簿，浓眉一扬，踌躇满志地开口了：

"师妹，叛徒已除，名册已得，我的任务总算完成了，你也立了一大功。不过，我还有件重要的事情告诉你：红军北上，正陷入雪山草地的困境，毛泽东、方志敏式的流寇路线已寿终正寝了。张国焘主席现在四处秘密派出人员，对红一方面军进行清党。斗争非常激烈，望你能站到正确路线上来。"

"你们要分裂？"娟娟简直不相信自己的耳朵，又气又急地质问。

"不，这是革命的需要。"王少杰稚气未尽的脸上掠过一丝得意的神色，扬了扬手枪，"娟娟妹妹，跟我们走吧，到时你们的大老刘如不识时务，恐怕也？"

"哈哈哈——"

阴沉沉的大殿里响起一阵令人毛发倒竖的笑声。娟娟抬头一看，癫道人披头散发拿着个酒葫芦，伫立在高高的神龛上。

王少杰打了个寒噤，紧张地问：

"你，你是人还是鬼？"

癫道人一下甩掉蓬乱的假发和胡须：

"不认识了吗？特委直属支队侦查员程荣！"

"是你！？"王少杰一惊。他稍一镇静，想来个先下手为强。抬手就要开枪，娟娟一个飞脚，手枪早已跌落在数尺之外。王少杰一想，三十六计走为上策，撒腿就往庙门口冲去。程荣一扬手，酒葫芦"啪"地在王少杰头上开了花。他顾不得头破血流，仍没命地向庙门口边爬去。娟娟看在眼里，恨在心头，一咬牙根，颤抖地取出匕首，就要向他掷去。程荣一个蜻蜓点水跃下神龛，拦住她说：

"娟娟同志，我们需要团结吗，让他去吧！一旦他认识了错误，还会回来的。"

"程叔叔！"娟娟的热泪像冲开闸门的水，汹涌着夺眶而出。

不过，她大为不解的是，在这危难关头，怎么又是程叔叔冒着风险前来救她呢？她还不清楚，近来革命形势发生了很大的变化。张国焘的特派员对黄泥圹潜伏的这批党员甚感兴趣，因为抓住了名册就抓到了扩充实力的本钱啊！特派员妄图捷足先登，便派头脑简单，光有血气之勇的王少杰来万寿宫。至于冯飞，龙王面里的战斗，他一直隐身在幕后。他获悉娟娟到黄泥圹取了一份名册，便赤膊上阵，赶到了红石冲。为了保险起见，他双管齐下，要眼镜蛇另派狮子狗带一个班上山搜捕。路上，狮子狗发现了王少杰，于是便演出了追捕的一幕。风云突变，一发千钧，大老刘得知这种非常复杂的情况，考虑到程荣认识娟娟和与庙主是老相识的有利条件，便要他化装成癫道人抄小路，提前到了万寿宫。

此刻，程荣自然没有时间像娟娟叙述着一切。他拾起落在地上的名册说：

"娟娟，大老刘同志独撑南天，开展了赣粤边游击战争。这名册十分重要，大老刘在等着它啊！"

"程叔叔，想不到你这位老猎手也会被万寿宫的香火迷住了眼睛。"娟娟"噗哧"一声，娇憨地笑了，露出两个甜甜的酒窝，"告诉你，这份名册是假的。"

"假的？"程荣丈二金刚摸不着头脑。

娟娟一个早地拔葱，像朵红云似地飞身飘上神龛，利索地从慈眉秀目的许真君塑像的头盔里取出一本有些发黄的线装毛边纸小册子，笑吟吟地说：

"常言说狡兔三窟，为藏名册，你这位大侦查员该给普天福主菩萨在大老刘面前请上一功呢！"

大殿上，顿时响起一阵爽心、欢悦的笑声。

大刹外，早已风停雨住。进香的善男信女依旧熙熙攘攘、络绎不绝而来。一轮如朱似丹的秋阳，把巍峨古老的万寿宫照耀得光华四射，一派辉煌。

尾声：春到油山

重阳节后的第五天，黄泥圹的三十七位党员，按照特委的指示，发动群众，成功地举行了暴动，击毙联保主任、保甲长、铲共团队长共九名。与此同时，大老刘挥师出山，率领游击健儿奇袭白龙镇，一举端掉了眼镜蛇的老巢，继而又兵分两路，直逼大庚和信丰县城。

正在黄粱梦里的眼镜蛇，问讯如丧考妣，频频派人、去信向广东军告急。孤军深入在深山里的广东军，眼睁睁地看着后院起火，同样是无可奈何，只得草草结束大抄山。转身迎击游击队，反动派煞费苦心发动的又一次大规模"清剿"，就这样宣告破产了。

这时候，娟娟在卧虎破训练班上第一次见到敬慕已久的大老刘同志。大老刘笑呵呵地握着她的手，用浓重的四川口音风趣地说：

"要得，要得，娟娟同志！听说你在猴把戏班里是个不错的演员，在游击队里又是个出色的交通员，如今，希望你成为一个优秀的学员，怎么样？"

娟娟涨红着脸，久久地说不出话来。她自然没有辜负首长的希望，训练班结束，她果真捧着张"优秀学员"的奖状回九支队。鲁天队长掏出自己的津贴费，托高大叔买了一斤香喷喷的狗肉，欢迎她的载誉归队。

过了不久，人们又发现九支队里又增加了一名天真烂漫、却又机智勇敢的小不点队员，这就是娟娟的弟弟钟多多。从此，他们姐弟俩跟着鲁队长，在大老刘的指挥下，一直战斗在赣粤边那莽莽的崇山峻岭中。

当一九三八年的春风，打着欢乐的呼哨，从巍巍的油山顶上徐徐吹起，当血红的杜鹃花像燎原的烈火闪动在远近山崖的时候，鲁天同志神采飞扬地传达了大老刘同志的庄严命令：根据党中央的指示，经过与国民党当局的斗争，坚持赣粤边游击斗争的各支队和其他在南方的游击队一起，改编成新四军，开赴抗日前线。

出发这天，油山上下，万人相送，雄壮的军号响彻云天。一支浩浩荡荡的队伍像不可抗拒的钢铁洪流，飞山渡岭，奔腾向前。在这支队伍里，雄赳赳，气昂昂地走着三位威武的战士，他们是那样精神焕发，喜气洋洋。他们就是娟娟、多多和在万寿宫里摔跤之后，又回到了游击队的王少杰。

如火如荼的斗争，又掀开了崭新的一页，他们紧了紧皮带，正了正八角军帽，大踏步地向前走去。

1985 年 7 月——1986 年 3 月于庐山——南昌

（黑龙江少儿出版社 1987 年 3 月出版）

【陈永林】

（微型小说类）

1972年生于江西都昌，现为《微型小说选刊》主编。系中国作家协会会员、滕王阁文学院合同制专业作家。17岁开始发表小说，已在《人民文学》《人民日报》等全国800余家报刊发表2600余篇小说，900余篇被《小说选刊》《读者》《作家文摘》等报刊转载与收入《新中国60年文学大系》《世界微型小说经典》《微型小说鉴赏词典》等300余种选集、选本。2002年中国作协授其「中国小小说风云人物榜·小小说星座」荣誉称号，2002年获江西省第五届谷雨文学奖。三次获得中国微型小说颁发的年度一等奖、四次获二等奖。先后90余次获得《人民日报》《小说月报》《小小说选刊》《文学报》等优秀作品奖、征文奖。已出版16部小说集。

老　鼠

　　他不知道在地窖里待了多长时间。

　　吃喝拉撒都在地窖里。吃喝都由父亲送。一天二十四小时待在黑咕隆咚的地窖里很难受，他哭喊着不肯待在地窖里。

　　父亲恶狠狠地说："你再哭闹，就不给你送吃的，让你饿死在地窖里。"

　　"爸，我要出去，要出去！"他仍大声哭喊着。

　　父亲下了地窖，在他脸上狠狠地扇了两巴掌："你想让全村人知道你被我关在地窖里，然后让警察来抓我，把我枪毙？我被枪毙了，你就高兴？你如再喊，我也会把你杀了。"

　　听了父亲最后一句话，他赶忙闭了嘴。父亲能杀母亲，也一样能杀他。

　　这天深夜，父亲对他说："儿子，爸爸给你找了个妈，她明天就来家里。你待在地窖里，她会发现的，那就有麻烦。我给你找了个新住所。"

　　父亲把他拉出地窖。

　　父亲拉着他往门外走，他走了两步，腿一软就瘫在地上了。父亲摸了摸他竹竿样细小的腿，叹口气说："你再忍两年，到时大了，懂事了，嘴巴严了，就不会乱说我害死你母亲的事，那你就自由了。"

　　父亲背上他往村后山里走去。

　　路上，父亲一直同他小声地说着话："但愿你大了，不会恨我。都怪我那天喝了酒，你妈脾气又那么臭，对我骂个不停，我一失手就……我也想到自首，一命抵一命，但我死了，你怎么办？我可不想你饿死……"父亲哽咽得讲不下去了。

他满是泪水的脸紧紧贴在父亲背上。

来到一个山洞口，父亲说："你爬进去吧，我在洞口里面已经铺好了被子。我每天晚上会给你送吃的。"

父亲一走，他就骇得哭起来，可又不敢大哭，怕人听见，拿手捂着嘴巴哭，就一直哭，哭了许久，后来哭累了，就睡着了。

一连许多个夜晚，他就这样一直哭，哭累了就不知不觉地睡着了。

开初，父亲每天晚上送饭给他吃，后来两个晚上或者三个晚上送一次饭。一天晚上，他实在饿得慌，便爬出洞口找吃的。白天他不敢爬出洞，怕人看见。尽管没有月亮没有星星，但他的视力极好，连地上一只蚂蚁他都看得清清楚楚。

这天晚上，他找到几只野鸡蛋。他把蛋壳打碎了，直接喝。还找到了许多野果子。

后来每天晚上他都爬出洞找吃的。他尽管不会走路，但爬得很快，比跑都快。为了掏鸡蛋，他还学会了爬树。后来再高再直的树他都可以爬上去。

后来他又长了一条大尾巴。有了尾巴，他爬树更快了，也更敏捷灵活了。而且再高的地方他都可以跳跃，尾巴可控制速度，可平衡身体。

冬天来了，他还穿着秋天的衣服，他觉得冷。他想：要是像狗或者像老鼠那样长一身毛就好，那样就不冷了。

冬天还没过去，他的身上真的长了一层厚厚的毛。

但他伤心的是父亲再也没来送吃的给他。那次送吃的是很久以前，已隔了半个月没为他送吃的。父亲在洞口喊他，他装作没听见，不应。父亲就叹口气说："诶，死了也好，省得受罪。"原来父亲一直希望他死。

那天晚上他又梦见了母亲，母亲哭着说："儿呀，你要为妈报仇。"醒后，他也哭，但他不知道怎么为母亲报仇。他还小，力气也小，打不过父亲。明的报不了仇，只能来暗的。他便想到给父亲投毒。他采了一些有剧毒的草，拿石头砸成汁，把毒汁包在树叶里，去了自己家。当他要往水缸放毒汁时，房里竟传来婴儿的哭声，父亲说："我儿子乖哟……不哭哟……"他的心一颤，从敞开的窗子里跳了出去，随手把毒汁扔了。

他进了村小学，从一间教室拿了几支彩色粉笔。他在村头一户人家的墙上画起画来：一个一脸血的女人躺在地上，地上也满是血。一个男人手里拿着一把刀，刀上滴着血。旁边有一个一脸泪水的小男孩，小男孩手捂着脸，不敢看这一切。

他一笔一画画得级认真，他想把男人画得更像自己的父亲，但画了涂，涂了画，仍觉得不像。

第二天深夜他去看时，画已经被人擦掉了。他猜是他父亲擦的。他猜想父亲晚上准睡不着了，准又过担惊受怕的日子。他竟然没有一点报复后的快感。

他又在墙上画了起来。

画又被人擦掉了。

他再画时，拧着手电筒的父亲来了。父亲见了他，惊叫："老鼠，儿呀，你咋变成一只老鼠？"父亲的声音竟夹着哭腔，"儿呀，是爸爸对不住你，都是我把你害成这样。儿呀，放过我吧，我进去了，你几个月的弟弟怎么办？"父亲朝他跪下了。

他再没画画了。

一天深夜，他在树林里吃饱喝足，刚要合上眼，听见洞口有说话声，便坐了起来。一个女孩爬进了洞口。女孩拧开手电筒，刚见他，便"啊"地喊了起来,洞口有人问："怎么了？"他忙向她摇头，示意她别怕。她便说："没啥，一只老鼠。"家人走后，他问她："你父母怎么把你送这儿来了？"女孩说："我妈生了两个女儿，还想生个儿子，若超生，要罚很多钱。母亲就说我在河里淹死了。这样我妈就可以再生一个。你呢？你怎么到这来了？"他不说话。

传来几声猫头鹰的叫声，叫声阴森森的骇人，女孩的汗毛全竖起来了，全身起了鸡皮疙瘩，身子也抖了起来。女孩往他身边靠了靠，他大哥哥样扶着她的头说："别怕，慢慢会习惯的。"

"我还是怕。"她的声音都抖了起来。

他便把她搂住了："现在不怕了吧？"

她嗯了一声，许久问："你咋变成老鼠？"

他说："你也会变成一只老鼠的。"

镜　子

　　所有认识她的人都说她是坏女孩。所有人包括她的爷爷、奶奶、父亲、母亲等最亲的人，还有舅舅、舅妈、姑父、姑妈等亲戚，还有村里人。后来不认识她的人，听说了她的事的人也说她是坏女孩。

　　她也认为自己是坏女孩。

　　因而她做坏女孩应该做的事：纹身、染发、逃课、欺负同学、喝酒、抽烟，同社会不三不四的人交往。

　　这天星期五，下午上了两节课，第三节课是劳动课，她不想扫操场，不想落一身灰尘，出了校门。开初门卫不开门，她对门卫说："你还想挨揍？"上回门卫没开门，她就让几个社会上的人揍了门卫一顿。门卫只有乖乖地开了门。

　　但她实在没有地方可以去。

　　她也不想回家，回家就挨父母的骂。而印象中父母没给过她一个好脸色。对她不是打就是骂。母亲也说："一看到你这个扫帚星，就想起你失踪的弟弟，心里就堵得慌，心也痛，你少在我眼前晃。"她也尽量让母亲不看见她。

　　他不知道自己做什么打发时间。无聊的她在路旁的草地上坐下来，习惯性从书包里掏出镜子。她一看，镜子里出现一个小男孩的脸。她对着镜子里说："弟弟，你现在在哪里？已八年了，你现在十一岁了。弟弟，你知道吗？是你把我害成这样……"那年她五岁，父母去田地干活，由她照顾弟弟。村里传来拨浪鼓"叮咚咚"的声音，还有"鸡毛换灯草"的叫喊声。

她就带着弟弟出了门。"鸡毛换灯草"的人是的四十多岁的男人。男人先是给了她两颗糖，她和弟弟一人一颗。后来她的脑子就有点晕，眼睛也睁不开样，眼前的啥东西都成了双份的，还转个不停，身子发软，双腿也没力。男人把她弟弟放进了谷箩。她上前拉住谷箩，死死地拉住，不让男人走。男人又拿出一面镜子给她，她竟接了，拉住谷箩的手也松了。

所有人都说她心恶说她报复心强，说她为了不带弟弟，为了让父母仅对她一个人好，一颗糖、一面镜子就把弟弟卖了。当然这话先是母亲说出来的，后来所有人都这样说。

坏女孩的标签就贴在她脸上了。

村里的同龄人再不同她一起玩了。谁同她一起玩，谁就会挨父母的骂："你也想变得同她一样坏？也想一颗糖、一面镜子就把自己的弟弟卖了？"

她连说话的人都没有。实在憋得慌，实在想说话时就对着镜子说。这面镜子很神奇，只有她能看到镜子里的弟弟，其他任何人都看不到。

她对镜子说话时，别人还以为她是疯子呢。她心里说，若没有这面镜子，她真会发疯。

此时传来呼喊声："抓小偷，抓小偷。"一个少年往这边跑，一个女人在后面追。少年往她这边跑来了，女人就朝她喊："帮我抓住他，他偷了我的钱包！"少年跑过她身旁时，朝她笑了下，她也笑了。女人跑到她身边时，她伸出脚一挡，女人绊倒在地上了。女人从地上爬起来时，少年早已跑得不见影了。女人就抓住她，说她和他是同伙。她不争辩。女人要她去派出所。她说好。

到了派出所，一警察做笔录。警察先问她名字。她说："坏女孩。"警察不相信，她说："所有认识我的人都叫我坏女孩。""你在哪个学校读书？"她说："我没念书，早被学校开除了。""你多大了？""十八岁。"当警察问她同小偷是不是同伙时，她说不是。女人说："不是同伙，你怎么朝他笑，而且还帮他把我绊倒了？你把我绊倒就是想让他逃脱，不让我抓住。"她又笑："你说是就是。"又对警察说："你把我拘留把，我还没蹲过拘留所呢，我想尝尝蹲拘留所的滋味。"警察说："你先让你父母来这一趟。""我父母都死了。谁抚养我？我都十八岁了，成年了，早自己抚养自己了？"但警察翻她包时，见到了初二的课本，又见作业本写了学校的名，便给学校打电话。她就叹口气："唉，蹲不成拘留所了。"警察问："你为什么想蹲拘留所？"她摇摇头说："我也不知道。"

一到家，迎接她的又是母亲的一顿劈头盖脸的臭骂："你回家干吗？咋不死在外头？你可跳河呀，撞车呀，割手腕呀，上吊呀，跳楼呀……早死早超生。你多活一天，我就被你气得少活一天……"

父母睡下后，她又对镜子说起话来："弟弟，姐姐好想你好想你现在就能回家。你回家了，他们就不会这样厌烦、仇恨我……"她对镜子一说就说个没完。

没多久，从派出所传来的消息：邻省的一个少年很像她那被拐跑的弟弟。

喜极而泣的父母忙去医院做 DNA 检测。

检测的结果是邻省的少年就是她弟弟。

警察带着父母去接她弟弟时，母亲竟要她一起去。她坚定地摇摇头。

晚上，她一个人在家，又对着镜子里的弟弟说了许久的话："……弟弟，不是我不想见你，是我怕见你，一见你我就想到我是怎么变坏的，那我永远不会快乐。你也不想姐姐不快乐吧？既然你要回家了，我在家就是更多余的人了，我原来还想着找不到你了，我要给父母养老送终……弟弟，让姐姐最后亲你一下。"她噘着嘴对着镜子里的弟弟亲了一下，然后就把镜子狠劲往地上一摔，"哗"的一声，陪她八年的镜子碎成了渣。

天一亮，她就背着书包出了门。

到了火车站，她不知买去哪儿的票，在火车站里走来走去。

一个脸上有疤的男人注意她很久了，他最后把吸了半截的烟狠狠地摔在地上，拿脚踩灭了烟头，然后朝她走去。

红　狗

　　村子被大山裹得严严实实。村人去趟镇里得翻过几十座山头，得天蒙蒙亮出门，月亮升上头顶时才能到。

　　山上的土层薄，且贫瘠，因而种不了水稻，只能种些红薯、南瓜、玉米等耐旱的粗粮。村人的日子自然过得苦，早晨吃红薯粥，中午吃南瓜羹，晚上吃玉米糊。冬天就把早餐省了，吃两餐；穿衣服也是新三年，旧三年，缝缝补补又三年；住的是土坯砖砌墙，茅草盖顶的屋。

　　村人不但不觉得苦，而且觉得很快乐，很幸福。

　　快乐、幸福的缘由是村里每个男人隔不了几天就当一回新郎。男人看中了那个女人，就同女人的男人说：今天我去你家睡，你去我家睡。老婆永远是别人的好，因而没有哪个男人不同意。

　　村里人谁也不吃亏，男人想你睡了我老婆，我也睡了你老婆；女人想你睡了我，我男人也睡了你的女人。扯平了，谁也没占便宜。

　　这天，一帮男人坐在一棵鸡公树下聊天，聊的都是村里哪个女人床上的功夫如何。一群狗在村人边上嬉闹。狗有七八只，有白狗、黄狗、花狗、黑狗。

　　此时来了一个男人，男人上身穿一件鲜红的红衣褂子。男人们都盯着男人的红褂子看。村里没哪个男人穿过红褂子，只有女人穿红衣服。男人穿黑色、青色等暗色调的衣服，耐脏。

　　男人说了自己的名字。但一男人说："红狗，你叫红狗。"男人说他不叫红狗，又说了一遍自己的名字。男人们没听见，一口一声红狗。男人又说：

"哪里有红狗？只有黑狗、黄狗、白狗、花狗。"一男人说："你就是红狗。"男人们全都笑。男人见了围着村人转的一群狗，就说："红狗就红狗。"

红狗说想同女人在村里居住。

男人们的眼光放肆地落在女人脸上、胸上、腰上。女人的脸嫩，眼亮、牙白；胸圆、大而挺；腰细；屁股圆，且往后翘。男人们不停地吞咽着口水，喉咙里发出咕噜咕噜的声音。男人们一个个笑着说："行，行。欢迎，欢迎。"有男人热情地给红狗拎包。

红狗同女人被村人安顿离村有段路的泥呸屋里。

此后，红狗的屋里一直很热闹。屋里站不下，坐不下，就站在门口。男人们的眼黏在红狗女人身上，女人的眼光就黏在红狗身上。男人女人有问不完的话，红狗和女人比较冷漠，爱理不理的，红狗和女人不喜欢热闹。

男人们都想抱着红狗的女人睡觉，女人们也想被红狗死死地压在身下。有心急的女人就催促自己的男人："你去同红狗说呀。"男人的语气凶巴巴的："你想被城里的男人睡就去呀。"女人说："你不想睡红狗的女人？瞧她细皮嫩肉的，同刚出锅的豆腐一样。你做梦都想呢。"男人是想，吃饭时想，睡觉时想，时时刻刻都想呢。但男人们开不了口，也不知道怎么开口，更怕开了口，红狗不同意。

有心急的男人找到了红狗，结结巴巴说了换妻的事。红狗不同意，且大笑："哈哈，还有这事？哈哈，笑死我了。"红狗一直笑，笑着按着肚子喊痛。红狗的笑让男人的脸有些发烧。

也有男人对红狗说："你在村里住就是村里的人，那得遵守村里的规则。要不你搬出村。"

红狗不想搬出村，也不想自己如花似玉的女人被村里那些尖嘴猴腮、浑身散发着垃圾腐烂臭味的男人碰。红狗就对村里的女人说："我们是人，不是畜生，畜生才这样……"女人听不进，也不说话，只用火样烫的眼睛盯着红狗。红狗觉得一下子索然无味，忙闭了嘴。

村里的男人只想同红狗的女人睡觉，女人也只想同红狗睡觉，对别的男人和别的女人的兴趣就没了。人就是这样，越是得不到的东西越想得到。村人都觉得生活有缺陷，过得不那么快乐。不快乐的根源就是不能同红狗的女人睡觉。

于是，一天晚上，几个男人闯进了红狗的家。男人们拿绳把红狗绑了，然后当着红狗的面，把女人压在他们身下。

完事后，男人们扬长而去。

女人只一个劲地哭，声音哭哑了还哭，泪流干了还哭。

第二天晚上，红狗拿着把菜刀进了其中一个男人的家。男人见了拿着刀的红狗，骇得浑身发抖："你不会真要了我的命吧。我女人你也可睡，想怎么睡就怎么睡，想睡多久就睡多久。"女人也脱光衣服，抱住了红狗，男人便跑了。红狗对抱着自己的赤身裸体的女人怎么也下不了手。女人就亲吻了红狗，用舌尖吻红狗的颈脖、耳垂，且发出哎呀的呻吟声。红狗想推开怀中的女人，手却没劲。

天一黑，红狗又去了另一个男人的家。昨晚的事又重演了一遍。

红狗再去别的男人家，没带刀。

红狗的女人很失望："你是红狗，不是白狗、黑狗，也不是黄狗、花狗。"红狗说："红狗也是狗。"女人说："你想想你是怎么过失杀人的？怎么成为逃犯的？你为了一个不相干的女人被强暴可以杀人，现在自己的老婆被人强暴了，你不但不愤怒，反而心安理得得去睡他们的女人……"红狗大吼了一声："别说了。"然后蹲下来，双手捂着脸，泪水从指缝间掉下来。

天亮时，村人发现了红狗和他的女人都不见了。

不少男人遗憾没同红狗的女人睡觉。那些睡了红狗女人的男人就有了炫耀的资本，动不动就说红狗的女人怎么怎么好。

换妻游戏在村里仍照样进行。只是同红狗亲热过的女人不想再同村里别人的男人亲热，也不爱同自己的男人亲热。她们老爱拿自己的男人、村里的男人同红狗比，一比，心里就凉，就身子变硬变干。

猴　子

　　过年了，噼里啪啦的鞭炮声欢欢悦悦地响个不停，还有璀璨的烟花，在空中绽放出七彩斑斓的形状。街灯也比平时更亮了，城市亮如白昼。

　　一个衣着单薄的小男孩赤着脚走在满是红色的鞭炮屑上。地面太凉，小男孩专捡有鞭炮屑的地方走，鞭炮屑还有点热，他需要热度。他也更需要食物。走到一个垃圾桶旁，他停了下来，他希望垃圾桶内有他需要的食物。他正专心致志翻垃圾桶时，听见一个人喊他，他骇了一跳，回过头，一个中年男子喊他，中年男子手里牵着一只猴子。他惶惶不安地看着耍猴人。耍猴人从肩上的一个布袋里翻出一个馒头，馒头还冒着热气，散发出香喷喷的味道，耍猴人把馒头递给他。他看着耍猴人，犹豫着接还是不接，耍猴人笑着朝他点点头，他心里说不能接，手却伸过去接住了。一个馒头，他三两口就吃完了，耍猴人又掏出一只大馒头，他又大口吃，耍猴人说："慢点吃，别噎着了。"

　　小男孩也不知道自己吃了多少个馒头，对耍猴人递过来的馒头再不接，摇摇头表示吃饱了。

　　"你爹呢？"耍猴人问。小男孩摇摇头。

　　"你娘呢？"小男孩又摇头。

　　"要不你做我的儿子吧？"小男孩又摇头。

　　耍猴人从他肩上的包里掏出一双布鞋，替小男孩穿上了。布鞋有些大，但他感到暖和，冻僵的双脚也渐渐地有了知觉。他又问："愿做我儿子吗？做了我儿子，至少不会让你挨饿，也不会让你受冻。"小男孩这回点头了。

"你不是哑巴吧？"小男孩又摇头，片刻后说："不是哑巴。"

耍猴人把小男孩带到一个没有门窗的房子里。"年后一上班，这房子就要拆了，我们得寻新住处。"房子里没床，被子是直接铺在地上的。小男孩躺进被子里时，感觉很舒服很暖和。"你叫啥名字？""我没有名字，不少人叫我肮脏鬼、小叫花子、小垃圾、小野种。"耍猴人听了把小男孩抱在怀里："你是我过年这天捡的儿子，我今后叫你过年吧。""过年好，过年好，听说过年这天，小孩有好多好吃的东西，还有压岁钱，还有新衣服穿。"耍猴人点点头："今后你也会有的，我再耍几年猴就回老家，给你找个妈，让你妈给你做好吃的给你买新衣服穿。对了，过年你娘去哪了？"过年说："我娘脑子有病，我娘也不知道我爹是谁。我娘对我很好，好多人想让他做他们的儿子，他们还拿好多钱给娘，我娘都不肯。后来一个男人把我娘骗开了，把我抱上车，去了他家。他好有钱，对我也好，买了好多我没见过的好吃的东西给我吃，还买了不少新衣服给我穿。可我不想做他儿子，觉得他是个坏人，我便逃出来了。"

此时传来窸窣的脚步声，过年的身子微微地抖，耍猴人把过年抱在怀里，拍着他的背说："别怕，也是找住处的，同我们一样是可怜人。"说完故意大声咳两声，脚步声渐渐远去了。耍猴人说："对了，我们刚说到哪了？哦，你从那有钱人家逃出来了，不想做他儿子。那你今后找到你娘了，那你不也不认我这个爹，那我不白养你了？""你是个好人，我找到我娘了，也不离开你，我们三个人一起过，我有爹也有娘，你也有老婆了。"过年这话让耍猴人开心地笑了："真是个聪明的儿子，我咋没想到呢？我有了儿子又有了老婆，这辈子值了。今天是我这辈子最开心的一天。"过年说："我也开心。""叫我爹。"过年却打起轻微的鼾声。

天亮后，耍猴人摇醒了过年："今年正月初一，钱好要。"

猴子很聪明，会扮鬼脸，会抽烟，会敬礼，会双手抱拳鞠躬，会跳绳，时不时惹得路人开怀大笑，路人都很大方。一天下来，耍猴人挣了三百多元。耍猴人好高兴："要天天能挣这么多钱，那我早盖房子娶上老婆了。过年，去，我们上馆子。"

只是几天后，猴子生病了，啥也不吃，连水都不喝，耍猴人急了："猴子呀，我叫你爹行了吧？你吃点东西吧。你千万不能死啊，你死了我们咋办？我们得要饭。"

猴子还是死了。

耍猴人哭得极伤心，双手插在蓬乱的花白头发中，双肘枕在膝盖上，泪水一滴滴地落在地上。过年说："爹，让我当猴子吧，把猴皮剥了，给我穿上。我同猴子的身架子差不多。"耍猴人说："我不想让我儿子当猴子。""没猴子，我们要不到钱，得饿肚子。"耍猴人叹口气，便把猴皮剥下来，给过年穿上了。猴皮穿在过年身上竟不大不小，极合身。耍猴人在开缝处拿线严严实实地缝上了。"儿子，委屈你了，我们挣了五万块钱就回家，让你念书。"

让耍猴人没想到的是，几天后，猴皮竟牢牢地黏在过年身上，猴皮脱不下来了。耍猴人一用劲，过年就痛得大声喊叫，眼泪一个劲地淌，过年说："爹，求你了，别脱了，就让我成为一只猴子吧。"

由于这个猴子不但会跳舞，还会数数，而且会流泪，会笑，很惹人喜欢，路人说这猴子同人一样聪明，因而乐于掏腰包。一个马戏团的人看了猴子的表演，竟愿出十万元来买这个猴子。耍猴人毫不犹豫地拒绝了："你就是给我一百万，我也不会卖这只猴子，这猴子在我眼里就是我儿子。"

当天晚上，猴子就被两个蒙面人抢走了。耍猴人也被打得晕倒地上。

猴子在一天深夜逃出来了。猴子去了耍猴人的住处，耍猴人不见了。猴子就白天躲在茂密的树叶丛中，深夜才敢下树。猴子想尽快找到耍猴人。

这天深夜，猴子看见一个拾破烂的男人欺负一个女人。猴子在那男人脸上又咬又抓，那男人忙逃了。猴子见躺在地上的女人竟是他娘，哭着喊："娘，今后我要保护你，绝不让你受欺负。"

女人把猴子抱在怀里："儿子呀，你咋变成猴子？娘找你找了好久。"

猴子说："我带你去找我爹。"

女人笑了："好，我们去找你爹。"

影　子

　　子孺觉得走路越来越吃力，双腿似绑着块石头，走几步路就气喘吁吁的，还额上冒汗。从步履看他有七八十岁，可他才三十多岁。

　　子孺知道是他的影子在使坏，但他咬着牙强撑着，不向影子低头求饶。

　　几天后，子孺的双腿沉得迈不开了，他只有向影子求饶："影子，我同意你脱离我的身子，去做你喜欢的事。"影子一直要自由，说看到子孺为人处世窝囊虚伪样，就要呕吐。

　　影子笑了："我还以为你能一直撑下去呢。"

　　子孺便把厚实的窗帘拉了个严严实实，不留一点缝隙，门也关了。门有点缝隙，子孺拿张纸塞进门缝。房间里不得有一丝亮光，子孺必须得在这房间里待上两天两夜，影子才可脱离他的身体。

　　两天两夜后，影子自由了，不再是子孺的影子了，不再受子孺控制了，影子现在想去哪里就去哪里，要做什么就做什么。

　　子孺去上班时，领导说："你还上班干嘛？你刚刚不是辞职了吗？"

　　"我辞职了？"

　　领导便把辞职信甩给子孺看。子孺知道是影子做的，想解释，嘴动了动，却一个字也没说。子孺只有走出单位的门，想到离开工作十年的单位，心里还是恋恋不舍的。

　　子孺给影子打电话："你代我辞职了，我现在喝西北风呀。要不我不给你自由。"影子说："你不是一直想离开那个死气沉沉、勾心斗角的单位吗？你待在那单位有啥意思？每天日子都过得一样，你还要过二十多年这样的日子不觉得乏味吗？我做了你一直想做却不敢做的事。哎，我看到你的初恋情人露露了。"

"喂，喂，你别又给我生出什么乱子来。"

影子已挂了电话。子孺再打时，影子已关机了。子孺担心影子做出出格的事来，心里一直忐忑不安的。

第二天，影子才开机了。子孺问："你昨天没对露露怎么样吧？"露露几次含蓄地向子孺表达了开房的意思。子孺尽管心里也想，但装糊涂。

"昨晚我们一直在宾馆里度过的，男女一起该做的事我们都做了，我还向露露许诺要娶她……"

"你，你混蛋！我要扒你的皮抽你的筋，我，我……"子孺气得脸红脖子粗，浑身也抖了起来。

影子笑着说："你别做伪君子了，我最讨厌你心里一套，嘴里一套，口是心非。你不是一直想同给你戴了绿帽子的老婆离婚吗？不是做梦都想要露露吗？露露真的是个好女人，你不能在失去她了。你还想做什么，我都帮你做。"

"别，你回来，快回到我身边来。我现在什么也不想做了。"

"哈哈，我知道你想做什么，我这就代你去做，不会让你带着遗憾离开这个世界。"

"求你别给我添乱……"子孺的话没说完，影子就挂了，并且关了手机。

当天凌晨一点钟，子孺就被"砰砰"的敲门声吵醒了。子孺问："谁？"门外说："警察，开门。"子孺开锁的手一抖一抖的，许久才把门打开。门一开，两个警察就把子孺扑倒在地，并给他戴上手铐。

子孺说："你们为啥要抓我？"

"你涉嫌入室强奸抢劫。"

"你们准弄错了，我一直在家睡觉，没出门，这小区大门口装了摄像头，你可查看。"

"那被强奸的人认识你，你别抵赖了。"

警察把子孺押上了警车。

警察也觉得这案子很蹊跷。小区的摄像里显示子孺傍晚进小区后，再没出过门。而化验遗留的精子的 DNA，又同子孺的 DNA 完全相符，且受害人见了子孺，很肯定的指认子孺就是歹徒。但受害人说她反抗时狠狠地咬了歹徒的手臂，并在歹徒身上留下许多抓痕，子孺身上却一点伤痕也没有。

通过调查，警察得知子孺是个胆小怕事、老实本分的人。所有认识子孺的人听说他强奸抢劫，都表示不相信。

警察就对子孺说："说实话吧。否则你得在监狱里待上一辈子。"

子孺就说："那是我影子干的……"

警察不相信。

子孺说："你看我有影子吗？"

警察开了灯，子孺真的没有影子，警察让子孺站在阳光下，仍没有影子。警察有点相信了："那我们现在就去抓你的影子，抓到你的影子，就放你。"

几天后，警察就抓住了子孺的影子。

子孺对影子说："看你给我添了多大的乱子。"

影子说："我是做你一直想做却不敢做的事，你应该感谢我才对。啥？你从没想过抢劫强奸？你骗得了别人却骗不了我，因为我是你的影子。"

子孺回到家，女人说："我们去离婚吧。离了，你同露露过幸福的日子。"可子孺不肯离，说为了孩子也不能离，说那些事都是他的影子做的。

"你已辞了职，今后拿什么养活我们母子？"

"我去收回辞职报告。"

子孺去了单位，对领导说写辞职报告的是他的影子，不是他子孺。子孺见领导不信，就站在太阳底下："你看我有影子吗？我的影子还关在派出所里。"

领导勉强地把辞职书给还了子孺。

子孺走到哪儿，身后就围了一圈看热闹的人，他们看子孺的眼光就跟看怪物一样。

回到家的子孺又把窗帘拉得严严实实，门也关了，屋里黑得同墨一样，子孺在床上躺了两天两夜后，影子就回到他身上来了。

子孺说："你这个影子真邪恶。"

影子笑着说："你在骂你自己，你是白天的你，我是夜晚的你。"

雕 塑

戴希尼下班途经广场时，见一楼前排了长长的队伍，有两三百人。戴希尼下了车，问队伍中的一个人："排队干吗？"那人摇摇头："不知道。""不知道还排队？"戴希尼笑了。队伍中的一个女人说："据说是一公司送购物券。""送多少？"那人摇摇头。戴希尼也排在队伍的最后面。

寒风呼呼地狂叫，发出尖锐的口哨声。戴希尼冷得浑身发抖，不停地搓手跺脚，他想打退堂鼓，但看着前面不断缩短的队伍，又忍住了，现在退出了，就白受冻了。

戴希尼身后排队的人越来越多。

身后的人问戴希尼："排队干吗？"戴希尼说："据说是一公司送购物券。"身后的人问："送多少？"戴希尼摇摇头说："不知道。""不知道还排队？若送一百元那不是白受罪吗？"戴希尼说："别人排队我也排，既然这么多人排队，应该送的不会少吧。"

前面的人移动很慢。

戴希尼就对身后的人说："你帮我守着这位置，我到前面去看看，看到底送多少购物券。若送得多，我就回来仍站这位置。"

身后的人说："你去，我替你守着位置。"

戴希尼走出队伍，去了最前面。刚好一男人从公司领了东西从楼里出来。戴希尼上前问："哎，朋友，问一下，送多少购物券？"那男人没听见样，只诡秘、满意地笑着去了。

又出来一个人，戴希尼又问，那人也聋子样没听见，只诡秘、满意地笑。

戴希尼一连问了五个从楼里出来的人，五个人都不说。戴希尼不想再问了，知道问了一百个人也问不到。戴希尼就转身往回走。戴希尼想站回原来的位置，身后的许多人都说戴希尼插队。戴希尼说："我刚刚就站在这，我是问到底送多少购物券。"有人问："送多少？"戴希尼说："问了五个人也不说。"身后的人都不同意戴希尼站原来的位置："谁看见你站在这？做个诚实人，站到队伍的最后面去吧。"戴希尼让身后的男人为他作证，男人却不出声。前面少一个人，他们就能快一点领到购物券。而且身后的男人紧紧贴着前面人的后背，没戴希尼站的位置。戴希尼知道若想站原来的位置是不可能了，除非强行站，那就得爆发冲突。若真冲突起来，吃亏的是自己。他面对的可是身后数百的人。恶劣的天气让人的情绪极坏，若真冲突起来，数百人会活吞了他。戴希尼就对身后的男人说："我记住你这个不诚实的人了。但愿下次别让我遇到你。"戴希往后走，站在队伍的最后面。

下雪了，棉花团的雪花漫天飞舞。雪花钻进领窝里，戴希尼感到冰凉凉的。前面的人移动极慢，队伍越来越长。

戴希尼口袋的手机响了，是妻子打来的。妻子问戴希尼在哪儿，戴希尼说在排队领购物券。妻子惊呼了起来："我也在排队领购物券，你在哪？前面有多少人？不如我们排在一起，说说话，时间过得快一点。"戴希尼说："我也不知道有多少，反顺前面的人看不到头。若插队，后面的人会吃了我们。"戴希尼想说刚才他就站不回原来的位置，差点与人动粗的事，但想到说了，妻子认为他无能，就忍着没说。戴希尼问："你冷吗？""冷哦，冷得手脚都麻木了，还好饿。""别受这罪，你回家吧。"妻子断然回绝："不行，我现在回家，那白挨饿受冻了，别担心我，我能熬得住。对了，你知道发多少购物券吗？"戴希尼说："应该很多吧，要不不会有这么多人排队。""我想也是。"

雪越下越大，越来越密，天地间已是白茫茫的一片。气温越来越低，戴希尼感觉到脚趾已没有感觉，再这样下去，会冻僵的。戴希尼听见后面有个人喊："我们上当受骗了，刚才我妻子打电话说公司仅送了一百元购物券，她已领了，我们都别再这遭罪了，都回去吧。"可队伍中没有一个人信他的，都站在队伍里。若送一百，咋这么多人站在这？他准是想前面的人都回家，他就能很快领到购物券。"怎么没人信我的话？难道我妻子也对我撒谎吗？"有个人说："那你站在那干吗？是真的怎么不回家？"那个人说："我也有点不信我妻子说的话，或许她是想让我别受罪，故意骗我。"

此时警笛大作，原来有人想插队，后来的人不让，双方就打起来了。为发泄情绪，越来越多的人相互打起来了，他们不知道打谁，不知道要打谁，反顺加入打架的人越来越多，你打我，我打你，乱打一气，看不顺眼就打谁。警察也越来越多。警察见难控制局面，就拿起高射水枪，对人群喷起水来。已经零下十度了，水一落在人身上就结冰。

像施了魔法一样，刚才还打架的人一个个不动了。他们还保持着原来的姿势：有挥拳的，有挥腿的，有手脚并用的，有女人相互扯头发的，有抱在一起摔跤的。他们脸上的表情也极丰富，有笑的，有哭的，有嘴巴张开似要大喊大叫，有挨打后疼得龇牙咧嘴的……世界上没有一个雕塑家能雕出这样栩栩如生的雕塑。

消息一传来，世界各地的人潮水样涌来看雕塑。

声　音

　　木子一万个没想到语文老师听了他的声音也喊头痛。

　　上午第一节是语文课，老师让木子朗读课文，但本子只念了一句，老师就感到头痛。木子念第二句时，老师感到头痛得要裂开，脸色也煞白，额上冒虚汗。老师忙喊："停，停，快别念了。"木子忙闭了嘴。

　　好久，老师的脸色才恢复正常。老师问同学们："你们听了木子的声音不会头痛吗？"老师又问木子："以前有人听了你的声音，感到头痛吗？"

　　木子说："我娘说有不少人怕听到我的声音……"

　　老师的头又痛起来："别，你别再说了。"

　　一直到放学，木子再没说一句话。回家后也没说一句话。木子的爹见了一脸不高兴的木子说："被老师批评了吗？"木子不出声，爹问了几遍，木子才说："我语文老师也怕听到我声音……"

　　木子的爹双手抱着头喊痛："别说了，你的声音像无数根针样在我的太阳穴扎。"

　　木子忙闭了口，心里更难过了，爹也怕听到他的声音了。木子又想不明白，为啥有的人听到他的声音不头痛，有的人听到他的声音头痛呢？为啥老师、爹昨天听到他的声音不头痛，今天听到又头痛呢？

　　爹说："我知道什么原因了。"一清早，村里的五叔公拎着几只鸡去城里卖。回来时，他卖鸡的一百多块钱掉了，五叔公身后的木子爹捡到了。木子爹没把钱还给五叔公，而是想占为己有。爹说："我现在就去还钱，要不还不能同自己的儿子说话呢。"

木子爹还了五叔公的钱，再听木子的声音，头就不痛了。爹说："我现在知道为啥有的人听了你的声音会痛，原来那些人都是做了昧了良心的事，就像爹。"

"嗯。"木子也点头，那语文老师准是昨天晚上做了什么昧良心的事。昨天语文老师也点了他回答问题，听了他的声音也没头痛。

后来语文老师再也没同木子说过一句话。

后来木子考上大学了也很少与人说话。

木子是个善良的人，木子怕与同学们、老师们说话，他们听了他的声音会头痛。

因而木子肚子里塞满想说的话，这些话越积越多。他担心有一天这些话会把他肚子撑破。实在想说话了，他就跑到学校后面的树林里，一个人自言自语。

一天晚上，木子又跑到树林里，刚自言自语时，一个女孩跑过来，对木子说："你的声音怎么这么好听？很有磁性，听着心里特别舒畅，眼前也似面朝大海，春暖花开。"

木子以为自己听错了："你说我的声音好听？"

女孩说："嗯，真的好听。"

木子的鼻子一酸，眼一涩，泪水竟盈出眼眶："长这么大，从没有人说过我的声音好听，很多人很讨厌我，一听我的声音头就痛得针孔样……"木子就给女孩讲他的事，讲他不敢贸然同人讲话的苦恼，讲他的孤独，什么都讲。

女孩听得津津有味："做过坏事的人听了你的声音，会头痛欲裂，可我听了你的声音，不但不头痛，而且还感到舒服，那我不是一个很好的人？"

"当然，你不但是个好人，而且还是个高尚的人，是个心灵很美的人。"

他们一讲就讲个没完，讲得忘了时间。天微微亮了，他们才大吃一惊。木子说："这是我一生过得最开心的一个晚上。我把以前没说的话，今晚全说了。"

女孩说："我也是。我被你的声音迷住了。我从没听过这么好听的声音。"

他们时时在树林里学约会。

大学毕业后，他们尽管在两地工作，但还是冲破家庭的阻力，结婚了。好在他们隔得不是很远，坐火车仅三个小时。每个周五，不是他去他那儿，就是她去他那儿。一个星期可在一起待两天。这两天里，本子就不停地说话。本子在单位也很少说话，一说话，领导和同事的头就痛。

但是仅仅两年后，木子说话时，她的脸竟痉挛成一团，额上也冒汗。他关切地问："你怎么啦？生病了吗？去，那我们上医院……"

"别，别，你别说话就行。"她双手紧紧地捂着太阳穴。

木子懵了，木子从没想到过她听了她的声音也会头痛，他问她为什么，但怕一说话，她的头会痛得更厉害，就再不说一个字，任泪水无声地在脸上淌。

她说："对不起，是我错了，我太孤独，禁不住诱惑，我们还是好合好散。"

此后，木子再没说过一句话。村人都说木子成哑巴了。

木子也被单位劝退了，工资一分不少照拿。

几年后，政府要征收村里的田地和房子，征收的价钱极低，田地一万多块钱一亩，房子一千块钱一平方。村里人都不同意。政府就想强拆村里人的房子，组织了社会上一百多个闲散人员来强拆。

木子的房子几分钟就被推土机推倒了，木子看着被推倒的房子，脸上没点表情，也没说一句话。推土机又去推邻居的房子，邻居哭着朝拆迁人员跪下了，可几个人上来，拉手的拉手，拉脚的拉脚，把邻居扛起来往地上一摔，邻居的头碰在石头上，血不住地淌。邻居又爬起来，爬到推土机前躺下了。几个人又要来拉邻居。木子大喊一声："你们不得胡来！你们还真无法无天了……"几个拆迁人员全松了手，双手捂着脑袋喊痛。木子索性唱起歌来，有多大声唱大声，一百多个拆迁人员都痛得在地上打滚，嘴里发出鬼哭狼嚎的声音。村人都鼓起掌，大声叫好。木子怕闹出人命，没唱歌了，那些拆迁人员灰溜溜地走了。

村里一个有一双狐狸眼妖媚的女孩对木子说："你的声音真好听，听了你的声音，我心里很宁静、舒畅，我很想听你的声音……"

"我的前妻也说过这样的话，后来她听了我的声音也感到头痛。"

木子说完这句话，再不肯说第二句，任凭女孩怎么求，木子就不开口。

诗歌类

【王彦山】

（诗歌类）

男，汉族，1983年生，山东邹城人，现居江西。诗歌发表在《诗刊》《中国作家》《钟山》《天涯》等刊物，入选《2009：文学中国》等选本五十余册。参加诗刊社第三十届青春诗会，并出版诗集《一江水》（漓江出版社）。中国作家协会会员，江西省滕王阁文学院特聘作家，鲁迅文学院第二十一届中青年作家高级研讨班学员。获三月三诗歌奖、中国新锐诗人奖等。

王彦山自选诗

茶

1983 年的茶，不必到 2014 年
才喝，即使一团活水从昆仑山涌来
也泡不出民国的味道，明前茶

喝出雪意，是合法的
凉意，是老年人的事
就算你喝的是三朵雪菊

可以站着喝，躺着喝
用云的样子喝，以梅瓶的虚怀若谷
喝，像福建人那样从黑到早

喝，礼佛的印度虎
只喝可口可乐，小乘经都念成
大乘经了，还是没顿悟出

茶禅一味，树叶的小小肉身
在雪水中绽开，一片绿肥红瘦的
假山水，黑茶喝成白茶

雀舌喝成公鸭嗓子
还是没喝出黑山白水
的澡雪精神，树叶的辩证法

不是绝对的，武夷山中
做了一辈子茶的老师傅，早晨
冲了一杯正山小种，快递到

伦敦，已是上流社会的黄昏
他们能在一杯凉茶中喝出袍子般
宽大的魏晋风度吗？茶

不左，也右不起来，不必在茶身上
安装监听的耳朵，在开水的暴动中
茶，永远是孔子曰的样子

小人君子，两两相宜，一片树叶的哲学
在一个饮者身上，找到对饮者
像普天下所有对生的叶子？

（原载《诗刊》2014 年第四届中国诗歌节特刊）

访陶渊明不遇

鲍鱼的海腥气弥漫的季节
古典诗词西装革履，新诗
已穿上一套发白的牛仔服
去伐木场当工人，去森林做防护员
偏爱休闲装的江右遗民
还在借你的韵，给朱耷的孤禽
注脚。生前一杯酒呵
递过来，无政府主义者的飞鸟
醉停，后学们拨通东晋吏部的电话
打听你的近况，答曰：此人
已移民俄罗斯，正与一只
叫阿赫玛托娃的西伯利亚鹤
对饮。那被时代多出来的
正成为我们宿命的云
以玉质的心，在南山流苏般起伏的
裙褶上，不停地盖章 盖章 盖章
苏学士用田园诗的鼻子一闻
全是后工业时代锈的味道
从北宋宽大的袖袍里，东坡先生
掏出一沓厚厚的手稿
请你郢斫，你躺在那里
已先于一块石头一醉千年

（原载《创作评谭》2014 年第 4 期）

忆故人

那场被北京全城通缉的大雪

至今没有抓捕归案，一个叫雪的女孩子

在大海的回声里受孕，又回游到海里

产下卵，后视镜里，奔跑的少年

跑着跑着变成了一头老虎

回到丛林里写诗，逝去的

永在逝去，没有到来的

永不再来，山河已入座

众神的筷子一夹，咕咾肉

碎成一地冰心，古意化作了失意

歌声在西北三省游走，诸侯们渴了

京城持续四个月不雨，酒喝多了

就成了水，一朵哪都不去的云

早已坐化，成一个彻头彻尾的唯物主义者

谁孤独，就是一个省的孤独

谁相爱，就是一个直辖市在两个省之间

沦陷，酒不必酿造，花开不必挂果

一个拒绝长大的少年在江南走着

走着走着走成了贾宝玉，一个人

走成了一群人，走着走着，一个人

走成了两行行人泪

（原载《江西日报》井冈山副刊，2014 年 11 月 7 号）

纸上云

渴饮过北京的泪水，南昌
开始下雨，那被江西吐出来的
正回过头来吃，片云共远的一片晴空
诗人们吃饱了，赤着脚
要去东晋做陶渊明，可陶潜先生
只想到 21 世纪做今人
以鲸的样子，坐在我们中间，喝
现世一杯酒，天下大同呵
资本的雨，走到哪，哪都在下
中东下完了，又跑到远东下
社会主义国家下完了，又回到资本主义国家
继续下，美国人把玛丽莲·梦露印到美元上
发行到每一个角落，那不流通的
肾功能就出了问题，古汉语落在
撒哈拉沙漠上，能长出
一片孤城万仞山吗？ 90 后女孩
走到哪，就问：这里有 wifi 吗？
而网络的云一时半会儿
还没有覆盖贵州山区，上紧发条的云
跑到井冈山，已是解放区的天
一头厌世的犀牛更紧地夹住
隐逸的尾巴，钻石雨正在切开
它眼中黑曜石般滚动的世界

（原载《诗刊》2014 年 12 月号上半月刊）

问瓷记

冷寂如瓷者，终不免一碎
那不碎的，转入地下，等待着
被发掘，重新考证，登堂入室
要么，永眠海底，梦见遥远的大不列颠帝国
银器碰响的晚宴，瓷已往
遥不可追，脱胎于宇宙洪荒前的高不可问
玩泥巴的众神，在揉搓你的同时
也在塑造我，用一千多度的窑火
拷问你，锻打你，改变你
湿气过重的肉身，那流遍你全身的
是不屈的泪水，釉一般凝固你
凤凰样华丽起飞时，喷薄而出的玉玲珑
两两相碰吧，以空对空
相互温暖吧，以冷对冷
再一次玉石俱焚，两次相遇
进入同一永恒，那碎得不能再碎的凤尾
便是一片瓦全，想摔你就摔吧

（原载《天涯》2016 年第 4 期）

一夜星空

雨，可以再大一些，呻吟声
可再高一个八度，豪雨中

泪，可以再欢快些
疼，驻足六朝

尘世的路走不通了，请移步星空
换太空步，继续走

流水的弦断了，拧紧空山新雨的余韵
弹，空谷的下一个足音

弦续上了，可秋天田野的风
吹不吹，都在一片空无上

嵇康的临刑之指，落不落在弦上
琴都在呜咽，肃杀之音铿然

世间并无一只这样的耳朵
只为聆听整个星空

存在，一夜星空，音绝
拂琴之手并未出现

（原载《钟山》2014 年第 4 期）

许我

几夜冬天的寒气
让经霜的白菜在地里
再变甜一点，许我的马

抖动一身庄重的夕光

接它一身绿妆的小小新娘

回家，许我的马

有几天的喘息，让它在晨曦

薄雾中，满足地打几个响鼻

再出发吧，许我的鞭子

狠狠地抽打着战栗的空气

发出愉悦的呼啸，却

从不落在我的马儿光裸的

紧绷的脊背上，它驮载着一家五口人的

麦子和饥饿，奔跑在阒无人迹的

乡间小路上，赶马人，正是我父

（原载《山西文学》2015 年第 10 期）

紫砂壶铭

矿石的出身，泥巴的大半辈子

千万次的锻打，一千多度窑火的拷问

流尽最后一滴泪，才铸成不坏之身

铁的肺活量，讲起话来铿然有声

和水厮磨，包容着它时冷时热的坏脾气

茶叶膨胀的态度，一生的好学问

从不闷在肚子里，不停注满

又不停倒出来，消解着肥腻的油水

洗涤每一个瘦子的澡雪精神

让一个红肥绿瘦的国家看起来
充满中和之美

（原载《2015 年中国新诗排行榜》）

一江水

霜还未落，海南已远，吾
并没写出瑰伟的诗篇，那
浮浮又沉沉起起复落落的
是去秋蟋蟀的一阵合鸣，你的指间
仿佛连着一个秦山核电站，颤袅着
从首都开始修远，一直迢递呵
通往金陵古城，我握住
为什么是一潭秋水？你在拒绝
六朝古都清逸的露水，却喊出了
隔夜的霜之疼，被火吻过的唇
正在攀援一座古塔，临渊而立
你开口说话，又被远处风景的袍子
袖在怀中，甲午之秋的南京城
大概不会再有了，我们的文字正当好年纪
将落未落的，又升腾在北京的小院里
一群灰雀在初雪反射的光晕里
抖落旅途的尘土，玉兰花受伤
又施施然开放

夜饮记

狷狂你我者，不给自己制造一个偶像
好像就活不下去了，不虚拟一个天下
仿佛就不是地球上一分子了，就
不足以雄远国了，不如此，前列腺就出了问题
怎么也尿不完尘世这泡尿了，泡沫升腾如白昼
两瓶南昌啤酒就让你深刻起来，袅袅着
倦怠的此邦之人哦，激荡着周边的空气
飘进开往万古愁的地铁五号线，空酒瓶在身后
鞠躬尽瘁起来，饮者的鱼眼里
雪花一样的回响，爆裂在盛世之秋
身后千杯酒哇，不如现世一杯茶
隔着太平洋，你煮着咖啡，咖啡匙碰响
一串回家的钥匙，我笨拙地扭动门把
抖落一身寒气，像一只倦于南极的企鹅

（原载《滇池》2015 年第 4 期）

女学生

宽大的校服里，你被春风唤醒的身体
正在抽条，因长得过高过快
又陷入对天空的期待，低下头
你的裤管空空，卷起更多男同学的目光
泰戈尔的飞鸟从加尔各答出发，再次飞临

校园的上空，教育的蓝覆盖
窗前，你抬头，更多的鸟晕眩
在放学的路上，你高高扬起的十七岁的脸
像一盏刚出窑的灯盏，照亮
迎面走来的一只颓然的中年之灯

原谅

我还没有收拾余生的行李
动身去看你，请原谅
我还在一遍遍，以近乎耻的勇气
读你的诗，请原谅
你的乳房还在向着群星生长
我已老得无力，收拾体内的山河
号召故国的残山剩水
去爱我们的孩子，她在梦中
笑成了一朵花，我的马打着响鼻
尥着蹄子，催促我，在白山黑水中
打响一阵尖利的口哨

十五亩

让它荒着，不搭豆角架，不点丝瓜
不洗骨，不种菊花，不献悼文
不立碑，让它荒着，衔来野草籽的小雀

请移步到十五亩地外，再开口说话，马步
请切换成牛蹄继续，走完这十五亩，走完
一生也就完了，一只苹果

让它闲着，沉淀，面的软，酒的甜
几颗老年斑，几个虫蚀的小小的坏心眼儿
破败其外，怀柔于内，一个老人的样子
不再吃，吃必有方，让它回到树上
饱吸秋阳的汤汁，倾心于夜的黑
甘于堕落，在十五亩上

有山

燕子般于山顶静坐的几朵云
在喝茶，漫山的风把山谷
像热水瓶一样灌得满满的
听着木鱼声长大的果子狸
转身消失在山林里，曲曲折折的心事
有了下山的路，呼喊沿着盘山路
一直上升，一头撞在山寺的门上
步步惊心呵，庙里的梅花开了
塔林静静的，碑上的字迹模糊
树蛙一个猛子扎进路边的小溪里
在山中，水波纹一圈圈荡开
僧人的袍子飘飘，挂住了多少片竹叶
一阵急急赶路的小雨，打湿了上山的路
云破，天青，一阵风逆着阳光
吹着一对疲倦的旅人

这一年

这一年的秋色还没用完
转眼已成皇历，这一年的山
爬了一半，天暗了下来
这一年的诗还没转行
河流已改向，这一年的大雪
从西伯利亚出发，落在了苏南
这一年我们爱着山南的梅花
但老死不相往来，这一年的茶事
持续了一生，书翻着翻着
清风走到了死胡同，我们上山
下山，几朵闪闪发亮的云
攒聚在我们眼里，走着走着
掉在这一年的路上

远足记

一台车载电视机行走在高速路上：
雪山上，一只狩猎后的豹子
在摄影师的长焦镜头下踱向
一块裸露的岩石，躺下
雪白的皮肉摊开，阳光下
眯起了眼，它怀抱岩石
把自己像印章一样狠狠钤在雪山上。
大巴车在加速，赶往赣东北一个县城

周围坐着的人，十里不同音
仅容一人通过的通道，南腔北调
车窗外，油菜花被阳光的打火机点燃了
奋发的一阵春气，拿电视里的雪山
一点办法也没有，有人对着手机大声讲着什么
豹子的睫毛眨了眨，又沉沉睡去

春节记

登山临水，河北、山西两省阔极了
大雪到处派发红包，谁在江西的雨中
久久地惆望，谁？在鱼肉古老的山水
隔了几亿光年的时空，对焦
一个中国的节日：
礼花升向夜空，一下子滑入外星空
孩子翕张着的嘴，再也没能合拢。
年已远，山东菏泽农村走在街上
纳头便拜的孩子，正转动不惑的肉身
回望鲁西南的一场大雪，地球跺了跺脚
抖落附在棉鞋上的雪花，一群麻雀
翻飞着，跨过一条河流，速度
明显慢于往日

（原载《诗刊》2015 年 10 月号下半月刊）

一生

橡皮的一生
相互磨损的一生，雾雨淫淫
见不到曙光的一生
两天刮一次胡子的一生
普通话的一生，偶尔方言
古代汉语的一生，现代汉语说了一辈子
说人话脸红的一生，山东人的一生
江西过了一个小时，就回不去的一生
春气奋发又被秋风打扫的
寂寥的一生，中药的一生
以熬以煎的一生，西药只用了两片消炎药
就止咳的一生，洒扫庭除开门纳福的一生
迎来送往的一生，当一日将尽
黄昏的大锁落下，插上内心的门闩
吾可缓缓归矣

镜中

为父沽酒的年纪，你在画画
周末的黄昏，窗外的山水惆怅
汽笛失魂落魄，提着一盏桅灯
赶往下一个码头，鹤鸣在野
穿过雾霾，抖落一身不洁的肺病
才又清冽起来，头脑里的博物馆转暗

近无远亲，老友都去了外省
一匹马在月下受孕，绕着系马桩
走来走去，低低嘶鸣

合唱团

在一个不说人话的时代
合唱又能怎么样呢?
男指挥的手在加速，在音域的高速路上
以每小时两百码的速度，肥硕的女指挥
把全身的咕咾肉都抖成一地冰渣了
还是没有追上男高音的云中鹤
男指挥用手刹及时制止了
一场追尾事放，嘎——
那眼镜蛇般开张的一个个嘴巴
有暴风雨过后的几秒钟静默
云破，观众席中又下了一阵稀稀拉拉的小雨

（原载《扬子江诗刊》2015 年第 5 期）

江右夜

傍晚预报的雷电天气到了凌晨
还没有来，女儿养的十只弓背蚁
还在工坊里往来劳作，悉如国人

它们分工明确，各司其职，挖掘，运输
终其一生，在生殖、饮食、建筑，遵循着
它们的生存法则，更多是服膺于个体
求生的本能，这多像一个无为而治的
理想国，人人甘其食，美其服，安其居，乐其俗
又多像鲁西南平原上后屯村老百姓一生
朴素的愿望：收成好一点，有可能
就多生几个孩子，不管是儿是女
盖一座像样的房子，钢筋用五号的
给儿子娶个媳妇，屁股要大
要能干。窗外又飘起了雨

雷电让一个内陆省陷入谵妄的期待
我在纸上弓起了背，坐骨神经隐隐在疼
深耕概种，立苗欲疏，古典中国的遗训
让我的手艺生疏，完全不像一个农民的儿子
我继续挥锄，半亩还没解冻的土地
通过锄柄将大地内部的疼痛
又还给了我

（原载《中国微信诗歌选（2016）》）

我的母亲

我，王彦山，生于 1983 年
母亲那年，30 岁，彼时
中国计划生育政策正紧
二姐已先于我一年出生

用母亲的话说，我是逃生的
从不信神的父亲，骑着大金鹿牌自行车
驮着有孕的母亲，专门去东边的山村问卜
彼人答：恁媳妇怀了个黑大汉
父母才心满意足地在月色中回家

我生之初，不知道中国是不是
已有这么一个节日，专为母亲们而设
待我长大，17 岁，负笈南下
才知道一个节日——母亲节
2016 年，我 33 岁，小女刚满 7 岁
我，不在您膝下，已 16 年。又是母亲节

下午，我拨通您的电话：
"妈妈，今天是母亲节，祝恁节日快乐！"
母亲"哦"了一声，并没有太多话要说
"恁想要点什么礼物？送恁一把紫砂壶吧？泡茶喝。"
"送恁舅。"
"给恁买件衣裳吧！"
"不用。"
一番生人般的推让后，您说："
还是给我寄点茶叶吧。"
我满口答应，也知道
您刚做过手术的负荷过重的心脏
和因积劳过损的腰椎间盘突出，茶
已不适于您，嗜茶半生的乡下妇人
这茶叶，估计还是您送舅舅和其他亲戚的吧

（原载《文学港》2017 年第 4 期）

【左一兵】

（诗歌类）

本名蒋亦伟，男，汉族，1945 年 5 月出生于浙江杭州，1972 年开始发表作品，曾在《人民日报》《文学报》《人民文学》《诗刊》《青年文学》《解放军文艺》《散文》《星星诗刊》等全国 300 多家报刊发表诗歌、散文、诗评千余首（篇）。出版诗集一部，散文诗集一部，多人诗集一部，中篇小说集一部，长篇报告文学集《大师境界》等三部，长篇小说《汤显祖传奇》《刘贺的 27 天》《江右人家》等。有作品翻译成英、法、德文。有作品入选多种版本。多次获得国家级诗歌奖项。共发表文字近 900 万字。

左一兵自选诗

啊，井冈山

不是为了膜拜
而是为了重新认识一座大山
来到这里
历史，教会我思考
现实，教会我歌唱

五百里井冈
耸立罗霄山脉
耸立着凝重
耸立着独特风格

重重山峦叠在一起
层层松柏叠在一起
组合成莽莽苍苍的立体屏障
历史感现实感折射出多层次的色彩
空旷的幽谷荡起一股雄风
仿佛一位杰出的指挥

所有的苍松翠柏摇响了手鼓

所有的野花小草亮开了喉咙

唱起一支雄浑的歌，唱得人心沸腾

蓦地，藏在我们心底久远的回忆

复活了，盛开在血红的杜鹃花之中

假如没有

茅坪。茨坪。八角楼。黄洋界

井冈山的形象就会逊色

假如没有井冈

中国的历史将会苍白

这是一座真正的山

共和国版图中鲜红的坐标

大山，自有本身的高度。强度。力度。厚度

既不能拔高，也无法削减

纵然有斑斑创伤嵌进峭壁

也是为了让历史作出公平的评判

高低错完美吗？当然不

但，不完美中有完美的韵味

不和谐中有一种不规则的和谐

抚摸弹洞，使我们想起遥远

那时，中国在流血

警笛。皮鞭。镣铐锁住了春天

于是，革命，选择了这座山

选择了一颗北斗星

从此莽莽苍苍五百里

有了屏障。掩体。哨口

有了大刀。梭标。竹矛

人民在壕沟里

狙击死亡，并且杀出一条血路
这条路越走越宽
从黄昏到黎明从春天到秋天
那些穿草鞋的人一路上写出许多传奇故事

那位戴八角帽，五角星的伟人
不仅写得一手漂亮的草书，不仅
会在棋盘上布局，派卒子过河吃老帅
还满腹经纶。他
点燃了八角楼的灯光
擦亮了中的思想
还敢于向黑暗宣战：星星之火可以燎原
而在黄槲树下，和
蜿蜒的小路上，每天
都活跃着手提肩挑的身影
——挑着太阳和月亮的身影
——挑着民族命运的身影
他们在地图上画箭头
他们读书。写诗。也跳舞
这些男子汉没学过迪斯科，只会扭秧歌
他们富有人情味
抽卷烟的时候会吐出家乡多雾的早晨
吐出对妻儿们的思念
他们爱幻想，常常
放出一群群遐想的鸽子
在蓝天飞来飞去，衔杜鹃般殷红的爱
这种爱，属于人类崇高的情感

当战火消散之后
井冈山曾弥漫过上供的烛火和香烟
哦，井冈山不是神的所在

何必当做偶像崇拜
萦绕的香雾不免涂上宗教的色彩
既然是一座真正的山
当然有峻峭也有缺憾
但谁也不会怀疑大山的充实和内涵

请关心中国命运的人
不妨登一次井冈山
在时代的横切面上
我找到了自己，和
我们这代人共同的追求。信念
岂只是对一座大山的理解

——1983.7.3.

山路弯弯

很久很久以前，老区
有许多人从这条山路出去了
许多人一去不再回来
从容地走进了纪念碑的浮雕群

只留下这条山路
只留下他们的一条胳膊
在这里，举起了一架大山，和
自由的天空
也许，历史在山路上压下
太沉的重负太深的辙印
岁月只能在山路上缓慢前进

至今，老区的父老乡亲
仍守着大山一样的质朴和单纯

远方的风吹来
温煦而韧性地改变大山的原始风格
吹来了使人兴奋的富有魅力的信息

从山路的这头到那头
那些充满血性的粗犷的男子汉们
那些把想象纳进鞋底的妇女们
把几乎生锈的太阳擦亮
在初春的早晨
扛起自己的热情和活力
沿着这条山路出去了

他们知道去做什么
他们知道怎么去做

——1987.12.2.

苦艾，苦艾

她没生下来父亲就战死在疆场
她刚落地母亲就咽气了
她第一声啼哭的时候
正是苦艾青青的季节

她没有名字
乡亲们都叫她苦艾

苦艾命苦

丢在野地里被风雨拉扯大了

她像苦艾一样

有股野性、倔性

被岁月浸透了苦汁，散发淡淡的清香

苦艾出落得好俊俏哟

苦艾的名字

在后生们嘴里酿成了蜜糖

有一个后生的身影

闯进了苦艾的心灵

有一天，她大胆地把目光

种进了

他的胸膛

一月的风像刀子

二月的雨像鞭子

乡长要把苦艾

嫁给比她大十三岁的瘸子村长

苦艾咬碎了乡长的淫威

苦艾撕碎了村长的野蛮

苦艾在双亲的坟头

哭红了满山满谷的杜鹃

从此，山谷多了一堆坟

坟头多了一束苦艾

青青的，在五月的风中飘摇

——1985.5.6.

熬中药

将《本草纲目》里的一些根根草草和虫子放进药罐里熬
还有那些天地之灵气
熬成一大碗黄褐色的液体

人生中磕磕碰碰一不小心就会有瘀血
命运中总有某些部位会结成瘀块
中药可以用来调理

这些液体真苦啊流通到行将堵塞的经脉
渐渐打通人生中的某个缺口长驱直入
让人顿时感悟生命中某个时段的苦是可以心甘情愿接受的苦

那些弥漫着淡淡清香的苦
是一种化作烟雾抓不住的酣甜
只能回味

有时，命运需要
煎熬
没有煎熬的人生算不上完美的人生

——2013.1.23.

海昏侯国遗址拾诗（八首）

对汉废帝刘贺的遐想

刘贺的皇冠
被霍光和一班谗人用唾沫淹没后
在山东巨野县做了 10 年猥琐昌邑王
扔下一座烂尾楼
悻悻然来南昌新建区做海昏侯

他用竹简折叠了一艘小舟
撂在鄱湖水面上，随风飘了 2000 多年
停泊在 2016 那个船埠
被文物专家打包运到实验室求证真相

小舟装满了他的遐想
他想在大塘乡观西村荒芜的土壤播种当年的皇恩
让大汉朝子民们肚子里长出享用不尽的稻穗麦粒
他想用那柄玉剑，穿透霍光之类邪恶的眼神
他想用祖父聘赠的宝马之铁蹄搅碎匈奴王廷
当然，他亦想用编钟浑厚之乐声编织
爱情。用乳汁喂养绕膝的妻妾们的凄美故事

他的遐想，在 21 世纪的阳光下受精怀孕，并且
分娩他跌宕起伏的多舛命运
紫金城的残垣，最终成为埋葬他 34 岁的宿命

那段胜利者的历史
不知谁人是迷蒙悬念的终结者

一个王朝远去的背影

西汉的雄鸡，曾在这里啼鸣报晓
长安夕阳，跌落在浩淼的鄱湖之上
一个王朝远去的背影，模糊在二月风波里

你是那个 18 岁时坐了 27 天龙椅的刘贺吗
庙堂之上，你血气方刚，满腹经纶，却少了铁腕
结果输个精光，在山东昌邑弹了 10 年琵琶梦
28 岁被放逐到此地，天天与落寞为伴
你宝马的长啸惊醒了荒凉的豫章大塘梽梽山
你裁剪鄱湖锦缎为龙袍，却依旧遮不住一脸落魄
海昏侯国徒有虚名，紫金城再也不能纵马驰骋三百里

既然失落了皇冠，何必扼腕长叹，寻觅的是血色残阳
在西汉的棋盘上，你已经输得一塌糊涂
你并非懦夫，却不是大政治家
而宣帝比你狠，一举灭掉霍光九族千人，未央宫血光灿烂
你输在讲人性。权力不相信人性

你爱江山，江山不爱你
八尺身躯的美男子，美髯如丝，勾不起雍肿的王朝
你可以挥剑，舞得圆月瘦成皇冠
你掷得千枚马蹄金，换不回祖宗的大汉社稷

自古英雄爱美女
你爱女人，爱得六朝粉黛无颜色
俗人该怎样读懂你缠缠绵绵凄婉的浪漫情史
你朝朝举樽狂饮，半世风流半世愁
果然，你用郁闷织成的血丝绞杀你 34 岁的生命

你在《大风歌》里活着，悲壮激越词一阕
填充英雄本色
2000 年历史成就了你这个文物明星

简牍

木简纹络种植他的文韬武略
一次次披肝沥胆的谏言
可惜都化为鄱阳湖的浩渺烟波

去也长安
未央宫前花零落
都是点点辛酸泪，与谁说
此去长安三千里，满腹心事谁知
又何必缠缠绵绵

汉水三千，只瓢一舀
洗清悲情，依然，瘦
只好将简牍带进历史深处
在地下尘封两千年
为西汉王朝陪葬

昭明镜

这面"见日之光"铜镜
迄今残留美人那粉黛脂香
从前朝飘来

废黜的帝皇，难见日月
昭明镜，可曾照破一个王朝的容颜

铜漏壶

从壶嘴漏下这段历史悬念
让时间慢慢破解

有时，朝真相靠近一步
都需要百倍耐心
漏下一粒砂，时间已过几千年

皮轩车九旈

18岁的皇帝刘贺
怀拥美女蒙人，乘坐五匹马的双辕皮轩车
从长安未央宫出发
车马辚辚，驰过多少日升月落
烟尘渺渺，弥漫西汉的味道

手里滑落了社稷江山
只剩下坐骑下几轮如血残阳
忿恨恨，时不待我
悲切切，南国封侯
帝皇卷帘一梦，一梦2000年

铜剑

那柄剑，落过风雨飘过雪花闪过霹雳
在岁月的铁砧上反复淬炼锻打
剑锋挑落 27 天的皇冠

一道锋芒舔着血，刺穿黑色大麾
呼啸着直逼西汉王朝的咽喉

编钟编磬

曾经雄浑的音色都被时间封存了
躺在地下，凝固成一个个符号

让人想象当年刘贺与爱妾在昌邑郡国府邸水榭阁
吟唱高祖的《大风歌》
唱得放浪形骸热血沸腾
一曲《巾舞歌辞》
勾起多少相思点点泪
那久远的乐声被现代复制翻版
走进骚人墨客的诗行

敢问前朝编钟编磬
谁来捶击当年

——2016.6.29

爱人，爱人

在唠唠叨叨中加少许油盐炒菜煮饭，将琐碎当佐料
在碗里填满每个平淡的日子，年复一年
将温柔切成生日蛋糕，点燃祝福的蜡烛
那个年年不忘记我生日的人就是我旳爱人

习惯我如雷般的鼾声，谱就夜夜不可或缺的催眠曲
睡眠中随意将腿搭在你肚子上
拨弄我额头越来越多的丝弦，奏一阕相濡以沫之曲
掰开苦苦甜甜的调子琢磨你的痛我的痒
那个晓得我冷暖的人就是我的爱人

有过花前月下十指相扣编织花篮的漫步
有过白兰花丛前相机摁下快门的镜头
有过挽起裤腿在沙滩上任海水漫过脚背的嬉戏
那些浪漫情调那莞尔一笑已驻扎在相册里
那个读懂我笑容的人就是我的爱人

任我使性子发脾气，咽下委屈，一次次原谅我
酒席上抢我酒杯替我挡驾饮酒
晓得我鞋子尺码衣裤尺寸
台阶上做我拐杖，一次次搀扶我
在我裤兜里掏家里的钥匙开门
寒冬腊月，深夜里泡壶暖茶默默放在我案头
那个风里雨里和我共撑一把伞的人就是我的爱人

爱人，爱人
走得再远走不出你视线腹地之人
守着我的青丝护着我的白发之人

用泪用血镌刻我人生之人
那个任我痴狂任我放浪任我在汉字森林远足之人
就是我生命中最重要的人

——2014.7.25.

墨兰，有约

墨兰，你好，记得约定吗
你说要么谢于节令要么就长得迎风玉立
窗户外的目光陪伴你，阳光的手指梳理你墨绿的羽毛

有人守护你每一柄蓝色的剑
柔韧的剑，优雅的剑，美丽的剑，不会伤人的剑

当你口渴的时候，守护神喂养你的张力
滋润你泥土以下的语普体系
守护你的人懂得你暗示的语言
冬天，你的想象力会催生一朵朵洁白的花
花开的时候，季节上升到新的高度
灵魂接受一次鄙视邪恶的洗礼
还有藏满衣袖的清香
走到我阳台上来，弥漫一方天地

思念你，祈福你
我们永远的墨兰

——2014.6.25.

（原载《星火》《诗刊》《北京文学》等刊物）

【陈安安】

（诗歌类）

曾用笔名安安，男，1949年生，江西师范大学中文系本科毕业，中国作家协会会员，南昌市作家协会名誉主席。在《诗刊》《星星》《中国诗人》《绿风》《诗选刊》《上海诗人》《百花洲》等百余家文学杂志发表诗作，并在《诗歌报月刊》《飞天》《江南》《星火》《西湖》等报刊获全国性诗大赛奖50余次项。荣获中国地域诗歌大奖、江西省谷雨文学奖、有组诗入选《中国当代诗人代表作选》。

陈安安的诗

走不出湖的船（组诗）

八月的渔乡

家家场地上晒着满满的富余
吸一口　这里的风
都是鱼的味道
以前锅里找饭床上找乐的
叹息　早已抛进湖里
成了肥肥的鱼儿　虾儿
被烹饪成今天餐桌上的感恩
朴实厚道的渔民终于推开了
古老的窗户　放风景进来
松开手脚把一个好季节
拼命地往家里捕捞
烈日下追逐收获的欲望
远远高于对家里女人的热情

水一身汗一身的船老大
昨晚抱着月亮睡了一夜
现在仍不困也不想回家
还在放着长长的拖网
猫一眼就知有没有的眼睛
一动不动　盯紧了
船下面成群的好运气
只要舱里装着满满的鱼
就是渔乡人全部的幸福

爱喝酒的渔夫

渔夫的日子一半
是船　一半是酒
有了船　便有了路
有了酒　便有了醉人的生活
想喝酒了　下湖随便捞捞
下酒菜就有两碗三碟
杯碰杯　话儿就会热烈得
鱼儿一般游出心窝子
要是冬天　下湖前喝上一杯
再冷的寒风也不咬脸
喝不了酒的男人
当不了舵爷
嫁娶有液晶　电脑　还得有
一条船　上面还要
陪上三大坛带劲的土烧
这才出得了手　闹完婚宴
喝得摇摇晃晃的渔夫们

撒泡尿也酒气熏天
上了摇摇晃晃的船
还嚷着要再来一瓶
那才叫解馋　叫大气
要不然一条小船凭什么
能压住一湖的惊涛
一双骨节粗大的手又怎能
端得起这偌大一个湖
倒出今天
这活蹦乱跳的好年景

渔嫂

她的命运与一条船
连在一起
生活对于她全是风浪
即便是在夜里
伏在男人宽阔的胸前
听到的也是浪花的喧响
现在她的他追赶鱼群
向湖中远去　溅起的
湖水却湿了她的眼睛
白云正在悄悄变黑
老爷庙就是鄱湖的百慕大呵
多少渔夫的路
折断在这莫测的水中
多想叫男人歇歇
躺在自己的温柔里打个盹
可她织的网　虽然能

拖回一幢楼
却难网住一条汉子的心
黄昏中她和那棵
孤单的歪脖子树一起
守着远远的远
当颠簸的心靠岸了
她的双手才抱住
一个实实在在的日子
卸鱼了的喊声
喊不出她的泪
只有眼角还能看出
一滴暴风雨

三月三祭湖

三月三是个唢呐吹热的日子
爆竹一放香一点　十里八乡
纷纷传来沾满烈酒的锣鼓
常年在浪里打滚的汉子
抬着鲜花鲜果和腊红猪头
向插满彩旗的大湖走去

没有湖　哪有火辣辣的今天
湖就是我们的根呵
守着这五千平方公里的一湖碧水
我们的生活才踏实　才富有
当我们跪拜时　千帆竞发
万网齐撒的壮观风景
就会从我们眼睛里走出来

靠水吃水　世世代代
都活在老祖宗的这句古话里
船舱　甲板　鱼筐　虾篓
装满了银鳞白亮的丰收
装满了渔乡鲜活的富庶
船舷边我舀起一瓢清澈湖水
一气喝下　流淌在祖祖辈辈
经脉中的湖　又开始
在我的血液里拍浪汹涌

休渔期的小船

注定为风浪而生的它
此时躺在湖滩上　阳光
在身上轻轻流淌
它翻了个身
我知道它没有睡着
只要用手敲一敲
狂风恶浪折不断的龙骨
就能听见
穿越波峰浪谷的马儿
憋在心底的驰骋

远离漩涡的危险
远离吞噬的风暴
没有惊心动魄的故事
那还能叫船吗

我能感觉到它的心

已经跳到了船头　只待
休渔期一过　积攒了
满身劲儿的它　准能装
一船沉甸甸的好日子来

（原载《诗刊》2011 年 1 月下半月刊）

有刺的树（组诗）

琥珀中的蜜蜂

一滴晶莹的泪
拥抱一个痛苦的灵魂

还有最后一程啊
生命张开翅膀
眼睛盯着遥远
你以这样的姿态成为静止的
塑像

来不及呕出那口猩红之血
旺盛的年华
死在苦涩之路
除了一双透明的清翼
你一无所有
却将蜜
留给岁月品尝

一个时代真正能留下的不多
唯有你
能被人珍藏

（原载《中国诗人》2010 年第一卷）

断剑

精、气、神
和炫耀的光环
离你远去
悚惧者仍不敢触摸
深藏不露之杀气
入骨三分

剑欲静风不止
聆耳听
仍有血腥味滚滚而来
雷霆闪处
飘落的柳叶
便成唐诗宋词中
绝句

断剑
另外半截在哪个故事里
下落不明
常令我夜半醒来
远远看一眼
便浑身伤痛

（原载《有刺的树》2001 年 12 月江西美术出版社出版）

箫

一枝竹
死于挺直
成了一支箫

那风
那雨
都被裁去
所有的历史
只剩短短的一截

从此不再沉默
悲壮深沉的长啸
自汉唐一直传来

不死的绿色语言
落在黄土地上
又冒出嫩芽
尖尖的

（原载《飞天》1990 年第 12 期）

困鹰

宙斯没走出历史
那根权杖丢了
故事的结尾

成了一处风景

我隔着栅栏看你

看你冷冷地梳理带血的羽毛
铁爪再不会踩响蛰雷
梦中的绿树已经枯萎
野性的翅膀再也不能摇撼
大漠·原野·旸谷·长天
叽叽喳喳的风雨
不再淋湿你
浓缩在古陶钵中
轻轻啄一下
千年岁月便会发出瓮声瓮气的回音
你安详地缓缓咀嚼
我却噎住了

你隔着栅栏看我

哑剧

无话可说
语言被观众收藏
翻译成各种味道

半真半假
表演者感觉很好
荒诞得肆无忌惮

眼睛丢了

耳朵丢了

剩下的手

鼓掌

使劲拍打着

不痛

（原载《百花洲文学丛刊》1991 年第二期）

另一只手

两只手之外

还有一只看不见的手

该给一杯酒时

却给我一杯醋

该向前走时

却把我拉住

使我干什么都

只差一步

总想友好地握握手

这只手却不知在何处

不该出手时它却出手

一巴掌

把我的心打伤

我还不敢哭

（原载《上海诗人》杂志 2006 年 12 月第 15 期）

缺陷

缺陷就在于我们不知道
是缺陷
它总在想不到的地方
成为痛感
它似乎是一个陷阱
跌进去怎么也爬不起来
总是怨别人总是怨自己
它似乎又是一个欲望
永远无法填满
老是不称心老是不顺眼

无法预知无法回避无可奈何
也许你刚刚与它握手告别
你就已经走进了
另一个缺陷

在什么都不缺的年代
缺陷就是我们的影子
不管你愿意不愿意
它就活在我们当中
成为我们这个社会的忧患

（原载《上海诗人》杂志 2006 年 12 月第 15 期）

围棋者说

黑圈子　白圈子
或深或浅

谁也料不死以后
一步轻意就容易失败

每个棋子都长着牙
咬着不可言传
路或许是歧途
歧途有时也是路

圈住别人
被别人圈住
摆脱圈子
又筑着圈子
棋盘上挤满了笑

都没成角斗的胜者
最后一枚棋子没有落下
成了亘古的太阳
开始就是结局

（原载诗集《第三支帆》1990 年 6 月甘肃人民出版社出版）

锯·木

钢的锯，发出锋利的吼叫
不发一声的木，在挣扎般颤抖
不可一世的锯，横冲直撞
将全身的暴力倾注锯齿……

像很多事情一样眼看成了
嘣！一声骨折般巨响
木头，就是刚才还沉默着
吐着碎屑的木头
竟然把长长的锯
咬断
让钢铁死在木头里面

二胡

到底发生了什么
至今
你仍爬在墙上
沉默不语

你曾以音乐的名义
使整个房间熠熠生辉
往事像一只小鸟
在两根琴弦上
飞过来飞过去
在一个很深很深的故事里
筑一个巢

偎依着一大串音符
贪吮淋漓的智慧

如今弦断了
一个秘密注定就这样
闷死
埋藏在心底的声音
再也找不到喉咙
潮湿的心事
再也找不到地方晾晒

已经不是抒情的年代
你依然在墙上沉默
而我的灵魂深处
仍有一把二胡
在高低起伏地吟唱

（原载《江西省谷雨诗选》第二卷，2009 年 10 月百花洲文艺出版社出版）

两只猫

沙发边，两只猫
相互舔着温顺

突然，一只鼠窜出
两只猫弓腰闪开
一只守住前面的路
一只堵住后面的洞
一场游戏

配合得十分精彩

终于把惨叫声压在爪下
两只猫
却争斗起来
吹胡瞪眼，你蹦我跳
直立扑打，血嘴撕咬
喘口气的鼠在亢奋中
一溜烟负伤逃走了

两只猫又相卧在一起
开始
温顺地舔着自己的伤口

（原载《江西省谷雨诗选》第二卷，2009 年 10 月百花洲文艺出版社出版）

读《红楼梦》

我愿听一切关于你的
传说
虚构成塑像
在窄窄的记忆里
欣赏

我后悔早不认识贾岛
胡乱敲门
走进天姿丽色的大观园
感觉真实时
面前的一切也许虚幻

感觉虚幻时

一切又那么真实

所有的人都熟悉

可又叫不出名字

能叫出名字的

又那么陌生

各色各样的面孔

却说着千篇一律的声音

我稍一转身

背上被人咬得生疼

我才发现我累了

该回去

转了二百年

竟找不着路

在黑黑的书里住了一夜

曹雪芹兄小声告诉我

根本就没有墙

传说一旦没有距离

就会痛苦

我流泪了

一部史书湿湿的

（原载《星火》杂志 1992 年第 2 期）

画

画　太深太深

把世上所有的颜料
倒进去
也无法充实

作画　是件痛苦的事情
一笔随意就容易失败
永远没有定稿
永远得反复修改
空白处无法调色
忽然发现
留一片也好
时间会读出丰富的想象

人孤独时
总喜欢数自己的脚印
点燃灵感
吸一口
苦苦的酸酸的
才明白
画　是一扇打开着的门
走进去坐坐容易
走出来就难
有人为这一步
走了整整一生

画
辉煌处往往只有一笔
甘心寂寞才会找到这条蹊径

（原载《西湖》文学月刊 1990 年第 8 期）

观斗鸡

有鸡
就有不下蛋的鸡
鸡不下蛋
最争斗

见一粒米就磕头的日子
扑扇一地
目光呼啸
羽毛倒竖
冠子太阳般响亮
呐喊憋得脖子
老长老长
恣肆起跳啄击

尖利的喙
与鹰般的爪下
没有奄奄一息的血
没有逃遁的嚎叫
也没有
对——手
却注定有残酷的伤口

鸡的寿命并不长
然而鸡却千年不死

（原载《绿风诗刊》1992 年第 6 期）

【程　维】

（诗歌类）

诗人，小说家，画家，居在南昌。中国作家协会会员、江西省作协副主席、江西省诗委会主任。著有诗集《他风景》《古典中国》《纸上美人》，长篇小说《皇帝不在的秋天》《虚鱼》《双皇国》《海昏：王的自述》，散文集《南昌人》《水墨青云谱》《画个人》《独自凭栏》等。

获中国作协第八届庄重文文学奖，天问诗歌奖，中国地域诗歌奖、中国长诗奖，《诗刊》《星星》等刊诗歌奖，以及第一届、第三届、第五届谷雨文学奖，江西省优秀文艺成果奖、滕王阁文学奖等。长篇小说《海昏：王的自述》荣登『2016年华文领读者·年度好书榜』。江西人民出版社出版40万评论专著《穿越时空的对话：论程维诗歌》。

妖娆罪

天神醉了

雪山在天空飞翔
要去追赶穿红袍的神，把飞机甩在后面
我从舷窗朝它打个招呼，快到江西地界了
它仍端着火红的酒坛，要扯住神的大袖
一起降到梅岭的山头来共饮

我看见西边彩霞满天，一定是天神醉了
要倒在西山酣睡，雪山早变成了薄锦，虚掩在它身上
从昌北机场出来，我也带着酒劲

————2016.12.8.

（原载《百花洲》双月刊杂志 2017 年第 2 期）

大师

大师出没在埋没他的地方
后人碰到的，都是大师的鬼魂
他们在遗作展上游荡，攀着枯山水的残骸伤风
又对附庸的风雅一再感冒，而对拍卖的尸气
千金万邑亦是不屑。他只热衷于附体
要把积聚三百年的一口灵气，吹足在他身上
让他大病，继而大悟，乃至脱去这身俗骨
埋首于烂纸臭墨，抱住山鬼的滚滚巨乳，空山灵雨
而沐浴。而好色。而不羁
对于写诗的前科，既往不咎。对于功名的垂注
那是要洗手金盆的，你的名声注定在后世
死有哀荣，这是要忍受的。众多的嫉敌与庸恨
属便歺。我已足够幸运了，既吓退了
大师鬼魂，又躲避了无辜的怨恨

我这辈子最大的成功
就是变为了一个快活的庸人

——2016.12.16.

江湖

外省的雨落到赣江，就是老俵相见了
比如这一阵雨，从武汉下到南昌，转身又往长沙而去
江湖之上，风波何急？小舟里坐着的

皆是故人。须髯长衫，个个腰缠万贯，小妾暗携
在绣帘后面，绸缎的包袱内，藏着银锭、算盘、账薄
外头还压着一把油纸伞。伞柄里挟一管短匕
双手拱出的一团和气，在江湖上经久不散

生意的事，总是可以商量的，不至于闹得提头来见
脸面上挂不住的尴尬，没有在酒桌上化解不了的
万事也就在一杯酒里言欢，一笔大买卖随即达成

——2016.11.10.

抽屉

我们都活在抽屉里
回来和出去都没有什么两样
你拿不开那只腐败的手，它停在半空的时候
也一脸坏笑，那个叫潘金莲的妞
在一本书里声名狼藉，我又怎会令此世英名
在风仪亭上烂掉，还要开车去沙井喝茶
到西山望风，九龙湖一套房子就把你血洗了干净

竖上月亮也没用，从月球跳下来
就落到喜马拉雅山尖，谁能看得见
一嘴脏话骂不出去，就像拳头握着仇恨
砸向哪里都会反弹回来
你只有去棕帽巷做桑拿，翻身的感觉不能作主
仅有的几张毛票，买回一身臭汗

—— 2016.9.21.

佛

突然想到祖父，那样一个沉默少语的人
对这个世界，并没有很多话说
好像他对身边的一切，都挺满意
又像他上辈子就已把话说完了
这辈子他只是在构思，下辈子要说些什么

祖父是恬静的，现在他躺在坟墓里，更恬静
几年前，又把他和祖母合葬到一起
他应该更加满意。每年清明，我会去看他一次
面对青石墓碑，我读他的名字，生卒年月
祖父的一生，仿佛只变为了这几个字
我小心翼翼，擦去风雨和阳光留在上面的痕迹
发现墓碑里藏着一尊佛，他不用开口
我想再说些什么，也显得多余

——2016.12.2.

凤凰

我写诗已够快慰了，又岂在意名份
我已开始痴呆了，已经忘记了心仪女星的姓名
仿佛被风吹起的长衫，里面空空荡荡

我不是八大借尸还魂，上帝附在人间的躯壳
走出画轴的，都是剩水残山。我不是佑民寺

出走的寺僧，到处诵经化缘，
镇住洪都的妖孽，肥水不流外人田
我不是西山，走失的阵雨
在新建县哭告无门，干脆往北而去

天上的仙人呀，蹲在山头上下棋
只有傍晚回头的人，才能捡到火红的晚霞
像璀璨的凤凰，飞舞在天边

——2016.11.28.

不语

万物都在衰老，而将秋天老给我们看
万物都不吐露哀伤，
一把秋雨，下得比死亡还干净

——2016.11.8.

半隐

半百之身，已然多病，我也只能半隐
一半上班谋生，一半供养烟云
就没有功夫赴饭局，接待来访朋友，与人聊天了
此前投身的酒酣耳热，性情放纵，概不再犯
吃过的酒，领过的情，且恕无法奉还

我已近残年，风花雪月之期早就和我无关
诗江湖的烂事，弃之如破帚
我要将这剩余的残生，用以独处，发呆，和虚度
回归于至简。偶尔在宣纸上画根线
也仅仅是一根线，没别的意思
对着风吐口气，权当是自语
至于还能写点或画点什么，也都顺其自然
想想山间的溪水是怎样的
我的余生就该是怎样的，切勿叩扰山间之溪
切勿打断一根线，我替它们向诸位的大度
深表谢意

——2016.11.25.

我亲爱的灵魂

身为人类，有时我倦于飞行
尤其是要借助于金属的翅膀，待在一个物体的肚子里
像一个鸟蛋。飞着飞着，等它吐出来
我就受不了。我知道人类的局限，从 A 地到 B 地
不止有大山大水挡着，还有无法预测的因素
情形十分复杂，不借助于飞行，还真到不了那里
光靠两条腿，四个轮子，或再多一些轮子
无济于事。更别说肉身，一路吃喝，对于性命的耗损
使多少征程废在半途，多少马匹死于奔命
而北方的大漠，仍然沙尘滚滚，使英雄却步

我只有在梦里飞行，才身轻如燕
仿佛没有了重量，摆脱了肉身，更不必借助金属的翅膀

我飞到哪里，都仿佛陌生的国度，又如同在家园
天空和大地都不是问题，高山，悬崖与险川
都像一根羽毛上的熠熠生辉的光影
哦，在梦里，我是与我亲爱的灵魂一同在飞行

——2016.10.15.

雪山

世界的雪，是以山的高度来衡量的
那些殉难于雪山上的攀登者，仿佛一根根钉子
刺疼了天空。神尖叫着，把他们击落

雪山上的殉难者
都是翅膀烧焦的天使，在飞翔中下坠
他们以上升的姿势下坠，他们不能呼吸
被雪堵住嘴巴，他们不能喊，回应雪山的呼唤
他们肢体僵硬着，仍咬住山顶

一根钉子刺疼了天空
它尖叫着下起雨来，安慰自己的痛楚

——2016.11.22.

落草

仙女站在墙上，总是不肯下凡

英雄只有干脆落草，恢复贱民身份
省得锦袍玉带，遭一邦后生剪径
女知青成群结队围着梁山跳舞
仿佛存心要把你的嗓子唱坏
再架着你同床共枕，将回廊上的灯笼挑飞了
一块红布蒙得死去活来，证明你还是个长工

俺空负一把宝刀，把戏唱到一半
环顾四下，卖给谁都不合适，何况还得打折
只有逼上宝山，配个压寨夫人比较划算

数年以后，骑个永久牌自行车招安回城

——2016.9.21.

乡土书

我的故乡近在咫尺，我却找不到山头
我的宗谱散漫于人世，我却不能认祖归宗
我是无主的浪子，废黜的王孙，漂泊在乡土的
陌客。我迷失在家园，我废黜于山水
我放逐于市井，我号淘于拆迁
我藏毒于朽木，它烂掉了火焰
我是霾，它无颜于草木山川
我是肮脏旳污雨，它与泥泞不洁的交易
背叛了大地与蓝天

一匹马在奔跑中被风拐卖了腿
一个汉子在做爱时割走了肾

一位老兵用破枪嘣瞎了自己的双眼
他向坟头摊开两手，再也没什么可贡献的了

——2016.11.21.

妖娆罪

你不能太妖，太妖就冒犯了美
太妖就弄得一些人心里痒痒
另一些人心里不安，太妖就影响稳定
竹篮打水，拎上来也洗不净脸上的妖气
你在外面妖娆不要紧，可镇里的人就受不了
沙井的夜店就得关张，发廊还得交妖娆税
派出所到客栈查铺，一夜得来三回
谁给加班费，还得搭进夜宵和几包烟钱

你只顾妖娆，却不管他人的死活
全镇都不得安宁，小区里都很紧张
保安王大伯戒备森严，一只蚊子也要查问公母
出入人等，日志上记得明明白白
增加了多少繁琐手续，惟独你是漏网之鱼
暗地妖娆，就是偷税漏税
流失国家多少资产，你拿半张脸也补不齐

你不能太妖，太妖就犯下了妖娆罪
让所有人来审判你的美
我又怎么受得了，我的辩护也一再失血
被视为同谋，说你在前门妖娆
我在后院拿钱，继续辩护，视为同罪处理

你不能太妖，你呀你呀太妖你就是个妖娆犯

——2016.12.7.

妄想

我写了一首好诗，这个哆嗦的手指，仿佛因此而伟大
这个有些阴郁的时辰，仿佛因此而伟大
这个气息陈旧的陋室，仿佛因此而伟大，
那些屋外的事物，是否因此而伟大？我不得而知
那些屋外的人，是否干了更伟大的事？我不得而知
我写的这首诗很短
只有三句，念起来也就四五秒钟，不涉及大词
可就是这四五秒钟，它使我产生了一点不切实际的想象
仿佛我不是在南昌，而是在伦敦。仿佛我不是在沙井
而是在天安门

世界啊，请允许一个卑微的人
也有一点微不足道的妄想。并希望它没有惊扰别人
他仅是因为一时激动，放纵了一下自己的想象

——2016.11.7.

群山之巅

群山之巅，大鹰盘旋之处
我也很难变成它上面的一个小点

山永远高着，是我的大爷，菩萨，佛祖

何其嵯峨，我心里供着它

想藏身其中混一个绿林好汉，使双匣子枪

能射中黑夜百米开外的一柱香

与群山为伍，每天活得霞光万丈，像个老僧

面色红润，下盘结实，灰不溜湫的袈裟里

还遮着七块腹肌

和一根老参，我非打家劫舍之徒

替天行道是宋公明干的，败了好汉名声

我只是个鹰一样的汉子

跟天地叩头结拜，认群山为兄弟，义气为先

而一坛酒把俺出卖了，蝴蝶梅的肚兜上

尚留着老子的尿痕

我不屑于跟许大马棒和座山雕争风吃醋

也不在乎奶头山那点地盘

我只想活在群山之巅

像鹰一样盘旋，俯视蝼蚁般的众生

那个坐探从背后打了我一枪，伸腿把我踹下悬崖

我的灵魂就是在那时升天的

上山之前，我或许是山脚下的一个小炉匠

贱名：栾平

——2016.8.18.

我是语词中的惯匪

我是语词中的惯匪，在诗里跑马江湖

被牡丹所通缉，我在雪山上露营，打灭了星斗

又流窜到沙井潜伏，蜷缩在同事间装孙子
发现红颜和蜡烛是一根蝇栖的蚂蚱

我不买各山头的黑账
一枪撂一家伙栽个跟头，啃一嘴胡须
再迂回到中路
我用起重机吊起赣江，看看底下是否藏了老鱼
还把坦克开上西山，到月光下收租
返乡的民工秋收了玉米
群聚在汪家大屋打赌，风紧了，就闭户不出

去年的相好改嫁成了贤妻，坐地铁去了巴黎
剩下几亩好地由俺代耕
悉心照料她的小妹，将名媛改造为绑匪

我是末代的良人，抄袭秋风的叛徒
腰斩阴毛的执行官，为水墨辩护的首席律师
秋凉时，误审了案卷
户员外捉奸未成，反遭暗算，张屠户状告熊官员
悬而未决，半斤好肉不等于三斤青菜

我拨了数通算盘，也没算清恶世的烂账
回头抽出床底的二十响，我我我，干脆朝空气
又放了一响。那头有客户探脑袋
接住了这粒子弹
我看见他的嘴巴喷了一口好烟
貌似一个很会享受的人

——2016.8.29.

好人

你一生都是好人，从胆小开始
碰到美女也绕个大弯，错过多少艳遇
在古代你是东郭先生
捱着今天，发财当官也轮不上
只有抱着一块豆腐撞死，又去西湖哭许仙
满嘴假牙就这样愧对遍地美食
还到金山上去看炊烟，一把火烧掉了草船
不义之财顺手推舟到了右岸
还要站在棋盘上若无其事
该出手的时候，又让给了别人
把对女人的爱情进行到底需要勇气
只有一夫当关，方能万夫莫开
而你失地丢城不是头一回，任关公过关斩将
眼看轮上了，又千里走单骑
一个人跑回来
同伴们推杯换盏，把花酒转移到潇湘馆
有病的美人梨花带雨，打湿了纸包的良心
你又死活不肯送他过蓝桥
用力一旦过猛，桥就断为几截
如果不到位，就等于过河抽板
万事摆放在人生里，输得只剩短裤的一根丝
也能按下不表，处之泰然

——2016.9.5.

活着

像是在重复别人的人生
活了几辈子都是苦逼的命
一丝不苟
把苦口的良药逼到题外
新秃的头发分赃不均，干脆推倒重来
已不复往日气象
那些波浪形的云，也堆到了天边
码头工人背着黄色潜水艇，散步至朝天门
佯装轻松地瞧风景
吴带不能当风，飘一下就感冒不轻
你还要曹衣带水，服几包中药心存侥幸

从大理回来，红颜都成了别人的知已
你只有找下家，打好做庄的主意
在沙井开店，上西山收钱
遇到的，全是没有脸的纸人
你发毛也没用，生活就像一张伪钞
一手好牌也改变不了结局
肉联厂的猪
也在找一条新的出路
苦大仇深的屠夫，一刀下去也不能解恨

——2016.9.8.

原因

纸一样的天空啊，那么努力地白着
总是令人产生书写的欲望
我怕自己一下笔，就把它刺破了
所以我不敢在天上题诗
否则阴雨连绵，屋顶和山坡上都是忧郁
牧羊少年蜷缩在山崖下，守着他的羊群
像守着一堆湿漉漉的旧报纸

——2016.10.24.

红灯记

提红灯的表叔消失在铁路尽头
一列火车经过，又把它带得更远
联络员中途跳车，摔得半边不遂
几服草药看来解决不了问题
密电码还是要人去送的，臭皮匠形迹可疑
进门借火就盯着大姑娘的胸脯打转
还有几个不三不四的二流子，没准就是便衣
看你提筷子挟肉，张嘴骂娘的，他不亮手铐
就是对你的最大宽恕
你还要上柏山，去找游击队
他们不找你抄没家产，就算厚道的
你一卷帘子，看到了山水，显然都是败笔

大厨忍受不了穷山恶水，跑到城里磨剪刀度日

他的鞳裢里，藏着一把匣子枪和政委交代的使命
不到万不得已身份不能暴露，接头暗号照旧
晚上做梦也不能漏嘴，对姘头也得
提高警觉，做爱也得掂着穷山
把喝酒剩的一半捂在怀里，就是寒夜的火种

宪兵队的人都死光了
一盏红灯，使他们毕露了鬼魂的原形

——2016.12.12.

述怀帖

我只吃古今英雄好汉的醋
其余的我滴酒不沾，黄河巨大的漩涡边
总有英雄好汉在痛饮，令我自愧莫如
坐在窗前看黄昏，一车兵器，和一飞机的血
也是这时在落日下见面，不避官军与闲人
我不必遮掩什么，将自个伪装成好汉

我把好诗题在美人的裤裆上
胜似题在粉壁上百倍，比发在诗刊上强多了
我一生只在找一个读者，其他的都属多余
十几亿人读一首诗的年代已经过去
我只想在她的床上出名，也只要这一世的声名
其余都是浪费

我上拜天，下拜地，头碰膝盖拜父母
其他我谁也不尿，尿谁也是给人增添负担

那些斗大的官用火车拉也拉不完
我怕我一拜下去，他们就会车毁人亡
这有损我的慈悲之心，菩萨说：放了他们
我就一向这样站直了做人，算是慈悲为怀

在地球上我没有敌人，与我为敌者皆不屑
我宽恕他们。除非来了外星人，我挑灯夜战三百合
打死数枚飞蚊，才能睡个好觉
坏蛋或许睡得比我更香甜，在三妻四妾的厢房里
他就是个扛大活的长工
一条劳碌的命，不会比我好到哪里去

——2016.10.17.

宽心

父母在，我还不敢老去，老了父母会伤心的
老了就是不孝，即使五十多岁了，我还要努力年轻着
活得比较有精神，活得有些天真有些淘气，活得像个儿子
在父母面前，我还是个孩子，头发不敢白得太多
皱纹也不敢太深，生活的辛劳尽量藏到微笑后面
再大的事，我也要若无其事 出现在父母面前
他们就会宽心。我们活得轻松了，父母就不会太累
我们挂着一张沉重的脸，累垮的是他们
人生里满是艰辛，父母比我们更清楚
我们微笑着就是对父母最大的孝顺

父母在，我还不敢老去，他们渴望看到的，是我的笑颜

——2016.10.19.

算账

写诗就是跟时间算账
像我这样的老家伙再明白不过了
那一行行句子的老算盘，总在半夜哗哗作响
搅我清梦。有一双无形的手在拨动，要我起来
跟它算帐，这辈子我最怵的就是算数
脑中没有数字概念，也不掂着赚了和花了多少钱
可它要我跟时间算账
最好像个账房先生，只要有空
就得拨响算盘。我首先得算昆仑的高度
不是地面的那截，而是没入云端，看不见的部分
如果人从入云的那截，开始往上，狠劲走
得费多少力气？再算半山草木
跟多少灵魂打过交道？比如有些伟人
就好掂着昆仑，他们死了，魂魄还在山里转悠
没准一棵草尖上，也坐着两个鬼魂
还要算算，山脚下的草屋，满地的人间烟火
每天得向这世界支付，多少忧欢？
我算来算去，像是在算一笔糊涂账
一个蹩脚账房，怎算得清历史的烂账
何况其本身账目不清，涂涂改改乃贯技
但我得跟时间算账，美人的裤衩上留了多少精斑
珠宝街的疯子，向外星偷运了多少珠串
佑民寺的和尚想了多少次女人
这些跟时间看似无关，却是我要花时间来算的
算着算着我就搭在时间里了
我怎么算，也算不出，在写诗里，亏了多少老本

——2016.10.23.

南墙

一个口吐飞刀的人，在南墙跟前束手无策
他所有功夫，顿成一张废纸
被小孩拿去擦屁股。而南墙一拔数丈
如同天书，他读不明白，也就无法逾越
穿墙的道士回峨眉养伤去了
至今不敢下山，城里的南墙令他心有余悸

师兄磨拳擦，口衔一把利斧
肥壮的头陀，像移动的寺院，裤裆生风
等待他的，是我画在墙上的两头饿虎

——2016.11.4.

苍茫

又到了不知所措的时候
平日的一身本事，都忘到了脑后
面对四壁而起的暮色，你能拿什么来对付

——2016.11.6.

【颜 溶】

（诗歌类）

1964年2月生于南昌，江西莲花人。1979年发表处女作。陆续在《诗刊》《中国作家》《十月》《侨报》、中央电视台等国内外发表两千余篇作品，获国家级、省级奖多项。著有诗集《公开的情诗》《自己的酒盅》《五月长歌：512行》（诗画合集）等。作品入选《中国诗歌精选》《百年中国儿童诗选》《典藏时光：〈十月〉杂志35年名篇选萃（1978-2013）》等。2011年获《中国诗歌》『头条诗人』推介并入围闻一多诗歌奖。诗集《挽歌或礼赞》《自己的酒盅》分别列入中国作家协会重点作品扶持候选作品和鲁迅文学奖候选作品。中国作协会员、中国人民银行作协副主席、南昌市作协副主席。

颜溶诗歌选

第一漂

——纪念尧茂书遇难一周年

站在古老的长江之源
你，微笑向波涛扔下白手套
——长江
我们决战

我可以想象在你下水的那一刻
记忆和尊严
是怎样沉痛地捶打
你的心脏
你年轻的血　你男子汉的血
是怎样在千百年古老民族冰凉的血管里
痛苦挣扎
热烈地搔动澎湃
我可以想象
漩涡和暗礁　贪婪地躲在蔚蓝背后

是怎样狰狞窃笑

密谋为你制造一千个

陷阱……

浪——涛——啊！……

当你呼啸着从青藏高原

坠

落

而

下

訇然声中，一颗流星便沿新世纪的曙光

腾腾上升

我看见哥伦布　麦哲伦和你同站在

人类的风景线上

呼唤的声音幻作鸽翅

在天空下辉煌扇动

千万条船帆沿你溅起的回声

浩　浩　出　发——

（原载《萌芽》1987 年 11 月号）

天真

我和所有的人一同，在那条漫长的道路上，走着。我的背囊里

没有匕首，没有面具和蒙汗药。我只是笑着，歌唱着，我的血管里

漾荡着母亲最古老憨厚的箴言。

我向所有的人伸出手。我不相信
我的前面是陷阱和黑暗窃笑的阴谋。我只是笑着，歌唱着，
一步一步快乐地向前走去。

或许在我和生活握手的一刹那，我的手掌上
留下火的烙印，冰川的寒冷，但我更相信春天和花朵
永是这世界上最宽阔最富有生命力的。我来到这个世界上，并不想
索取什么，我真诚地袒露，也渴求袒露的真诚。我的心，是世界的
一座花园。

即使我的命运跌跌撞撞遍体充满伤痕，我最后的微笑
依然是对这世界
深深的眷恋和感激。

（原载《诗刊》1989 年 4 月号）

早安，我的城市（三首）

早安

早安。我对身边的这位女人说
当睡梦被一颗晶莹的露沾湿
我和我的城市
将一同跨上阳光的马匹

这无疑是一天最惬意的时刻。黎明
在一张透明的薄膜里保险

我热爱的事物
具体落到　周围的空气
一片叶子上
飞鸟从高处撒落的几粒清脆
我对扑面而来的高楼矮屋这样说
对飞旋的车轮　头顶上掠过的电波这样说
对马路上挥动扫把的黄马甲洒水车上的
姑娘晨练场上弯腰系鞋带的老人
这样说。——早安！
而道路上吹响着风
我是风上面急速滑行的叶片

当我走进一间
属于我　也属于这个城市的玻璃屋
把一杯芬芳的早晨　冲开
再加上一勺蜜糖。此刻
我的 BP 机会骤然作响
——"早安！"
一句轻柔的声音从屏条
颔首走过　与我内心的一句话相握
彼此交换位置

时钟敲响 12 下

时钟　敲响 12 下
一个休止符戛然而止。上司
把笑从一个修饰音符上挪开
拍拍我的肩膀：走吧
拧满发条的工作钟　预备伸一伸懒腰

又被另一双手
拧紧

12 点加 1 点。中午时分
时间出现一条隙缝。而机器在运转
我的车轮跟着在运转
没有人明白：我和机器
是一个细胞作用于另一个细胞
的关系。孩子坐在车上
书包背在背上
上司的任务坐在我的心上
而柴米油盐　在高高踮起脚尖
等待一个爱情为另一个爱情升起炊烟

当秒钟笔直地站在　北京时间 13 点
弧线最高的顶点上
最后一响。我听到接着的一声长铃
像一个严厉的将军发出命令
一切停滞的步履
得以校正
粗重的喘息里　我最后一颗饭
芬芳地立在喉门
一半在咀嚼
一半在无休止的乐章里完成歌唱

从废墟的背面理解新生

纯粹的词语蓦然生硬
尘土飞扬

推土机在一个过程中
扬弃着笔划。陡直的目光
突然平坦

一粒沙
钻进鞋跟。企图
越过一个词的高度

住在这里的人习惯把记忆带走
留下的残骸
依然存有体温
过去　往往比今天更值得怀念

我看见新砌的墙在长高
这些年轻而壮实的骨骼
使一个城市的皮肤
富有弹性
它们让土地上升。也让车轮
稳健从这里通过

我想起一间很有些破旧的小屋
我的诗歌住在里面
那里少了些阳光　并且潮湿

（原载《诗刊》1999 年 3 月号）

大地震（长诗）

中国。2008。5 月 12 日 14 时 28 分
北纬 31 度
东经 103.4 度
地震：7.8 级。一片诡秘的蘑菇云下
疮痍的大地。倒塌的房屋
10000 多个生命
在震中
在埋葬的废墟里呐喊，然后熄灭
一朵黑云是一片黑纱

像熄灭一朵光芒
一朵生命停止绽放
大地上的火焰　漆黑一片
站在废墟上的人
噩梦旁边
在家园的屋檐下寻找家园
广阔的旷野。广场或操场
寻找广阔的归宿

停水。停电。停气
没有粮食　御寒的棉被。没有伸延的道路
失去通讯的世界
漫长的黑暗里
光明迷失方向。孤独
把最后的一丝温暖窃据

大地震！四川汶川
十万火急：十万大众

十万朵在风雨中飘忽的火焰

在垮塌的建筑群里我们见过
在断裂的公路上我们见过
在疯狂的泥石流中我们见过
电台　电视台　报纸的正面和反面
新闻联播　焦点访谈　视频连线　电话连线
文字压迫着文字。画面压迫着画面
剥离的钢筋　水泥　砖石
把空气挤压成窒息。泪　和血
一个个惨痛的现场。没有留下现场的
失踪的村庄
压埋在地表下鲜艳的生命
或许，他刚打开一本书
废墟的上空还飘荡着他朗诵的声音
或许　她是一名护士，一名患者
一个路过的人
她刚想把微笑递送给
阳光的世界
却把最后的笑容
留给了自己永远的黑夜

紧急大抢救！紧急大援助！
用锹　铲　撬棒
用双手
在钢板一样的裂缝里营救新生
在钢板一样的地块上敲击，粉碎
为未知的生命
打开呼吸和出行的通道
用目光　用呼喊　用亲人一样的耐心和焦虑
叩响一扇扇通往地狱的门

给死难者以安魂
给幸存者以慰藉

伸出手：责任　爱　救援。还有迅速的时间
启动应急预案！启动
救护车。急救点。献血站
吊车　担架　帐篷和物资
启动黑暗里的光明。水。道路和通讯
启动：救援　预报检测　医疗
生活安置　基础设施　生产恢复……
启动中国——
余震和震感波及的民族情感
人类共同的美好情怀
捐款箱。慰问电。棉被、衣物、粮食……
道路倒塌了
把路交给天空。螺旋桨无法降落
把路交给前进的脚步

一位老人又一次落泪
他瘦小的身躯，总会在
事件的第一时间。第一现场
他向排列的遇难者遗体三鞠躬
他说："部队早进入一秒就可能多救一人！"
"只要有百分之一的希望
我们一定要付出百分之百的努力！"
"在灾难面前，最重要的是
镇定、信心、勇气和强有力的指挥！"
他举着话筒，对困压在黑暗中的民众喊话
他左手拎着一只鞋
右手提着一只书包。他忧郁的眼神
似乎在寻找

一个生还或死去的的生命面庞

记住那些最可爱的人。我们生命里
永恒的春天
当我们面对灾难
他们总会奇迹般出现在我们面前
他们有力的大手和肩
扛起一个民族的危机和苦难
一座长城巍峨的力量：让生命攀援
让幸福和安康回归家园
他们在废墟上穿行，在瓦砾中奔跑
他们是人民的保护神
是融入中国的品牌传奇

我问候废墟下的生命。我用文字为你们编织
大地的花环
我问候幸存的人，我熟悉或陌生的
朋友和亲人
我问候因铁轨弯曲滞留在途中的 180 列火车
问候深夜照耀现场抢救的灯盏
问候开裂的道路
正在缝补的忧伤。问候伸出大地的缝隙
吊打盐水伤痛的身体
我问候关闭或开放的机场
天空中低回　返航　或空投温暖的翅膀
我问候向灾区挺进的步伐，那些
穿透黑暗和风雨的闪电
我问候专机上的会议。帐篷里的指挥部
车轮上的补给。露天和没有露天的
白衣天使的微笑
我问候远在异国孩子们点燃的烛光

问候圣火抵达"红都"瑞金传递前默哀的一分钟
问候席地而眠广阔的梦境。一个小姑娘
蜷坐在梦境一角
一盏灯正照耀她打开的书页
我问候网络跟帖对灵魂的关注和诘问
我问候一位孕妇　丈夫把她送上担架后
那个深情的亲吻
我问候刚降临世界的几个婴儿
在大地的同一床被子里，相互仅仅依偎
他们用嘹亮的啼哭把废墟踩在脚下——
万众一心
众志成城

是的，这是一场人民战争
我们刚刚卸下一场战斗
现在　又重新回到战场
我们用抗击冰雪和黑暗的手，抗击
地震泼洒的冰雪与黑暗
我们用刚刚擦拭泪水的手掌
为现在的大地再擦拭悲伤
我们重新拾起放下的铁锹　棒槌
像站在冰雪冬天的对面，站在震中　余震
和大地与心灵无法监测的震感
突破重围。在黑暗中点燃火苗
"把灯盏吹灭，蜡烛
被点亮
把蜡烛吹灭
篝火被点亮。把篝火吹灭
信念被点亮"。我刚写完《雪落在中国》
地表下喷射的火焰：中国的大灾难
又让我在瓦砾上建立悲壮的诗篇

还有什么让我们对这片土地

如此深情和眷恋

我们饱含着泪水刚把亲人掩埋

又在疗治大地的创伤

我们高擎的火炬，从奥林匹克 100 年的梦想和激情出发

从中国出发

一条跑道

在接力中环绕整个地球

我们用微笑向世界致意

和平鸽在"鸟巢"的圣火中高奏凯旋

这是我多灾多难的祖国

我善良的祖国。坚强的祖国。奋进的祖国

在一次次凝聚的力量中坚定沉着

自信、从容的祖国

让我们再一次紧紧：握住那片土地

就像握住我们自己的命运

大地上共同的欢乐与忧伤

握住强震播散的：一圈圈黑色的波纹

用小时。用分。用秒

手挽着手

高山挽着高山。河流挽着河流

废墟之上，我们与灾民守望相助

重建家园

重建我们没有屈服的意志

正在上升的精神

还有黑色的纪念碑下：生命尊严

对大地沉痛的叩问

（选自人民文学出版社出版《有爱相伴——致 2008·汶川》）

血里的鹰（组诗选二）

自己的酒盅

与杯对坐　不必寻找理由
一些平常的感觉
一些平常的菜

影子叠进酒盅
杯外的事物随意步入其中
爱人一样的亲吻。一日三餐
从一张唇到另一张唇
酒　不起一丝波澜
忽深
忽浅
我坚持的缄默裸露锋芒
被酒水抚平
一些液体的沧桑陡然进入内心

有多少话我没有习惯说出来
面对一盅酒　谁能仅仅感到
粮食和炊烟的重量
我甚至学会节省
一切眼泪和声音
在失却爱情与光明的季节
酒　诚实地普照。一生的血被酒温热
有怎样的苦难能与我对坐豪饮
酒不说一句话　默默穿肠而过
荡起滚滚红尘

我在杯沿浅浅走一圈
所有的风暴压在酒盅

酒盅　总有一种橙净的心境
与我们彼此辉映
我的旅程　注定为酒水淋湿
即使把手折断
自己的酒盅　依然在灵魂的高处
为我而芬芳

血里的鹰

那只鹰　一种抬头的姿势
不作飞翔
我已感到鹰站在风口上
是的，它笔直地站着
鹰投下的影子
烙进时间巨大的缝隙里　使云彩的分量
感觉太轻
鹰　缓缓移动
尖利的爪　让我的一生隐隐作痛

倾斜的天空
倾斜的大地
我细细的脉管将天地包容
鹰不需要咖啡。鹰占有的高度
是我生命的高度
它褐色的羽毛把沉默裹得紧紧
弯喙将大风勾起

我的骨髓被啄出斑斑黑洞

犹如岁月一个个枪口

液体的白昼　如此触目惊心

血里的鹰

光芒高高在上

鹰不作飞翔。我已感到

鹰站在风口上

鹰以一种抬头的姿势

兀自站立。鹰不需要语言和沙粒

鹰的存在

使一个名词从空中跌落

由撕裂到完整　产生广阔的蜕变

现在　那只鹰站在风口上

等待攫烂

（原载《十月》1996 年第 5 期）

复述

一个人　在血泊中死去

他的身边

簇拥着众多的人

没有人指控：他们就是凶手

扛着铁锹的人走在大路上

一张放大的图片

他们要去植树。一行文字证明

更多的树
轰然倒下
它们被运进殡仪馆。有人
为春天沉重地爱致悼词
一些中弹的人埋进沙土
另一些中弹的人胸口在痛
一位漂亮的女孩　在第八版
炮弹与废墟之上
她点燃一支蜡烛
这细小的光芒。只有一位诗人
能看见它心形的广阔与深邃
这是我复述的
其实已被复述。在不同的版面
时间。场景
语言分裂着。又密谋着串联
它们从模具中沐浴而出
使阅读养成坏的记忆
我由此坚信
人类的耐心在于：坚韧
是的，现在
我必须回到我的复述
词与句　那些光明或隐蔽的手
它们集体地匍匐
在一座纪念碑后面。大地之上
词义延伸碑的高度
黑暗的身体里
春天使花朵上升

（原载《诗选刊》2002 年第 8 期）

枕头语

亲爱的　霜要降了　你要盖好被
你怕冷的身子
要在每个夜里暖暖的
我的身体是一团火。你说的　那就
仔细地烘　幸福地烤
不让一丝风惊扰你的安眠
我们会在一张床上慢慢老去
不再有激情。但请不要放弃亲吻和抚摸
当日子散尽所有的风华
这是我们唯一坚持的依靠
不要嫌弃皱纹。这是我们共同用爱雕刻的
记忆。它不会消减。只会越来越多
越来越深邃
那些漂亮的美人儿　你要允许我赞美
就像赞美你曾经的美丽
而对于你
怎么可以仅用一个词来形容呢

（原载《诗刊》2012 年 6 月上半月刊组诗《无段落》之一）

贺子珍

马背上的一道闪电
永新县的一朵花

反抗：没有枷锁的自由
背叛：没有贫穷的浪漫
你的二万五千里
是一位领袖亲自题跋的
两个人的窑洞
一个人的灯

红军巾帼的第一个枪手
射出的子弹
不会拐弯
你的执拗与倔强
使历史读到——
英雄掩盖的泪水
领袖隐藏的愁闷

一生的幽怨
积在身体里
就像你　无法倾诉倒出
又无法火化的
弹片

（原载《诗刊》2007年8月上半月刊组诗《星火燎原的故乡》之一）

散文类

【朱　强】

（散文类）

1989年出生赣州。南昌散文学会副会长、南昌市作家协会常务理事。在《人民文学》《天涯》《花城》《青年作家》《散文》《散文选刊》《散文·海外版》等刊物发表作品。作品收入多个年度选本。出版散文集《生活在江西》《俟我兮城上》等。参加第五届全国青年作家、批评家高峰论坛。江西新散文北京研讨会等。代表作《墟土》《行砖小史》《有无帖》等。获得首届「紫金·人民文学之星散文奖」、「万松浦文学新人奖」等。

行砖小史

1

新年初五，我在文清路的某家牛排餐厅和某帮朋友相聚完毕。头昏脑热、醉眼蒙眬地走下了楼。正准备抄近路，回家睡一个午觉。路没走几步，就给陈麻子家装修清理出来的残砖挡住了。宽而且厚的砖，从当年的城门楼上一块块搬下来。铭文们被太阳晒得热乎乎的。当时我姨娘就在隔壁的邮电局里噼里啪啦地敲着键盘，表哥就在对面的楼上痛痛快快地打麻将。四月五号，天朗气清，春气撩人，这使我心里萌生了游春的念想，早餐我妈为我准备了豆浆，把我的膀胱灌得满满，刚开始，我还摇头晃脑、满面春风地走在路上，不料事情到上壕塘竟发生了一些意想不到的转变，装在膀胱里的东西对外面的锦绣春光突然也有了兴趣。这让我一时间冷汗直流，所幸附近有个公共厕所。样子已经十分破旧。我对着昏暗的墙身，飞流直下，有行古拙飞扬的铭文就在剥落水泥块下显露了出来。字迹清晰透亮。埋没已久的城砖就在我有所好闲、不思进取、无聊有聊的日常生活中重现天日。还有次是大年初三，我奉父母之命媒妁之言，去看望我敬爱的师傅师母以及可爱的师妹，我哈着白气，嘘着口哨，拎着一大筐礼品蹦蹦跳跳横穿过八境公园，公园曲曲折折的池塘边，有圈凹凹凸凸的堡坎，我发现修葺堡坎的材料和博物馆里用来展览的城墙砖简直如出一辙，于是我就探险家似的跑前去，铭文们长期地被水浸泡，已是苔藓深深，维叶萋萋，散发着一股重重的水腥味。

后来，据博物馆的一个老馆长讲，赣州城中，现在能看到最早的铭文砖，来自于"熙宁二年"（公元一零六九年）。熙宁二年。江西老乡王安石已经光荣地活到了四十九岁，如果按照民间的说法，男人五十岁的生日，往往四十九过，人生已经过了半百，凡是也该知天命了。知天命的意思，也就是做事好歹应有点自知之明，然而他却依然打了鸡血似的，和同僚们没天没夜的议行新法。又遣了刘彝等其他的几个得力助手，监查起南方诸路的农田水利以及赋役。赣州作为南方水患的重灾区，又是连接岭南中原腹地的重要关口。自然是把朝中改革家们神经紧紧地牵动着……

若干年后。当我发现城上"熙宁××"的模糊字迹，班花熊佳的眼光被我的一声喊叫吸引了过来。

二〇〇四年秋天，我多么像个复辟分子，从头到脚把自己打扮得古风郁郁，因为班主任肖华荣的一次心血来潮，结果全班倾巢而出，我们身穿校服与白板鞋，被他带到了城墙上。队伍稀稀拉拉，唧唧咋咋，男生们在城墙上边走边聊着"NBA"与"魔兽世界"，女生们为容祖儿谢霆锋等明星的八卦消息喋喋不休。这些时髦的话题在我的面前根本就无丝毫的兴趣。我被巨大的孤独笼罩着，为了消解在人群里的这种尴尬局面，我有意地借砖上的铭文来吸引男女同学们的注意。没想到，这一招，很管用，此前大家乌七八糟的话题因此收了起来，一个个弓腰、蹲地上、爬上城垛开始寻寻觅觅，一次次为自己新发现的铭文大呼小叫。后来大家的所有活动都围绕着我的兴趣而开展。我突然就成了这个事件的焦点人物。

让我成为焦点人物的这一块砖，熙宁二年，它还只是普普通通的一抔土。它和盘古开天地诞生的所有黑土黄土红土一样，在黑暗里默默无闻了亿万斯年。最终让它和其他土彻底拉开距离的，是一个叫×××的窑匠，首先它被这个叫×××的窑匠带往平地，风吹日晒了大半年，它被无聊所折磨着，如按照李逵的话来说，嘴里都要淡出鸟来了。

后来，它又被这个窑匠砸碎了，在筛子里来去地荡了几遍，搀着砂砾、杂屑的土，就被随手打发掉了，纯净土留了下来。被水滋润，被水牛一遍遍踩，直到它炼成了堆让人生腻的稠泥，绞拌甩打密实，才被压进一块木制坯模。从此，土就塑造成了有模有款光鲜挺括的一块砖坯子。砖坯子在屋檐下晾了十天半月，紧接着，它就被被码进了窑炉。窑炉里，热，只有火热；光，只有火光。在热与光中，它被炼得一身筋骨烁亮。然后，被水一冷。叩一叩。清白通透。铿然有声。再等砖镌了上字，一时间，鸿蒙初开，砖被照亮。

紧接着，它将见到的是一个姓贾的泥水匠。

姓贾的泥水匠此时自己也没有想到，城上的豹脚花蚊子有那么毒，这一种蚊子，在两宋很流行，周密的《齐东野语》说它是咬人精，嘴儿尖，身子轻，扎一口，让人寝食难安。姓贾的在自己脖子上连拍了两下，连骂了两句，捣你娘的肠子。拍得满手的血，又接着砌。连砌了好几块，猛地打了四五个喷嚏，才总算把这一块长三十八公分，宽二十三公分，厚九公分的砖平平整整地码上了城垣。

于是，砖安安心心地在城墙上做着春梦。砖与世界的关系，从此就是看与被看的关系。它看到一队蚂蚁，一丛白茅，几株桑、枣。穿黑衣服的里正、户长。优哉来去的散从官以及僧人。不过也有些东西在它看来似是而非，譬如阳街、斜街、横街的店招牌上用秃笔所写的"朱三顺□□理男妇儿科""□□翁七伤□□□""虔州□丸医肠□冷"的广告牌——通常就只能连猜带蒙地看。当然，还有些东西，是它压根就看不见的。譬如州府里赵老爷大小老婆的三寸金莲以及丁香玉乳它就根本不知是什么模样了。

那时我同样没有机会被它发现。按照顺序，我这个做晚辈的，还没有这么快从家谱里出来。那时在我家的家谱里，只有浦公以前众多祖宗的名字。至于洵公淮公沅公浩公甄公小四郎公以及朱强还需要用大把大把的时间一笔一画地写，直到一千多年的时光全部用光了为止。

2

那以后，琐碎无聊的时光，日复一日地在城上与我家的家谱里延续着。

时间消耗着春花秋月、英雄美人，消耗着窑匠甲、窑匠乙、窑匠丙、窑匠辛、窑户张三、城砖使张老五、督造官陈四和坚固的城垣。

直到建炎三年（公元一一二九年），这一块砖，才终于被撬开了一道小小的缝隙，光和蚂蚁终于可以自由地进入。这一年，金兀术渡江南侵，隆佑太后扯着潘贵妃袖子仓皇逃窜。他们不仅为赣州带来了金银、香囊、玉玺、锦衣华服，还带来了宫廷的虱子、头皮屑、臭虫、十分挑剔的味蕾与胃。贵妃朝臣整天在这里饮酒沐浴如厕商榷国事。银两很快就用尽了，太后尽管已经五十多了，更年期早早已经过去，乳房松垂，子宫收缩，爱美之心却不减当年。南方的潮润空气与五光十色让她时时春潮涌动，她真恨不得立马就回到做妃子的年纪。

听我远房的亲戚讲。事情最初，是她在横街的集市，相中了一匹本土纺的白苎布。与布店老板赊账，发生口角，一怒之下，太后索性纵火把布店烧得精光。周围的米店柴店瓷器店都因此受到影响，店主们纷纷反抗；老女人原本就惊魂未甫，经此一遭，更是三魂荡荡，六魄悠悠。随从的太医不知给她试了多少阙药，可病始终是无动于衷。最后，还是一个地方土医生王甫才说了个海上奇方：用老城墙砖上的糯米黄泥做药引，牛骨三钱，白术三钱加龙脑、麝香各少许煎水服，病才总算有了一点点缓解。

这个土医生收集药引子的手法特别讲究，先是用水浸湿了城墙的砖缝，然后用铁刀刮，用凿子凿，用锉子铲，灰黄色的粉末迅速地就从砖缝中分离了出来，流到事先准备好的竹筒子里。于是这块砖，就一点点松动了。各种力都开始对它打起了主意，它们试图着从砖的左边、右边、上边、下边、前边、后边对它进行推、撞、拉、捶、撬。砖一次次地饱受折腾，早已经意志动摇；加上日后风雪日晒，热胀冷缩；蚯蚓、苔藓以及菌类植物——所有微乎其微，渐乎其渐的力量最终使它与上下四方的砖彻底地划清了界限。砖在城垛上像云朵漂浮水里。像一颗坏死的牙齿在牙床里静静躺着，任何一个微小的力量都有可能使它发生运动。

嘉定八年（公元一二一五年）八月的一场大风，终于让它从牙床里搬离了出来。这一晚，租住在荷包塘的客商徐百四的左眼皮不停跳舞。他每隔半个时辰就要起来小解一次。风，湍急得在外面形成了一个个漩涡，他几次三番地踱到门边又退了回去。其活跃的神经能明显地能感觉到屋子晃动以及外面的风声与石头摩擦的激烈程度。风声回荡到徐百四心里，心里的恐惧也一点点地往上涌。《县志》对于徐百四这个鸡毛蒜皮的人物，并没有给足过多的笔墨，他的身份仅仅是一个从帝都开封府过来的小小商贩。可他满脸的焦虑却暴露了他心里隐藏的某些秘密，他表面是贩卖一种叫"松栗"的食物，其真实目的，却是在走私一种名曰"驿马丸"的春药（这种春药曾记载于《图经本草》，因为效验极好，在王公贵族之间秘密流传）。徐百四老早就打算好了，先把货物运往赣州这一个中转站，然后设法将它转运到广州等新兴的城市。争取大赚一把。为了避免官府的层层盘查，他故意把这些货物隐藏在城墙根下的一株枯死的槐树之中。没想到这场突如其来的大风，他的所有精密的计划却被彻底地打乱了。次日大早。斜街、剑街、横街上的大多数商铺的顶上光秃秃的，屋盖都莫名其妙地搬走了。客商徐百四的神秘货物与"熙宁二年"的这一块砖也不知被大风搬运到了哪里。砖那么沉，它又能被搬运到哪里去呢。最终是徐百四在城墙底下的一条荒径寻找"驿马丸"的途中意外地将它发现。随手被他放进了牛车。车轮辘辘，砖随徐姓向南移动了五十六丈九尺，暂时被闲置在了荷包塘附近的一块平坦的荒地，后来又偷梁换柱地砌进了徐家的新舍。砖在城墙上留下的空当，很快就被烙有"嘉定八年修城砖官砖使"的某一块砖填补起来。

杨万里的儿子杨长孺是当时（嘉定八年）修城的州守。上任以后。他对子城城门进行了大规模的改造，不仅增高了女墙，加固了城垣的底座，还烧毁了城上的杂木野草，干掉了城墙周围乌七八糟的寮房棚户。一百多年里，不断萎缩坏死的城垛就在他的手上修葺一新。暮气沉沉的城郭，顿时就变得精神了起来。而我老祖宗朱城砖却因为这场突如其来"城改"，头上暴满青筋地跑到衙门口去申冤告状。这地方的人，因为刚正的秉性，渐渐培养出了一种健讼的风气。城里因此专有种替人代写状子的"珥笔之民"。在他们后脑勺，通常插一支笔，闹市中摆个桌子，将行头整成一个很有内涵的学究。当天，他所带去的这一封状子，从头到尾要表达的意思无非这么两层：家里之前养了条狗，一条爱狗；以前家在城墙底下，狗每天都有到城墙上去拉一次屎的习惯；因为官府修城征用民宅，住所变迁，狗就再不拉屎了。性格渐渐暴躁，日夜狂吠，拒绝吃喝，日渐羸弱，终于呜呼。另外的一件，要从他本人的名字朱城砖说起，卜卦先生当初说他脸上拥有着一种奇怪而复杂的命相。如他这种八字里同时缺土缺火又缺水的人，的确是十分少见。卜卦先生眉头耸动，说他的这一辈子，恐怕也只有城头的老砖能救得了了，经窑火煅烧的砖，融进了水火土。水使他顺，火使他旺，土使他安。以后谋生吃住就记得尽量挨着城墙。如果只是这，还并不足以使他的情绪波动。毕竟往事已矣，一切都消磨得只剩下了一层淡淡的剪影。事情的导火线是他搬家以来，牙疼脑涨腹泻不断——各种不请自来的毛病逐一造访。他一边呻吟一边将所有的乱麻清理了一遍，最终杨老爷成了这个事情的罪魁祸首。

刚开始，在城砖上落款，这完全是官府的某种特殊的考虑，只是为了将砖的质量更好地落实到责任人。就像在白纸上画了押，无论是监造官、提调官、烧窑匠、制砖人夫，一旦砖出了问题，责任即将层层追究而下。据史书上载，交砖的时候，标准可谓是相当的严格。检验官通常要挑两名身强力壮的兵，抱砖相击，如铿锵有声，清脆悦耳，没有破碎，才算及格。长期以往，因为种种严格的要求在人们意识里不断地深化，窳劣之砖基本上就没有了，而落款的目的逐渐地也就变了味。尤其嘉定年后，无论是姓王、姓孙、姓聂、姓姚、姓赵、姓陈、姓李的权知州、通判推官，走马上任都有在城砖上留下"到此一游"的嗜好。他们争先恐后地将自己大名烙进砖里，以求青史留名；这种做法渐渐也就成了做地方官的某种时尚。至于窑户张三、赵甲、孙乙、徐小五也都屁颠屁颠地跟在主子们身后，千方百计地把窑口与人名烙进城砖，以求把品牌推广。因此短短的几十年间，各种热乎乎的、见棱见角的砖，有的呢，就被烙上了"赣州嘉定拾柒年修城官□"、"淳佑乙已修城砖使"，有的就被烙上了"林魁盛造城砖""赣州府提调官同知朱敏司吏彭民安赣县提调官典史张大举"。铭文，被火凝固，被空气擦拭。露出娟秀、肥荡、内敛、高贵、张狂不羁的面孔。它们暴露在南方的光线里，神采奕奕。

因为砖上各种名款，几百年后，导致我时常假意惺惺地陪我妈去菜场买菜。菜场我家附近就有，可我总喜欢怂恿她，说家旁边的菜不新鲜啊，并且都是些菜贩子，市侩得很，莫如多走点路到建春门。那时候，建春门附近的骑楼还没有拆，中山路繁华得很，路紧挨着江，江上又设有木质的浮桥，供两岸的居民来往。久而久之这地方就成了集市。而我每每趁我妈在集市上东瞧西看讨价还价的间隙，偷偷地跑到城墙上，根据一本名为《国家历史文化名城——赣州》的书里的描述。在杂草丛中，寻觅那些年代久远的玩意。通常的情况是我妈在后屋的厨房里开始洗衣做饭，我就一本正经地整理起各种铭款。我坐在左营背四十七号向阳的某个位置，将自己打扮成老学究的模样，脸一会注视着我的外公，若有所思，一会埋在了铭文里，一些细小的灰尘在明瓦底下的光柱中尽情飞舞，而我脑中装满了各种有关于砖的疑问。砖为什么要在这一年烧啊，是洪水还是因为兵燹，是应急还是年久失修。至于当时谁是这里的权知州、通判推官，这些疑惑既让我搔首踟蹰，也让我心中拥堵着无限的喜悦。此时，外公继续着他的讲述：徐百四在城墙根繁衍了四五代，祖辈们的开封口音在后辈们嘴里早已经变了形。南方的水土空气渗透到他们的发肤里，话也就软了下来。再没有以往那么硬了。

这样的静谧时光一直持续。忘记了从哪一年起。好像是元朝至元十七年（公元一二八〇年）。元世祖忽必烈下令拆毁了南方诸城的城墙，且严禁重修。企图以此削弱南方的防御能力。这一年，城砖被各种的蛮横的力拉扯而下，如羊牛下山，大批的卷向市衢，世俗里满布着砖的味道，血的味道。

而我的祖宗爷惠公此时正好在新朝的衙门做个芝麻样的小吏，英气逼人，算得上是一个标准的美髯公，隳城运动的那股浪潮将他裹挟了进去，他用砖砌了几根砖柱，四面订了杉板，顶上加了檩条，铺了瓦片。于是就和他的女人何花花在被窝里巫山云雨尽享人间的逍遥快活。因为他们的风啊月啊云啊雨啊，风调雨顺地诞生了我的小四郎公朱景宏。这样一来，我与这个透明的世界距离又近了一步。

至正六年，也就是公元一三四六年，家谱上载，那年春天，徐家的西墙根受雨水浸泡，基脚下沉；加上房子东面横梁被白蚁陆陆续续地蛀食，蛀出了一个个或大或小的窟窿。房子没能抵抗住倾覆的力，崩塌了。加上前面几次兵燹的影响。城墙根原本金贵的地，逐渐也空出来，掉价得一塌糊涂，徒剩下残砖瓦砾，荒烟蔓草。青蛙击鼓，蟋蟀弹琴。荒地经居民们开垦，被种上了荠菜、萝卜、蒜子与卷心菜……

3

让我在秋游的队伍里成为焦点人物的这一块砖，等它再次返迁到城墙上，时间已经是洪武三年（公元一三七〇年）。这一年，凝聚城砖的力再一次旋风般地来袭。

此刻时间的皱褶里，又多出了一个叫周颠的人物，因为他的几句玩笑，朱元璋一语成谶地坐上了龙骑。

朱元璋生来满脸异相，下巴奇凸，耳垂浑圆，嘴唇肥厚，眼睛正如算命先生常常说到的帝王相，好似"孤月浪中翻"。爷爷当初总喜欢攀龙附凤。说他是我家祖宗。我家的祖宗长相可没有那样奇崛，身份也没有那样显赫。至正年间，我祖辈尚是宋江似的一枚小吏。转眼间，他的后辈就落为农民，栽瓜种豆，养猪耕田。香火延续到念七郎公这里，身份却已是一个普通得不能再普通的挑夫。他骨头硕大，肌肉矫健，浓眉大眼，是家里的一根独苗，腰上还揿着一粒饱满的将军痣。若按照民间的说法：痣腰痣腰，骑马带刀。可时间证明了他的这一辈子并非做将军的命，他这一块肩膀，可以说，没有什么重量是不曾经历过的，无论是柴、谷、石头、珠宝、粪便、陈死人的重量都在他坚实的肩膀上发出过吱呀吱呀的悠长的响声。现在他每天的工作就像工蜂似的负责把城外窑里的砖，散落在张家李家的砖搜集起来——使它们再一次飞往城墙。侧壁与横头烙着种种铭款的砖，坐在我老祖宗的篓子里，颠颠簸簸，摇摇晃晃，嘻嘻哈哈，满面红光；它们穿过华美的牌楼（阳明路）、巍峨的天后宫（西津路）、狭窄的世臣坊（和平路），左转右拐，失散了多年的城砖又终于四世同堂。

那天我老祖宗念七郎公和往常一样把砖平平整整地码成了一个方块。人坐在上面。歇凉。看风景。太阳偏西，只听"哗"的一声，有什么东西从耳边呜呜地飞也过来；一团浓浓的黑影在他头上猛削了一下，接着又听见"哗"的一声，脑袋上又被什么东西猛削了一下，他拿手捂，伸手一看，大片的红，接着眼睛里是大片的黑。然后他就被这团重重的黑暗放倒在了地上。

削着他脑袋的，是两块名款为"虔州于都县作头李成造"、"徐小十一"的砖。这两块砖，是他五天前，在县岗坡的一株大樟树下弄到手的。它们分别是绍定五年（公元一二三二年）、德祐元年（公元一二七五年）被一个僧人和一个小文人带下城来的。僧人用砖砌了神龛，后来庙里发生内讧，长老遇刺，僧人们各奔去处。神龛废弃，砖又几经辗转，流落到了钱家。而小文人把砖捡来差点磨成了砖砚，结果砚没有磨成，小文人就随做官的舅舅去了杭州。砖在屋檐下待了数月，于是乎又开始了它漫长的旅行。最终它们在县岗坡的一株老樟树下会面。这时候，时间转眼间就到了至正三年（公元一三四三年）。我的老祖宗念七郎公始终都没搞清楚当时是什么意外的力让两块砖在空中飞动起来，以至于把他那一颗结实的脑袋猛削了两下；幸好无甚大碍，没躺几天，他健猛得又像只下山的乳虎了。

这个事件对我来讲，至关重要。假如我家的香火突然中断了，那么祖宗十几代人的努力全部便打了水漂。而我历经艰难，苦心积虑，所有的心血都将白费。幸好当时暗中有什么东西猛拉了我一把，让我逃过了此劫。

我妈至今都不曾想：一九八九年五月二十七日公鸡打鸣的时刻，她满脸幸福感地躺在了赣州市人民医院的产床上；紧握拳头，深吸了口气，把力气都集中在了子宫，然后狠狠地把我推向了世界，我想告诉她这绝非个人的力量。有许多的力，她始终是看不见的，出生漫漫，需要不断地被力推，一下下地推，从北宋推到南宋，然后一路推过来……直到我妈将最后一个力作用在我身上，将我推向世界为止。那一刹那，我才终于见到了光，世界晶莹剔透，像颗葡萄，比我想象得要美。我被年轻的护士小王放在了秤盘上，六斤六两，不知道这还有没有一块砖重？我拳头紧握，好像要把来之不易的世界紧紧抓住。人出生走过的路，不知是不是比城砖浪迹的路还要漫长、艰难？不过生命因此却获取了两个无限端点：一千年前，你开始蠢蠢欲动，向这个光明的世界进发；一百年后，你又成了推动后面的生命与世界见面的力量。

那以后（至正三年），城砖依然是无所作为地动着，我家的香火依然在未知中日复一日的延续着，这期间，世界也跟着动。大河汹涌，山在长高，树在抽芽，宣明楼、青云坊、陈家巷、洪城巷、回笼阁、照磨衙也都相继地从土里升起，至于海上来的金银犀象百货药材珠宝经卷，也都从这里由南向北滚滚推动。赵家的公狗挺着硕大的生殖器整天蠢蠢欲动。窑匠徐小五碾泥巴的手，县丞梁克礼啃肉骨头的嘴也都在有一下没一下地活动着。这期间，不断有新城砖砌上城垛，旧城砖弃墙垛而下。砖："绍熙二年四月造使砖"羞答答地下了城墙，砖："淳佑乙已修城砖使"明晃晃地上了城墙，砖："虔州虔化县陈二"灰溜溜地下了城墙，砖："小甲许德钦""赣州卫官砖"兴冲冲地上了城墙。砖，上上下下和城墙做了五六百年的游戏，人生代代无穷已，城墙年年望相似。

4

接下来，历史又开始了它的宏大叙事。

据顾城的《南明史》载："顺治三年（公元一六四六年）。十月初三。清军大举攻城。副将高进库攻了南门，副将刘伯禄，贾熊，白元裔攻了东门，副将徐启仁，崔国祥攻了西门……"

城砖们在火炮摧毁的力中，轰然坍塌，纷纷而下。

守将杨延麟眼看着整座城池及大明的江山都往下坠，他也被下沉的力牵扯着往下坠。亡国的痛与耻辱，使他唯想加快此时坠落的速度。于是他就随手抱了块砖，砖也紧紧地将他抱住。扑通一声，清水塘中荡起一圈巨大的水花，落在荷梗上的一只麻雀长鸣了一声，朝南惊飞而去，英雄与城砖一同沉落到了水里。

没有人知，和杨延麟一同落水的是哪一块砖了；也没人知，砖在水里藏匿的时间到底需要多久。但总有一天，砖又将带着坚硬的身躯回到光明的世界，继续它新的旅行。几经辗转，再一次卷入黑暗，再一次从黑暗里现身。也许，城砖的一生，就是不断地用来分散、又不断地用来聚集，正如城墙的一生，既不断地用来制造废墟又不断地用来重建宏伟。在隐与显中，始终做着一种有趣的游戏——乾隆二年，乾隆八年，乾隆二十四年，乾隆五十一年，嘉庆甲戌年，道光十四年，道光丁未年，咸丰四年，咸丰七年，咸丰九年，光绪乙卯年，甲申年，二十七年，民国四年。其中不断有新的砖，旧的砖、墓砖、城砖、宅砖、塔砖、残砖、断砖被修复的力感召、凝聚、粘结。如此，城砖继续，城墙继续，城也继续，我家的香火继续。

我家的香火柳暗花明了不知有多少朝，祖宗们换了多少个角。轮到我曾祖父朱文焌出场的时候，没想到角色竟然是一个屠夫。不过他掌握的可是全城的第一把刀。这刀子和杨志卖的刀不相上下。首先吹毛得过。那头发只在刀口上轻轻一吹，立马就分作了两段。其次呢，刀身上一年四季咄咄逼人地冒着寒光；那牲口一见了光，立马浑身就哆嗦起来。一九三四年春，西津门刚刚修好，粘结城砖的石灰都没有完全干透，城砖上闪烁着一行行新鲜的铭文。为图吉祥，讨城隍爷开心。开城门时，政府通常要拿牲口的血来祭。我的曾祖父光荣被唤去演——开城门的这一场大戏。出家门他只带了这口宝刀和自己的一颗脑袋，如果这一刀没有弄好，那么这颗脑袋就得永远地留在城门下了。那样我的诞生又没有了指望。可是刀很争气，那时只听见刀把凝固的空气劈裂了，然后嚓的一声，空气中血雾弥漫。我的曾祖父带着自己的脑袋、宝刀、一百大洋扬长而去。而我，又一次地被力向前猛猛地推动了一下。接着，他走过繁华的西门大街，经万寿宫然后到坛子巷的快活楼里释放了身体里多余的荷尔蒙激素。彼时城墙的附近早已是屋舍森森。高高的瓦屋密不透风地围绕着城墙。城垣被世俗层层包裹，消失在了闹市声中。城墙的周围，此时有种名曰骑楼的建筑，上面住人，下面空出了长长的走廊，聚集着各种大型的商铺：左一个恒孚布店啦、聚兴恒丝店啦，右一个步青云鞋帽百货店啦、华利纸酒店啦，而住在二楼的张家王家李家从后屋里伸出长长的板条，搭城墙上。于是城墙就成了人家的阳台或者后花园，人们在城墙上种花、晾晒衣衫、蹲城墙上看日落、吃晚饭。夜深了，姑娘们在城墙临时搭得木棚子里哗哗地洗澡，洗澡水顺着高高的城墙流下来，好生优美；水弄湿了"熙宁二年"，"徐小五"，"咸丰甲寅"的城墙砖。

时间好快。眨眼就转到了民国。

易帜、换制、更衣、改礼的风潮一茬接着一茬，全国上下热火朝天地正开启着伟大而生气勃勃的现代社会，大烟囱，大机器，大汽车，大马路转眼就成了超级时髦的玩意。北京广州上海南昌等地的城墙，因为拘囿了城的生长，很快就像裹脚布似的拆下来，比较起那些阔人家的千金小姐，那时候，赣州只是个土得掉渣的寒门闺秀。拆城墙这种时髦的运动，赣州根本就推动不了，首先拆城的费用并不菲，每拆一丈，就要耗银子十多两，加上城墙的周围拥挤了大量铺户民宅，拆迁的话，地方政府哪有那样的胆识与魄力，城砖也因此躲过了一劫。就像我外公外婆替我躲过了一劫。

那年春天，我外婆谢贤英在水西的某户窑匠家里呱呱坠地。那时在她的上面早已经安排好了六个姐姐两个哥哥。加上城砖窑里的火，烧到民国渐渐都已经冷了。不得已，她幼小的躯体只好从水西的某个黑暗的房间转移到花园塘。当时收养她的，是花园塘一个姓王的女人，这个姓王的女人，不仅爱美，而且好赌。在她的嘴上常年是叼着一袋长长的大烟。她依仗着自己大户人家千金小姐的身份，放逐着青春富贵，可第二年，这女人却因为丧了偶，改嫁到了左营背。花园塘去左营背，中间需经过宣明楼、四贤坊、白衣庵、南门大街，遵大路兮，然后穿过高高的镇南门再走三五里的荒地。烙着种种名款的城砖被一千年的时间分散在沿途的各个角落，它们以一种老人家打量后生晚辈的眼光盯着我年幼的外婆，它们心里充满着一种十分复杂的情绪。

襁褓中，外婆不断转往陌生，时间像一种催化剂，作用在她的身上。她好不容易把眼睛长得又润又大，把头发长得又黑又滑。不料姓王的女人却因为气滞血亏，偶染风寒，躺床上，没有几天匆匆地就走了。当天晚上，外婆梦见有个女人在扇窄小的窗口独自梳妆，头发越梳越长，最终成了黑色的流水。第二天，我外婆一个转身，就成了我外公家的童养媳。我外公邱德祥，那时瘦得只剩下了几根骨头，人们断言他如能养活，咸鱼干都要翻身。可是我的外公不但证实了咸鱼干都能翻身的寓言，而且活得很好。

如此。一千年里，我被外面的力一下一下推，躲过了一道道劫难，隐隐的就看见了光，看见了朦朦胧胧的世界。那时候，所有使我诞生的因素相继地都已经备齐。所有阻止我诞生的障碍都已经消失。我的外公外婆，爷爷奶奶他们隐藏在这个城市一个个黑暗的屋子里，好像是用来生产我的一具具机器。接下来，他们只要借助赣州城里——用来烧砖的土，烧砖的水，烧砖的空气，与烧砖的柴火，假以时间，再有一个把我向外推动的力，努力了近一千年的我，就可以与世界光荣地见面了。而烙着种种名款的城砖，到时也都能清清楚楚地把我看见，看见我那优美的络腮胡，塌鼻子，短眉毛，青春的面容以及澄澈的双目。

5

一九九四年，我五岁。当时"申报国家历史文化名城"的话题成了我爸、我妈、电视机前美女主播们的经典常谈。小城上上下下都在紧紧张张地贴广告，刷标语，栽花种草，安装路灯，修补城墙。我少公公当时在天线厂当一个二等车工，一天才赚四元六角，晚上跟着朋友们挂标语，一个晚上，就赚到了十几块。次日，万人空巷，我被我爸高高地扛在了肩膀上。红旗大道的两侧花花绿绿挤满了人。无论长脖子的、短脖子的都往前伸。马路中间，有一队身穿着红衣服、绿衣服、戴大帽子、甩长袖子的，它们踩在高高的木头架上，又有敲锣打鼓的，摇旗子的紧紧跟随——热烈欢迎空降到这个城市的一队神秘人物。

那段时间，有批新烧的砖，也带着新鲜的铭文正紧锣密鼓地从水东的砖瓦厂赶出来，被工人们拿着，叮叮咚咚地往北面的城墙上砌。砖上书："公元一九九四年赣州城砖"。在它们位置的上方、下方、左方、右方分别是深烙着"上"的砖（北宋晚期），"大"的砖（南宋中期），"虔州于都县"（北宋中期的砖）"小甲许正恩"（明朝早期）的砖。砖与砖摩肩接踵，互通声息，共同组建起这个城市新的宏伟。那时候，窑匠甲、窑匠乙、窑匠丙都已经死了。他们的儿子孙子重孙子毛孙子也极其不肖地学起了裁缝、当兵进厂；

当起了售票员歌手二贩子与饭店老板……

从此以后，幽暗的静在砖上一点点凝聚、放大。砖以外的世界，每天都在汹涌地动着。楼在长高，路在延长，烟囱从空中躺在了地上。我曾祖母把家从光明里搬到了土的黑暗里。那年秋天，我满脸幼稚的被送进了上壕塘幼儿园，南面的城墙早已经移走了，地上空空的成了马路，我爸整天骑一个凤凰牌自行车在环城路上来来回回地碾。我妈基本上也是两点一线在家与单位之间来来回回地动。后来在我的胸前，又多了根红领巾迎风飘动；再后来，我对某某女神又开始萌动了春心。"公元一九九四年赣州城砖"的砖，却并没有加入到世界汹涌的动中，它在各种外力的作用下，出师未捷身先死。还没有来得及动，就动不了了。尽管它和熙宁二年、绍兴五年、咸丰四年砌上城去的砖一样，此后一如既往地被各种的力消磨着，没想到它很快就脱皮饼似的斑驳了。蓬松的、鼓胀的；甚至有细细的粉屑掉下来。没过几年，砖和土，简直就没有了差异。砖一遇水，于是立马就散了，化作了滚滚泥沙，完全丧失了行走之力。至于城墙上留出的众多空洞又被那些从各种老旧建筑拆下来的，深烙着"上"的砖、"大"的砖、"熙宁二年""虔州于都县""小甲许正恩"的砖填补起来。这些砖，在人间流转了那么久，暂时又被固定在了城墙上，神态自若，云淡风轻，暗中正酝酿着下一场旅行。

（原载《人民文学》2015 年 5 期）

【郑云云】

（散文类）

1953年出生于湖南长沙，祖籍浙江慈溪，江西师大中文系毕业。曾任江西日报高级编辑、首席记者，后赴景德镇创建陶瓷艺术工作室。中国作家协会会员，中国美术家协会会员，江西省工艺美术大师。著有《云水之境》《作瓷手记》《手指上的中国》等艺术散文集，举办过多次个人艺术展览，作品被国内外博物馆和艺术机构收藏。央视科教频道人物栏目、国际频道均有过专题报道。

《作瓷手记》节选

该开花的时候开了

在我居住的江南水乡，莲荷本来算不得是高贵的植物。它几乎和浮萍、菱角、水葫芦一样，有水的地方就有它的身影。

然而天性使然，它看上去却比所有的水生植物都要美得多。宋代诗人杨万里的"接天莲叶无穷碧"，写尽了那种大气磅礴的美丽。而在那接天莲叶之间，一朵又一朵荷花，高擎于水面，汲风啜露，旁若无人；若是白荷，月光下放眼望去，那才叫人间好颜色呢，真不知是天地间多少回暖风和凉月浸染而成。

水墨荷花，一直是我喜欢画的题材。第一次画瓷，我画的就是荷花。那是个一百件的笔筒。总以为在瓷上画荷，应是端庄内敛，方显荷之高洁。于是一笔笔极认真地描摹，端庄则端庄矣，却画得拘谨无比，全失了自己的风格，也不是我心中那有叶生风的荷。景德镇的艺人却说，这样的瓷荷好卖。

流行于世的一切必定是好卖。曲高和寡本是必然。我们谁都没有资格评说世人之俗，但我还好没有穷到必须以卖瓷为生，也不想日日思谋如何以卖瓷致富。这才可以让自己的生活多少有了艺术的资本，也同时有了让自己形单影孤的作为。

五一假期在景德镇，我放逸手脚，以各种形体的器皿，画了一组荷风系列。凭几握管，心意全在笔上，如磅礴作势的江河墨客，疾风扫叶，简笔点花，画得痛快淋漓，一时竟不知今日何日，今人何人。自己感受竟有八大山人遗风。可惜不见八大在瓷上作画，如作，想来明末青花又会有另一番天地。水墨荷花中，我以为几百年来最高境界依然还在朱耷。那瘦而硬的荷梗，溪石上白眼相向的水鸟，都在耿耿大笔扫出的荷叶中翻江倒海，吞云吐雾。

八大的墨荷自有一种高贵而孤傲的大气。八大有题荷歌曾云："欲雨巫山翠盖斜，片云卷去昆明黑。"他是借墨荷一吐胸中块垒。我虽不存八大山人的亡国之痛，却常常会被他画中简约大气的悲凉打动。江山如醒，人生如梦，每每读八大之荷，都会有一种镂心刻骨的沉重。

前两年办个人画展时，赞助商除了要走我的一幅鄱湖水涨画，便是挑走了我临八大的一张四尺墨荷。他是有眼力的。我虽不得八大精髓，便是皮毛竟也是好的。只不知灯红酒绿中，他如何去体会颠僧朱耷的笔墨心绪？

画瓷的这些天，几乎夜夜有雨。夜晚听雨听得忧伤时，我便会挑一件自己喜爱的泥坯，在上面以青花写荷宣泄自己无力排遣的心绪。画时倒还知"笛以无腔为适，琴以无弦为高"，因而用笔愈来愈简，画景亦愈来愈少。人生多有空白，空白处却正是藏掖着无尽的心事。不曾料想那月下荷塘夺人心魄，笔下的荷塘虽无风月，却也能因心生情，因情生风，渐扫心中郁郁尘埃。天地间生出这等美而高贵的花叶来，可不是有缘由的？人生本是寂寞多于热闹，人却不知如来为何拈花微笑？

人们眼中的荷花之美，其时都在夏天。农历月份的别称中，六月便叫荷月。诗中画中，咏的都是满纸荷月里的高洁和美丽。我却是见过无数次秋天的荷塘。有一回在贵溪一个叫北山的地方开笔会，主人安排我们就住在山中有着荷塘的院落里。每天清晨和夜深，我都会一个人沿着塘中曲桥，款款行走，看那荷塘里慢慢冒出的水气，竟比那些热闹的人事更有意思。那些天都有月升起，我在塘边时，总见半轮淡月在山峰间犹疑地徘徊；月下荷塘，却早没了让世人惊叹的清雅情致。那些塘中冒出的迷蒙水雾，一层层罩住了满塘的残荷，在我的眼中，没有任何一种花叶有着秋天荷塘里的惨烈和决绝。春天里那些拼了命钻出水面的卷曲的小小叶儿，在经历了一个夏季的舒展后，如今去了哪里？只是倒伏的荷梗，弯成一种让人惊讶的弧度，使人感觉它随时都会弹起而舞，正是这种感觉，让我于肃杀的秋景中看出一点人间的意思。

在一个停了雨的午后，我用黄花釉和铁锈红画了一组秋荷，画在一个变形瓷缸上。画面正是秋雨夜惊心的时候。一场秋雨下来，大片大片的残荷低伏水面，惟有剩下的几支莲蓬尚昂头向天，可还会有采莲船荡过水面，向它们伸出纤纤玉手？其实，秋雨夜惊心的只是我等世俗之辈，莲荷只是该开花的时候开了，该凋谢的时候谢了。人世于它，它于人世，会有多少牵挂的情意呢？我最羡慕莲的，不是她从卑微的境地里生出的高洁，却是她那连天的气势，那么美而高贵的花叶，枕青山，卧水涯，却从不孤单，这该是如何的好啊。所以，秋天荷塘里的惨烈和决绝，竟也让人感觉有了一种携手赴难的默契。这是人世间多少烈士向往而不得的境遇！莲是何等有幸，竟能结伴而归！

缸内壁上，我仍然画出几支初夏的莲叶莲花，莲叶正好，莲花初绽。

景德镇一位陶瓷艺人看了我画的荷，叹道："大气大气！可我不敢尝试你这种笔调，我要靠卖瓷谋生呢。"

若有一天我也只能依靠卖瓷为生，我会画怎样的荷花呢？

2004 年夏天的第一场雨

农历三月十七，阳历五月五日。立夏。早晨，老天降下了 2004 年夏季的第一场雨。

记得谷雨那天，正和朋友走在去婺源的路上，也是下雨，今年江西是不会再旱了罢。仍是早晨。见秦家伯母撑着伞，在院门口开出的一小块地上种下两棵身份不明的绿草，手边没有伞了，我两手蒙住头跑过去看，她说那叫扫帚草，从铁路边上挖过来的，等秋天长成了，一棵就能扎一把扫帚。去过不少乡下，从没有听说过这种草，只见过芦苇杆、芭茅杆扎的扫帚，棕叶、蒲叶扎的棕扇蒲扇，不知道还有专门的扫帚草，而且一棵就能扎一把。

这么大的院子，没有草扎的大扫帚，怕也是不行的。但看那两棵草，细长的绿色叶片那么柔软，怎么也想象不出秋天它们竟能长出那种用途来。

因为立夏，中午菜肴丰盛。这里离市区远，买菜不方便，平时我们吃的都很节俭。而今天除了立夏必吃的米粉蒸肉，还有五六样荤素。素菜中竟有两三种是我爱吃的野菜。一是新鲜的山蕨，从附近的农民手中现买的，二是马齿苋，秦家小妹就近在野地里采的，另一样酸菜炒竹笋，别人是再也猜不出那竹笋从何而来——我来的第二天就知道了，院墙旁那一大丛竹林，秦伯多年前栽下的，如今年年春夏都生发出很多细细长长的竹笋来。一下雨，就冒得更多。实在没菜时秦家伯母就会掰几根下来，剥去笋衣，切成薄薄的片，或炒酸菜，或炒青椒，极是鲜美爽口。我见那竹林中长出有那么多，天天吃也吃不完的，很愿意秦家伯母日日去掰，她却不去，只是爱惜那笋。我实在想不出爱惜的理由，因为这一带，说是最晚明后年就要被市区里统一开发了，不仅竹林将不存，就是这座窑场，这所大院子，院子旁我画瓷的那幢小平房，都将不存。秦家二妹已在另外的地面谋划，而新鲜的小竹笋真是鲜嫩好吃。不过窑场日常里都是秦家伯母当家，我们作声不得。

头天晚上我画两个竹瓶，竹石间均有竹笋冒出。将来烧成器，谁也想不到上面的竹笋，是因为想吃秦家伯母的炒竹笋而画上去的。我还假模假样的题上"竹为君子，东坡云宁可食无肉，不可居无竹"呢。像我这样脱俗的，竟也挺会假模假样地骗人，所以不要去相信名人，要信就信自己。不过，苏东坡是例外，在我眼里，他是天下第一可爱的大学士，他也爱吃，才发明了东坡肉。那也是我爱吃的一道名菜。现在所有的江南菜馆里都会有这道菜。当然啦，对我来说，生活中最好是食有肉，居有竹，而先生就是苏大学士。三样只能择一样，我则择取第三。我若生在北宋年间，一定要掏空心思想绝办法去嫁给苏东坡，哪怕要随大学士同贬海南受苦。那时海岛荒凉，哪有今日风光？不过总觉得北宋的朝廷还算是开明，只将学士流放，不将他一棒子打死，且日日还有椰肉和糙米可吃。虽间断也有瘴气迷漫，总还过得下去。不知当年宁可为婢的绿云姑娘，可是和我存了一样的心思？她在广西柳州而殁，东坡为她写的墓碑实在简单，这是我为绿云抱憾之处。我若嫁与东坡，必先为自己撰一墓志铭，将一切可爱可恨之事，录之笔端，不是以防后人作伪，只是与苏学士那样有滋有味地活一场，不告诉后人，实在可惜。

昨日睡得晚了，中午又喝了点酒，倒头一觉醒来，竟已将时间荒去。立夏就这么过了吗？心有不甘，吃过晚饭，开始做事。想到那些大大小小盛水的变形盆钵，在上面画些什么为好？思之再三，决定画草。扫帚草是草，野菜是草，马兰菖蒲也都是草。竹算什么？还真不知道。以前写过一篇说竹，就说竹非花非草非树，实在是造物主的一件绝活，是绝活就先放下，浅盆画竹也不合适。还是画些普通的山草野卉，天然荒率，虽世人多视而不见，其实也是极可爱的。作瓷是五行之艺，金木水火土全部占全。瓷泥是土，以水和成；青花釉里红等都是金属氧化色料；瓷最后的形成，离不开窑炉大火，那可不是一般的火，一千三百多度的高温，要烧两天一夜。只是从前烧的是松柴，今日多已用液化气和电炉替代。那么，少的便是木了。少了木的瓷，会失缺很多灵气。再说，用来盛水的盆钵，里面若长满盈盈绿草，水与草，应是相看两不厌，只和清风里了。

立夏之夜，我就画了好些不知名的山花野卉，在盆里盆外纵横欹斜，卓然自立，画得兴起，直到夜深，不肯辍笔。

第二天我亦起得晚，秦家伯母看见我笑道："昨晚我也睡得迟，反将你忘在那小平房里了，竟把院里所有灯都熄了。你几时睡的，回房里时不看见的吧？"昨晚我穿过院子回房时，是漆黑一片，不过守门的大黄狗还没睡，看见我，眼睛闪了一下，算是亮光。

端午节纪事

离端午还有两天，秦家伯母就在院子所有的门前插上了艾叶，棕叶也在木盆里浸着了。满院飘荡着艾叶特殊的香，不明白这香气何以就能驱邪？鬼还怕香气么？毒虫受不住么？二千多年前的屈原，在汨罗江畔捶胸顿足叩问苍天时，艾叶就是三闾大夫歌中的异物么？记得小时候，每逢端午，祖母还会在我们的额上抹点雄黄，说是可以避邪，一边抹一边就数落着白蛇娘娘都嗅不得雄黄酒，所以法海才能借了许官人的手破了白娘娘的修炼，何况小鬼毒虫？如今的我糊里糊涂地走在人世上，却不知世代相传的种种禁忌，是如何点点滴滴地失落民间。

那些门上的艾叶，都是院子里长着的。一大丛一大丛，长得比人还高，所以秦家伯母可以毫不吝惜地大把大把地摘。艾草丛里散落着很多细小破碎的瓷片，有的半埋土中，有的裸露在外，也不知经过了多少个天长日久，这是景德镇郊外随处可见的独特景色。晚上我一个人在院子里走，会看见一只只的萤火虫从艾叶丛里飞出，蓝荧荧的光一闪一闪，就像是那些碎瓷片中逸出的幽魂；这些美丽的幽魂借身虫儿在月光下高高低低地飞回人间，而月光下这个落寞的女子又是谁呢？谁会在荧虫闪烁，更深人静的夜晚，衣袂飘飘地游荡在这最后的田园？

我的工作间里，有我白日里画的一只镶器。四面器壁上，画着院子里的葫芦、葫芦叶下睁着圆眼看世界的鸡雏。画时去看院里葫芦架上的叶，发现那叶儿原来是片片向上铺展，并不像有些名家写意的那样大片地朝下覆盖。葫芦的生长原是蓬勃明朗，不似人心的常常晦暗。看着那院子里的葫芦一边开着花，一边就结了果，秦家伯母每天摘一个来炒，切成丝，碧绿碧绿的，吃进口中都是清爽。

其实，我也知道，哪里还有什么真正的田园。苦守土地的农人和他们辛苦无功的劳作，早已失去田园的意义，只剩下被无端剥夺了牧歌的苦役。而躲避尘嚣的净土，如今哪里去寻？就是这窑场，也不过是我暂时歇息的地儿。

这些天画瓷时，我在桌边放一只小瓷碗，碗里盛着满满的栀子和茉莉，一入夏，院子里的栀子茉莉都齐齐开了，秦伯和秦家伯母怜我一人在外，知我喜欢，每天多多的摘下给我，弄得满屋都是花香，可以一直香到深夜。这样奢侈的日子，我是一天天珍惜着过。

白日里还画了一套茶具：茶壶上，一丛菊，一行字；茶盅上，一支菊，一行字。菊是瘦菊，三两朵而已，待烧成器，不过自斟自饮，花叶多了扰心。便有客来，也要是能够会心一笑的，才会亲手斟茶相待，这样的客，也只合两三位相宜。

想象那客将茶饮尽，会否握着茶盅细赏青菊：可是陶令醉眼中的高士么？可是易安幽叹下的人比黄花么？哦，字是"采菊东篱"，南山不见，东篱在哪？又是何处可采菊花？

那时的我必哑口无言。南山不见，东篱在哪？又是何处可采菊花！

抬眼望天，天阶夜色凉如水。虚空里，今世的莲花又何在？只有几行冰凉的字，一滴一滴，从天空落回人间。

有时想，人心到底是脆弱还是坚硬？是不是就像那些美丽的瓷，不小心轻轻一碰就碎，然而没有外来的暴力，即使埋入土中沉进海里，千百年后，却是依然洁白完整。

叹只叹红尘浊世，行色匆匆，还有谁会小心翼翼，手捧美丽的瓷器寸步留香，款款而行？

满地碎瓷，散落在岁月深处，人心深处，再无从收拾起。

壶上的菊，是无奈里还给自己的一点可爱和温暖。端午逼近，我亦是只能拎着简单的行李，一步步重回我存身的城市。十九层的高楼，华灯初上。酒散人尽时，衣袋里，只有早晨摘下的花蕾还在独自飘香。

蛇床

蛇床开花了。立夏以后，它们就疯长起来。沿着铁路两旁的野地，长得比人腰还高的蛇床，顶着满头碎米粒似的白花，像风一样漫延开来，一直飘到我工作间的窗下。

工作间和围墙连在一起，开窗就可看见十几米外的一条单轨铁路。第一次来时，我以为那是一条被废弃的铁路，不料它在某天深夜里却突然响了起来。火车的汽笛尖锐地鸣叫着，一下子带动了远远近近的狗吠。我披上衣来到晒台，看见一辆很破旧的火车头，拉着一节节装了货的车厢轰隆隆地开过去。

蛇床一定是从春天开始，就与这偶尔路过的火车头抗争了。好几回我穿过铁路去小杂货店买东西时，都看见路轨两旁那些碎瓷片间，会有几棵瘦小的蛇床正在努力着，企图跨越这种它们不能理解的地带，和另一边无比盛大的蛇床群落会合。

对这些美丽的植物来说，这是一段不能理喻的障碍。像一条天河，隔断了两边绿色的梦。

这梦，如今却盛开在我的窗前，给我带来了夏季绿白色的清香。

我在立夏那天画的大大小小的浅盆中，有一只画的就是蛇床。画它们的时候，蛇床还生着细小的绒毛，像一条条绿色的小蛇盘旋匍匐在地面。我让它们在我的盆子四沿先行长出了满满的绿叶。成熟的蛇床可以长到一米多高，我觉得蛇床的叶形特别好看，像蕨一样青翠的叶片，成羽状一层层向外扩展，天生就是入画的，可惜竟无人去画。也许是因为它的花太不引人注目。蛇床开的花细小如米粒，也是一簇簇的，结的小果子带着薄翅。蛇床的花没有叶子香。当一丛丛的蛇床铺满沟壑时，空气里就会弥漫着一种淡淡的辛香。

如今这些蛇床，都挤来在我的窗前，我没事了，就去摘两片叶，将它们揉碎了闻，那股辛香会立刻钻入肺腑，引诱得我屏住呼吸，不想让它们再跑出来。但终是忍不住，到底还是长长地吐一口气，像刚从水底下钻出来一样。

我画的那只浅盆中间，在蛇床青翠的叶片遮盖下，也有几条小小的青鱼静止不动地停在水中。

不过，夜时我路过那些密密的蛇床草丛时，却是很小心翼翼的。夏天到了，青蛙活跃起来，每天夜晚我坐在工作间里，都能听见欢快的蛙鸣，就从远远近近密集着的蛇床叶片下传出。白天有的时候，我会看见它们蹦了出来。有一次我和一只青蛙在草丛边相遇，它愣住了，一双鼓鼓的大眼看着我一动也不敢动，我也不敢动，怕吓着它，我想我每天晚上听的蛙鸣其中也有它在唱吧。但现在山蛇也活跃起来了，蛇是最爱吃青蛙的，所以它们也喜欢悄悄游走在蛇床阴凉的叶子下，寻找果腹的猎物。胜照每次天黑后回城，秦家伯母都要站在院子的大门外守望，一直到胜照穿过了铁路，走进了远处有灯火的地方。每次送胜照走出大门时，秦家伯母都要千篇一律地叮嘱一句话："不要走草边，当心踩住长蛇了。"胜照就对答一句："知道了。你回屋吧。"

胜照那天过窑场来时看见我画的这个盆，很惊讶我敢在圆形器皿上像车装饰画一样用满构图，而且看上去很美，也很羡慕我能够这样随心地选择题材。其实她的梅兰竹菊画的极好，我无法与她相争，只能另择出路。她的老师是景德镇有名的陆如大师，老人已经七十多岁，见了我也总是笑眯眯的，看见他我就会想起诗礼忠厚人家这样的话。就是因为他对我作品的首肯，我才有勇气继续下去。老人没有当着我的面说，却对胜照说了，说我悟性好，这样画下去，不用一两年，就能在景德镇画出一方天地，站住脚跟。

那天老人来，我们一起吃饭，我陪老人喝了几盅酒。老人一高兴，就鼓动我在景德镇也开一个卖瓷的小店。中午吃完饭，我和胜照一起跟她母亲结算泥坯的细账时，秦家伯母也对我说了同样的话。"你画得这么好，完完全全可以开个店的！"胜照也说，不要再去做你那份事了，我们在一块，想画就画一阵，想玩就找个徒弟守店，那有多好！

我不能伤他们的心，对他们说我无意在景德镇站脚。但我确实不喜欢固定生活在一个地方。我来画瓷，正是想借此过上游走四方，自由自在的日子啊。自由职业虽好，但若每日里要为柴米油盐、工商税务操心，那岂不是要累死？若有了卖瓷的活路，三个月在景德镇画瓷，其余的日子出去闲玩，或者就如哥嫂在信中说的，将来找一个安静的山里或是海边，也不买房，住腻了，就换一个地方，就在那样新鲜美丽的地方读书种菜画画，想想可真是神仙过的日子！我在为自己编织一个绿色的梦啊。

有时我害怕这梦可能也会像蛇床的梦一样，那些蛇床一次次尝试越过铁路，却终是不能够跨越这条它们命定中的天河。

我会不会也有一条命定中的天河，横亘在我日日渴想的梦境之前？

那时候，像风一样漫延开来的蛇床辛香里，会浸透我淡淡的忧伤.

秋水

从我到窑场来的第二天，雨就开始下了，起初还下下停停，后来就止也止不住了。一天画下来，傍晚想出门走走，撑伞不说，得踩一脚的泥。江南春天的雨水，常常就是这样拼了命地下，泻进地里，流进江河，便被一道又一道的江湾和水坝拦住了，能一直蓄到秋天呢。

那山间的秋水，都是从春天时就开始蓄了。

我正在画的就是秋水瓶。

刚画了几笔，秦家伯母喊我，拉坯的杨师傅已经来了。

我和杨师傅还有他的徒弟到坯房来，今天请了杨师傅一整天，除了我想做一些坯，还有秦家为其他的主顾定做的一批。其他人都是按规范定制，只有我想按照心意做一些别致的造型。可拉坯不是我自己的手能听使唤的，所以昨天秦家伯母就交代我，明天不要出门，请了杨师傅，要拉什么坯你自己看着来才好。于是我又给一位已经约好的景德镇很有名的艺术家打电话，道歉说明天来不了，改天再去了。

拉坯拉坯，听着就是累的。先要把瓷土摔打揉捏成巨大的面团，一般都是徒弟干这活。我和杨师傅聊天的一阵子，那小徒弟就已开始热得打了赤膊。而我还穿着厚厚的毛衣。打好一团泥，就可以开始拉坯了。然后徒弟一边继续打，师傅上了坯架开始拉，配合默契。

我喜欢手工拉的坯。虽然灌浆成型的泥坯更便宜，但那样永远不变的千篇一律为我所不爱。手工拉的坯即使是同一种造型，也不可能完全一模一样的。不过，有的师傅拉坯也是干的机械活，总是那样的手法和器形。

曾读过一位女作家写的在某地看人拉坯，泥坯拉到一半多时她感到那形状美极，急切地说就要这样的就这样，可师傅不听她的，只管自己继续进行，最后停下坯盘得意地交给女作家最后完成的作品，原来是一只尿壶。上次我做的一些变形的盆就不好看，那位师傅固执地认为不应该照我的意思变，我不能将他的手指挥成我的大脑。

胜照说过，杨师傅是极聪明又肯动脑盘的，只要你把想法告诉他，他就能照你的意思传泥。我画了一些图，对杨说起我的一些想法。我画的图不明确，只是个意思。其实我自己也不明确具体的形状，我只是心里知道想要哪一种。我对杨说想要一些浅浅的，不规矩的，能盛水的器皿。不要太大，约摸一百至一百五十件大小。原来一直弄不清瓷器的大小计算为什么要使用"件"这个量词，外行人很容易就会与通用的数量单位混淆。到现在我也没弄清，却已会很熟练地使用了，那是指的坯泥的多少。那小徒弟就更老练了，师傅说，一百件，他看也不看就顺手掰一团泥丢过去，师傅又说，一百五十件，他又是同样快速地掰一团泥丢过去。而我目前的功夫只能目测烧好的瓷器有多大。

一个上午，我虽只是瞎忙，也热的脱了外衣，只穿一件无袖无领的套衫，杨师傅大约碍于我，虽然一身的汗，还是没脱掉背心，徒弟早已是满头满脸满赤膊的汗水滴。除了其他的东西，我们一共做了十多个变形的浅盆，还有两个高高的变形瓶。拉好坯以后，乘着泥软，我和师傅就随意地用手捏出变化的边沿来。那些形状各异的浅盆排了一排，虽然还是些泥坯，我却已是喜爱。

我喜欢和所爱的人住在一幢带天井的屋子里，春天的雨水，秋天的雨水，都能沿着那四角斜檐流进天井里；天井里自然有小小的水窖，可我不愿那雨水很快就没了踪影，我设想用了这些大大小小美丽的瓷盆接住那从天而降的雨水，蓄了一盆又一盆，从春天蓄到秋天，从头年蓄到来年。盆里养一些鱼，都是从溪里捉来的小鱼，养一阵子，就放回溪里去，人也乐了，鱼也不会太伤心。

当然我不会对杨师傅说这些。这么小布尔乔亚的话，说出来自己都觉得酸。不过确实是我内心真实的梦。既是梦，只能留着自己想。但做些梦中的盆却是我能够办到的，那为什么不做呢？我常常会做些让别人奇怪又没有什么用的事，其实他们不知道，这过程就像那平原土地间的河湾水坝渐渐蓄满了春天的雨水，会因此有了多少的充足和快乐。

还有我的秋水瓶。我会将它放置在天井的中央。那是一个三百件的大瓶，造型有点类似缸，但缸容易产生笨重的感觉，我的瓶却一开始就从上往下扩展，到中部以后又以曲线由上往下向内收回，上下都有虚空，看起来既凝重浑厚又质朴清新。我想假若将它与那些变形的浅盆放在一块，一定是有特别的韵味。

昨晚我就想好了，我为它取名秋水。

"秋水时至，百川灌河，泾流之大，两涘渚崖之间不辨牛马……"如此的气势，见了北海却要望洋而叹。北海若却以为天地之间，北海亦不过小石小木之在大山也。

既如此，河伯问，"然则吾大天地而小毫末，可乎？"——不可。庄子说。"小而不寡，大而不多。"更具体的道理，太深奥，但有了这些已是让人吟味不已。

我想在秋水瓶上画出那种境界，当然是不能够。不过将自己的感觉尽可能地表达出来，应是可以尝试的。

我想，没有哪个艺人会像我这样对每一个泥坯都如此呕心沥血。

这个下午，我用青花、色釉，在秋水瓶上以大笔扫出起伏的色块和粗犷的线条，天空正是晚霞燃烧的时刻，一些隐约的山峦上长满了红色的秋树，但那只会是主要的色调吧，谁知釉里红在烧窑时会有怎样的流向和妖媚的窑变呢？就像我们不能知道秋天的山峦变化一样。下半部，青花画出的无边的苇叶在风中来回摇荡。山水之间，不闻人声，不见人影，只有阵阵雁唳掠过长空。江山如此浩渺阔大，亦不过是宇宙一粟，就如人类如此神奇高贵，亦不过与飞雁同为生命。那么，我们生存天地之间，本应不骄奢也不自卑，活出我们本来的天性与率真。哪怕如庄子所言"往矣！将曳尾于涂中"，也不应改变初衷。

第二天一早，叔凝来，见到摆在泥坯棚里的我的那只秋水瓶惊问："那是谁的东西？太好看了！肯定是外地来的，不会是本地的陶艺家。"

我在一旁听了，暗自得意。

只是，烧出以后，会怎样呢？看看天空，春雨仍是不管不顾地下着，谁又能想出秋天它们会待在哪里呢。

清明是一树绿叶纷披的柳

清明到了，我想起英的话：姐啊，清明的时候你来家，我们去河堤边插柳枝，采艾叶，我们做绿绿的清明果吃。

英说这话的时候，还是三月初的日子，那时我和莲玉姐，英，正在野地里采荠菜和野水芹。下过雨的水塘水色昏黄，塘边生长的水芹却愈发显得绿汪汪的，春天的水芹是汁液充盈的植物，用手一掐，嫩嫩的茎叶就发出清脆的声响。而荠菜一簇簇挤在路边荒地上，紧贴地面生长的叶片看上去生机勃勃，过不了多久，它们就要开出小米粒的白花来，等到清明时节，米粒般的小白花就成了一团团极小极小的三角形荚果，明年开春，绿褐色的荠菜又会铺满野地。野地里还生长着许多我叫不上名来的绿草，我只认识开着小紫花的紫云英和有着长长叶梗的车前，它们好看的叶片上沾满了水珠。

惊蛰一过，大地深处的生命全醒了，水塘里地面上，到处可见匆匆飞过的菜蝴蝶和水蜻蜓，好看的翅膀在阳光中一闪一闪。莲玉姐说，太阳真好，田野好美。英说，这么鲜嫩的荠菜，我们多采一些回家包荠菜饺子。英都采了满满一篮，还舍不得上路。莲玉姐和英，是我的大姑小姑。本来我们是相约着去浏阳看浏阳河，看看那条弯过了几多弯的有点血腥有点神秘的歌中河流，可一路的水雾、露珠、青草、太阳，让我们开始觉得大地上有许多东西比一条神秘河流更值得我们花时间品味，春天的土地上溢满了生命的音符和泥土的芬香，我们毫无必要为了一个既定目标而匆匆赶路。

这就像生活中会有许多的目标，其实只是你行走在路上的理由。我们的祖先很早就明了了这个道理，两千五百多年前，先人中的智者将一年分为二十四个节气，它们成为人间的杏花、雨点、霜露和鸟鸣，周而复始，让岁月充满了生命的诗境：惊蛰地气萌动，小虫苏醒；春分时节柳条生绿，桃花开片；清明田鼠进洞，彩虹初现，种瓜种豆……春天的物候也同样滋生爱情，我们听见两千多年前的古人在《诗经》中浪漫地唱着："参差荇菜，左右流之。窈窕淑女，寤寐求之……参差荇菜，左右采之。窈窕淑女，琴瑟友之……""彼采萧兮，一日不见，如三秋兮！彼采艾兮！一日不见，如三岁兮！"

先人们比我们更亲近大自然，当然也就更依恋自然。古人对性灵的重视远胜于现代人，在他们吟咏的诗句中，野地里的花草无处不在，它们本就是生命中不可须离的部分。

春分一过，清明就到了。这本是古人踏青的好时光，后来却融入寒食节祭奠先人的习俗，使清明在踏青赏春之际也多了一份慎远追思的感伤。古人将清新明丽的春之欢乐与生离死别的人间悲酸合为一体，其中藏有怎样的玄机呢？也许，生与死，本来就是顺应自然的轮回，优雅相对才符合人生真谛。生与死的行走充满诗境，生命才能获得本有的尊严和高贵。万物复苏之际，人们倾城而出，郊游扫墓，让清明成为生者与逝者合欢的节日，这正是先民的大智慧啊。

在与清明相关的唐诗宋词中，杜牧的《清明》家喻户晓，但我更喜欢晏殊的一首小令《破阵子·燕子来时》：

> "燕子来时新社，梨花落后清明。池上碧苔三四点，叶底黄鹂一两声，日长飞絮轻。 巧笑东邻女伴，采桑径里逢迎。疑怪昨宵春梦好，元是今朝斗草赢，笑从双脸生。"

词中缓缓展开的民俗风情，是一幅多么令人动心的江南春景图啊：农历二月的春分时节，江南一带的百姓开始纷纷祭祀社神，祈祷农事丰收。"仲春之月玄鸟至"，燕子飞来的时候正是新社，转眼梨花一落，就到了清明时节。池塘水面生出碧苔，在黄鹂的叫声柳絮的飞花中，日子开始一天天变得悠长。采桑少女们相互斗草时的欢娱，与欣欣向荣的大自然是多么的合拍啊。

何谓斗草？那是人与自然的嬉戏，岂是现代的麻将与扑克所能相提并论。斗草在中国古代不仅是少女们的游戏，也是百姓们的游戏。斗草双方以所采之草的种类多寡和韧性相较量，或以说出花草之名相应对，如以"狗尾草"对"鸡冠花"，"羊须藤"对"虎耳草"……其中的情趣和文化，岂是像如今某些注释中解说的那样，摘来几根草茎双方拉拉扯扯比个输赢而已。

民俗中有一些与平常日子不同的节日，它们就像田野里生出的清风、明月、绿草、鸟鸣，点亮了沉默的大地，让寻常日子有了动人心弦的声音和色彩。

清明，就是这样的节日。它是一树绿叶纷披的柳，在春天将尽的日子让你听见风声、雨声、鸟的歌唱，让你看见清晨的露珠、傍晚的阳光、柳树下走过的人群。我们籍此知道古人生活中不仅存在辅国封疆、居产贡纳的生命之"重"，也存有优雅幸福的快乐光阴，并以此作为生命的最高形式之一。

清明前夕我仍在景德镇烧窑，我热爱瓷器如同我热爱清明，它们都是先人留下的无可替代的财富。我打电话给英，我真想和姐妹们一起去河堤上插柳，采艾叶，吃英做的绿绿的清明果。虽然我一时回不了那边的家，但英的话让我心里充满了期待。

我知道绿叶纷披的柳条和清香的艾叶都来自大地深处，那是逝去的长辈们借助春深的土地送给我们生生不息的祝福。

（百花洲文艺出版社 2010 年出版）

【梁 琴】

（散文类）

回族，安徽怀宁人，1954年5月出生于南昌。中国作协会员，文学创作一级。毕业于江西师大中文系。鲁迅文学院第二届高研班学员。《创作评谭》杂志原主编。著有散文集《叶影》《回眸》《难以诉说》等。散文《书院三章》入选《2003年中国最佳随笔，《白鹿洞书院》入选《2003年中国年度最佳散文》《南方女人 南方的雨》收入《1900—2000百年美文》，《没有芝麻的烧饼》收入《读者》乡土人文版精选集。多篇散文收入中学语文课本。曾获江西省第一届、第二届谷雨文学奖，《民族文学》杂志等10余次各类类奖项，散文集《回眸》获第五届全国少数民族文学骏马奖。

在你心灵的一角

在你心灵的一角，有个地方，世尘是无法闯进去的。

你可以攀着根紫藤爬进去，用一片绿叶折只蚱蜢船漂进去，或者干脆变作一只大眼睛的黄蜻蜓飞进去……

倘若你进去了，你就知道。

你跟着母亲去河街。

河街有个废品仓库，成千成百的破套鞋堆积成山。母亲经人介绍去锉橡胶。将那粘在胶上的碎布片一点一点锉干净，然后回炉熬胶。

你忧郁地望着你白皙的母亲。会念英文的母亲，终日戴一顶蓝工作帽，系着泛白的蓝围裙，蒙着一只大口罩，枯坐在一条矮凳上锉橡胶，一下一下锉，锉得那么仔细，那把圆锉总不离手，锉下的橡胶粉末有的沾在眉毛上。

你心里很不舒服。浓郁的橡胶味加上陈腐的仓库气息从四面八方包围你，你从仓库逃了出来。仓库的后门正对着河。你跑到河边去看水。

河上有竹排，有轮船，你喜欢看一蒿一蒿撑的木船。你情愿母亲是那清清爽爽撑蒿的船家，而不愿看她蒙头蒙脑锉橡胶。

你蛮羡慕那船上的细伢子，惬意地架腿躺在漆得发光的船板上，一节一节啃甘蔗，还不时对你扮个鬼脸。他吃足了，跳起来，对着河里哗哗撒尿。

你转过脸，仰起头来，望着河上飘忽的云，一大片一大片的云，在你的心目中幻化成了大大小小的军舰、火轮、拖驳、竹排、鱼筏子……

那是你初次的创作，小小幻想家是把空气当成黏土的。

看见船上人家生炉子烧饭，你突然感到肚子饿了。

你蹲在河边的石埠上，用手掬水，一遍遍掏鼻子，想把那股呛人的橡胶味洗掉。

放了寒假，你牵着三姐的手，跟了母亲去绳金塔。

三姐和母亲去包棉花，你去看塔。

听母亲说，那塔唐朝就有了，中间修过几次。

唐朝的塔好远，腿都走痛了，一路歇好几回。

绳金塔有座棉花仓库。每年冬天，都得雇人包棉花。

三姐学母亲的样，小辫子塞进白帽子里，腰里围个白肚兜，打扮得像个小女工，两只手灵活地将一团团棉花卷紧，扎成一包一包。

包棉花的大人夸三姐心灵手巧，母亲微笑了，三姐兴奋得脸都红了。

笨拙的你，像个丑小鸭，制服不了手中的这一团柔软的棉花。只好干粗活，把大包小包分开。

棉花分得不耐烦，就跑去看塔。

塔内有个"镇火鼎"，鼎四周画了卦，画了水星水兽。母亲说，安鼎的日子，特意选了水年水月水日水时，水克火，这么多的"水"足以镇火魔。

怪不得棉花仓库设在绳金塔下，因为有"镇火鼎"，不怕起火。

一缕夕阳照在塔尖。一大群归鸦绕着塔身画圈子。呱呱的叫声，衬出了塔的静。

呆呆地看塔，心里凉凉的。

从那一刻起，你突然发现自己长大了。

暮鸦飞进了塔。你也该回家了。

在你心灵的一角，有个地方，世尘是无法闯进去的……

倘若你进去了，你就知道，那个地方叫童年。

（原载《文学报》1992 年 10 月 29 日）

南方女人　南方的雨

到了北方才知道，南方女人委实辛苦。

南方女人辛苦，皆因南方多雨。

多雨的南方，少不了雨伞、雨衣、雨鞋。梅雨季节，鞋子里都能长出蘑菇来。

南方女人最盼天晴，最烦下雨。一下雨就像破了天似的，兜都兜不住，不下个十天、半月，决不停歇。这不，今年过大年，正月里整整下了一个月的雨，电话拜年，恭喜的声音里都夹带着一股潮气，"天天下雨，哪儿都不能去，就猫在家里，家里跟外面一样冷簌簌的"。南方不比北方，北方屋里有暖气，不管外面冰冻下雪零下多少度，进屋就得脱大衣。南方没有暖气，雨水伴着雪水，到处湿漉漉的，爱俏的南方女人，想穿一双时装鞋都不能如愿。

南方女人睁开眼，头一桩事就是看天气。天一放晴，就像一根弹簧般跳起来，大盆小盆的洗。天晴了，南方女人的嗓音也逼尖了；吆喝着懒散的儿子洗澡，数落着不修边幅的丈夫脱下衬衣。

南方的日头很不仗义，老是跟南方女人作对，你盼着出个大太阳，好洗个痛快，他却只给你露半个脸，还动不动就阴沉着。南方女人一见天阴，心里就慌了，又要下雨，洗好的衣服又要一篙篙晾进晾出。于是南方女人养成一个习惯，一见晴天就赶早，赶早起床，赶早拆洗被褥，赶早换洗衣服。尽管忙得脚不沾地，还是追不上日头，你刚刚把几绳子衣服洗出来，老天却说变就变，先阴后雨，让你面对几盆湿衣服束手无措。

养成习惯的南方女人，刚到北方时，见晴就捋起胳膊，拆洗被套，不喘气地抢时间，生怕抓不住这拨阳光。哪知北方的太阳大气得很，只要一冒头，不把你晒个够不落山。北方的太阳，晒被子真爽，只要一个日头，就把被子晒得膨松，收被子时，情不自禁地把头埋进软软的被子，像吻孩子般地贴在脸上嗅一嗅，真香。就忍不住到处给人打电话："北方的太阳，真好，被子都有阳光的味道。"什么是阳光的味道？谁能说清阳光的味道呢，自个也禁不住笑了。

有些熟人见了面就询问："刚来都忙啥呢？""趁着出太阳，正忙着洗被子。"朋友觉得真逗，"稀罕天晴？北方可不像你们南方，这里一年最少也有二百多个晴天，够你洗的，你慢慢洗去吧，你有那么多东西要洗吗？"

北方朋友不知道，晴天，几乎成了南方女人"法定"的加班日。天一晴，南方女人自动取消了休息天，连"三八"节的半天也搭了进去。

忙碌的南方女人，喜欢颐指气使，她们干活的时候，家人都得装作忙碌的样子，跟着团团转。谁想架起二郎腿，当甩手大爷，没门，劈头盖脸，就是一场来势凶猛的暴风雨。

忙归忙，并不影响南方女人逛街。有人说，女人购物，非常疯狂，这是不确切的，疯狂购物的女人，大多是单身贵族或失恋的女人。居家过日子的南方女人，很会精打细算，决不在钱上吃闷亏。确切地说，南方女人逛起街来，非常投入，非常沉迷，一逛就是六七个小时，不知疲倦，不知饥饿。只有遇上了奔泻的暴雨，才能阻止她们的脚步停下来，才能把她们挽留在屋檐下。她们一边避雨，一边忙不迭地连连叫苦："啊呀，我家的被子还晒在阳台上"。

女人是水做的，当然指的是南方的女人，南方多雨，雨多水多，北方干旱缺水，想用水做也不成。南方的女人须臾离不开水，一见了水，就忍不住哗啦啦冲。

南方女人苗条，苗条的女人以为，保持体形的秘诀就是多做家务。虽然有媒体说，干家务不能替代体育锻炼，她们却不以为然。

南方女人大都有一套持家的学问，家里的摆设也大有讲究。她们手上总是拿着一块干净的抹布，明察秋毫，随时准备扑向任何形迹可疑的脏东西。她们一高兴，就喜欢跪在地上擦地板，从门厅一直往里擦，谁也别想剥脱她们跪伏在地上擦拭的幸福感。她们把屋子收拾得一尘不染，铮亮的家具，白洁的窗帘，让人赏心悦目，然而你刚想剥一只橘子，她就递过来一只塑料袋，面对一桌子诱人的食品，你再也不敢碰了。

为了迎接一个南方女人的到来，你在北方的家中登高爬低，足足忙乎了两天，自以为窗明几净，已无可挑剔。哪知人家只客套了一句：房间收拾得马马虎虎。紧接着就是一通横批：客厅里五颜六色的茶叶筒太多了，放一只就行，厨房的东西有点凌乱，还有，进门的地方，怎么搁着一只塑料鞋架？怎么还用塑料制品？赶紧扔出去……

你以为她在你家待多久了？不，只待了一个多小时。好可怕哦，这个多少有点洁癖的南方女人。

毫不夸张地说，有些南方女人，一个就顶得上一个卫生检查团。她们检查起来非常严格，任何旮旯，都休想逃过她们尖锐的目光。

有时候就想，南方女人是不是活得太累了？为水所累？

南方河汊纵横，水资源丰富，一吨水也就八九毛钱。南方女人以为，水是最便宜的，永远也用不完。

五年前，一个偶然的机会，一个南方女人闯进了黄土高原"西海固"。

在海原，南方女人看见渴水的人们，提着水桶焦心地四处找水。在黄泥小屋，庄户老汉跑十几里地挑水，挑到家时只剩下大半桶了。

连年苦旱的西海固，河道成了干沟，水窖干涸见底，严重缺水。西海固人对水的渴望与虔诚，使雨水里泡大的南方女人，从此有了一种约束，再不敢拧开水龙头哗哗流。

从焦渴的黄土地归来，南方女人懂得了敬畏生命，珍惜每一滴水。大约一个多月，她总是把自来水龙头拧得紧紧的。闲暇时，她时常想起西海固，甚至想出个坏招惩罚南方女人：一天只许她用一塑料桶水，或者干脆把她送去苦旱的黄土高原，成为一条失水的鱼。

南方雨水丰沛，雨量充足，"江南三月，莺飞草长，杂花生树。"这让缺水的北方羡慕不已。

多雨多水的南方，让南方女人浸泡在水里的时间太长了，长久的浸泡，让很多南方女人得了关节炎，类风湿，一到阴雨天，浑身酸痛……

南方女人好辛苦。

辛苦的南方女人怕看天气预报，永远是雨，从潇潇春雨，到梧桐秋雨，永远下不完的雨，永远的雨。一个"雨"字，点点滴滴，淅淅沥沥，说尽一切的云情雨意……

"雨是一种回忆的音乐"，细雨霏霏，下在一个初到北方的南方女人的梦里。

（原载《四川文学》2007 年第 4 期）

书院三章

书院，如一册靛蓝布面的线装书，随手抽出其中的册页，就能翻检出许多读书人的故事。

读书人里有很多江西人。江西人会读书。

会读书的江西人，一读就读出了唐宋三大家——欧阳修、曾巩、王安石。

自古江西"好学重教"，办了大大小小，不下几百座书院。这些书院形态各一，办学风格也因师而异，有的重义理之学，有的偏诗赋辞章，也有的讲求经世时，当然也有纯粹为了登科入仕的。

江西的读书人，大都从书院出来的。

从书院出来的江西人，素以文章节义而名世。且不说"临川才子金溪书"，仅吉安，古代庐陵就出过欧阳修、杨万里、江万里、胡铨、文天祥、解缙等一代骄子。庐陵一带至今还流传着这样的民谣："五里三状元，一门三进士，隔河两都堂，百步两尚书，十里九布政，九子十知州。"你没听说："翰林多吉水，朝士半江西"吗？

读书读出如此一番"治国平天下"的天地雄心，是庐陵人也是江西人永远的骄傲。

在江西偶然出去走走，不经意间，一走就走进了书院。

鹅湖书院

鹅湖书院，久久吸引你的目光的，是那挥之不去的历史情怀。

鹅湖书院因了两次"鹅湖之会"，在中国的哲学史、文学史、教育史上产生过久远的震荡。一些大师、一些读书人响亮的名字，永远跟鹅湖连在了一起。

鹅湖书院轻烟笼罩，走过雨的屋瓦上起了雾。

古老的庭院，无言地坐落在赣东的铅山县鹅湖山北麓。鹅湖原名荷湖，山上有湖，多生莲荷。相传，东晋时一名寒士隐居山间，利用湖蓄鹅。这隐士蓄了一对双鹅，"其双鹅育子数百，羽翮成乃去"，故称鹅湖。

或许，东晋的名士都有蓄鹅的嗜好吧？由鹅湖遂想起兰亭，想起大书法家王羲之"白鹅换字"的轶事。

鹅湖书院隐在深僻处。这座静静的庭院，到处吊挂着小青虫，士子的号舍，结满了蜘蛛网，泮池的莲花顾影自怜。棂星门的匾额上迎面镌刻着"斯文宗主"，背面题写"继往开来"，那意思当然是极好的，只是这斯文之地，却少有人来。

问及一旁织毛线的管理人员，她淡然一笑，国内游人不多，但每年总有一两批日本、韩国人来。

时间在这里渐渐被忽略了，只有一些叫不上名字的草木，长着参差不齐的叶子，幽灵一般出现在墙头瓦楞上……

谁能想象，这座似乎被人遗忘了的庭院，曾经发生过两次震惊华夏的"鹅湖之会"呢？

拂去八百年的岁月苍茫，让我们看看南宋的书院，会会南宋的理学大师：朱熹、陆九渊、吕祖谦。

朱熹，这位千载之上的读书人的"导师"，以家乡婺源的山水为底色，游学山林，融贯古今，一辈子涵养学问。一首"源头活水"诗，不知激活了几代读书人。

高蹈远志的朱熹，以光大儒学为己任，皓首穷经，集《大学》《中庸》《论语》《孟子》为四书，详注阐发。他定下"修身、养性、齐家、治国、平天下"为读书人的终极关怀。

他以一介书生之微，主张皇帝也要诚意正心，到底书生意气。

他多番上书，犯颜直谏，痛陈朝政弊端，甚至不惮触怒皇帝和文武两班，以致四面树敌。

他穷毕生之力，孜孜讫讫，创立了他的"理学"，被人尊为"朱子"。

他标举"道问学"，主张"格物致知"，读书穷理。

朱子是两宋儒学拔地而起的一座高峰。

与之对峙的，是另一座高峰——象山先生陆九渊。

陆九渊心性高傲，不肯居人之下，也和朱子一样情辞激烈，常给皇帝上书，敢为君师。中年以后，在贵溪聚徒讲学，人称"象山先生"。

象山与朱子最大的不同，就是敢大胆质疑圣人思想，大胆宣称："《六经》皆我注脚。"

象山和他的兄弟崇奉"尊德性"，认为理在我心，我心即理。

用传统的文火煎自己的药，孔孟儒学到了陆九渊，就彻底转化为发明本性的"心学"。

第一次"鹅湖之会"的倡导者，是婺学领军吕祖谦，浙东丽泽书院著名的主持。他温文尔雅，有一颗包容之心，他的理学也兼取朱陆两家之长。

心境平和的吕祖谦一向与朱熹交好，又跟陆九渊同登进士第，见朱、陆两家学说分歧，试图从中调停，促成两家"会归于一"。于是派人致信，约陆氏兄弟会于鹅湖。

淳熙二年（1175）暮春，吕祖谦亲自陪朱熹及门生八人，从福建寒泉精舍越分水关抵鹅湖，一路浩浩荡荡。陆九龄、陆九渊也带着抚州家乡的众多弟子，由金溪出发，泛舟东行。兄弟俩在船上吟诗作对，悉心准备好辩折，到了鹅湖稍事歇息，就和初次见面的朱熹"唇枪舌剑"。

朱熹、吕祖谦、二陆相聚鹅湖，闻讯赶来的，还有两地父母官————抚州知州，信州知州。

"鹅湖之会"好不热闹，针尖对麦芒，当面论辩整整十天。论辩涉及的话题非常广泛，争论的焦点为"论及教人"。

朱熹主张："先令人泛观博览，而后归之约。"二陆不以为然，强调"先开发本心，而后使之博览"，"读书须专精"。

朱熹批评陆氏兄弟教人的方法"太简"，两陆很不服气，反过来以朱熹教人"支离"相讥。双方各持己见，争执不下，朱熹脸上都有些挂不住了。

言辞锐利的陆九渊，甚至以"尧舜之前，何书之有？"来诘问朱熹，被他宽厚的兄长婉言劝止了。

朱熹标举"道问学"，陆派推崇"尊德性"，这就是所谓的"门户之见"吧？

"君子和而不同。"鹅湖会晤后，朱熹、陆九渊仍书信往来不断，继续论辩不已，彼此却更加尊重了。

"鹅湖之会"，一次灵感的触发，一次大胆的创意。历史在这儿凝眸了一瞬，然而，一次看似寻常的学人之间的集会，有了意想不到的"轰动效应"，一座原本默默无名的小寺院，一夜之间成了理学圣地，跻身为江南四大书院。

是偶然，还是必然？

瞬息即是永恒。

十三年后，又有了一次"鹅湖之会"。

发生在淳熙十五年（1188）的第二次"鹅湖之会"，曾长久地被第一次"鹅湖之会"的光辉遮蔽了。

这次相聚的，不再是穷究据理、会文讲学的理学大儒，而是热血贲张、狂歌痛饮的文学大师。

一位自诩"酒圣诗豪"的辛弃疾，一位自许"人中之龙，文中之虎"的陈亮。

提起辛弃疾，这位"眼光有棱"的南宋名将，自然会记起他"想当年，金戈铁马，气吞万里如虎"的壮词。这位一心想抗金复国，干一番大业的英雄，却因"主战"横遭挤兑，被朝廷罢官落职，长期闲居上饶带湖、铅山瓢泉一带，一闲二十年。壮志难伸的辛弃疾，只有遣词解恨，没想到"一觞一咏"、"樽酒风流"却成就了他的另一番事业。然而，纵然有清风明月，也难解他的愤懑不平，纵使"把栏杆拍遍"，也"无人会，登临意"。

江东才子陈亮，读书人中的"异数"。他标举异帜，创立了与理学相抗衡的"永康学派"。

二十年间，冒着坐牢、杀头的危险，陈亮不屈不挠，连续五次上书，力主抗金中兴，反对偏安妥协。昏聩的当权者不仅不予理睬，朝臣们还趁机中伤，陈亮气愤至极，在朝廷上当众大怒，被"主和派"目为"狂怪"。

一向畏金如虎的"太上皇"赵构驾崩后，陈亮见时局有了转机，便四方奔走，一度非常活跃。他向孝宗上书献策，提出"有非常之人，然后可以建非常之功"。

在恃才傲物的陈亮眼里，满朝文武，只有朱熹、辛弃疾（当然，还有他自己），称得上"非常之人"，真正"四海所系望者"。辛、朱、陈三家联手，无疑是在野"主战派"的最佳阵营。

闽赣官道上的紫溪，是闽赣两省交界处。陈亮选定铅山紫溪，作为三方会晤之地。

为了争取朱熹到主战派来，陈亮放下彼此间的学术分歧，以国事为重，在紫溪迎接朱熹。

然而，朱熹爽约。他藉口年纪大了，再一年就六十岁了，只想躲在山里，喝喝自己栽种的杞菊，啃啃菜根，"与人无相干涉，了却几卷残书"。朱熹晚年的消沉，很让陈亮失望，不由的怀念起吕祖谦来，若这位温厚长者出面，兴许朱熹肯出山，可惜他病逝了。

此前，陈亮与朱熹早有接触，并同在永康等地一起讲学。朱熹以浙东常平茶盐司的身份巡视衢州婺州（金华）时，年少气盛的陈亮找上门去，与朱熹围绕着"王霸义利"辩论了一旬，以后又以书信的形式进行了数年之久的论辩。

陈亮跟朱熹舌战时，朱熹与辛弃疾有了一桩"公事"。彼时，辛弃疾正威风凛凛统领湖南军，派客船满载牛皮过南康军境，恰被军守朱熹截获（查走私船？），按规定货物全部没收。眼见的损失惨重，辛弃疾紧急修书求请，货物才得以发还。朱熹虽放了辛弃疾一马，但修身严格的他，实在看不惯辛弃疾的放浪不羁。

辛弃疾则是吕祖谦介绍给陈亮的。当时陈亮再次上书，刚巧辛弃疾由江西安抚使调任临安任大理少卿，"北定中原"、"雪耻洗辱"，共同的政治主张使他们互为知己，意气相投。

淳熙十五年冬，陈亮冒了严寒，自浙东往紫溪拜访辛弃疾。陈亮心切，一路打马狂奔，快到瓢泉时，一条结了薄冰的小河挡住了去路，陈亮引马过桥，马止步不前，策马三次，马退却三回。陈亮大怒，遂拔剑斩马，剑起，马首落地。

（瓢泉附近的那座"斩马亭"旧址，容易让人想起，时时准备行动的陈亮是何等躁动不安。"斩马亭"虽在，然而，小桥、小河都梦一般消失了……）

有朋自远方来，偶感风寒的辛弃疾，陡然来了精神，他在瓢泉新居接待了陈亮。两人"同憩鹅湖，瓢泉共酌，长歌相答，极论世事"。辛弃疾后来写的《祭陈同父文》，点明了这次会面讨论抗金复国大计的性质。流连十日，陈亮飘然东归。

望着陈亮离去的背影，辛弃疾恋恋不舍，离别第二天，又赶去挽留，一直追到鹭鸶林，只因雪泥路滑，无法前行，才怅然歇步。当晚投宿村店，夜半听到邻人悲切的笛声，更想起十天来与陈亮朝夕相处的情形，惜别之情与家国之恨一起涌上心头。于是披衣下床，挥笔泼墨，一气写下《贺新郎》（把酒长亭说）。辛弃疾把陈亮比附古代的先贤，对陈亮为国奔波、上下求索，作了高度评价："看渊明、风流酷似，卧龙诸葛。"

"鹅湖之会"后，辛弃疾、陈亮别后相互酬唱的六首词，千载之下，那披情入文的直接感染力，仍令人震撼不已。

近代国学大师梁启超认为，这类作品"都是情感突变，一烧烧到白热度，便一毫不隐瞒，一毫不修饰，照那情感的原样子，迸裂到字句上，这类文学作品，真是和那作者的生命分劈不开"！

象山书院

象山书院，祠废院荒，已不复存在。

你只能从浙赣铁路飞驰的列车上，从龙虎山附近的青山绿树中，远远望见一块残留的石碑，上书"象山书院"。为着醒目，涂了红漆。

红漆的象山书院，显然与当初结庐而居的面貌，相去甚远。

没有书院的书院，你只能凭象山所说的"顿悟"，在昔日的遗址上，用"心"去想象、去触摸。

象山书院始建于淳熙十三年（1187）。象山原名应天山，伏踞贵溪上清镇东南，距道教发祥地龙虎山不过十数里。陆九渊的门徒彭宗兴往天应山访友，登山游览，见山高谷邃，云烟出没，悬瀑如练，不觉怦然心动。此时林茂泉清，环境幽静，正是讲学的好去处。于是和友人商议，先生讲学的槐堂过于狭陋，已容不下慕名而来的学子，何不在应天山结庐，迎请先生上山讲学。不久，象山先生携二子一侄偕门徒欣然登山。彭宗兴等人又忙着建草堂，安顿先生。

次年，先生以山形如象，将应天山改名象山，先生也自号"象山"。

云水、烟树、苍陵、悬瀑，构成一座象山，构成一块读书人的圣地。

那洁净之地有着一种怎样的场景呢？

"天下云集响应，赢粮而景从。"

象山先生升堂讲学，闻风而来的学子，背着粮食，云一样聚合，影子一般追随。

早在家乡金溪槐堂，象山已有很高的名望，每开讲席，远近乡绅学子挤满了书堂，户外鞋履堆积无数，更有上了年纪的老人，拄着拐杖在堂外观听。

象山先生以山为冠，以水为带，羽扇纶巾。

或读书，或抚琴，或观瀑吟楚辞，或登临诵经文，一派雍容自适。

象山先生办书院，另具一格：不建斋舍、不立学规、不供饮食，全凭先生的精神感化，先生独特的"人格魅力"。

象山先生教人，有教无类，无论尊贵之身，布衣白丁，进得门来，都是陆派弟子。

每当天一放亮，启明星还在天边闪烁，象山精舍就击鼓鸣金。听到鸣鼓，学子急急如令，漫山漫谷涌来，象山先生且乘一顶山轿，飘然来到讲堂。

升堂讲学，象山先生精神炯然。端坐堂前，门徒各举一小块木牌，上面写着姓名，年甲顺序，依次拜见先生，数十百人，神情肃然，无一人喧哗骚动。

象山先生教诲弟子：首先要收拾精神，涵养德性，虚心听讲。弟子们俯首拱听。

讲经时，象山先生每每开启人的本心。弟子中有渴望表达又拙于表达的，象山就代为讲述，并从中点拨启悟，只要有片言半辞可取，象山"必奖进之"。

象山先生吐音清亮、有力，他告诉弟子，自己的思想是"因读《孟子》而自得之"。学习贵在自立，"不可随人脚跟，学人言语。"人"不可自暴、自弃、自屈"。他认为"天、地、人之才相等耳，人岂可轻？人字岂可轻？""宇宙之间，如此广阔，吾身立其中，须大做一个人。"

象山先生大胆放言："宇宙便是我心，我心即是宇宙。"

大音稀声，弟子们如醍醐灌顶。

象山先生讲论，每讲到痛快处，就回转头来对傅子云说"岂不快哉！"傅子云敏而好学，是象山的得意门生。孩童时即登象山之门，因年龄小，先跟邓约礼师兄学，后来才升弟子。

象山中进士时，傅子云也入太学。两人途中相遇，惊喜莫名，师生一道泛舟桐江，樽酒痛饮。漫游中，才思敏捷的傅子云"答问如响应"，深得象山赏识，称他"季鲁英才也"（傅子云字季鲁）。

初入精舍，童子隅坐。傅子云因年少坐于末席，象山却破例为他特设一席置讲台侧，还时常让傅子云代讲。

象山另眼高看傅子云，颇有点像"徐孺下陈蕃之榻"。东汉高士徐孺子，清贫至骨，不肯做官。豫章太守陈蕃，素来不接待宾客，只有徐孺子来时才招待，并为他特设一榻（躺椅），徐孺子一走，就把榻挂起来，不准别人用。

一个礼贤高士，一个厚待弟子。

象山告诫他的门徒：轻易不要做官。因为政事猥琐，有害于个人身心修养。然而他又深感国耻难伸，亟欲起来为国效命，因此，续续断断做了几任小官。

教人轻易不要做官的象山先生，自己却被"官"所困扰，身不由已做了湖北知荆门军。赴任之前，他命傅子云为象山精舍的主持，紧紧攥住傅子云的手说：书院的事，全都托付于你了，你要好好为我把这一束火薪传啊。他深切地对弟子们嘱咐：我远守小郡，不能再为诸君授业解惑了，幸好有季鲁在，愿你们手足般相亲相近。

荆门为南宋的边地，边地自有它特殊的战略意义。可这边地却毫无防务能力，居然连一座像样的城墙，一道窄狭的护城河也没有。"治荆践履"，上任头一件事，象山就奏请朝廷，修筑城防。

目睹荆门积贫积弱的惨状，象山先生痛心疾首，他以超人的胆识与魄力，抓了荆门七大政：除弊风、重法治、严边防、修城池、建保伍（类似民兵）、堵北泄（堵绝粮食给北面金人）、抗旱涝。

荆门七大政极具现代意识，让人很难相信，这是八百年前的一代大儒所创下的政绩。这些政绩使象山先生青史留名。

象山做官，恪守以安民为本。破除当时做官的惯例，到任先言明约束，见客、受状、都规定了一定的日期；他客到随见，持牒即入，不分晨暮，迅疾使下情通达。

象山为官，实践着这样一句箴言：道在笃行，不在空谈。

经过一年多的治理，荆门民风为之大变，一时夜不闭户，路不拾遗。

象山先生认真治学，认真当官，认真做人。这位过于认真的人，以中年之身，死于任上。

白鹿洞书院

立于早春二月的山门外，听"风声、雨声、读书声"，满耳满盈的却是"风声、雨声、松涛声"。

读书声已随风而去，读书人也不见踪影。只有山间的野雀当童子，看见人来，叽叽喳喳，殷勤探问。

庭院深深。五个院门勾连成五座院落，一进又一进，楼台回廊，谜一般，让人深陷其中。

先贤祠和报功祠，祭祀的古圣先贤果然不少，除了爱菊的陶渊明，爱莲的周敦颐，记住的只有爱桂的朱子。

记下朱子，不只因为朱子是终日俨然的学问家，也不只因为朱子是继孔子以来的儒家集大成者，只因朱子力排众议修复的这座千年学府——白鹿洞书院。

书院的山脉自五老峰而来，悬天绝壁，一峰南下。

自从太史公司马迁年轻时领父命"南登庐山"，庐山的山水便叠印着历代文人骚客的屐痕，也有风雅的官吏劈山开洞，用了思贤的名义建读书台。

白鹿洞本有名无洞，只因有一"洞"字，忙得几任知府"钻山打洞"。

明嘉靖年间，南康太守王溱便望文生义，在五老峰的余脉后屏山，生生开出一个洞来。更有知府何岩，明知神鹿已仙驾，硬要把一块顽石凿成半蹲半卧的鹿，将石鹿置放洞中。过了数十年，又冒出个参议葛寅亮，认为此举不妥，不该开洞置鹿，复把石鹿从洞中取出，又朝地下钻个洞，将鹿埋于底下。

本该四方神游的白鹿，却被好事者们拘于阳光不到的洞中，怪不得胡适博士要笑骂："这两人真是大笨伯"！

这白鹿颠颠倒倒，一朝上天，一朝入地，不知白鹿的主人作何感想？

白鹿先生李渤、洛阳人，聪颖通脱，与兄李涉同隐庐山。优游山林的李渤，蓄了一头白鹿自娱。那白鹿温良驯善，十分灵异，常随李渤左右，还能替主人办事，只须在鹿的梅花叉上悬上钱粮布袋，就能上市沽酒，采回纸墨笔砚。那分灵异，让山民觉出它的不寻常，奉为神鹿，李渤被人称作"白鹿先生"，他居住的山谷名为"白鹿洞"。

久隐山中的李渤，似闲云野鹤，过得逍遥自在。一纸诏书，打破了他的仙人梦。出山还是隐洞？处于两难的李渤犹豫不定，这时，洛阳令韩愈一篇激扬的文字《遗李渤书》，劝其出山，书称："朝廷士引颈东望，若景星、凤鸟始见，争先睹之为快……"，"韩潮苏海"，谁人能抵挡韩文的汪洋恣肆？李渤只得出山。

李渤出山那天，据说那白鹿也四蹄踏云，腾空飞天……

出山后的李渤，不改书生本色，立马上书，主张博引海内名儒，大开学馆。他念念不忘旧居，任江州刺史时，对白鹿洞加以修葺，植木、引流，建造台榭。从此，白鹿洞四乡文人往来不绝。

长庆二年，曾经"浔阳江头夜送客"的白居易，赴杭州刺史任，途经江州，登庐山，重临他的遗爱草堂，与李渤相会。此时距白居易离开江州司马贬所，恰好五年。

一个当年被贬的江州司马，一个现今的江州刺史，两名唐才子，草堂晤对，仰观山，俯听泉，家事国家，从何说起？"曾住炉峰下，书堂对药台……五年方暂至，一夜又须回……君家白鹿洞，闻道亦生苔。"

本想"左手牵妻子，右手抱琴书"终老书堂的白居易，终因"冗员所羁"，未能如愿。带着遗憾，白居易离开了他"恋恋不能去"的草堂。这一别就是永远。只留下了他的《草堂记》，他的心情，给庐山那一轮千年月。

李渤之后，唐末兵乱。多事之秋，一些淡泊的文人为避战事，纷纷来白鹿洞读书、讲义。南唐昇元四年，白鹿洞正式辟为书院，国子监李善道为洞主，称"庐山国学"。

白鹿洞书院号为"天下四大书院"，与徂徕、石鼓、岳麓齐名，则是朱熹兴复以后的事。

淳熙六年，朱子知南康军。几经兵乱，白鹿洞书院已经废弃了125年。

北宋的遗址上，荒烟蔓草，屋宇不存。朱子见了痛心不已，然而他发现，这里"四面山水，清邃环合，无市井之喧，有泉石之胜"，环境幽谧，正适合著书讲学。

重兴书院。担此大任，朱子极看重这件事。他接二连三张榜、行牒、书状、给尚书、丞相上札子，给孝宗书奏。

南宋的月光为朱子撑灯，照见他夜以继日，濡墨写字，"榜、牒、状、札、学规、书奏"，"凡二十九"篇。再读这些有月光味的文章，让人生出很深的感慨：一代理学大师，勤勉如此，实在是个做事极投入的人。

然而，世间无情。朱子的高蹈远举，他要复兴书院的大业，不被世人理解，上报朝廷的谋划、设想也石沉大海。当朝权贵非但不支持，反而被"朝野喧传以为怪事"，遭到肆意的嘲笑和讽刺。

庄子有言："举世非之而不加沮。"朱子毫不动摇担当的使命，在一份"奏札"中，重申了重兴书院，培养学子的重要，痛斥了那些责难。

白鹿洞的草枯了又绿，一年多过去了。修葺一新的书院，飞檐斗拱，气势宏大，亭台书阁，错落有致。淳熙七年（1180）春三月，书院落成。朱子百感交集，率领军、县官吏、师生共赴书院，祭先师先圣，以隆重的仪礼昭告四方。俨然的朱子，这回率性举杯酬饮，赋诗唱和："重营旧馆喜初成，要共群贤听鹿鸣。"

朱子亲自主持书院，白鹿洞一时名声大噪，闽、赣、浙三省辐集，庐山道上挤满了行色匆匆的莘莘学子……

倘没有朱子，白鹿洞会是个什么样子？（当然，历史没有假如）。若没有白鹿洞，失去这个巨大的讲台，朱子还叫朱子吗？恐怕会黯然失色吧，千载之下，除了书院，除了《四书集注》，谁还记得朱子知南康军或别的什么军的政声呢？

翌年，白鹿洞书院桂子飘香时，陆九渊赴朱子之约来书院讲学。朱子虽与象山学术意见不合，但佩服象山为人高洁。发生在淳熙二年的"鹅湖之会"，两人激烈的舌战，成了愉快的记忆。

象山极富口才，很能鼓动人心。一章原本枯燥的"君子小人喻义利"，被他讲得精辟生动，让座中学子感动得流泪，朱子也击节称快，以为"义利"章切中了当时"学者隐微深痼之处"。朱子十分谦逊，当即表示："熹当与诸生共守，以无忘陆先生之训。"随后又将象山的讲义刻上碑石，立于院门。

博大、恢宏，这就是朱子。这才是真正的大师。

朱子学术上的气度，首开了书院"讲会"制的先河，为不同学派在同一书院讲学作出了懿范。

一时讲学之风兴起，一些学派主张，一些思想交锋在书院碰撞。师徒间辩诘问难，大师与学子相互切磋砥砺，酷似先秦时的诸子争鸣。

大师产生于书院，大师们的学术思想孕育于书院，又通过书院得以传播、弘扬。

朱子每天黎明即起，端坐一室，通贯古今，讲经论道常至夜深。晚年，朱子疾病缠身，但只要一回答弟子的提问，"则脱然沉疴之体"，连重病都会脱身。终生讲学的朱子，倘若一日不讲学，便怅然若有所失。

朱子告诫弟子："读书须一棒一条痕，一掴一掌血"，万不可浮飘。

"血"与"痕"，实在是朱子自己的真切感受。

《论语》是朱子的经典，朱子一辈子捧读，自幼到老，从不间断。他先用朱笔划线，再以墨笔圈点。等到有了新的领悟，就交替使用青色和黄色笔批注。

凭着这枝五色笔，朱子写下了千古不磨的道德文章。

朱子过于博大，书院的学问也过于精深。

你无法言说，只能默然感悟，稍稍靠近……

出山门，过流芳涧，见石壁上有朱子手书的"洗心""枕流"，心有所触。转回枕流桥，桥下流水淙淙潺潺。流水汩汩流过千年百年，想那清流曾经濯过一个清癯的面影，于是攀上枕流石，含一茎草，卧听流水……

（原载 2003 年第 2 期《十月》）

报告文学类

【陶　江】

（报告文学类）

男，1955年生，江西新建人。中国作家协会会员。江西省作家协会理事。南昌市作家协会副主席、南昌市散文学会副会长。著有中篇小说集《平手》，短篇小说集《一朵芙蓉出水来》，长篇小说《轿谱》，长篇儿童文学小说《水边的仙茅草》，《水边的仙茅草》为2007年中国作家协会重点扶持篇目。长篇文化散文《银的镇》，散文集《幽夜听雨》，长篇传记《气节文章·蒋士铨传》，《气节文章·蒋士铨传》系中国作家协会、作家出版社重点项目。乡土教材《走近鄱阳湖》，长篇民间文学《民间说·刘贺轶事》及学术著作有《陶姓史话》等五部。至今在全国报刊发表小说、散文、报告文学等作品三百五十余万字。

《气节文章·蒋士铨传》(节选)

一、长兴水土

俗话说,一方水土养一方人。江浙苏杭,自古便是人文荟萃的好地方。上有天堂、下有苏杭,不言自明,其秀美繁华,几可与天堂媲美。生于斯,长于斯,当是人生之大幸。可是,也有人,生于斯域,而长于异域,远走他乡。尽管有故土难离之说,也无法约束其生存的步履,独在异乡为异客。生命的吊诡,往往驱赶着命运行走在一条崎岖的甬道中。

要给蒋士铨写传,首先得从其姓氏源根说起,从他自钱姓转为蒋姓的来历谈起。历史上的钱姓,是望族,在百家姓中排列第二位。钱氏起源很有意思,钱氏姓氏来由乃寿星彭祖的后裔。相传,钱氏第一代远祖为少典,第二代远祖为黄帝,第十代远祖为钱铿(也就是彭祖、彭伯铿)。到了周代有个叫彭孚的人,是传说中的寿星彭祖的后代,在朝廷中做管钱财的官,称为"钱府上士"。彭孚的家族非常兴旺,他的后代以先辈钱府上士的官职为荣,因之以"钱"为姓,世代相传,钱姓由此而来。由于钱姓是从彭姓分化出来的,与彭姓有着共同的祖先,所以历史上的钱姓和彭姓自认是一家。

钱姓人最早居住于下邳一带,秦汉时期逐渐发展到徐州、乌程、长兴、高密等几个相对集中的地方。隋唐以后,钱姓家族蓬勃发展,遍布江南地区,后来又向台湾和海外地区迁移。如今,钱姓人不仅遍布大江南北,而且在海外华人聚集的地方也有一定程度的分布。

我们说，钱姓人虽然把个"钱"字顶在头上，并不是说他的后代就财运亨通，很传奇的是，这个姓氏的人物，于钱财似乎嗤之以鼻。也很少有在政治舞台上扮演过轰轰烈烈的角色。不过，钱姓人士文采武功却多有建树，钱姓可谓文武并举，独具特色。

最早出现于史书的钱姓人士为钱丹和钱产俩人，钱丹是著名的隐士，而钱产则是秦代的御史大夫。汉代的钱逊、钱林都一度为官，这里出现的钱林，也就是钱姓七十九代祖，亦是传主蒋士铨的远祖，他因不满王莽的篡权活动，最后辞官归隐。钱林仅在汉朝做过谏议大夫，由于他的气节和德行得到人们的赞许，留下声名。他在钱氏家族的发展史上，是个承先启后的人物。钱氏经其迁徙浙江长兴后，家族才开始中兴，发展渐入佳境，家族面貌焕然一新。钱氏这一支不但人丁兴旺，福祚良多，而且名人贤士层出不穷，出将入相者甚众，逐渐成为社会中举足轻重的一支力量，影响日盛。

浙江省的长兴县，是个千年古县，有着2500余年的悠久历史。吴越文化的厚重凸显了他的历史地位。这里不仅风景宜人，物产丰富，还有众多的名胜古迹。有陈朝陈武帝的"陈霸仙故居"；有晋朝名贤宰相"谢安之墓"；有著名茶圣陆羽著书立说之地"顾渚山庄"；有历史悠久的佛教禅寺，当然还有本传传主蒋士铨先生的祖先汉建平中谏议大夫钱林的"钱林宅"。

钱林宅，有过它的至盛。历史上与临安的安国山，杭州西湖的钱王祠、六和塔、保俶塔、灵隐寺，苏州的浪沧亭，嘉兴的烟雨楼齐名。可惜的是，钱林宅至今已是"黄鹤一去不复返"永远地留在人们的记忆和文字中。

钱林是长兴县水口乡江排村人，早年为江苏彭城（今徐州市）人，汉元始间，自徐州下邳郡芝童乡，渡江南迁，其为乌程（今湖州市）令钱氏后裔，乌程令被尊称为"过江之祖"。由于不满王莽专政，遂于公元五年弃官，隐居长城（长兴县）平望乡陂门里梓山之东。以这次迁徙为标志，钱氏根脉便渐此转移至长兴，在此繁衍生息。期间，钱氏一族，亦文亦武，文张武弛，自汉及吴、魏至晋、宋、齐、梁、陈年间，子孙多有显宦，成为远近闻名的显姓赫族。《太平寰宇记》曾有记载：长兴着姓，钱氏最盛。蒋士铨在他的《先考府君行状》一文中叙述：先世居长兴，代有显著。浙江《湖州府志》卷九十记叙了钱林的生活轨迹：钱林，字符茂。汉建武中为谏议大夫。元始中王莽专政，来隐于平望乡陂门里梓山东造村，穿港开陌，俾水陆交通。层层盖山，高门面水，疏桐映井，密竹临池……子孙因家焉"。乾隆《长兴县志》卷十二也有记载："旧志表吴兴著姓曰：沈、钱、邱、钮、其所见甚不广。"沈著于武康，为沈戎之后；钱着著于长兴，为钱林之后。

长兴水口乡，是钱姓的祖居地。这个地方，历史深厚，底蕴丰富，水口之名来由有二，一是其境内金沙涧之水下泄出口太湖而得名；二是因境内顾渚山自吴夫差"其睹而忘返"得名。早在唐代，湖州刺史杜牧有诗"倚溪侵岭多高树，夸酒书旗有小楼，惊起鸳鸯无限意，一双飞去却回头"，描摹了长兴水口如诗如画的迷人景致。这是不仅山美水美，其栽种的茶叶也远近闻名，是当地人生存的求财之物。仅唐代就有颜真卿、杜牧、张文规等28位湖州刺史曾来水口修收贡茶，孝敬朝廷。更有白居易、刘禹锡、皮日休、陆龟蒙、汪藻等百多位名人雅士来此品茗游览。陆羽的《茶经》更是把顾渚山的贡茶推向海内外。

水口乡三面环山，东临太湖；山清水秀，岗峦叠翠；空气清新，环境幽雅；湖光山色，澄净优美。"山实东南秀，茶称瑞草魁"。人们都说茶是文字的源泉，依此看来，还真有些像模像样的依据。水口乡产茶也产文人，茶脉、文脉，一脉相承，让文章沾了秀美江湖的地气，多了几分灵动。

水口的江排村，就是早年的九里泷庵画溪头，又为吉祥乡陂门里梓山之东，今名为上阁步。也就是在这个地方，早年的钱姓人家，于此休养生息，繁衍子孙。鸟语花香的日子，虽然多有几分清贫，而山里人家，安分守己，自甘其苦，只图清静无邪，靠着茶叶、山笋、毛竹，架构自己的生活，也算活得洒脱，自由自在。男女老幼，虽有功名之念，却也守道无为，在下层的痛苦经历中磨炼自己的意志。涧溪之水洗刷自己藏垢的灵魂，也洗涮了耳目一新的家学渊源。用理学、儒家学说作为家庭祖堂上的训语，一辈辈走出了不少达观之才，济世良才。钱林宅这个地方因之成为人们向往的地方。时至今日，虽然旧迹荡然无存，但山水的灵性还在，竹林在风的簇拥下，掀起一阵阵绿浪，发出一阵阵哨响，空谷幽声，惊天地、泣鬼神，在宇宙间留下响彻云天的歌唱。

水口钱氏，在日子中写历史，在历史中写日子，每一页都有惊人之处，每个章节都动人悱恻，不做辱没祖宗之事的家风，使这个家族"自六朝于宋，王侯、牧守、将军，凡钱姓皆其后裔也"。

二、柜椟传宗

天下大势，分久必合，合久必分。纵观中国几千年历史，这似乎成了咒语，也似乎有着某种规律。

明末清初，甲申年是大限。无情的岁月，前一脚还踩在明朝的门槛内，后一脚便踏进了清廷的天井间。

李自成率领农民起义军攻入北京城后，所谓的大顺朝开国似乎已成定势。李自成坐在金銮殿上，暗自窃喜，老天给他送了大礼，摇身一变，由一位下层庶民贵于天子之尊，崇祯帝就在李自成身后的煤山自决成仁，明朝到此停止了喘息。这样的结局对李自成来说，似如进入梦境一般，他怎么也没想到，就这么一闹，明朝的江山便拱手让到他手上了。农民意识和松散的管理，在无序中呈现了不可想象的乱象。将士们在城中恣意妄为，快乐逍遥，满足于小富即安和一夜暴富冲昏了胜利者的头脑。金银珠宝、美女少妇，只要出手，易如反掌。偌大的北京城成了屠宰场，成了掠夺的象征。躺在销金帐内，度过销魂时刻，将士们心软了、骨酥了、斗志全无。昨日战场硝烟已经化成一缕轻烟，飘渺远逝，了无踪影。有人说过，女人的呢喃软语最能击垮斗志。谁曾想到，在城外的北方，吴三桂和满人的军队正在虎视眈眈，准备入关。当那些满族热血男儿的铁蹄踏月飞雪，纵横驰骋之时，正是城里兵将与美女贵妇耳鬓厮磨之际。什么社稷、什么江山，那是你李自成的事。到了该享受的时日，人生得意须尽欢。昨日雄起杀一回，今日揽得美人归。这是何等划算的买卖啊！可怕的松懈和无序遍布城中的每个角落。酒力的作用让这些放纵者失去了自我，就连李自成本人也昏昏然，不知今日何日，失去了对大局的把握，失去了对将士的掌控。

当吴三桂的军队将北京围起来时，李自成如梦初醒，幡然悔悟。可一切迟了、晚了。城外的呐喊和厮杀已经震耳欲聋，吓破了大顺军的胆。洪水溃决般的撤退让李自成"夜走麦城。"这是一场一边倒的战争。战争的结果可想而知，李自成的兵将退出了北京城。临别时，他不无贪恋，懊丧地望了望金銮殿那帝王象征的皇帝宝座。屁股还没坐热，竟这样不舍的离去，他仰天长叹，恨自己是铁不成钢，恨自己在香风暖雨中迷失了自我，"来了闯王不纳粮"的初衷此时此刻成了最大的讽刺。一个缺乏政治头脑、缺少远见卓识运筹帷幄指挥者的军队，败阵是自然的。李自成流着懊恼的热泪，在亲信的催促声中，万分不得已的仓促上马，灰溜溜逃出了北京城。

这一退非同小可，兵败如山倒，自河南邓州经湖北襄阳、武汉再到江西九江，李自成的大顺军在清军阿济格率部追击下，连败八阵，就连李自成最为倚重的大将刘宗敏和军师宋献策也被清军俘获。李自成的大顺军到此时已乱无章法，只得由江西西北部转入湖南。当李自成一行辗转行至湖北通山县九宫山时，在探路之际，被当地团练击毙。

清军以摧枯拉朽之势，击垮了大顺与南明两大政权。清廷以为天下大定之际，1645 年闰元月，明朝旧臣又在福州拥立唐王朱聿键为帝。正是此时，由于清廷大军北还，浙东各地反清运动，趁此乱象，抢掠烧杀，攫取民财。所谓乱世民苦，老百姓受这些土贼骚扰，苦不堪言。江浙一带民众，倍受颠连。

位于浙江东部的长兴县，是土贼猖獗之地，三天两日，这些土贼似蝗虫一般，飞到东村，洗劫一场；又转道西村，掠杀一回。钱家也不胜其扰，成了土贼光顾的目标。

钱姓村子不大，依山傍水，竹海烟云。村民们迁居此地，虽然无法一夜暴富，可生活还是于温饱无愁，过着平平安安的日子，遇上如此恶贼泛滥的日子，村子开始遭灾了。土贼时不时窜到村里，杀戮掠抢，坏事做绝。村民也拿这些毛贼没办法，每次闻土贼进村，男女老幼如惊弓之鸟，抱头鼠窜。

蒋士铨后来叙述：先祖静之公讳承荣，家素封。年九岁，值明季土贼作乱，家人仓猝惊避，匿公巨椟中。

这天，天刚蒙蒙亮，人们还未起床，只听村头一阵锣响，紧接着，便是脚步声、厮杀声。钱承荣的母亲慌了，一时不知如何是好。这是个没有男主人的家庭，丈夫几年前已经去世，家贫如洗，一双幼子，大的才十余岁，小的才六岁。平日里，应对家中琐事，已经分身无术。这强盗土匪一来，她便像热锅上的蚂蚁，一时不知如何是好。她流着泪，情急之下，对大儿子承荣说："儿子，你听话，先到放粮食的木柜子里躲一躲，我带弟弟进山避一避，等土匪走了，我便回家接你出来。你千万不要声张。"

承荣也很懂事，听妈妈如此解说，看了看弟弟，二话没说，自己便揭开木柜盖，跳进了柜子。

土匪毛贼在村子里，烧杀掳掠，肆无忌惮，家家都被洗劫一空。他们在村里大块吃肉，大碗喝酒，村子被土匪毛贼搅得乌烟瘴气。把村民赶走后，这些毛贼盘算，觉得这里地形复杂，山形险要，易守难攻，是他们立寨建巢，作长久之计的好地方，于是，便在此遁身不走。只可惜，如意算盘拨错了珠儿，不出三天，一路南下的清军惦记上他们，扫荡进山，大有不灭土匪毛贼不罢休的架势。面对强大的清军，土贼们惊惶失措，登时作鸟兽散。

上山的清军在一位名叫固山的满族将军带领下，逐户搜查毛贼。进入钱承荣家，听屋内传来一阵微弱的哭声。士卒们屋内屋外查了个遍，也不见个人影。固山颇为称奇，下令仔细搜寻。很快士卒们便在木柜中发现了钱承荣。

可怜才十二岁的小毛孩，躺在木柜中，已是奄奄一息。只听他嘶哑的嗓音一直小声哭着呼唤：妈妈！妈妈！

固山将军虽然长得腰圆背阔，虎背熊腰，威风凛凛，冷峻凶悍，却有一颗柔软多情的心。他挥手众人让开，亲自从柜中将小承荣抱了出来。眼见孩子命悬一线，他赶快让人端来热腾腾的稀饭，亲自扶着小承荣，一匙一匙喂下。

小承荣喝下几口热粥，身子骨也硬朗了几分。不过他看看四周都是些生疏的面孔，不禁又撕心裂肺大声呼唤：我妈妈呢？我要找我妈妈！丝毫不理会大人们的劝解。

固山将军仔细打量这个孩子，心头似乎多了几分恻隐之心。他觉得这孩子，长得长形虎脸，额高耳大，面相非同一般，将来一定不在人下。

眼看队伍就要开拔，孩子的父母又不见踪迹，固山将军果断下令将小承荣带入行伍，跟随人马南下。临行前固山还有意识的交代一位老成军人一路呵护这个累赘。

小承荣虽然心中惦记着母亲和弟弟，可跟着队伍，有饭吃、有衣穿，而且这些大人们的队伍里多了个小毛头孩子，大家都一路上逗他玩，背他行走，大人们开心小承荣也开心不已。

清军进入江西后，最大的收获就是明朝官员金声桓的降变。金声桓投靠新的主人后，不仅仅成为清朝的官吏，而且掉转枪口，帮助清军收复疆土，打击明朝残余力量，成为清军在江西的最好帮手。

清朝一路军队在固本的率领下，踏上了铅山的土地。

铅山这个地方，自古就是兵家必争之地、并不是说这铅山地方，其地势如何的险要，有扼守之势，喉结之利。其实不然，乱世兵争为其利，这铅山自古是重金属产地，珍贵的金银铜铁，多是贪敛财富者觊觎的对象。得铅山而富甲一方，如此油水，能有几人放过。何况这里，不仅土地金贵，其山水风貌也动人，武夷山脉葱茏延展漫山遍野绿色一片，层林尽染。信江的滋润，为这绿色增添了几分浓郁。地毯般的绿竹犹如这片土地的回报，涵养了铅山的水土风华绝代。竹子的功用也给铅山带来了无尽的财富，竹纸、毛边纸、连四纸，文房四宝中的头一宝，成了文人士子施展满腹经纶的好行头。就连朝廷皇家也青睐连四纸，将其视若纸中之珍。民间百姓绘声绘色，相传还有一说，说这铅山水土滋养美女。铅山女子风姿绰约，韵味独特，人见人爱。如此这般的说法，似乎将铅山的美貌女子推到了一个很高的位置。到过铅山的男人们也许都有同感，铅山美貌女子讨人喜爱这也是不争的事实。铅山的生意场也是个神秘场，耐人寻味的江口，在交流的过程中，显得那样高深莫测。探究者有之、邪心者有之、黑心者有之、恻隐者有之。够了，铅山的胸怀广博，既能容得下真君，也能容得下龌龊。

固本将军自然不属于这些人之列，他不至于愚蠢到用自己的前程作赌注，在清代立足未稳，江山未定之际，栽倒在铅山温柔梦乡的怀抱。

沿着信江上溯铅山河，固本将军雄赳赳伫立船头，大将风度尽让两岸山水动容。胜利者的微笑和对敌军的不屑一顾，让他在这条大江上，威风显尽。还是娃娃年纪的钱承荣立于将军身后，也很高兴朝着两岸百姓连连招手：大清立国啰！大清立国啰！

三、铅山之庠

铅山就像一位妙龄女子，长年累月待字于江南烟雨深闺中，撩开她那洁白的面纱，姣好的身姿，美丽的面容，展现在世人面前，让人叹为观止，惊艳其绝代佳人的秀丽。宁静与安谧美化了铅山人的生活，也描摹出一张江南版的铅山图画。铅山秀丽的自然风光写就无数的诗情画意，也成就了铅山的人文历史。

铅山是个江南山区县，位于江西省东北部，县境东、南、西皆山，一条信江，源于武夷山，信江两岸，峰峦起伏，沟壑纵横，风光秀丽，景色宜人。真可谓"江流天地外，山色有无中"。水中山影，山中水光，老天造化成就了铅山的优美风姿。置身其间，山水空蒙，幽静清空，让人心旷神怡。

早年，人们形容铅山"七山半水分半田，一分道路和庄园。"武夷山绵延北来的山脉，长满了铁杉、香樟、绿竹。土壤的湿润，滋生万物，用时髦的语言表述：铅山是江西乃至全国不可多得的绿色宝库之一。

铅山的物产丰饶，早年手工业发达，商品经济萌芽发育较早。早在唐代，铅山境内的永平镇附近，就已设立铜场，宋代元祐、绍圣年间，也就是公元 1086 至 1098 年，铅山采矿已具较大规模，出现一个辉煌时期。仅永平铜矿采炼工人就多达 10 万，铅山因之被认定为我国内地早期民族资本主义工业基地之一；茶叶生产也是铅山的一大特色，北宋景祐年间，也就是公元 1034 年至 1038 年，铅山生产的白水团茶、小龙凤凰茶就是朝廷贡品。明宗德正德年间，茶的品种和质量又有提升，有小种河红、特贡、贡毫、贡玉、花香等名茶隆重登场。到了清乾隆年间，也就是蒋士铨的无暇之年，全县茶叶产量急剧上升，从事茶叶生产、加工和经营的人数不下两三万。

铅山又是个重量级的县，武夷山脉的雄姿延展至铅山，成为山之宝、地之藏。金银铜铁的含量给这片土地浸渍了另类颜色。自从有县之始，这里就成为"地宝"，成为人们追逐财富的目的地。早在有唐一代，铜的寻觅就成为原住民生活的一部分。到了宋代，铅山铜的信息，传进朝廷中枢，铅山竟至直属朝廷，成为朝廷财富的挖掘地。朝廷招募十几万工人在这些土地上大肆开采，甚至在这里建起了铜钱铸造院。到了元代，铅山又直属于浙江直隶府，其地位不可小觑。永平铜矿成了远近闻名千年开采不断的大型铜矿。现代经济学家、历史学家翦伯赞先生谓铅山为中国民族资本主义工业萌芽最早出现的地方之一。

造纸也是铅山历史上特有的产业，石塘镇在古时就有"纸都"之称。街面遍布纸号、纸行，各色建筑，五花八门。飞檐翘角，门楣牌匾，讲述的是纸手艺的传承。街面上散落的纸槽（麻石料）、纸碓（青麻石）、纸榨、比比皆是，连四纸成了远近闻名的贡纸。历史的沧海桑田诉说着斑驳离奇的纸业历史，诉说着那高潮迭起的岁月。

铅山的山水隽秀，养育了在这块土地上生存的人。藏文聚气的鹅湖书院开创一代独特文风，成为中国文学史，中国理学渊源中的一段挥之不去的美好记忆。朱熹与陆九龄、陆九渊、吕祖谦的学术讨论不仅仅停留于学术层面 的意义，它所揭示的文以载道原理及"格物致知"为理学正名，为理学的哲人情怀写就了新的篇章。

正因为铅山地方藏文聚气，这块土地诞生了像费宏这样的状元郎君，像辛弃疾这样爱国情怀的刚遒硬汉。

在铅山民间有个传说，早年铅山有县无治，朝廷派来的县令把个大印兜在怀中，人们戏称为兜印县令，这个县令受不了戏谑，于是他走遍铅山山水，欲寻一块风水宝地作为铅山的治所，可是他跑遍了铅山的方圆数百里，也断定不了在何处设县治为好。倒是铅山当地士绅想出了个好办法，用戥子称土。在全县各处采集土样，用戥子称重量，何处的土重，县治就设于该处。最后，经过衡量，县治设在永平。因为永平的土壤含铜铁等金属，土的份量重。永平镇是个千年古镇，唐代贞元元年（785 年）开始设镇，南唐保大十一年（953）铅山县建县时，永平镇自此成为县治所在。

永平镇在江南不是个显山露水的地方，可是这块土地的魅力却有很多独特之处，土的质量决定了她在人们心目中的地位。当土地成为财富时，她便成了攫取者的天下。太平盛世，她是朝廷的钱柜；战乱时期，她是贼寇窥视的对象。宝藏对人而言便是欲望，财富对人而言便是弱肉强食。永平的财宝取之不尽、用之不竭，自唐宋以来，曾使多少英雄竞折腰。在这里，勤劳的人们修起了城池，聚集了精英人物。这些劳神者，驾驭那些在这块土地上掘宝的劳力者，为边块土地留下了声色犬马的故事，也留下了无数可歌可泣的人间神话。

唐朝诗人王驾在铅山与百姓一道过社火节，曾留下《社日》一诗："鹅湖山下稻粱肥，豚栅鸡栖半掩扉。桑柘影斜春社散，家家扶得醉人归。"铅山鱼米之乡的景象在诗人笔下写得出神入化。灵山秀水，粮广食足，鸟语花香，丰饶富庶。

永平镇作为一个千年古镇，地处鹅湖山北麓，三面环山，北临桐木江，历史上被人们形容为闽赣咽喉分水关之外的又一锁钥之地。自古水陆交通便利，是商贾云集的"四省通衢"之地。宋代之前，这里设有铅山驿。明代洪武元年二月，千户蒋奎筑城（足见铅山蒋氏的历史渊源和久盛不衰）。城绵延四里七十二步多，高二丈，东西南三面凿池燎城（即以山形挖凿崖壁，壁下以防火攻，挖池为护城沟），下阔四丈，深一丈。北面倚河护城。永平古县城城墙上设五门：东为仁寿门，西为义和门，南为嘉会门，北为丽泽门，西北为水门。城门之上皆建有敌楼。这里"人烟辏集，路通瓯闽"。

永平镇的对外通道颇多，至清代有陆路大道四条，小路六条。东走岭阳关，西走云霁关，南走分水关，北走石溪与上饶交界处。小路东走黄桂社，西南走马铃关，西南走火烧关，西南走鸭母关，西北走湖头岭，南走桐木关。

县城内设有县衙署第、考棚、文庙；还有不少寺庙诸如：真武庙、观间庙、关帝庙、火帝庙。

永平蒋家，是个千年家族，在永平地方，散户蜗居。倚靠永平地下、地上的富庶，蒋姓合族齐心，人丁兴旺，生财有道。

蒋家传到蒋圣宠手上，已是家大业大，在永平地方有头有脸。

各种买卖做得似行云流水，如火如荼，宏大的家业传承到蒋圣宠手上，他穷尽心计念叨生意经，蒋家赚得家道殷实不说，蒋圣宠还被乡民推举为邑长。蒋圣宠慷慨善交，待人真诚，深得乡邻信赖。

清军进入铅山后，如风卷席，更似秋风扫落叶。为首的正是固山将军。蒋圣宠与固山俩人一见如故，相见恨晚，结为至交。钱承荣正是在固山与蒋圣宠的杯光交觥中走进蒋家。蒋圣宠四十无子，得了钱承荣入嗣，心下甚喜，待钱承荣如亲生儿子。钱承荣头脑灵活，在蒋家安身立命，从此钱承荣改姓蒋。

永平镇蒋氏祖堂，灯笼高挂，红烛亮堂。上首供桌中央摆放的祖宗牌位被擦拭得锃亮。

踏板上，铺上几个稻秆编的圆团样蒲墩，待供品三牲上桌，蒋家账房管家罗先生一声唱喏：

跪！

蒋圣宠扑通长跪，口中念念有词：祖宗福德，幸有今日，引子入堂，耀祖荣光。三跪九叩，焚香俯伏，谨以牲帛醴韭粢盛庶品，伏维尚飨！

礼毕

罗先生又唱喏：

晚辈引上，跪！

钱承荣亦跪，按照罗先生所示之词，祀于先祖：承荣岁茂，得蒋公看重，义而为子，承嗣蒋氏香火，生生不息，谨誓！三跪九叩。

礼毕。

固山在一旁看得泪湿春衫袖，嘴唇哆嗦。一位南征北战的将军，竟被这真真假假的父子情分所打动。他走到蒋圣宠跟前，饱含深情说：承荣从此交付蒋君您了。话毕，即跳上马背，一声鞭响，哒哒远去。

随后的日子，钱承荣在蒋家，过得也算舒心快活。蒋圣宠视其如己出，钱承荣也待蒋氏夫妻若亲生父母。再后来，蒋圣宠自己生下两子，蒋承荣心知铅山已非久恋之处，蒋家有嗣，按旧制，子承父业，理所应当。蒋承荣也没有更多的理由贪恋蒋家财富，做更多的非分之想，他也在心底打着自己的小算盘，在得到义父的帮助后，用自己的才智去开辟自己的一方新天地。于是，不待蒋圣宠开口，他便爽快按照蒋圣宠的安排，徙居南昌，借住在南昌县县衙。蒋承荣乐善好施，喜交游，每每出外游历，足迹遍及三山五岳。蒋承荣如此的为人禀性，也在后代身上得到印证。蒋承荣生有三子，大儿子蒋汉先，二儿子蒋玉符，三儿子蒋坚。大儿、二儿长大成人后，也相随蒋承荣一道不事时务，遍游山水，虽说是做些小生意，却总是蚀多赚少，有时甚至是血本无归，蒋圣宠分给蒋承荣的家业，到后来几乎损失殆尽。家道中落，一蹶不振。蒋坚的母亲是个贤惠的女人，她日夜操劳，纺纱织布，兑钱易食，即便是这样，家里依旧是入不敷出，难以自给。蒋坚看着母亲勤劳的身影和疲惫不堪的样子，十分伤心。他来到堂叔蒋恭伯面前，流着泪，向叔叔求助："我年幼少不更事，食量又不小，天生如此，没有别的办法，靠母亲的劳作养活不了我。我愿意出赘叔叔族支，长大后，我会赚好多的钱回报叔父大人的养育之恩，为您养老送终。"蒋恭伯眼见侄儿泪眼相向，饥不果腹，叹息道："我和你父亲都从圣宠公手上传下家业，树大分丫，儿大分家。如今，兄弟各行其道，可你父亲和你的两个哥哥却不计经济，一味地玩山游水，把一份上好家业落败。唉，这也是老天的安排，让一个好端端的家沉沦到这等田地。也罢，谁叫我们是叔侄呢。从今往后，你就是我的儿子，只要你年少不失志，用功于书，前程不可计量，我不会让你缺吃少穿。"言毕，即给蒋坚兑换了新衣，并赏给铜钱八百文，帮助蒋坚在市口上贩运稻米，一来二往，图些微利。幸得蒋坚如此灵便，讨了个口头肥，得了叔父的接济，蒋坚与母亲共渡难关。经常用这些小利给母亲买一些上口的吃食，侍奉老人。这样一番变故，蒋坚才和母亲风雨一路，相依为命，得以活过来。后来哥哥汉先和玉符回乡后，兄弟齐心协力，于市求食，家中才开始略有结余。

在蒋坚未成年前，他的父亲和兄弟经常出外游历，而且喜打抱不平，拔刀相助。一旦路遇纠结，视弱者，便解囊相助。蒋坚的家境不好，与父兄的这种天性有很大关系，可是这种个性的传承仍在这个家族延续。蒋坚的个性养成，多少也与父亲的基因有很大的关联。

蒋坚幼时就教于父亲的堂弟蒋恭伯，恭伯在铅山地方，倚父亲财富累积之势，得铅山地方地气之精华，从小喜诵读，既初通文字，又武艺齐全，功夫过人，十分了得。年少的蒋坚头脑灵活，学习用功，诲人不倦，有时疲惫不堪犯困，为了不让自己荒废时光，只要自己稍有倦意，就用缝衣针刺自己的指甲缝，强制自己重打精神，用神于书。久而久之，蒋坚的十个指头时不时总露出带血的痕印。蒋坚在父亲蒋承荣的监督下，一直跟随蒋恭伯左右，读书之余便练习武艺。七岁时随其叔父游历铅山法云堂。朝觐礼佛，听僧诵经。谁知当日，这样一所佛寺竟出现凶杀案，县上的捕快一干人等来了一路，将寺庙法堂团团围住。原来寺庙中的僧侣被人谋杀，既不知何缘故，也不知是谁杀的，更不知其因何被杀。捕头晃着脑袋对蒋坚的叔父道："你看，我现在把这些僧人押在这里，又不知怎样处置，真叫我无可奈何，不知如何是好？"蒋坚的叔父听了也觉得棘手，同情地点了点头。在一旁的蒋坚，其时才七岁，听了捕头的话，附在叔父耳边轻声说："叔叔，我看这杀人者，就是坐在堂上的老僧。"叔叔不信，问蒋坚凭什么怀疑是老僧杀的。蒋坚回答道："他诵经时心不在焉，眼睛左顾右盼，心思根本就没有放在经书上。不是他，还有谁啊！所以，我就怀疑是他。"在听了蒋坚的分析后，捕头夸奖说："没想到，乳臭未干的毛孩子竟然看出了大问题，经这小毛孩如此点拨，我也觉得是老僧所为。"当下即令捕快一起上前，将老僧带来厢房审问。谁知这不审犹可，一审老僧便经不住威吓，哆嗦颤抖，一五一十，将自己如何杀害僧人的过程老老实实全招了。案子就这样神速告破。蒋坚小小年纪，用犀利的目光，做了准确的判断，实属少年奇才。这事很快在铅山地方传扬开来，都说这孩子神了。小小年纪，竟然如此纯熟法道，通晓破案规则，料事如神，将来一定是可琢之材，堪用之料。蒋坚不仅头脑灵活，而且十分侠义，路遇素不相识的舟人，饥饿无食，便慷慨解囊，结拜为兄弟。十七岁那年三月，蒋坚自南昌去铅山，归途因阻风，船泊余干县瑞洪镇，有一南昌少年，搭顺风船来去南昌。阻风期间，每至船上开饭，少年便离船登岸，待众人饭食完毕，方才独自归船。蒋坚观察少年脸色，似有饥饿之状，心生疑窦。他想，如此一个饥肠辘辘的少年，在船上不言不语，守心无交，不知其何样肝肠？更不知其为哪般？看他怨憝忧郁，真不知这又将是人间何等暗淡无光的一幕。于是他便独自随了少年上岸。只见该少年，飞步进入当地的张飞庙中，抱肩蜷缩于铜钟下。蒋坚当即进庙，真诚问他："你这般自我折磨，是何原因？"少年哭着说："我姓熊名白龙，南昌人氏，只因我家中一贫如洗，母亲病危，借贷无门，无钱医治。母亲病中左思右想，终于想到要我出门去求一个人，说是她有一个侄子在铅山河口镇经商，或许找到他能有办法。母亲打发我前来铅山告急，以求借贷。可没曾想到，我的表哥并不在河口镇，更不要说在这里做生意，人早已不知去向。就这样，我不得已寄食舟人，更无钱寻食，到现在我有家归不得，身无分文而返，舟人自然不给我饱食……这也是天要亡我啊！"

蒋坚听罢，当即拍着少年的肩膀，安慰道："原来是这样，别难过，也别担心。你的母亲就是我的母亲，你比我长一岁，你为兄我为弟，咱们就学张飞桃园三结义，当着庙主的面，结拜金兰。从今往后，有福同享，有祸同当。我手头，有银三两，权当周济，以解家困，也好医治好母亲的疾病。"少年接了银两，拜谢不已。回到船上，蒋坚向众船客叙说熊白龙的遭遇，大家都很同情。船主当即表示不收熊白龙的饭钱，也不收他来往的船费。

回到南昌后，熊白龙向母亲叙说了前往铅山寻亲的酸甜经历。当听说蒋坚在熊白龙困苦之际施以援手，帮助熊白龙渡过难关后，熊母很是感动，当即要儿子去把救苦救难的恩人蒋坚请来家中，当面道谢。她泪流满面拉着蒋坚的手说："我儿子生逢贵人相助，你是我们家的大恩人。我母子俩相依为命，孤苦无靠，食不果腹，衣不遮体，无力自给，活的十分窝囊。要说，这也不是我母子懒惰，也不是我母子没有想办法。只是天不给时运，地不给缘分，老天总是不给条活路啊！我儿子头脑灵便有心计，总想着怎样去做点生意，赚几个钱，供老身我治病养老。若是有些余留，也好给儿子拢个家室，夫唱妇随。家中见些生机，多少让街坊邻居起眼看出我家的活络。无奈做生意无头无本，直不起腰。没想到这一回因祸得福，我儿子遇上你个活菩萨，豪爽仁义，解囊相助，老妇今日死而无憾啊！"

蒋坚听了熊母的话，异常激动地拍着胸脯对熊白龙道："从今往后，你的母亲就是我的母亲，你有什么难处尽管对我说，只要我能助力一定不会说半个不字。啊，对了，我身上还有银子三两，你现在就用这些钱，一好去寻些生计，二呢，供母亲养老。我希望你把这钱用活，用在刀口上。"

熊白龙唯唯诺诺，一再拜谢。

这事之后，半年不到，熊白龙兴冲冲来到蒋家，高兴地告诉蒋坚："我按照你说的，将钱用来做些小营生，没想到，我是福星高照，生意做得顺风顺水，每笔生意都有不少利钱回笼。现在我母子吃穿不愁，家中财产估计有银子四十两之多。"蒋坚听后，也很高兴，赞叹道："看来，你还真有造化，不是穷途之人。"

这熊白龙头脑灵便，果真不假，有了蒋坚的头寸做底，做生意的眼光也高了。他专拣时髦的丝绸生意去做，江西的桑蚕业几乎遍及全省，这蚕茧又是纺织丝绸的原料，从江西收购蚕茧去杭州，然后在苏杭选购各种丝绸布缎，返回南昌市场，贩来销往，利滚利，生意做得狮子滚绣球样，风生水起。土官达人，夫人小姐，无不喜爱这杭州丝绸料子。熊白龙市场看得准。贩得去，销得动；购得来，脱手快，这生意不做大才怪呢。

随后不久，熊白龙便把妻子娶进了门。

按说，熊白龙一家早年贫病交加，能够混到今日模样，应该说是可喜可贺。也算是老天作美，成全熊家。当然，这也得益于蒋坚的慷慨仗义，扶弱救贫。熊白龙不仅还清了蒋坚的借贷，同时还带了银两，执意要感谢蒋坚的恩情，都被蒋坚一一回拒。蒋坚说："能看到你们家有今天，就是我最大的愿望。我这人，从没想到要图别人的回报，也没想过我要得利分金，早时借钱给你，就没想过你该还钱。只图你用这钱供养母亲颐养天年。今天可好，天从人愿，你天资聪颖，能有今天，这也是你的福份。只要你顺着这条路好好经营，我相信，熊家红火的明天为期不远。"

人无远虑，即有近忧。熊家在蒋坚的帮助下，如鱼得水，远近声名播扬。传到一个人的耳中，引起了他的关注。这个人名叫白蛟，是熊白龙父亲的一个养子。几年前，因为熊家一贫如洗，白蛟在熊家难以闹身，熊白龙的父亲过世后，白蛟受不了穷困，不辞而别，自顾自谋生去了。听到熊家暴富发家的消息后，他又思量着要回熊家分一杯羹。

康熙丙子年正月，也就公元1636年元月，熊白龙去杭州贩卖丝织品。临行时，他心神不定，总觉家里有事让他牵念。上有老母，下有妻儿，他挪不动脚，迈不出门。加之白蛟经常来店耍无赖，熊白龙于家放心不下。

于是，他找到蒋坚托付："我家母老子幼，此次出行不知归期在何年，如果家中有何急缓之事，万请兄弟你加以照应。"蒋坚听了，拍着熊白龙的肩宽慰他："你放心去做你的买卖，南昌地面上有事，我会尽力而为。你的母亲，我会不遗余力认真照看，你的家有风吹草动，我会竭诚处置。"蒋坚的话，多少宽慰了熊白龙的心。他回到家中，交代妻子："店中的买卖，能做且做，不做不要紧，宁愿少赚几文，也切不可招惹是非。待我在外做完这笔生意，回来再做谋划不迟。家中大小事情，如有难以推脱之处，就去请蒋坚出面帮忙，他是我信赖的好兄弟。"妻子也温情劝慰熊白龙："原本这店内的生意，够我们全家有饭吃、有衣穿，一家顺遂，活得自在逍遥。而你总是不甘心，想着出远门赚大钱。既然你去意已决，做妻子的我也不好再阻拦于你。只是，你一人出门在外，多多保重，千万把自己的生命放在第一位，赚钱放在第二位。有人在，比钱重要。万望夫君切记切记。"

妻子的话，不但没有消减熊白龙的忧虑，反倒增添了他的几分惆怅。带着对母亲和妻儿的牵挂，熊白龙快快不乐，挂帆而去。

在熊白龙远行之前，其生意赚得盆满钵满的几年里，蒋坚为求取功名在南昌朱塾师的教馆中曾陆陆续续就读私塾两年，期间常不免因自己志大才疏，休闲游荡误了读书的正经事而自觉伤悲。随着岁月的渐渐流逝，蒋坚也开始有了发奋的念头。熊白龙走后，蒋坚几乎把全部精力都用到诸子百家、经史列传中。可正是在这年四月，一位从杭州钱塘来的客商，找到蒋坚，投递了一封书信。蒋坚与客人寒暄一番，送别客商后，展开书信卒读。谁知这蒋坚不读则已，一读大惊失色。这封信是杭州一丝绸店老板祝翁写来的。信中说，熊君二月自江西来后即病恹恹，手足无力，不愿理事。到了三月，病情日见加重，药石无效。弥留时分，熊白龙对祝翁托付道："如果我死后，请您帮我修书一封，寄回南昌，将我的后事全拜托蒋君。祝翁还在信中说，熊白龙死后，我已代为他具殓棺木。除去各项花费，现在还剩一百二十两金子存于我处。我考虑如此贵重金钱，也不好邮寄。请足下您接信札后，尽快拿定主意，想个万全之策，将棺木及金子运回南昌。事情紧迫，万望你尽早定夺。"

蒋坚读完信札，抱头痛哭。悲苦之余，蒋坚又不由得冷静下来思考如何处理熊家的后事。要把这事做妥帖，是个很难的题目。处理这样千里之外的丧事，按照南昌地区的传统习俗，先家里后家外，先内后外的说法，只有选择白蛟去杭州是天经地义的事。可这白蛟阴险狡诈，让这样的人带了那么多金子回来，这等的贼人肯定见财起意，携了款子远走高飞。想到这一点，蒋坚并没有将信札先拿去熊家报丧。他寝食无安，思谋良策，以求万全。几天冥思苦想后，终于他想到了一条妙计。于是当即修书一封，赶到码头，交给那位从杭州来的客商，请他回杭州后，急速将信转递给祝翁。

又捱了几天，蒋坚携了信札，来到熊府，悲切地将这一大不幸禀告了熊母。熊母闻此噩耗，几乎哭得昏厥了过去。白发人送黑发人，熊母的痛苦不可名状。她一个劲扯住蒋坚，央求他，"这事叫我老妪如何是好，儿啊，你可得给我拿主意啊！"

一直待在一旁的白蛟，看了信札，义气凛然道："既然弟弟已绝尘寰，暴死在千里之外，又有那么多金子，如不是骨肉之亲去取，谁敢担当这样的大事。我恳请蒋先生修书一封，以证我之身份。我当义不容辞，去将弟弟的骨灰迎回故里。"

蒋坚思忖良久，略略皱了皱眉头，也不多说，提笔疾书一纸。这熊白蛟接了书信，像是接了圣旨一般，自以为得意。当即便去码头寻了去杭州的客船，搭了顺鄱阳湖而下。

两个月后，熊白蛟自杭州而归。

蒋坚闻听白蛟归来，来到熊家，见了熊母，不动声色问："老娘，白龙的骨殖白蛟迎回来了吗？"

熊母嚎啕大哭，边哭边说："白蛟去浙江杭州，找到祝翁，祝翁早已将白龙棺身焚烧，殓骸灰于一木桶。白蛟向祝翁讨要金子，没想到，祝翁回话说，金子我早已邮寄给蒋君了。白蛟听主人如是说，也奈何人家不得，只好扛了弟弟的骨殖木桶回南昌。没想到白蛟在杭州见了骨殖却没收获金子，一路上窝了一肚子火，船才在南昌码头拢岸，便弃了白龙的骨殖桶，登上码头跑了。幸得多亏好心船主，将骨殖木桶扛回来，扔在我家后院扬长而去。现在是活生生的人去，一抔骨灰来见我。人不见人，钱不见金，这个家还容人活么？现在事到如今，老天要灭熊家，就看你怎样对待我这老妪啊！"

蒋坚安慰老人说："老娘，白龙已逝，他的身前身后事，我义无反顾理当尽心尽责安顿好、了结好。绝不会在这些事上，失义失信，让天下人耻笑。只是您得好好保护贵体，节哀顺变。如果您有闪失，那我就无地自容呢！"

蒋坚一边哭，一边来到后院，见木桶安在，便无声无息地退出堂前，辞别熊母，正欲归家。没想到，熊母登时变脸，正色道："蒋坚，你也别走。今天我把话说明白、说穿凿。既然白蛟在浙江迎白龙骨灰桶时，祝翁说钱已寄给你了。我看这样可不可以。我家白龙，得了你的恩赐，成就了家业，在杭州也留下了这么一笔不小的家财。如今，这家财落到你手中，我们干脆做个了断。你提携我儿，帮扶他在生意场上起步，前前后后费了些银两，但我儿这三年含辛茹苦，为了赚那一百多两黄金，连命也搭上。你呢，就将这一百二十两的一半还给我熊家，供我老身度过余生，行不行？"

蒋坚一听，愕然而立，认真地对熊母道："老母，你太小瞧我了。您这样看我，简直是门缝里瞧人，把人瞧扁了。事已至此，把我当成无耻小人一般，我还有什么话可说。不过，这事迟早总会水落石出，还我清白。"

白蛟担心与这笔将要到手的钱失之交臂，在一旁听得不耐烦，拦住抢身出门的蒋坚，迫不及待说："这事已经明摆着，钱落入了你的口袋。你今天没有个说法，还等什么以后再说，简直是扯淡。你想吞这笔钱，没那么容易！"看白蛟凶神恶煞的样子，真要动手动脚了。

蒋坚怒目以对，指着白蛟骂道："你是熊家的什么人，容得了你在这胡说八道。"

没想到熊母竟替白蛟争辩道："他是我丈夫的养子，也就是我的儿子。这个家他不说，谁说？他不管，谁管？外人谁会出面来管，又有哪个外人敢管啊？"

蒋坚不屑一顾，意欲出门。

熊白蛟挡住大门，斜睨着熊母道："我看这事没有别的办法了，只有报官，请南昌县衙来了断此事，方才得个明白。"

熊母说："对，这个办法好。"

蒋坚抱怨熊母，不满道："我这样做，原来是为你好，没想到反把驴心当狗肺。这样对待我，让我伤心透了。如果老母坚持今日要个清楚明白，也罢。这样吧，你们去唤几个主事的近邻父老来，大家当面锣，对面鼓，只要片刻言语，就可了结此事。"

熊白蛟听蒋坚有所松动，又听要他去请外户前来，他是跃然门外，一边走一边指着蒋坚：不怕你耍滑头。当即便引了白发老者六七人进来。众老者进门即揖拜蒋坚："蒋郎义气，我们早闻其名，今日得见，幸之。不知此时，唤我等来，所为何事？"

蒋坚望了望众位老者，又朝熊母一拜，抹着泪眼道："我的义弟白龙客死他乡，至今由白蛟迎植而归。只因白龙去世前，曾遗金一百二十两在浙江商人祝翁处。祝翁修书于我，告之噩耗。可白蛟去杭州迎植时，却没有收到祝翁的一百二十两黄金。祝翁说这钱通过邮路寄给我了。现在老母追逼我，诘问人归金无，怀疑是我藏匿。我受白龙之托，意欲保全这份家财为熊家做长远打算。既然事已至此，我也不得不将整个事情的来龙去脉讲清楚，也让大家能够看到我蒋坚的为人。"说着，蒋坚便请众邻一干人等前往后院。待众人齐集，蒋坚手持一把利斧，先朝木桶举拜，疾呼："白龙兄，你对我十分了解，今天打开木桶，将您的尸骨暴殄于天地，这是大不敬。为了见证我对熊家的忠诚，也为了见证我蒋某不是那种见钱忘义的小人，只有委屈你了。如有冲撞，请在阴曹地府宽谅。"说完，斧起桶破，只见砰然之声过后，几块金砖金光闪闪坠地。众邻争相观看，惊奇万分，都说这可是熔金块啊！大家都竞相询问蒋坚这是何缘故。蒋坚从容淡定道："当我得了白龙兄的凶讯后，就一直愁为这金子如何才能经千里而不失，辗转反复，完璧归赵。但是，按骨肉亲疏而论，去浙江自是白蛟前往无疑。讲到此，有个前提现在不得不说，我不是不相信白蛟，只因这笔家财太大，谁也保不了不见财起意，于是我想了个比较妥帖的办法，给杭州祝翁修密书二封，请祝翁为我制作巨桶一只，木桶分上下两层，将金锭熔为四块，一层将账簿笔记等白龙留下的遗物，裹金于内；一层为白龙兄之遗骸。同时，请祝翁亲自派人将木桶送到河下，置于回归江西的商船上。再嘱祝翁遗小钱于船主，请其到了南昌码头，扛骨桶归熊家。因为我已经预料这白蛟去杭州见了骨骸不见金子，一定会气而弃骸。他这种只认钱的小人，我是一直防着。可惜熊老夫人福薄，求金心切，忘乎所以。我原本想替她找个安全的所在，将金子藏实，以图其以此钱颐养天年。现在这样不得已的一击，虽然还了我的清白，却让盗贼惦记啊！"

众人听了蒋坚的叙说，众皆慨叹不已，夸赞蒋坚办事讲情讲义有头脑。

可惜的是，这件事印证了蒋坚的预言。熊母得了金子后，虽然高兴了好一阵子，把金子压在枕下度日。却在一个月黑风高的夜晚，被白蛟将金子尽行窃走，从此没了音讯。可怜了熊母、白龙妻，重新沦为贫困。

这件事发生时，其年蒋坚才十九岁。自此人们都夸其年少有才，重义轻利，助人胜己，不求得失，前途不可限量。

雍正乙酉年四月，蒋坚的父亲蒋承荣因病去世。蒋坚悲痛欲绝，他护棺拥船，扶灵于水，一路悲声，前往铅山。这也是乡俗，树高千丈，落叶归根。辗转到七月间，将父亲安葬于铅山梅山塘之墟。这年八月，蒋坚帮助叔父蒋恭伯追收积压下来的外债，恭伯公很高兴，原本以为这些外人拖欠的债款无法追回，谁知蒋坚出马，小试牛刀，竟不费吹灰之力，将本息捧回。一共二十两。追回这么大一笔债，就是不送回恭伯公。倘若，蒋坚昧良心贪了这么些金子，回到南昌养家糊口，虽然过不上那种锦衣玉食的生活，全家也能求个安保，可这蒋坚天生成本性不改。还没有离开铅山县城，这天路过铁炉街，偏偏遇上一位上门讨债者与户主黄某发生争执。蒋坚就近仔细观察了一阵。只见黄某家徒四壁，生活困窘，黄家夫妇及家人面带忧色，一个劲请求追债者宽谅。可追债者毫不留情，甚至逼迫道："既然还不起债就以妻子抵债。"同时，恶声恶气，肆无忌惮，信口谩骂。蒋坚在人丛中听不下去了，走到追债者面前，威严地说："你追债归追债，怎么出口伤人，而且要抓人家妻子去抵债。我也是个追债的，可没有你这副嘴脸和德行。"追债人听蒋坚如是说，很不以为然，轻蔑地说："俗话说讨债还钱，天经地义，我何错有之。还不起债将妻子抵，也不是我的规矩，江湖上就是这么个行规。要是你愿意出这个头，仗义执言也罢，先生，你先别做讨好卖乖者，图嘴巴子功夫。有本事，你掏荷包，替黄家还上这笔债，岂不是成全人家，也落得个江湖好名声啊！"

蒋坚问黄某："你欠他多少钱？"

黄某回答："头滚利，利滚头，大概二十两左右吧。"

蒋坚略略思忖后，毫不犹豫地从身上掏出二十两金子，递给了追债者。追债者眼见蒋坚如此无私疏财，满脸愧色，谢了蒋坚，打飞脚而去。

黄某家人齐刷刷跪在蒋坚跟前，连连感谢救命之恩。众位看热闹的邻舍，也连连夸赞蒋坚的做人美德。

可是，这蒋坚一旦把金子掏出后，心中不免也多了几分苦涩。这二十两金子，原本是叔公蒋恭伯的血汗钱，虽然把它要回来了，也不能如此慷慨的拱手送人呀！蒋坚身后无路，回去见他的叔公大人，又如何去自圆其说啊！

眼见黄某一时半会，哪怕是拿出一半金子代他敷衍恭伯公，都无可能，蒋坚才知给自己出了无解的难题。到此时，只是仰天长叹，方知无钱万万不能，当下自己行囊空空如也，有家难归，自是倚着黄家之门，前行不得，后退无路。

也是老天眷顾，天无绝人之路。此时，正好黄某有一朱姓亲戚在人丛中见蒋坚如此慷慨，又兼好的德性，加之人也长得牛高马大，便挤出人群，将蒋坚迎至内室，拜谢道："今日见先生如此无我，小人十分敬佩。近时，我以诸生拔选高等，贡于太学，将前往京城赴吏部应选。如若弟愿肯从，随我左右，一路助我一臂之力，保我行程顺遂，我愿意为您代偿这笔钱，而且往来之资不需你花费半文。"

蒋坚听后，沉吟不语。

朱君再行苦劝，蒋坚回答道："我本一介寒儒，读书人出身，虽然没有取得什么功名，但把气节和志向看得很重。"

朱君道："大丈夫志在天下，我之进取之途，也正是你的生途取向，这并没有歧义啊！"

蒋坚长叹一声："罢了，我蒋坚促狭于如此小地方，难伸其志。就是去谋个村塾行教，气竭口臭，得那数贯金钱，连养猪鸡都不够，不要说供养家人。成天灰头土脸，不知自己何为之。人生如白驹过隙，安能事草木而终？既然朱君有此意，我蒋某策马扬鞭，随扈而行！"

蒋坚得了朱君的金子，不动声色地将钱还给了叔公蒋恭伯。当夜归家跪在母亲面前，哭着说："我一生满指望读书可取功名，却世不容我，连秀才也没讨到一个。母亲六十九岁高龄，儿不能侍奉在侧，甚是不孝。幸有两兄，可以代替我行孝奉母。我这个人腿脚不闲，志在山水，善交游，而乐为义结天下。至今已年过二十八岁，该去寻找我的志向和出路。请母亲答应我，让我遍游天下，以观乡俗异同，山川奇新。待有所成，过一两载便归侍母侧。"

母亲长叹道："你这个人，心气高，不同于一般人。你要远行，去完成自己的志向，我也不阻拦。男子汉大丈夫，就应该这样做个有为之人。但是你出行数千里，身无分文，衣食无着，如何是好？"

蒋坚于是将前日替黄某还债，朱君邀行这缘故一一讲述给母亲听。

母亲无不担忧道："你总是以义薄云天的行为累及自身。出门在外，千万不可再陷自己于困笼，为别人鞠躬尽瘁啊。如在外有些积蓄，绝不可恋栈忘归，娘在家牵念你啊！"

蒋坚自是应诺不已。

这年九月，蒋坚告别母亲，与朱君一道，乘船下江，风帆竞出，浪遏飞舟。由于风急浪高，朱君不慎，失足跌入水中，迅急背船随浪漂去。舟上众皆人等惊骇不已，狂呼救人。可风急浪高，船帆难收。眼见朱君入水后，渐漂渐远，蒋坚毫不犹豫，脱去外衣，祖胸跃入浪中。蒋坚懂水性，善泅游，在水中搏浪一里多地，回头巡视船只，已是影如雀鸟。蒋坚一个猛子扎过去，将朱君拽住，拨浪而行，正好有一艘船路过，船上人等急起救援，将蒋坚、朱君拉上船，朱君因此大难不死。

进入京城后，蒋坚暂居于詹坊桥一酒肆中。酒肆的主人是江西籍人，人称黄三郎，与妻子一道在京城卖酒为生。其时，卖酒者与买酒者不在私下交易，凭借专门从事中介卖酒。以获取佣金的牙侩人等现身说法，巧舌如簧，以及绝活手艺来让人心悦诚服接受酒价。这些牙侩一般都是些能说会话之徒。黄三郎也很能干，酒的好坏品评、等级的高下判定、伯仲难分的品味，这都需要从事这门手艺老到、功力不浅的老牙侩，对酒的等差才能做出正确评价。其中有个绝活，让黄三郎做酒的买卖受益匪浅。这个绝活名为"扯花"。牙侩当着众位买家，以一长勺扬酒，激注入缸。牙侩视缸中酒的泡沫大小、泡沫多少、泡沫的颜色，当即断定酒的级别，很少出现误差。黄三郎就靠身怀如此绝技，在京城声名鹊起。获利养家糊口，赡养妻儿老小。素不知，黄三郎的红火引起了某位贵人的嫉妒，在店中故意寻衅，攻讦不已，使得生意一落千丈。黄三郎万般无奈，上诉至官衙。谁知这上诉不要紧，俗话说八字衙门两扇开，有理无钱莫进来。黄三郎刚上诉，便被贵人串通衙门，以莫须有的罪名将黄三郎关进大狱。

黄三郎的酒店，没有了估酒的牙侩，没有了黄三郎主持店中一应大小事务，顿时陷入混乱之中。生意一落千丈。蒋坚看在眼里，急在心间，凭着他一身肝胆，大义凛然，眼看黄家妻儿老小面临困境，难以自拔，他能见死不救？

蒋坚将早时熟客聚集在店，共行商议，蒋坚热切地对众人道："黄三郎与在座各位都是老熟人、老朋友，他的为人、他的德行大家也非常了解。

现今三郎身陷缧绁，妻儿衣食无着，我们总不忍心眼看着这个家妻离子散，家破人亡了吧？"

众人齐声响应，都说："我们愿为黄世弟助一臂之力，照常来他家买酒，可没有了估酒师，怎么办？"

蒋坚听后，自我介绍说："我在三郎家居住已有几个月了，期间，我时常观察三郎的估酒之技，也略知一二。如果各位有兴趣，我愿意现身说法，请诸位验看。"

到了第二天，众位买家聚齐后，蒋坚便开始演绎技法，扬酒出手，泡沫所出，判定酒的级别少有差池。众人皆惊奇不已，买者人头攒动。当日蒋坚便为黄家赚取金钱十两。日复一日，店中生计又开始兴盛，黄家因此根基未动。

到后来，蒋坚又用所赚来的金钱，重新去贵人家中赔礼道歉，请求贵人宽谅，黄三郎因此而出狱。

蒋坚为黄三郎接风洗尘后，即把几月来的账单，每笔酒的进出数量，利润的多寡，家庭开销日清月结，一清二楚，摊给黄三郎审读。黄三郎感激备至，领全家老小围着蒋坚跪下，感谢恩人危难之时的竭力相助，为黄家谋了一条生路。自此，蒋坚在河北、山西等地声名鹊起，很得志士仁人的青睐。

蒋坚于代州游幕两年，审理的疑难案件十之有七。岁月如梭，光阴似箭，蒋坚每于良夜遥望南天，顿起思乡之情。明月透窗而入，蒋坚辗转反复，彻夜难眠。情感的炽烈似如沸水在心间激荡。随着时间的流逝，这种情感愈发迫切。在三思九虑之后，他终于按捺不住自己的情绪，在拜会州牧时，他提出要求，请州牧支兑两年的俸禄，辞别代州，回归江南。州牧一听急了："蒋弟，你这一走，我可又要长跌不振而丢失民望了。也是，独身安守千里之外，谁不会有思乡之情啊！我看这样可不可以，我替你在代州物色对象，成就家室，也许这样能够安抚你的情绪，这个办法如何？"

蒋坚饱含热泪，凄苦道："我弃母丢家，远游天外，既无生存起色又无治世良方。男子汉大丈夫，无力顾家，倚膝侍母，何当人子，更不要说孝子贤孙了。一旦家中有个风吹草动，置身事外，真可谓罪不容赦啊！等到我人老珠黄，再去披着华美的服饰，口中吃着肥腻的食品，再去拥那如花似玉的姑娘同床共枕，那才是罪过啊！牧公千万不要让我成为千古唾弃的禽兽，有家归不得啊！"

州牧吝惜自己的银两，支支吾吾，吞吞吐吐，顾左右而言他，就是不放蒋坚返乡。蒋坚到此时，方才回味俨公和苛岚守备张公的话，知道自己投错门，跟错了人，走错了路，让他有家归不得。

州牧儿媳妇的爷爷佟国珑，镶白旗人，此时任泽州牧，听孙女归家叙说蒋坚审案的传奇经历，对蒋坚心生爱慕，加之听说代州牧薄待蒋坚，于是修书一封，遣使者亲自来迎蒋坚去泽州，信中说：请蒋坚来泽州，没有别的意思，仅为一见壮士模样，结识一位才俊而已。

康熙壬辰五十一年，蒋坚来到泽州。

泽州为古城，地处河南省与山西省东南端边界，立州太行山南麓，自古为山西通向中原的门户，史称"河东屏翰，冀南雄镇。"泽州南与河南省济源、沁阳、博爱、焦作诸县市交界，北至界碑岭与高平市毗邻，东与陵川县相连，西与阳城、沁水县衔接。这里是中国历史上开发较早的地区之一，历史源远流长。尧、舜时期，泽州为冀州区域，隋开皇三年改为泽州，唐武德三年，始称晋城县，明洪武年，省县入州，晋城为泽州州治。清雍正六年，升泽州为府，析郭置凤台县。泽州人口稠密，资源丰富，生养条件尚佳。蒋坚进得泽州地方，心境豁然开朗。佟公爱才，为蒋坚安排了上好的吃住环境，留人也留心。

第二年，也就是康熙五十二年癸巳，佟公受山西巡抚调遣，前往太原。其时临汾县令因横征暴掠，加码征收徭赋，引起民怨。可他不思悔改，动则弹压。整个临汾，鸡飞狗跳民不聊生。全城哗然，打伤县令，砸坏县署县衙，整个县城乌烟瘴气。民众都避之城郊，乱象横生。于是巡抚大人想到了让德高望重、办理事务有方略的佟公带兵前往安抚，甚至是镇压。

蒋坚随佟国珑进入太原，听佟公领此如火中取栗的差事，心中很是着急。他思虑再三，为佟公谋划道："如果我们带兵前往，只会加速民变，适得其反。不仅百姓的情绪安抚不了，而且将惹火烧身，成为临汾之乱的受害者。"佟公听了，也觉有道理，长叹道："现在我们面临的问题是，带兵不带兵仅是次之。巡抚大人限令我明天清晨赶到临汾的平阳地区。佟某我老气横秋，当此重任，实在是勉为其难。再者，我独身而去，处理这样的民变，也是分身无术。如果我去你不去，老夫我实在无法独自应对如此大规模乱象。可你是南方人，不善骑马，难以前往。得不到你的谋略，恐怕我可就是盲人骑瞎马，叫我如何是好？"

蒋坚欣然安慰上司说："佟公过虑，难道我是南方人，就不善马么？请你别担心，我决意陪你去，就是赴汤蹈火也在所不惜。咱们早作准备，早早上路。"

临汾城内，瓦砾遍地，扉破栅折，满目疮痍，一片狼藉。

佟公与蒋坚一道，来到县衙视事。县令不知何时从马厩中蓬头垢脸钻出，迅即跪在佟公面前，痛哭流泪，诉说民变过程，尽力为自己解脱。蒋坚说："既然事情已经发生，你也不用害怕，配合佟公竭力纾解。当务之急是要给百姓一个说法。如果你顺势而为，中丞大人面前，或许还能保住你的狗头。"

县令听蒋坚如此说。心身稍定，当下唤出几个灰头土脸的县衙吏官。蒋坚命人将这些芝麻狗官一个个结绳捆绑，与县令一道，拽出县衙。城中男女老幼万人空巷，都来等待结果。见县衙县吏绑缚而出，众人一拥而上，齐声喊杀，有的甚至挤出人群，动手动脚。蒋坚摇手高呼："众位父老，千万别轻举妄动，这些贪吏，自有王法处置。现在，佟公已经将他们拘押，送往巡抚衙门定夺。让大家有冤报冤，有仇报仇。请大家相信，正义之剑终会战胜邪恶。希望大家息怒，配合佟公，了结此案。"

众人听了蒋坚的劝解，怒气方消，怨声渐息。

于是佟公大骂县令，命奴仆将县衙平日那些欺诈百姓的书吏胥官之类的官员，尽行跪于阶下，鞭打至血流满地。看热闹的百姓欢呼雀跃，掌声雷动。

佟公按照蒋坚的谋划，请来城中知名人士、长者仁人，把他们请到县衙，尽情抚慰。佟公满含深情道："人非草木，孰能无情。这么长的时间内，城中父老被几个禽兽不如的狗官，逼得走投无路，几近逼上水泊梁山。这是我们的职守不到位。现在我们已将几位贪吏拿下，待城中平静后，押送中丞审问斩之。万望大家平息心中怨懑，各自归家，重整田园，安心耕种，开市营业。"众人听后，踊跃上路，蜂拥进城。

第二天，城中秩序恢复，市口井然。佟公很是欣慰。随后又对县衙进行整肃，以守职尽责者例行公事，告诫其不得再行贪渎行止。临汾县城终又恢复往日人气。

佟公心舒意畅，押着一干人犯离开临汾，回到太原。见到中丞大人，将此行临汾调处事件始末原原本本做了禀报。没想到中丞大人高声道："其实，你们在临汾的一言一行，本官早已了如指掌。在你们去临汾时，我已暗中派人骑马寻踪尾随，探侦结果。你们在临汾的所作所为我一目了然。此案办得扎实有力，超出了我的预期，为朝廷安抚一方百姓，尔等劳苦功高。"中丞大人当即吩咐下属，杀猪宰羊，摆酒接风，为佟公洗尘。酒席宴上，中丞大人连敬佟公三杯，喜悦之情溢于言表。宴毕，又让人送鹿尾一个，猪腿一只，犒赏蒋坚。

此次临汾之行，蒋坚昼夜操劳，体力透支，事件处理不失分寸，安排得当，功德圆满。

蒋士铨在自撰《清容居士行年录》叙述父亲这段经历时谈到：

先府君年既冠，犹苦志力学，以夜继日，倦则引爪交刺指甲间，呕心血数斗。应郡县试，则前列，而卒困于学健者二十有六岁。乃发愤游京师，转徙燕晋间凡二十年，所为义烈难能之事，别见行状。比归，而视太安人已下世，府君寝枕苦由，三载服除，始议婚。

蒋坚在代州和泽州期间，所作所为，可圈可点，其轶闻趣事也动人心魄。

蒋坚的幕府生涯，之所以能够得到百姓的器重和厚看，很大程度与他利人与义气相关联。在代州期间，有一位韩姓医生，医术高明，高尚寡交，朋友不多，独与蒋坚结为金兰，交往颇厚。康熙庚寅年十一月十五日晚八时戌时左右，州牧府中一仆俨然来到蒋坚居所，急促敲门，告诉他："州牧突得急病，病势沉重，命悬一线，如若不及时医治，性命难保。"蒋坚听后，急至府第。只见州牧双眼红赤如火炬，大汗淋漓，牙齿格格作响。州牧夫人焦急万分，泪流满面，急促说："把您唤来，纯属不得已。家中子弟奴仆没有一个能做主理事，使君奄奄一息，眼看命都没了。我也顾不了避讳和规矩，求您来到后室，只有你能帮我拿主见、想办法。"蒋坚摸了摸州牧的脉搏，又替州牧擦了擦汗，冷静地说："你们不用害怕，好好守着州牧。有一位良医非我去请他不可。"说完，一头钻进门外的大雪中。

来到韩姓医生院门，蒋坚连叩几十下，不见人应。情势急迫，实属不得已，只好翻墙入内。可没想到却把脚踝了。蒋坚忍着疼，敲动仪门，韩家整室惊起。蒋坚也顾不得与韩医生寒暄，飞快向韩医生说明来由。韩医生看着狼狈不堪的蒋坚，感动地说："尔能拼死以救人，我怎么能袖手旁观，见死不救呢？"于是，当即匆忙上路，进得州牧府第，仔细查看州牧的病情。随后认真地对众人道："猛病须猛药，我下的药服后，有可能昏死。但不下这药，也无别的良方。我只问你们，此事谁能做主？"

州牧夫人道："蒋公是州牧非常信赖的朋友，就让他做主。"

蒋坚也毫不犹豫道："只要州牧大人能够脱离险境，我担点风险有什么，你大胆下药。"

韩医生也很感动，当即验方。药熬好后，蒋坚先尝，待无很大纠结后，给州牧服下。药力发作后，州牧一个劲在床上翻滚，直到颠得有气无力，方才渐渐安稳入睡。直到鸡鸣时分，方才醒悟。猛张眼，见蒋坚在内室，厉声问："你为何进入我的卧室？"夫人将他的发病经过与蒋坚雪夜请医救人的经过叙说一遍后，州牧才感激得流下了热泪。就因为蒋坚的舍己为人，州牧因此大难不死。

雍正庚子年七月，佟公因年迈力衰，上奏朝廷，获恩准告老还乡。蒋坚也因之带着浓郁的乡愁和思念，随之返乡。

听闻蒋坚行将返乡，泽州城万人空巷，为蒋坚饯行，以至走出泽州境竟花费半个月之久。

一次，蒋坚行至岢岚地界一山凹中，四周皆是山，两峰间一盘棋溪涧下泄。其时正遇暴雨，山洪暴发，泥水滚滚而下。有一妇人抱儿骑于马上，泥水将及马鼻，一童子策马而行。眼见水势上漫，蒋坚十分担心这妇孺遭溺，便将几串铜钱挂于马首。就此瞬间，妇孺皆没入水中。蒋坚摇着铜钱惊呼："救人者赠钱万贯！"路人中有好水性者，见有钱出，当即下水救人。很快妇孺皆得救，蒋坚自不食言，以铜钱相兑。随后将妇孺送回家中。

南方的农历九月，秋声已起，落叶惊风，荷枯莲落，南行的大雁在鄱阳湖聚集，雁阵低吟浅唱，把秋冬的寒气写在水上。进入江西境内，船过湖口，蒋坚一直处于亢奋状态。听着船头潺潺的水声，他归心似箭，恨不能一步跨入南昌家中，跪在先王母（祖母）及老母的面前。

当他怀着忐忑不安的心，捂着胸口激烈地跳动，迈进自家的门槛，看见老母亲端坐在堂上，看到家人共居一室，他热泪盈眶，竟像孩提般"呜呜"哭了起来。

他面对众人惊喜的面孔，回过神来，喟然长叹："想我蒋某，孑然一身，周游八方，客留异乡，至今十六载。岁月催人老，我已行年四十有三岁，自愧不当人子。想我母今年八十三岁，北堂萱茂，慈竹风和，尚能于今日与儿共享岁月精华，这是何等的让我感到欣慰，感到快乐啊！"

让蒋坚失望的就是先王母也就是祖母祝太安人竟在当年四月蒋坚启程南归的当口，没有来得及见上孙子一面，于四月二十八日溘然长逝。蒋坚跪伏于祖母的灵棺前，哭得死去活来。苏醒后，蒋坚哽咽着说："当年我离家出走时，先王母一再告诫我，千万不要贪恋外面的荣华富贵，家永远要摆在第一位。如今先王母（祖母）去世了。要是家中再生其他事端，岂不是让我遗恨终生啊！"自此，蒋坚卷了铺盖，睡在先王母棺侧达三年之久。期间，常有亲邻友好，生活困顿的，都来请求蒋坚接济。蒋坚只要认定其人真实有苦情，便毫不犹豫施舍，蒋坚成了撒财童子。

蒋坚的侠义，济贫救困，既有先父的影子，也为其儿子蒋士铨日后的人格成长做了最好的楷模，最好的铺垫。这是后话。

（中国作家出版社 2016 年 1 月出版）

【熊相仔】

（报告文学类）

笔名相梓，男，汉，65岁，大学毕业，中国作协会员。擅长报告文学，《人生的答卷》获《解放军文艺》优秀作品奖，载入我军文学史；《小巷升起一颗星》获人民日报征文一等奖；；《抗天者之歌》获「金盾文化工程」特别奖。著书10部。创作电影《八大山人》等11部，电视剧《步步紧逼》等9部；曾获6部委关注森林电影特等奖，参加联合国电影展。获全国百佳法制新闻工作者称号，并收入《中国公安功模荣誉档案》和《世界名人录》。

钟情于警察

忧伤的泪
在心狱里炼出涩丹
一颗一颗
落入含笑的掌心
亦或是良心的玉液
亦或是心灵的琼浆
人生不过是
掌心上的一颗泪珠

——题记

一

婆婆总觉得有话要对媳妇说，而媳妇也憋着一肚子的话说不出。一时又一时，一天又一天，一月又一月，婆媳俩总是心事重重地对视着，直至眼眶里打转的泪珠从脸上滚下来，深深地掩藏在心底里的话到了唇边又用舌头舔回去，使得这两颗痛苦得似乎在流血的心更加压抑和沉重。

婆婆说"萍儿，我儿子临走前留下来的那封信呢？"

"妈，您不是放在枕头底下吗？"

婆婆又坐回到自己的床沿，把枕头翻了一个身，没有见到信，她愣了愣神，又把枕芯上的线牵出来，抖出满床的芦花絮。窗帘飘起来，一阵风把满床的芦花絮卷起来，纷纷扬扬；婆婆的眼前出现了芦花梦：一片芦花丛，少女脚步轻捷地在芦花中飞奔，小伙子在她的身后一蹦一跳地追赶。突然，少女气嘘嘘地站住了，小伙子三步并作两步跳到少女的跟前张开了双臂，少女情不自禁地扑进他的怀里，他便紧紧把她搂在胸前。

少女在他怀里挣扎着，攥着小拳头打他宽厚的胸膛，骄矜地说："放开我，这样我透不过气，你要我怎么样？"

小伙子幸福地倒下了，把芦花压在下面，温柔地说；"我不会把你怎么样，只希望你……跟我生个孩子，男的，男的！"

她凝视着他，没有吱声，有好一会儿功夫，她的肢体渐渐无力，匍匐在他的身上，她的眼睛始终没有离开他发亮的眸子。目光与目光似乎要碰出火花，冷不防，她捧住他的脸，用嘴唇贴住他的嘴，直到都觉得透不过气来，都感到自己成了幸福的化身。

……

媳妇站在婆婆的身后许久了。

"妈，又是怎么啦？"媳妇用双手摇动着婆婆肩上的梦。

"这该死的枕头，把儿子的信给吃了。"婆婆捧起满掌的芦花朝上空撒去。

窗帘像彩旗一样在飘动，芦花在满屋飞扬。

婆媳俩站在旋转的芦花絮里，执手相看泪眼，竟无语凝噎。

傍晚，萍萍心里憋得慌，硬拉着正在翻箱倒柜的婆婆去赣江边散心。

落日在西山背后燃起了血红的火焰，秋风将高远的天际揩得瓦蓝瓦蓝。星星一颗颗出现在浩渺的穹顶。婆媳俩坐在江边的石头上，抬头寻觅那颗夜夜倚窗寄望的星星，可这次再也找不到了。只有深邃的夜空把冰凉的幽光倾泻在赣江的波浪上和身旁那秋风摇动的花荫里。

秋风阵阵吹来，梳拂着婆媳俩的鬓发，抚摸着那郁结已久的胸怀。然后，她俩面对着倒映在赣江里的英雄城那层层灯火，轻轻地吐露出那隐忍多日的秘密。

"我的兴儿是怎么啦？这么长时间都没有来过一封信。临走时留下的那封信又找不着。"

"妈，他去执行任务去了，任务不完成他不会回来的。"

"那他执行什么任务去了？"

"他执行捉坏人的任务去了，坏人跑到哪里他要追到哪里，我想他不会忘记给妈妈写信的，大概这时追到偏僻的山沟里去了，信怎么能发得出来呢？"

"我好像听到有人在议论，说这坏人还带了枪，会不会……"

"妈——"萍萍摇着婆婆的手臂说："你不要瞎想，你的兴儿是背发报机的，在指挥部里，指挥部里还有很多大首长哩。"

"我这是怎么啦，兴儿留下的信怎么找不到，我明明记得放在枕头底下，怎么会不见了呢？"

"妈，找不到就算了呗，那封信反顺您都背得出。"

"兴儿的信怎么找不到了呢？兴儿这么长时间也不来封信，我实在是太静了。"婆婆突然抓住媳妇的手说："萍儿，你还是送我回老家去吧，我真不想再看到你那双越藏越深的眼珠子。"

萍萍抽出手，背过婆婆偷偷地抹去脸上的泪水；又转过来，紧紧抓着婆婆那双干瘦的手，强作笑脸地说："妈，您不要回去，曾兴很快就会回来的，昨晚，我还梦见他回来了呢！他是带着直径一米多长的大蛋糕走来的，蛋糕上插着120支点亮了的小蜡烛，他说，这是为妈妈70岁生日祝寿。我和曾兴扶您站在蛋糕前，要您一口气吹灭120支蜡烛。您把嘴鼓得像个灯笼，一口气把蜡烛全吹灭了。曾兴把蛋糕切了4份，您捧一块，曾兴也捧一块，我捧一块，还有您的宝贝孙女也捧一块，大家都大口大口往嘴里塞，吃得满嘴都是奶油。他看着您笑，我看着小婧笑，您笑弯了腰，我笑得捧腹，曾兴笑出了眼泪，婧婧笑得捶打着爸爸。这会儿，我才笑醒了。"

婆婆的嘴角荡起一丝无力的微笑，但那双失神的眼睛止不住泪水"叭哒叭哒"往下流，滴在萍萍的手背上冰凉冰凉。萍萍把那只干瘦的手捏得更紧更紧。

"妈，您别走，您别走呀。您走了我找谁说话去？您是曾兴的镜子，从您的眼睛里我能看到他，看到他朝我微笑。妈妈您别走呀！"

"兴儿的信怎么找不着呢？怎么会呢？"

缺圆的月亮升起来了，夜风徐徐吹来给人带来凉意，江浪拍打着船舷，发出"哗——哗——"的响声。

二

天刚麻麻亮，房间一片朦朦胧胧的幽暗。

婆婆爬起来，跪在床上翻动着枕头，双手在枕头下摸呀，摸呀。嘴唇不停地蠕动着："兴儿的信怎么找不着呢？"然后，她摸着床沿，用脚探着自己的鞋子，她缓慢地走到梳妆桌前坐下了，她朦朦胧胧地从镜子里发现一位苍老而又憔悴的老人惊讶地双手掩面。

房间里渐渐地亮了起来，身穿睡衣的萍萍走进来，深情而歉意地说："妈，让你久等了。"婆婆掩面的手没有放下来。萍萍轻轻地拉开梳妆桌上的抽屉，又轻轻地取出桃木梳子，把婆婆挂在前额的头发从指缝里轻轻地抽出来，用梳子轻轻地把婆婆的头发朝脑后梳去，梳子不时地带出几根银丝，萍萍小心翼翼地把银丝从梳子上取下来，放进藏发盒里。

"萍儿，你说兴儿还会回来吗？"婆婆掩面地手仍然没有放下来。

"妈，别这么去想，他会回来的，您离不开他，我也 ……… 也 ……"萍萍的声音似乎有些颤抖，梳头的手定住了。

婆婆掩面的手放下了，她慢慢地转过头来，惊诧地说："萍儿，您怎么哭啦？"萍萍下意识地用袖子擦去脸上的泪水，望着婆婆被泪水浸得发红的眼睛，禁不住肩头耸动着，泪水簌簌而下。

"别哭，我的乖萍儿。别听外面那些嚼舌根的。"婆婆拉着萍萍促膝而坐，一边用干瘦的手抹去萍儿脸上的泪水，一边说："这些嚼舌根的，他们知道我兴儿是怎么来到这个世间的吗？"

婆婆痛苦地垂下眼睑，好一会儿才张开，她抚摸着媳妇的手追忆着那终生难忘的一幕：

那天真热，知了叫个不停。弯弯山道上只有我一个人在爬行，我大汗淋淋，上衣就像刚从水里提出来的一般，贴在肉上怪粘人的。好不容易爬上山头，迎着山风站了一会儿，就一步一颤地走下山来，走到半山腰我肚子隐隐作痛，我便站住了，撩开衬衣，发现自己的肚子凸起一块，我知道那是兴儿那双不老实地脚，他蹬得我好痛啊！我咬牙忍痛地一手紧紧按住肚子，一手拄着一根枯树枝继续往下走。走到山脚下，痛得我不可开交，我使出全身力气，牙关咬得咯咯响，尽力控制自己再往前走，只见眼前金星飞舞。"哎唷"一声我跪倒了，我倒在一片荒野的树荫下。人要出世是急迫而又艰难的，这是头一胎呀，兴儿不停地躁动，痛得我把身旁的野草全拔光了。又出血了，像出山的太阳把大地染得血红。看来兴儿不会让我回到家就要拱出来。又是一阵剧烈的疼痛，我的手指把身旁板结了的土地抓出一条又一条的沟痕，指头攥出了血。

阵痛结束了。我定神环顾四周，一条墨绿色的多脚虫在宽叶上悄悄爬动，再朝上看，突然发现树上吊着一个篮球般大的蚂蚁窝，在随风摇曳着，像要落到我的肚子上来一样。我害怕极了。我想在这山野里生孩子，若昏过去了，若蚂蚁窝掉到我肚子上，那成千上万只蚂蚁会把孩子拖走的。我记得过去曾有一头母牛在这山野里分娩，旁边的枯树兜下有一个蚁穴。蚁王带领千军万马，浩浩荡荡地来了。一星期后，有人发现牛犊的脑袋也变成了蚂蚁窝。这时，我竭尽全力用手支撑起自己的身体移动着，瞪大的眼睛没有离开那个摇摇欲坠的蚂蚁窝。

又是一阵剧烈的疼痛，这是最厉害的一次，像撕肉一般。我俯过身来，用膝盖跪在地上，两手颤抖地撑起裸露的身子，用力再用力，下嘴唇咬出了血。阵痛一阵接一阵袭来，一次比一次痛得急。突然，我感到有一股热浪决堤而出 .... 整个世界在我眼前垮下了。

一星期后我才醒过来，只感到乳房痒痒的。原来是一个小生命在我的怀里拱动。孩子还活着，我激动得泪水夺眶而出，顺着太阳穴流到了芦花枕头上。

萍萍感到一阵又一阵颤栗，脸上的两行泪不断滚动着。她默不作声地站起来，走到婆婆身后，继续为婆婆梳着头发，最后她为婆婆盘了一个古老而渗透着封建色彩的发髻。

三

婆婆双脚跪在床上把抖散了的芦花絮，一把一把地塞进枕芯里，自言自语地说："兴儿留下的信怎么会找不到呢？"

萍萍兴冲冲地走来："妈，您别找了，曾兴来信了，真的来信了。"

"是真的？在哪儿？"婆婆激动地放下了手中的活计。

萍萍把藏在背后的信举起来："在这儿，妈，您瞧。"

"快，快念给妈听听。"婆婆幸福地垂下眼睑，盘坐在床上侧耳倾听着兴儿的心声：

妈：

　　你好！

　　我和许多战友正在追捕两名盗抢杀人犯，这两个坏蛋是从东北窜来的。他们一路杀害无辜，为了人民的安全，就是说让正在幸福生活的人免遭飞来横祸，我们非捉住他们不可。这两个坏蛋已经逃到广昌县境内的一座山上，我们成千上万名解放军，公安，武警，民兵已经把这两个坏蛋围住了。要是妈妈有个收报机，我会及时把胜利的消息发给您。

您最疼爱的儿子：曾兴

　　萍萍把信念完了。婆婆激动得抓起两把芦花花絮，抛向上空"呵——来信了！呵——来信了！"芦花纷纷扬扬落满她的头。她张开手从床上跳下来，一头撞进了萍萍的怀里，两人久久地拥抱着。婆婆抬起头来打量着萍萍，萍萍湿润的眼眶里看得出藏着什么秘密。婆婆蓦地推开萍萍，冷不防夺过萍萍手上的信，双手展开认认真真的逐字逐句地读着，她的目光落在"爱"字上许久没有离开。"怎么啦？兴儿怎么会把'爱'字中那个心都丢了呢？"婆婆凝思片刻，一把抓住萍萍的手："萍儿，是不是你在骗我，兴儿爱我不会丢掉心的，他每次写信都有心。你说，是不是你在骗我？"

　　萍萍蓦地把婆婆揽在怀里，泣不成声道："妈，我……错了。"

　　"这是怎么啦？我的兴儿怎么啦？你一定是知道的。萍儿——"婆婆话音把满眶的泪水都带出来了，像风声把雨带来一样。

　　"妈……曾兴他……"

　　"我的兴儿怎么啦？"

　　他和战友们在围捕两名盗抢杀人犯的战斗中，参加了搜索尖刀分队，这支分队只有5个人，一部小型发报机曾兴背着。他们在最前面的茅草丛生的山地搜索。傍晚时分，他的一位战友，突然跌进一个山洼里，正踩在一个坏蛋的身上，枪响了。另一名战友端起冲锋枪，朝坏蛋射出了仇恨的子弹。就在曾兴用发报机给指挥部报告时，灌木丛中一支黑洞洞的枪口对准了他，龟缩在暗处的另一个坏蛋向曾兴开了5枪。3发罪恶的子弹当即打在曾兴的身上，他摇晃着身子，当即攀住身边的那棵小松树，忍着腹部剧烈的疼痛，将仇恨全压进了枪膛，对准草丛中那正在蠕动的，幽灵般的罪犯还击。

　　密密匝匝的部队围上来。

太阳从那座山落下了，山梁上一片血红。战友们用担架抬着曾兴在血红的晚霞里疯狂地奔跑。当军医把他的军衣解开的时候，他的嘴唇发出微弱的呻吟："别……告诉……我……我妈……要活着。"

"别……"婆婆只感到脑袋"轰"的一声炸开了，恐怖的世界又一次在她的眼前塌下了。萍萍紧紧将她抱住。婆婆整个身子都软下去了。萍萍两腿在打颤，婆媳俩终于倒下了。

"兴儿——，要回来呀——！"在这声声凄叫声中，一个人可能忍受的痛苦全都倾吐出来了。

四

"妈，您的兴儿回来了，是真的。瞧，他就站在我身旁。"萍萍边叫边走过去。曾兴拦住她，用食指架在她的嘴唇上，狡黠地："嘘，别去惊扰妈妈，让她睡吧，这几天想我都想癫了。"

他拉着她的手坐在自己的床沿上，萍萍骄矜地说："你这么晚才回来，把妈急成了啥样子。"

"瞧，你也很憔悴呀。"他抚摸着她的脸蛋，憨笑着。

"还笑哩，世上的男人读不懂女人的心。"她幸福地偎依在他怀里。

"这次追捕任务来的很急呀，我们接到任务就像离弦的箭，跳小桥，越丛林，子弹在耳边呼啸而过，真惊险。"

她紧缩着心，"你千万要注意啊！"

他若无其事地说："军人上了战场什么都不知道怕，惟恐完不成任务。"

她怯生生地说："你要考虑，考虑咱们这个家呀。"

"一人牺牲，全家光荣嘛。"他憨憨地笑了。

他的笑声没有传出任何音波，她耳朵就贴在他胸脯上却听不出他的心跳。她突然惊醒，曾兴却悄悄地走了。她骨碌一下爬起，追到门外，他飘然而去了，留下一个孤零零的她在门外静立着。鸡啼三更了，她才回到床上，自言自语地说："不对，曾兴不会回来的，人都死了还有魂吗？"她瞪大眼睛，追忆着他临行的那一天：她明明记得，那个星期天，曾兴和她约好了要带女儿去"八一公园"游玩。可是，那天任务急，他连招呼都没打一个就参加追捕战斗去了。那个星期天的晚上，就像新婚初别的第一个长夜。她等待着他，把床铺等得冰凉冰凉，他就是不回来。她刚刚睡着又突然醒来，一会儿，又昏昏沉沉地睡了；一会儿，她和他带着婧婧在郊外的那片芦花丛中奔跑，婧婧在前，她在后，他在她后，跑着跑着，他们来到池塘边，那里有棵树，树上有个篮球般大的蚂蚁窝，曾兴发狂般用石头掷着它；他们又去池塘里划船，一阵狂风吹来，船翻了……

萍萍惊醒了，她突然从床上坐起来，急促的敲门声"咯咯"响。婆婆用钥匙把门打开，一个大腹便便的首长带着两名武警女战士走进来。萍萍失神地坐在床上，对进来地人毫无反应。首长说："萍萍，今天省里召开庆功大会，邀请你去参加。"萍萍似乎没有听见，眼眶里闪着泪花。首长又说："这是一次壮警威，驱邪恶的大会。省里领导还要接见在这次追捕战斗中的有功人员和烈士家属。你快点打扮一下吧，上午8点半钟开会。"此刻，萍萍嚎啕大哭起来。

两名女战士把萍萍扶到梳妆台前坐下，把她的睡衣脱下，换上了一个海绵胸罩，又从衣柜里找来一件大红衬衣。萍萍摇摇头；她们又从衣柜里换了一件红格子衬衫，萍萍还是摇摇头。衣柜里没有一件萍萍合意的衣服。最后还是把那件大红衬衣帮萍萍穿上了。然后，帮萍萍洗脸梳头，女战士打开化妆品，准备帮萍萍描描眉，涂上淡淡的口红，被她推开了。萍萍迈着沉重的步子走进婆婆的房间。婆婆在把满床的芦花絮往枕芯里塞。萍萍在婆婆的衣柜里找到一件老式夹扣黑布罩面褂，套在自己身上，红衬衫下摆露出一大截。

两名女战士把萍萍扶进了"公主"牌小轿车，很快就开走了。

好热闹的会场啊，士兵们在相互拉歌，喊声，掌声，歌声此起彼伏。萍萍刚踏进会场，长竹竿举起来的鞭炮燃响了，噼噼啪啪炸得耳朵翁响。

萍萍走到主席台上去了，她的目光在数以千计的官兵中寻找着，寻找她那失落的爱恋，失落的心上人。千百张面孔都一样，千百枚国徽在橄榄绿色中闪闪烁烁，她眼花缭乱了。当省长将"身先士卒好参谋"的荣誉证书递到她的手里时，她颤微微的手似乎失去了知觉。接着武警总部首长把一枚"二级英模"勋章别在她的胸前，"不，不不"她在默默地梦呓：为什么把这么沉重地勋章挂在我胸前，我是一个虔诚的弱女子，他远去了，连同我的心也带走了，勋章啊，你象征着光荣吗？光荣属于死，痛苦属于生。

萍萍的双手捧着荣誉证书和勋章缓缓走进了婆婆的房间，忧伤地呼喊着："妈，我把你的兴儿带来了，把'全家光荣'也带来了。"婆婆不见了，唯有满床的芦花在窗风中扑闪扑闪地跳动。

婆婆失踪了。

五

曾兴说："萍萍，我回来了。我妈到哪里去了。"

萍萍说："你这几天跑到哪里去了，妈已回老家去了。"

曾兴说："我参加追捕了。"

萍萍说："你不是在追捕时被坏人打死了吗？"

曾兴说："我没有死，我是凤会在火焰中再生。只有虚伪才会死亡，我是一个真实的我。"

曾兴常常这样突然间出现在她的梦境里，音容笑貌依旧。但是无论他再多次到来也没有 1983 年 9 月 11 日这天的印象深刻，就像锚泊的小舟停在她记忆的心港。

因为这是他和她诀别的一天，他这天的话对于她来说再宝贵不过了。她几乎千百次地寻找——他临行前的暗示。

这一天，他对她说：明年元月五日是我母亲七十大寿，她老人家为我受的苦是常人难以想象的，比我所爱的任何人受的苦都多——我的寡母。到那时我们一起回去，为母亲祝寿。

这一天，他对女儿特别疼爱，许多爱的表示近乎于狂热，他把女儿抱坐在膝头，在小脸蛋上亲了又亲地说："婧婧，我打个谜语你猜好不好呀？"

两岁的婧婧能懂什么呢？曾兴又吻了一下女儿的脸蛋，童声稚气地说开了——

五岁六岁像条船，
十五十六像银盘，
她和太阳是姐妹，
东西天边两头转。

曾兴轻轻地拍着婧婧的脸蛋："你猜呀，你猜呀。"

婧婧滴溜溜转动着黑得发亮的眸子，张开小嘴喊着："妈妈——"

萍萍好生奇怪，接着曾兴的话说："月亮"

这一天，曾兴对萍萍说："马上是你 30 岁生日了，我准备送你一件生日礼物？"

他说："我买了一个肩上站着稚童的滴水观音送给你。"

她说："你是当兵的还信这个？"

他说："我看到观音就想起你。"

这段对话，萍萍已琢磨了三四年，总没有琢磨透。他实在走得太快了，再也没有回来。30 岁生日的那天，没有见他送来观音，独有她和泪的絮语，泪的祈祷。她总这样想：为什么我 30 岁的生日，他要送我一个肩上站着稚童的滴水观音，还说见到滴水观音就会想起我，观音是什么呢？是女相菩萨呀！难怪你常说"好女如佛"，但"相由心生"呀。难道你要我在最落魄的时候仍然保持优雅和淡定吗？除非在我的灵魂里有你的英雄气场。我是一个弱女子呀，你说肩头上站着的那个稚童，是婧婧吗？你怎么能把这么一副沉重的担子压在我一个人身上就拂袖而走了呢？是命运吗？是命运注定我是观音的化身吗？

难道你要我像观音菩萨那样低眉生慈，回眸向善，成为众生朝拜的偶像吗？曾兴，你走得太快了，要不我非把你拉住不放，问个明白。你又走得那样匆忙，留下的却又那么多的疑虑、忧思、纳闷、阴郁。

六

元月 5 日，是婆婆的七旬生日。这个过早降临的冬季，风雪在呼啸着。萍萍背着女儿在静默的、荒凉的山乡雪野跋涉。一片空旷的冬原，唯有一株光秃秃的枯树在风雪中肃立，张开两只手一样的枝杈，在这洁白的世界里像是等待着什么，旁边的小渠再也不去搭理它了，哗哗絮语，被冰霜覆盖了。萍萍扶着枯树把裹着鼻子和嘴的围巾解开了，呵着热腾腾的粗气颤微微地走过独木桥，弯过那片被积雪压得喘不过气来的芦苇丛，婆婆的村落就在眼前。

萍萍走进村子，一种异样的心情陡然而生。雪地上找不到一个脚印，三十多幢土屋组合的村落寂静得像无人村。萍萍敲开了一家农户门，有位满脸红光的老婆婆像是烤过火出来，她从门缝里探出头来告诉她，你说得那位阿婆已搬到村后的山上住去了。萍萍心里'咯噔'一下，她转身朝后山走去。后山没有路，只有一个又一个雪坎，风卷起雪粉在雪坎里旋转。萍萍在没膝的雪地里爬行。

萍萍在半山腰找到了一幢孤零零的房子，那倒不如说是一个雪包。她简直不敢相信自己的眼睛，这竟是人住的家！尽管大雪把房子覆盖着，但还是看得出，屋顶是芦苇盖的，墙壁也是芦苇夹的再糊上泥巴，门前有一把竹椅子淹没在白雪里，露出一点头来，萍萍不由得联想到神话故事中的鬼婆的住处。萍萍敲响了门，屋内没有动静。萍萍用耳朵贴着门听了一会儿还是没有动静。婆婆怎么啦，睡着了吗？萍萍精疲力尽地斜靠在门上，用肩膀使劲地把门撞开了。门是用一只脚盆撑着的。萍萍走进屋内一瞧，灶前堆满了枯枝，一桶水已结了冰，荒凉不堪的是屋顶上吊着一尺多长的灰吊吊。萍萍极力抑制住内心的慌乱，只见婆婆裹着被子半躺在床上，端着一根长长的粗烟管，大口吸着烟，烟从鼻孔喷出来，笼罩着她那皱纹密布的脸庞。萍萍走到她的身边，婆婆还没在意，只管吸着烟。任凭一缕缕烟云在鼻子边袅袅而上。萍萍摇着她的肩头，急切切地说："妈——"

"是萍儿吗？"婆婆把凝视别处的眼神转到萍萍身上，漫不经心地说："大老远的，到我们穷山沟里来。外面又是风又是雪吧？"

"妈——，今天是您老人家七十岁生日，我和婧婧来为您祝寿啊！"萍萍边说边把背上的婧婧解下，把身上的雪片拍打下来。

萍萍把婧婧递给婆婆，她迟钝地接住，缓缓地解开严严实实的褓褓，婧婧伸了一下懒腰，看到婆婆"哇"的一声哭起来了，突然像看到什么怪物似的。婆婆把她抱进了自己的被窝，婧婧惊骇地挣扎着哭得更厉害。萍萍把她接到怀里，轻轻地拍打着："傻孩子，这是婆婆，是咱们的老祖宗呀！"萍萍边说，边找来脸盆，母女俩洗好脸；萍萍又去找脚盆，门边的脚盆内有一只蜈蚣在爬动，萍萍缩回了手。

这座用芦苇盖顶、芦苇夹壁的低矮房子渐渐地暗下来了，婆婆又在吸烟，烟锅子一明一灭。

萍萍抱着婧婧钻进婆婆的被窝。婆婆突然从床上爬起来，说："萍儿晚饭还没吃……"萍萍忙坐起来："妈，不要了，我带了糕点来。"萍萍拉开旅行包，取出一包又一包糕点，最后把那盒"寿"字蛋糕也拿出来了，婧婧边看边喊道："妈妈，我要，我要吃蛋糕。"

"傻孩子，这是婆婆的'寿糕'，今晚我们来为婆婆祝寿。"

婆婆从门边拿来了脚盆，底朝天地放在被子上。萍萍将寿糕放在盆底上，婧婧把一根根小蜡烛插在蛋糕上。萍萍点亮了蜡烛，房子里光亮起来了。

祖孙三代坐在床上，久久凝视着流泪的蜡烛，内心别有一番说不出的滋味。萍萍深情地说："妈，今晚我衷心祝愿您洪福齐天。"不知是萍萍的声音微弱，还是婆婆耳背，婆婆只管自己伸长那干瘪的嘴唇，鼓腮吹灭一支又一支蜡烛。

婧婧钻到萍萍大腿之间了，萍萍拉婧婧起来，婧婧紧紧抱住萍萍的大腿，躲在被窝里。

婆婆的嘴撮成了圆筒，发出"呼——"的风声。她的底气不足了，很难一口气吹灭3支蜡烛。靠床的窗缝吹来一股寒风，把剩下的7支蜡烛全扑灭了。房子里漆黑一片。婧婧睡着了。面对面裹被而坐的婆媳俩谁也看不清谁。突然，一双鸡爪般的手把萍的双手抓住了，骇得她全身发毛，紧闭着双目，任凭着"鸡爪"顺着她的手臂往上摸去，摸到了嘴唇，指头在唇尖上，久久地、轻轻地蠕动着，直至溢出口水来。

"萍儿，你瘦了，有皱纹了。哎，兴儿回不来了，再也回不来了。"婆婆把手缩回去说，又端起了那根长烟管，她摸出了一块取火石，用刀片熟练地削着火石，火星四溅，靠在取火石上的纸条子点红了。然后用嘴一吹，纸条像豆灯一样燃起，她开始吸烟了。

"妈，你还学会了抽烟？"萍萍沉默了许久，才条件反射似的问了一句。

"会，早会了。只是在你家不敢抽，碍着兴儿和你的面子，别人见了会说兴儿妈不是正经女人。为了兴儿，为了这家，我什么都能克制，"婆婆磕掉烟锅仔的烟屎，又按了一锅烟。吹亮纸条子又重重地吸了两口。接着又说开了："守寡的日子是难熬呀，我起早贪黑下地干活，好将繁重的农活来占有我的心，公社里给我的烈属救济，我一分一厘都不要，每年都要开一次烈属会，就是用轿子抬我也不会去，我从来不相信，也不愿意兴儿他爹会一去不复返，我总觉得他是出远门了。"

寡妇最会胡思乱想，就像有酒瘾的找不到酒，有烟瘾的找不到烟，我有时候捶着头叫自己不要往那上去想，反而越想越厉害，特别是深夜，非得用热水洗洗才睡得下。我那个瞎眼婆婆常常对我说，当寡妇是命里注定。她只要摸我的鼻梁和嘴，就晓得我心里在想什么，说出的事就好像我把心事告诉过她一样。村里有个单身汉老盯我，这个人长得不难看，壮实得像头牛，他就是不能朝我笑，一咧嘴，那犬牙交错的牙齿就会叫我恶心。有一天晚上他偷偷摸进我的房间，我知道是他来了，轻轻地说："走开，死鬼，快给我走开。"他不听，想摸上我的床，我随手摸了一根竹棍狠狠地在他头上敲了一下，他按着头走了，没有吭声。第二天，我的婆婆对我说："那一棍子敲的好哇，把那短命鬼敲死才好。"从这个时候起我就学着抽烟了。婆婆在床沿上边敲烟屎边说："这根长烟管就是那时敲单身汉的竹棍做成的，我婆婆说这是我的贞节棍。"

"还有一件事至今我还猜不透。有一次我去那片芦花地里摘芦花，又碰上了那个单身汉，他把一大包芦花送给我，朝我咧着嘴笑着，不晓得是中了什么邪，我看到他交错的犬牙不恶心了，反倒想跟他说几句话，当时说了些什么不记得，只记得他紧紧把我抱住，把我压倒在芦花包上。他压得很紧，压得我很重呀，我反倒被他粗鲁的动作弄得激动的叫喊。这个不懂女人的单身汉以为我会出什么危险，拔腿疯狂地朝芦苇丛中跑走了。当我背着两包芦花回家的时候，我婆婆头碰神龛已经奄奄一息。她见到我，嘴唇缓缓地蠕动发出微弱的声音：'久—别—胜—新—婚。'婆婆话一说完就断了气。我悔恨，我内疚，是我败坏了乡风，推倒了祖宗的贞节牌坊。从此，我再也没见到那单身汉，你晓得啵，那单身汉就是当初我生娃儿时，把我和兴儿从山脚下救回来的救命恩人啦。过了四十岁就再也不想去见他了，这不知道是什么缘故，但他送给我的芦花，我做了枕头……"

整个晚上萍萍温驯地听着这漫长的训诲。但她的心却被洁白洁白的雪裹着一样，紧缩成一个铅球，沉重、恐惧、羞涩。

萍萍在这风雪飘摇的芦苇棚子里留宿了五天，婆婆总是不停口地说："城里人敢在我这破茅棚里住下，是缘分啊。"

风停了，天晴了。屋檐下倒挂的冰柱在滴水。这天，萍萍要回城，但她总不忍心移动脚。她一会儿帮婆婆打扫屋顶上一尺多长的灰吊吊，一会儿帮忙劈柴，一会儿又放下提起的行李，掏出一叠钱塞进婆婆怀里。婆婆推辞说："我不是过得很好嘛，要拿钱做什哩？我的烈属费国家帮我存着。你有良心的话，要把自己看成是属于我的女儿，同时又是国家的女儿。"

萍萍默不作声地背起婧婧走出门外，婆婆拉着萍萍的手泪水不住地流出来，话却一句说不出来，一直送到村头。萍萍深情地说："妈，您别再送了，前面的路我会走。”

“萍儿，还有好长一段路，你走好！”婆婆像一株枯树似的站住了，举起干瘪的双手缓缓挥动。

七

曾兴来了，萍萍挽着他的手，站在朋友婚礼的盛典上。他和她向新婚夫妇热烈地掷去无数朵白花。

她好生奇怪地醒了，洁白的天花板，空荡荡的房间，空荡荡的心。

“笃笃笃”门敲响了，蹦蹦跳跳她的一位好友进来了，“走吧，萍萍，吃我的喜酒去，”好友喜出望外地拉着她，她站在门内像根木桩，目光呆滞地凝望着那张“结婚照”。说：“那是你喜庆的日子，我不能去……我祝贺你夫妻恩爱，相伴白头。”

“不管怎么说，这一回你一定要去。”

“就让我的心去吧，带去我虔诚的祝愿。”

好友不情愿地走了。

她久久地站着，失神的眼睛找不到目标。

五光十色的春潮汹涌而来，冲击着警营，拍打着萍萍的门槛。她生活的警营里一色的橄榄绿开始淡化了。当晚霞染红天际，警营大院内的绿衫红裙像一群孔雀竞相开屏了，院内的每一个女军人闲暇时都开放着自己的青春，连衣裙、蝙蝠衫、口红、眼镜、丰腴的胸脯、袅娜的线条，对这位三十刚出头的萍萍来说，是诱惑，是挑战。可她仍旧是那身脱不下的橄榄绿，她常常为眼前的花花绿绿闭目而行。

她妹妹与她撞了个满怀。妹妹摇荡着她肩膀说：“姐姐，你还是打开眼睛看世界，多好的阳光，春光明媚。”

她轻轻地说：“我看太阳的时间少，望月亮的次数多。”

“你还想做嫦娥吗？”

萍萍默然了。

“你看看，萍姐，这是我爱人从上海买来的连衣裙，我穿太肥了，你正合适。”妹妹把裙子在她身上展开比试。

“多红啊，红得像火，我怎么受得了。”

"那怕什么，你不就是比我大一岁吗？正是打扮的年龄，打扮的季节，人家都能穿，为什么你不能穿？"

"我本来就是招人眼目的人，我是烈士的妻子呀，荣誉、名声、自尊、自爱……"

"勋章，十字架？"妹妹用指头点着她的太阳穴无可奈何地叹道："你呀……"

传统的农历大年初一，这是萍萍心目中排上号的佳节。伴随着鸡啼鸣，爆竹"噼啪噼啪"地响了，家家户户都在"开门大吉。"萍萍晚上答应了女儿，等天亮一定要带她去拜年。她精心地给女儿梳了羊角小辫，扎了一对红色的蝴蝶结，穿上了一件新的羊毛红蝙蝠衫。自己也对着镜子，好一番打扮。她突然发现镜子里那位漂亮的女性是那样的陌生，苹果似的脸蛋，恰似点饰了胭脂，那圈百思不解的眼晕，像涂上了紫铜碧金的眼影。此刻，神秘、欲望、冷傲铸出艳丽迫人的双眸，这就是萍萍吗？她挺起久已压扁了的胸脯，又将一条鸡心项链挂在颈上。啊，三十几岁的女性正是芳火盛旺，燃烧吧，锻铸一个新的自我。

她高兴地拉着心爱的小蝴蝶，在属于自己的那方小天地翩翩起舞："走，婧婧，咱们今天出去玩个痛快。"

她拉着婧婧欢欢喜喜地走到武警大院门口，突然停住了。

婧婧用劲拉着她的手："走呀，妈妈，你怎么不走哇！"

"咱们往哪儿走好呢！去公园嘛，那里净是成双成对的恋人，幸福欢乐的三口之家；咱们去那样热闹的地方不是少了什么吗？去亲戚家拜年嘛，人家都是合家欢聚，喜庆吉日，咱们寡母孤女的，会给人家带来什么呢？"她的嘴唇不停地蠕动，她的头不停地摇摆，她那沉重的双脚再也移动不了。

萍萍茫然了。

八

秋后的子夜，雨点淅沥，风儿微拂，窗帘飘动。他冥冥中走来，伫立在她的床前。她说："你这么久到哪里去了？"

"婧婧好想你啊，你一走就是几年，连个梦都不托给女儿，我们好寂寞呀。"

"我这不是来了吗？"

幽暗中，萍萍伸出手，攥着婧婧的小鼻孔："孩子，你爸爸来了，快起来，快起来看看。"

婧婧从睡梦中惊醒，迷茫地问："妈妈，爸爸来了吗？"

忽地，萍萍那涩如黄连的泪水已从那失眠的眸子里溢出。

婧婧拥进萍萍颤动的怀中，喃喃地泣诉着那幼小心灵中无端的思念。

婧婧两岁时，家里只要来了客人，她就把客人拉到像匾前，用小手指着说："这就是我爸爸。"

婧婧 3 岁时，在路上碰上戴眼镜的军人，就追着叫爸爸。

婧婧 4 岁时，家里来了男性客人，她特别的亲热，总是缠住不放，客人走了她就哭个不停。

婧婧 5 岁时，看到别的孩子叫爸爸，她总是呆呆地凝望，久久不愿离去。

婧婧已经到了 6 岁了，她懂得渴望父爱，就是读不懂妈妈的那张脸。今晚她也睡不着了，她懵懵地问妈妈："他们说我爸爸死了，还流了很多血。"

"别听他们瞎嚼，你爸爸在外地工作。"

"在哪个外地？"

"在那片长满芦花的地方。"

"他在哪里干什么？"

"练格斗，练打枪。"

"练那个干什么？"

"练好本事抓坏蛋。"

"这么久还没有练好呀？"

"谁晓得他是怎么练的，真笨。"

"妈妈，那地方好远吗？"

"不好远。"

"那你星期天带我去看看。"

"那地方我们是不能去的，去了也见不着他。"

"那他怎么不回来呢？"

"等你读好书，他就回来。"

"妈妈，你好好教我学习吧。"

"好吧，孩子，再睡一会儿就天亮了。"

婧婧对父爱的追求是那样的执着，简直是到了钻心入骨的地步。第二天，婧婧在学校进行语文测验，她第一个交卷，得了满分第一，她拿着交给家长的评语卡，久久地站在门口盼望着，盼望爸爸在评语卡上签字。萍萍拉着她回来吃饭，她不同意，喃喃絮语："好好学习了，爸爸怎么还不回来？"她就那样静静地站着，那样眼巴巴地眺望，把目光伸到天地相吻的地方。期中考试，婧婧又得了一张全优学习卡。这次，她没有回家，站在武警大院门口等候爸爸归来。成群结队的武警从她身旁走过，没有一个过来抱她，亲她。萍萍抱她回家说："孩子，事不过三，你若再得了一张奖状，爸爸就会悄悄地来到你面前。"

学校进行一次图画比赛，婧婧参加了，她在画一位警察。所有的参赛小学生都交了画，唯独婧婧还在描呀描。一位老师走到她的身旁，望着画，大吃一惊，这位警察眼睛是那样的传神，仿佛要从画中走出来一样，啧啧赞叹："这不像是出于一个6岁的女孩之手。"婧婧向老师鞠了一个躬说："是，老师。好像有一个人捉着我的手在画。"婧婧获得了优秀奖。她高兴极了，又蹦又唱地回到家里。天下着蒙蒙细雨，夜幕缓缓降临，婧婧在客厅、卧室、厕所都寻找了一遍，不见爸爸的影子．她冲进雨幕，呼喊着："爸爸，爸爸——"

婧婧在纷纷扬扬的细雨中踽踽而行，撕心裂肺的呼喊声在回荡："爸爸，你在哪里？我好好学习了，你为什么还不回来。"萍萍追上她，一把将她抱住，哽咽得说不出话。

婧婧紧紧抱住妈妈的头，伤心缀泣："妈妈，你骗我了，你找回爸爸，你找回我爸爸。"

萍萍断断续续地说："乖孩子，咱们回去吧，我会替你找，我会找。"

母女俩抱头痛哭起来，

——啊，雨声，泣声，那无限的愁思，在这蒙蒙的雨雾中，更浓，在这朦胧的夜幕中，更沉。

九

梦是个怪物，没有想到他的时候，他突然来了；而越是需要他的时候，他越不来。

他很久很久没来了。很多很多的心里话，她只有对女儿说了。不管婧婧听得懂还是听不懂；无论婧婧是睡着还是醒着，她总是成夜成夜地自个儿自问自答："你说人呀，生、死、活哪个最痛苦，哪个最快乐？我说人呀，生也痛苦，死也痛苦，活也痛苦。要说最痛苦的还是死，死是最不公平的了，是最大的罪恶。不过，死了就快快乐乐，一了百了，万事皆休，长眠不醒。我最怕的是睡不着。"

在这幽黑幽黑的房间里，萍萍好寂寞呀，萍萍把藏有婆婆银丝的发盒拿出来，将九十九根银丝倒在床上。然后闭目将银丝一根根摸出来放回盒内。就这样摸呀摸，直至疲倦了，再睡下。一会儿醒过来，又自言自语：曾兴再也不来了，他走得太早了。而立之年压根就不该死，哪怕是缺手断脚，我宁愿伺候他一辈子，那样，还总有一个与我说话的人。

这日子叫她怎么过啊。别的什么男人在她门前站上一分钟，仿佛都有人在嚼舌根。有一回，她同一位男性在礼堂看电影。好像荧幕挂在她身上，前后左右，好奇、同情、怜悯的目光全转移过来。他倒变成了悲剧故事中的主人公。她双手捂着眼睛，泪水从她的指缝里渗出来，又顺着手臂流进袖管。

她对旁边议论从来不闻不问，也极厌倦向别人任意诉说她内心的秘密。她像竹笋一样地裹着自己的心事，不让好奇的眼睛窥透。

她把最神秘的心事，只留给曾兴一个人，就连她最心爱的女儿也只是在高兴的时候，才隐隐地透露出只字片语。最使她伤心的也只是她偶尔在一家晚报鹊桥栏里发现了自己的征婚启事，能责怪那位好心的月佬吗？生活本身就有很多捉摸不透的东西。这一次她无缘无故地揍了女儿一顿，打得好重啊，女儿哭了，她也哭了，哭得好伤心啊，泪水把袖子浸湿，把枕巾浸湿，把一个没有月亮的夜晚浸湿了。

"生活中不能没有男人啊，要是他在，也会给个安慰，给个解释……"她说的轻轻的，几乎啜嚅着。

十

夕阳把西天烧红。

萍萍被妹妹搀着来到八一起义纪念碑下。妹妹说："你在这儿等一会儿，我马上就来。"说着鸟一样地飞走了。

萍萍就那样站着，像英雄碑下的一座雕像。她抬头仰望着这庄严而高耸的八一起义纪念碑，碑顶上一杆钢枪，刺刀直指青天，乌云变得血红，仿佛这杆钢枪仍在跟上帝挑战。萍萍敬仰这杆神枪，因为她血液里流着红色基因，她初心里有幸福之源啊。一群一群男男女女从她身旁擦过，嬉笑着，追逐着。于是，她在心底里对他们生气。在这里她对任何欢笑的人都生气，因为他们在欢笑中会忘记那些为人类献身的烈士。然而笑声一阵接一阵向她袭来，左边、右边、四周这一块偌大的地毯般的草坪上，处处都发出一种让她不快的笑声，她置身于这笑流的漩涡里。于是，她烦躁起来，为了保持肃穆，她双手蒙住耳朵走了。

"你走干什么？姐姐，我们不是来了吗？"妹妹后面跟着一位陌生的英俊男子。

萍萍站住了，妹妹跑过去抱着她的头，咬耳细语："这个男的怎么样，妻子病故了，又没有孩子，在省直机关工作。"妹妹把萍萍的身子拉转过90度，面对那位男子，风趣地说："你瞧，淑女风度。"

萍萍垂下眼睑，黯然了。妹妹的脸贴住萍萍的脸厮磨着："姐姐，你表个态呀。"萍萍慢慢地摇摇头，嗫嚅着："孩子……婆婆……"

妹妹急切地追问："你是说他会要孩子？这样会失去感情上的平衡，将来婧婧会可怜的。还是害怕会推倒你婆婆的那块贞节牌坊？她守了一辈子寡。难道还要你守一辈子寡吗？你到底有什么想法，表态呀！"

萍萍把脸转向纪念碑木然地站着，任凭妹妹怎么摇动她也不吱声，顽固的心灵尊严遮盖了她内心的痛苦，企求安静的心情掩盖着她反抗命运的悲怆。

"你呀，真是木瓜。"妹妹不耐烦地说："你打开眼睛看看世界吧，现在是什么年代，而你才三十几岁却连红裙子都不敢穿。人家给你在省军区物色了一个大龄青年，你却说：三年不到，对夫不孝；就等三年吧，有一位失恋者大胆向你求爱，你却把人家拒之门外。你为什么要把爱情之门关得那么紧，把感情的圈子缩得像骨灰盒子那么大？仅仅三十几岁呀，正是花蕊扬粉的季节，而你却把花苞紧缩起来，成夜守着一只脚盆，两瓶开水，为什么这样自我折磨，为什么这样浪费生命，这是何苦呢？"

妹妹越说越激动，越说越愤懑。她近乎粗鲁地把萍萍橄榄绿上衣的纽扣解开，说："把这件没有感情色彩的衣服脱下来吧，什么烈士妻子、勋章、荣誉、什么家庭孝敬、牌坊、贞洁、全都是虚伪的，是没有人性的外壳。剥下它，把自己的青春袒露出来。"

"别这样，妹妹，别这样吧。"她摔开妹妹转头跑了。萍萍在草坪上一对对拥抱着的恋人中奔跑，在马路上的人流中奔跑。她在十字路口突然止步了。她紧紧盯着那排红、黄、绿灯。红灯亮了，又熄了。车流人流都冲过来了。唯独她仍旧站在那里茫然若失，似乎连自家的方位都找不到。坐标在哪里呢？家在哪里呢？幸福又在哪里呢？她就这样伫立在十字路口，在众人的目光里把自己塑成一尊贞洁观音。

依旧是空荡荡的房间，依旧是幽暗暗的深夜，依旧是数不完的 99 根银丝，依旧是一只脚盆两瓶热水，萍萍好苦闷啦，日子一天比一天长，一夜比一夜难熬。她真想去找婆婆，她真想在半山腰盖一幢神婆住所一样的茅棚。勋章不要了，光荣不要了，抚恤金也不要了，她只要一个能平息她的苦楚，能安慰她的孤独心境。

也许是时代的杠杆撬开了萍萍封闭的心房，也许是花蕊总归要扬粉，也许是一位人类灵魂工程师为萍萍锻造了一个新的自我。就是在这十字路口，就是这样的一天晚上，他扶着她坐在街旁梧桐树下，他对她娓娓而谈，从传统道德到宗教信仰，从家庭孝敬到婚姻伦理，就像把萍萍的心掏了出来托在掌心剖析一般。他对她说："你不要那样的固执，不要那样的自怜，不要把世界看得那样幽暗，不要把孝顺看得那样的神圣，因为一种对生活的健全的责任是比孝顺更不可抗拒。失去人性才是真正的虚伪。你壮着胆子朝你所爱的方向走去，不要顾盼。来，我们来做一次心里训练。"

"你？……"萍萍敬畏地凝望着他。

"对，是我，独身者。"

打这以后，萍萍一次又一次地在此时、此地等候，亦或是烈日当空，亦或是风雨交加，她总是不会忘记那棵梧桐树下，教授来了，朝着梧桐树下急急走来。萍萍的心在"扑扑"跳动，不知不觉地走近了他。他拥抱了她，有力的手带有激情……

原载在《警察天地》1995 年第 1 期

儿童文学类

【郑允钦】

（儿童文学类）

1948年出生于江西景德镇。1965年初中毕业后即下放，当过工人、会计、编辑、合同制专业作家，读过函授大学。1993年起任《微型小说选刊》主编直至退休。系中国作协会员、国家一级作家、全国百佳出版工作者、中国微型小说学会副会长、江西省作协名誉副主席。1981年开始发表文学作品，已出版童话专集16部。数十篇作品被选入《新中国60年儿童文学作品精选》等40余种选本。获各种文学奖37项，其中童话集《吃耳朵的妖精》《树怪巴克夏》分获中国作协第二届和第三届全国优秀儿童文学奖，中篇童话单行本《怪孩子树米》获第四届宋庆龄儿童文学奖。三部获全国奖童话合集《吃耳朵的妖精》入选《百年百部中国儿童文学经典作品书系》。

好蛇索索米

深秋，天气一天凉似一天。山林里动物们都忙着准备过冬，可是有一条小蛇还在到处闲逛，他的名字叫索索米。

索索米不是有毒的坏蛇，索索米没毒，他是一条呱呱叫的好蛇，这个森林里谁都知道。

可是索索米很淘气，整天在外面玩，有时候连爸爸妈妈的话也不听。

现在爸爸妈妈叫他跟他们一起钻到泥土里去准备过冬，可是说什么索索米也不听。它听说城里暖和，就向城里走去。

索索，索索！他走得飞快。可是城里太远了，只走到了一半路，天就黑了。更糟的是天气突然变坏，一场可怕的暴风雪降临了。索索米在雪地里很快就冻僵了，他冻成了一根冰棍子。

一个老头儿从这儿经过，在雪地上啪地滑了一跤，爬起来，手摸到了索索米。"哎哟，这儿有一根棍子！这下好了，可以拄着它回家了。"老头儿说着，就把索索米当棍子拄着走了。

笃笃，笃笃！"冰棍儿"敲着冻结的地面，发出清脆的响声。老头儿回到家，就把棍子放在屋角里，上床睡觉了。

第二天，老头儿出门，害怕摔跤，就到屋角去找他昨晚用过的棍子。可是非常奇怪，棍子不见了。

"我的棍子，我的好棍子！你快出来吧！"老头儿到处找。

"我在这儿！"忽然，老头儿听见一个奇怪的声音，可是什么也没有看见。

"你是谁，躲在哪儿？"

"我在这儿嘛，在你的床上！"

老头儿走过去掀开被子一看，哎呀，天，一条小蟒蛇！他吓得发抖："你，你是哪儿来的？"

"是你带回来的！"

"我、我没有带你来！我昨天只带回一根棍子。"

"我就是那根棍子！"

"你不是！我的棍子是硬邦邦的……"

"我冻僵了也是硬邦邦的呀！"

"那……就请你再冻一次，做我的棍子吧！"

"我才不做你的棍子呢，做棍子不舒服！"

"那……就请你出去……"

"我不出去，我要在这儿睡觉！"

"可是你身上很脏……你睡到床底下去行不行？"

"你的身上才脏呢，你睡到床底下去吧！"

老头儿怕索索米，晚上真的睡到床底下去了。他冻得浑身发抖，牙齿格格响。

索索米看见不忍心，就说："老公公，你真傻，我是和你开玩笑的！快到床上来睡吧！"老头儿赶紧爬上床，说："看样子你还不坏。你叫什么名字？"

"我叫索索米。"

"索索米？是个好名字！"老头儿说，"我有个外孙也叫索索米，可是前几年害病死了……"

"你就把我当你的外孙吧，行不行？"

"行。可是我很穷，怕养不活你……"

"我不要你养的，我会自己找东西吃。"

索索米就这样住下来了。白天，老头儿出去干活，索索米就在家看门；晚上，老头儿回来，就给索索米喝牛奶，还唠唠叨叨地对他讲自己年轻时的故事。索索米不管听没听懂，总是点着头，因为他觉得老头儿很可怜。索索米很怕冷，老头儿就剪下自己一条旧毛裤管，套在索索米身上，还给他做了一顶圆帽子。

院子里的人们听说老头儿养了一条蛇，开头都很害怕，一看见就躲得远远的，后来渐渐就不怕了，因为索索米从来没干过坏事。

每天早上，孩子们上学从老头儿窗下走过，都要向索索米打招呼："你早，索索米！"索索米靠在窗口向孩子们点着头："你早，小朋友！"

索索米一天天长大了，能替外公做事了，外公很高兴。一天，老头儿生病了，索索米就代他上街买菜。他来到菜场，卖菜的见了吓得纷纷逃走。索索米挽了满满一篮菜回来，把钱还给了外公。老头儿说：

"你买菜怎么不给钱？"

"我给，可是他们不要呀！"

"你得想法子塞给他们，我们可不能占别人的便宜……"老头儿说。索索米点了点头，表示听懂了。第二天买菜时，卖菜的看见他吓得逃跑，他就追上去缠住一个，那人吓得大喊救命。警察闻声赶来，只见索索米咬住一叠钞票，硬往卖菜的口袋里塞。问明白了是怎么回事，警察笑了，他表扬了索索米。从此，索索米出了名，大家都说他是条好蛇。

一天上午，老头儿不在家，索索米肚子饿了，到处找东西吃。他找到两块肥皂，以为是奶酪，就一口吞了。过了一会儿，他觉得肚子有些不舒服，就喝了许多水。老头儿赶回家时，只见索索米蜷缩在屋角里，吐出许多肥皂泡。这些泡泡纷纷从窗口飘出去，把天空都遮满了。索索米还在不断地吐着，因为他想把肥皂吐出来。

"怎么回事？"人们纷纷停下手中的工作，看着满天五颜六色的泡泡，互相打听着。"今天是什么重大节日吧？为什么放这么多彩色气球……"于是人们纷纷走回家去。

这件事惊动了市长先生。他决定亲自查问这事。顺着泡泡飞来的方向，他找到了老头儿的家。"这太不像话了！"市长先生吼叫着，踢开门冲了进去。他愣住了。

"哎呀！你……你……您好！索……索索米先生……"市长吓得结结巴巴，不知说什么好。

"这是市长先生！"老头儿在旁边作介绍。

"市长先生，您好！"索索米说，他张开嘴，露出尖牙和长舌，立刻又有好些肥皂泡飞出来。

"见到您，真……真是荣幸！"市长先生望着索索米的尖牙直发抖，

"我……我想，您一定吃……吃饱了吧？"

"我还没有饱！我只吃了两块肥皂！"

"吃肥皂？这……这太不可思议了！"市长先生惊异地说，"索……索索米先生，如果您还需要吃肥皂，我立刻派人给您弄两箱来……"

"我不要吃肥皂了！肥皂一点也不好吃！"索索米走到市长跟前，用舌头舔着市长的鼻子说："我想吃一点儿肉！"

市长吓得连连倒退："好，好！我……我回去就派人送来……"他倒退到楼梯口，咕咚咕咚滚了下去。第二天，他真的派人送了肉来。索索米和老头儿吃了个饱。

索索米吐肥皂泡的事儿传到城里马戏班老板的耳朵里，他立刻找上门来，请索索米去当杂技演员。老头儿舍不得索索米离开，可是马戏班老板说，他每天都会给索索米吃好的。

"给什么呢？"索索米低着头问，他流出了一点儿口水。

"这个……每天给你吃一只麻雀，行不行？"

"这不行！"索索米说，"麻雀太小了，会从我鼻孔里飞出去……我想每天吃一只鸡！"

"鸡？太贵了！索索米，我们出不起这个价钱……改吃鸽子怎么样？不比鸡肉味道差！"

索索米想了一下，说："行，就这样吧。"

索索米告别了外公，跟着老板来到马戏班。他在那儿每天表演爬竹竿、扭秧歌，当然最精彩的还是吐肥皂泡，这吸引了许多观众，马戏班的收入大增。为了吸引更多的观众，马戏班要索索米学认字，可是索索米不肯。后来，他们答应每天给他增加一只鸽子，他才勉强同意了。索索米很快学会了辨认字母和阿拉伯数字，观众随便报出哪个字母或数字，只要是能够一笔写成的，索索米马上就能用身体扭成那个字的形状，这使观众非常开心。许多家长牵着自己不肯读书的孩子来马戏班看索索米表演，要他们向好蛇索索米学习。

由于索索米的出色表演，马戏班赚了好多好多钱，这些钱装了几十麻袋。

索索米虽然过得很快活，可是他很想念外公。每天，他只吃一只鸽子，把另一只留下来，准备以后带回去给外公吃。他找了一只很大的麻袋来装这些鸽子。看着麻袋装满了，索索米就对马戏班老板说，他想要回家去。可是马戏班老板怎么也不同意，他就靠索索米赚钱呢！

晚上，索索米悄悄地走了。他带走了那麻袋鸽子，还拖走了一麻袋钱。

老头儿看见索索米回来，非常高兴，抱着他亲了又亲。吃着索索米带回来的鸽子，老头儿说："哎哟，这样好的东西我还没有吃过，真是托你的福……索索米，我看我们只要尝一两口就行了，余下的可以卖掉，换一笔钱……"

"不用，外公，钱我也带来了！"索索米说，他将那装钱的麻袋拖来打开。

"天哪，这么多的钱！"老头儿高兴得发抖，"这太好了，我们不用再担心过苦日子了！"

老头儿发了财，成了富翁。他开始每天吃好的，他以前过得太苦了，现在一下子吃得这么好，很快发起胖来。他胖得太厉害了，到后来身体简直成了一个大圆球。麻烦事儿跟着来了，因为他们住在楼上，老头儿爬楼老是滚下来，只好请索索米帮忙。索索米用力顶住老头儿的屁股把他托上去，可是一松开，老头儿又咕咚咕咚地滚了下来，他的身体在地板上放不稳。

老头喘着气说："看样子这楼梯想要我的命！索索米，你能不能替我想想办法，不叫我滚动？"

索索米想了很久，说："我去找一根绳子来绑住你的腿，行不行？"

"用绳子绑住腿？这倒是个好主意！可是另一头绑哪儿呢？我们的床脚不怎么牢靠……"

"挂在窗台上吧，这样就不会再滚动了，而且可以晒到太阳，挺暖和的……"

"行，就这样。"老头儿说，"我情愿挂在窗台上，也不愿再滚来滚去了……"

于是索索米就把老头儿倒挂在窗台上了。做完这事，他觉得很累，就爬到床上睡觉去了。

老头儿倒挂了一会儿，感到不舒服，就喊了起来，可是已经迟了，索索米已睡熟了。老头儿拼命喊着索索米，也没有用，因为这时已是冬天，索索米进入了冬眠状态，什么也听不见了。索索米睡了整整一个冬天，老头儿在窗台上被晒成了一块流着油的腊肉。

索索米直到第二年春天才醒来。"外公，外公！"他大声喊着，可是外公挂在那儿一声不吭。他赶紧把外公取下来放到桌上，哎哟，外公身上散发出一股可怕的腊肉味儿！索索米拼命地推着他喊，外公依然一动不动。

索索米急坏了，立刻跑去请医生。它请来一个蓝眼睛大夫。大夫看了看说："哎哟，这是一块腊肉！是送给我的礼物吧？太感谢了！"

"这不是腊肉，这是我外公！"

"别哄我了，一块挺好的腊肉，你闻闻这香味儿……"蓝眼睛大夫说。忽然，他看见了老人的脸，吓坏了，说："这、这是怎么回事？"

索索米把事情的经过说了。

"我……我从来没给腊肉看过病，对……对不起！"蓝眼睛大夫说着赶紧溜走了。

看见医生没法救活外公，索索米心里难受极了。他伏在老头儿身上，用舌头不停地舔着那风干了的皮肤，一面流着眼泪。他的眼泪掉在外公嘴唇上，嘴唇忽然嗡动起来，发出微弱的声音："索……索米，我……渴……啊……"

索索米赶紧倒来温开水，一勺一勺地喂给外公喝，一气喂了十几碗。

索索米的眼泪掉在老头儿的眼睛上，老头儿的眼睛动了动，忽然睁开了，他看见了索索米："索索米，我是不是还活着？"，"是的，外公，你还活着！"索索米看见外公活转来，高兴得发抖。

老头儿爬了起来。他觉得他的身体比过去轻快多了！这是因为身体内多余的脂肪晒成油流掉了的缘故。他试着跳到地板上，嘿，稳稳当当的！不用再担心滚到楼下去了。

老头儿对索索米说："看样子，光吃好的不劳动，对人没好处……"于是，他开始像从前一样地干活，和索索米一起，过得非常愉快。

过了一些日子，索索米想念起爸爸妈妈，就回乡下去了一趟。他在那儿过了一个夏天，就又回到城里来了，因为他还是不愿像别的蛇那样，钻到地底下过冬。

索索米决定在城里住下去。现在这个城市没有谁不知道索索米的故事，提起他，大家都说是条好蛇。

（原载《童话报》1986 年 10 月 22 日）

镜子里的怪脸

一

对于美男子来说，照镜子是一件很惬意的事。艾力克先生身材高大，有着高耸的鼻梁，宽阔的前额，修长而有风度的眉毛……这一切都符合美男子的标准，当然他也就有着照镜子的嗜好。事实上，他每天早上起床后的第一件事就是照镜子，因为他感到通过镜子欣赏自己的尊容简直是一种享受。可是，世界上许多事情往往会发生令人意料不到的变化，艾力克先生照镜子也是这样，在他当上市长以后不久就突然变得害怕照镜子，甚至看到镜子就掩面而逃了。这是怎么一回事呢？

二

让我们先来看看艾力克先生是怎样当上市长的。

艾力克先生的运气真是好极了，他刚刚大学毕业，葫芦瓢市的第二十六任市长就突然病死了。他报名参加了竞选市长的活动，结果出人意料地击败了几十个竞争对手，因为没有一个人能像他那样，把总督先生三年前的讲话一字不漏地背出来。总督先生已经患了癌症，听到这个消息，激动得从病床上跳了下来，打电话给代理总督，要他任命艾力克先生为葫芦瓢市的第二十七任市长。

看见艾力克先生这么顺利地当上市长，竞选对手们妒忌极了，他们纷纷打听艾力克先生是不是走了后门。可是当报纸上公布了艾力克先生的履历以后，他们立刻安静了下来，原来艾力克先生从小就是个出色的孩子：他从小学到中学到大学，年年都是学校里"背书大奖赛"的冠军！"乖孩子"、"听话模范"等奖状他得了整整一抽屉……他的"艺术才能"也一直得到校长和老师们的交口称赞，因为他画的画和美术老师画的一模一样，甚至连美术老师自己也常常分不清，哪一张是自己画的，哪一张是艾力克画的。他打篮球和跑步的姿势则酷似教他的体育老师。也许你会认为艾力克有某种天赋——不，艾力克的每个酷似老师的动作都是用汗水换来的，他可以一连三个小时在操场上模仿老师某一个单调的动作。"天才出于勤奋"这句话是有道理的，艾力克在学校的培养下，经过自己的努力，终于掌握了模仿别人的诀窍，成了一个天才的"模仿大师"。

三

当市长对于艾力克先生来说并不难，在文件上画圈圈，比在学校里背公式、抄课文还要容易得多。至于作报告、演讲，艾力克也不在话下，他讲出来的话和总督先生如出一辙，因而总督先生临死前都在念叨着他的名字。

艾力克虽然当上了市长，生活习惯并没有改变，他比过去更爱照镜子了。可是，他没有想到，可怕的事情很快发生了。

那是在他当上市长以后的第八个星期，他从外地考察回来，一到家里，他发现桌上换了一面崭新的镜子，他猜想这是老婆给他买的，便习惯地拿起镜子，没想到镜子里却映出一张别人的脸孔。艾力克以为，有谁进了他的屋子，躲在他的身后，他猛地回过头去，可是身后什么人也没有！艾力克奇怪极了，他重新拿起镜子，哎呀，天！镜子里仍是那张可怕的脸孔：深陷的眼窝，凸起的颧骨，尖削的下巴，简直像个骷髅！艾力克觉得这张脸似乎在哪儿见过。他终于记起来，这是总督先生的脸！可是总督先生因患癌症，已于两个星期前去世了！艾力克以为总督先生显灵，吓得扔了镜子，尖声喊叫起来。

艾力克的老婆美而妙女士走了过来，问艾力克干吗喊叫，艾力克说："镜……镜子里……有鬼！"

美而妙不相信，她拿起镜子照了照，只见里面映出的是自己的面孔，便说:"没有哇,你看花眼了!"她把镜子递给丈夫。可是艾力克只瞄了一下就又喊叫起来,他看到的仍然是那张已经不在人世的总督的脸!

美而妙女士这回也看清了,丈夫照镜子的时候,镜子里映出的确是一张可怕的陌生脸孔。

"啊,别……别怕,也……也许是这面镜子有……有问题!"美而妙女士尽管自己也吓得要命,仍安慰着丈夫。

"这面该死的镜子是哪儿来的?"

"上面统一发下来的呀!"美而妙说,"我马上拿去换!"过了一会儿,她就换了一面镜子来。可是,艾力克在这面镜子里看到的,仍是那张可怕的脸孔。

"啊,我要我原来的镜子!"艾力克把镜子扔了,喊叫道。

"原来的镜子都被收走了。"美而妙说。

"干什么要没收?这是谁下的命令?"艾力克火了。

"听说是……是副市长下的命令,刚好你出外考察去了……"

艾力克怒气冲冲地跑去找副市长,质问他为什么要下这么荒唐的命令。

"这是您临走前布置的呀!"副市长说,他捧出一个褐色的公文夹,翻开来抽出第1003号文件,递给艾力克市长。

艾力克用左手接过一看(已故总督是个左撇子),只见上面有自己用左手签署的意见:

已阅。请副市长全权查处。

市长 艾力克

可这份文件艾力克当时并没有认真看,现在只好掏出眼镜戴上(这是已故总督阅读文件时的习惯),仔细阅读起来。原来该文件是代理总督麦根先生签发下来的,内容大致如下:

省府最近接到国际宇航中心发来的电报,一个代号叫AH的超级机器人不愿上火星过单调乏味的生活,逃离了火箭发射场。据方向测定仪测定,AH已潜入了葫芦瓢市……AH造价高昂,其外形和内脏均与普通人无异,具有多种模仿功能,能代替普通人在恶劣环境下工作。要求葫芦瓢市不惜一切代价找到 AH，交回国际宇航中心。

"你采取了什么方式寻找 AH？难道这同镜子有关吗？"艾力克问副市长。他的鼻子抽动了一下，这个动作和已故总督一模一样。

副市长忙掏出一个绿色的记事本，翻开念道："根据您的指示：遇到经济问题找海默尔教授，遇到医药卫生方面的问题找夏雨医生，遇到与自然科学有关的问题找奇奇怪博士……这个案子跟机器人有关，属于自然科学范围，所以我请教了奇奇怪博士……"

"奇奇怪博士怎么说？"艾力克用手抹了抹头发，这也是已故总督的习惯动作。

"奇奇怪博士说，超级机器人构造复杂，在各方面都和真人无异，只有一点不及真人，那就是真人有自己的思想，有创造发明能力，而机器人只能模仿别人……他说现代世界上与机器人有关的案子日益增多，针对这种情况，他已发明了一种光学仪器，可以区分机器人和真人……"

"那真是太好了！可是那种光学仪器在哪儿呢？"

"就是我通知发到各家各户的镜子呀！我拨款购买了奇奇怪博士的发明专利，要光学仪器厂赶做了一大批这样的镜子，发给每一户人家……为了尽快找到机器人 AH，我下令没收了市民们原来所有的镜子……"

"这……这种镜子怎……怎么能抓住机器人呢？"艾力克感到背脊有些发冷。

"据奇奇怪博士说，这种镜子根据人的特点映出图像，机器人没有自己的特点，照出的只能是被模仿者的相貌。这样，只要他一照镜子，就可能被人们发现……"

"原……来……是……这样！"艾力克颤抖着说，"这个机器人太可恶了，害得大家不能正常照镜子！"

"没有关系，这种镜子对我们真人没有妨碍……您是不是发现了异常的地方？"

"啊，没有！"艾力克说，"我只是希望早日抓到那个 AH！"

四

艾力克先生回到家里，他害怕在镜子里见到那张可怕的脸孔，但又想不出什么好办法来，便躺在床上唉声叹气。他的老婆美而妙女士问清了情况，安慰他说："亲爱的，这好办，你不要模仿那死去的总督就行了！"

一句话提醒了艾力克市长，是呀，不模仿总督，镜子里就不会出现总督的脸孔，这多么简单！可是不模仿总督，那模仿谁呢？一个人活在世上总不能没有榜样吧！他把省里的重要人物排了一下队，最后选中了代理总督，作为自己的学习榜样。主意一定，艾力克立即叫人弄来有关代理总督的电视录像。观看几遍以后。他就掌握了代理总督的所有特征，剩下的就是对照练习了。他只花了一小时五十八分四十七秒，就把这些特征模仿得惟妙惟肖。

这天晚上，艾力克做了一个好梦，他梦见那个可恶的机器人 AH 被抓住了，自己坐在代理总督的位置上作着报告……

第二天，他起床后习惯地照了照镜子，啊，镜子里出现的是一张臃肿得像屁股似的脸孔！向后倾斜的秃脑门，一根扁平得像鸭嘴似的鼻子，笤帚般的眉毛……

"天哪！我怎么变成这样子了？"艾力克吓得大叫一声，捂住了脸孔。他老婆美而妙女士走来，看了看他说："你的模样没变啊！"

"我刚才照了镜子，别骗我了！"

美而妙女士拿起镜子，对着丈夫的脸照了照，发现镜子里果然有一张臃肿丑陋的脸孔。她仔细看了看，说："别害怕，这好像是代理总督麦根先生的脸……"

"不，麦根先生绝没有这么胖……"

"我听说麦根先生最近患病了，"美而妙女士说，"让我挂个电话给他家里……"

电话打通了。麦根先生的警卫员说，代理总督的确生病了，得的是浮肿病。

"看样子这镜子真是厉害，不管你模仿谁……"

"我不要这种镜子！我不要！"艾力克将镜子举起。狠狠地朝地上摔去，"你给我弄别的镜子来！"

美而妙女士不想让人知道这事，她亲自出马，跑了十五家商店，买回十五面镜子。但糟糕的是，不管艾力克照哪一面镜子，看到的都是那个臃肿不堪的脸孔。原来，所有的商店都换上了奇奇怪博士发明的新式镜子。

艾力克只好不再模仿代理总督。这时候，他在电视里看见一位脸蛋漂亮的外国公主过着豪华的生活，心里非常羡慕，便不由自主地模仿起这位小姐。结果，他照镜子的时候看见了什么你可以想见——一张妖艳的女人脸孔！

美而妙女士看见气坏了，她哭喊着说："你这个没心肝的！你一定是被这狐狸精迷住了！"

"没……没有……我……我只是……学……学了她的样……"

"你学猫学狗我都不管，就是不准学这个骚货！"

"好，好！"艾力克怕老婆，连连答应着。他一时找不到合适的模仿对象，看见一只猫走来，就忍不住学起猫的动作。他不愧是个模仿大师，一会儿就学会了捉老鼠，并且能够像猫那样轻巧地爬上屋梁。当然，他没有想到，他端起镜子时，镜子里竟会映出毛茸茸的猫的嘴脸。他吓昏了过去。

这时候，副市长见艾力克有两天没来上班，就到艾力克家里来看望他。

"他……他生病了！……"美而妙女士抹着眼泪说。

艾力克醒过来，看见副市长，以为他发现了自己的秘密，吓得一跃而起，倏地爬上屋梁，"喵喵"地叫着。

"啊，市长得的是什么病？怎么这个样子？"副市长惊奇极了。

"是……是一种猫病！"美而妙女士说。

"喵……我不是猫！我是人！喵……"艾力克趴在屋梁上哀嚎着。

"这太可怕了！"副市长说，"应该送市长到医院去！"

"我没有病，我不去医院！喵……"

美而妙女士说："我想，还是请医生到家里来好……"

"要不要我替你们去请医生？"

"谢谢！不用了，我自己会去请。"美而妙女士说。

副市长走后，艾力克"噗"地一声从屋梁上跳了下来。

"多么丢丑！"美而妙女士对丈夫说，"你待在家里别出去，我替你到外地去请医生。"

她真的从外地请来了一位有名的医生。

医生问了问艾力克的病情，感到很奇怪："你干吗非得要模仿别人呢？"

"我……我不知道，"艾力克说，"也许……也许是在学校里养成的习惯……我记得很小的时候不是这样，可是那时候老挨骂……后来学会了背公式和模仿别人，成绩上去了，爸爸妈妈和教师校长都表扬我，我就更加起劲地模仿……可是没想到现在会发生这样的事……"

"你应该克制自己，从现在开始不要模仿任何东西。"

"难道连模仿一只耗子也不行吗？"

"当然不行！"

"啊，这会非常难受的！你不知道这种难受的滋味！"艾力克喊叫着说。

医生问美而妙女士："你丈夫最害怕什么？"

"他最害怕打针扎屁股。"美而妙说。

医生开了一些镇静剂给艾力克服用，然后拿出一支长长的钢针，交给美而妙说："如果你发现他在模仿谁，就用这根针狠狠扎他的屁股，千万不要手软！"

"可是，我抓不住他呀！"美而妙说。

医生想了想，提笔写了一张处方，要美而妙去买一根铁链。

五

当天晚上，美而妙用铁链把丈夫锁在床头，一发现艾力克有模仿行为，就拿出钢针扎他的屁股。艾力克哭喊了一夜，第二天才逐渐安静下来。几天以后，艾力克总算摆脱了模仿别人的习惯，他像大病了一场，躺在床上一动不动。

美而妙小心翼翼地拿起镜子，来照丈夫的脸，可是镜子里什么也没有！她以为看花了眼，把镜子转了一个方向，仍然什么也没有！她想，没出现总督、代理总督、外国公主和那只猫的脸孔是正常的，因为艾力克没再模仿他们，但艾力克自己的脸孔到哪儿去了呢？难道他没有自己的任何特征吗？

事实很快回答了美而妙：艾力克除了模仿别人，的确什么也不会！他没有自己的思想，甚至不知道怎样穿衣服，怎样走路！"我要喂饭饭！"他躺在床上，像三岁小孩那样对美而妙喊着。美而妙只得像喂孩子那样地喂他,完了还得给他穿衣,教他学走路……过了几天,美而妙实在受不了啦,她扔下艾力克,跑回娘家去了。

幸好这天下午副市长带着议员们来看望艾力克,一进门,他们看见艾力克坐在地板上哭,感到很奇怪.问他:"市长阁下,您和夫人吵嘴了?"

艾力克用脏手揩了揩眼睛,点了点头。

"您的病好了吗?"

艾力克又点了点头。

"那太好了!"议员们说,"您不知道我们多么需要您的领导!"

"把市长接回市府去!"副市长说。议员们搀起市长,把他扶进小汽车。可是,到了市府,艾力克刚走出汽车.就啪地摔了一跤。旁边的议员忙扶起他,但很快他又摔了一跤。这回他哭起来了:"……哎哟,痛……"

"怎么回事?"议员们围拢过来,"市长不会走路了?"

"准是那可怕的病把他变成这样的!"副市长说,"我们应该帮助市长,让他重新学会走路。"

"来吧,"议员们鼓励着市长,"大胆地往前走,我们在旁边保护您。"

市长颤悠悠地迈开了步子,一步,两步……

"好样的,市长好样的!"议员们欢呼起来。可是,"啪"的一声,市长又摔倒了。

一位名叫亨特的议员走近前,说:"市长阁下,您这样学走路挺费事的,来,跟着我,模仿我的动作,我叫您抬腿就抬腿,叫您收腿就收腿……"

亨特的话激发了艾力克模仿的潜能,他的眼睛定定地望着亨特,见他手上没有可怕的钢针,便大胆地模仿起来。

"向左,向右,对,抬腿,收腿,好极了!……"

奇迹发生了:艾力克只花了两个小时,不但学会了走路,而且健步如飞,其步伐和姿态与亨特先生分毫不差!

"棒极了!亨特先生,你简直是一位出色的教师!"议员们说。

"我本来就是当教师的嘛!"亨特先生谦虚地笑着说,"在当上议员以前,我曾经连续三年获得过葫芦瓢市优秀教师的称号!"

"来,给亨特和市长合一个影,留作纪念。"议员中有人提议。

"我得梳一下头发。"亨特说。他叫人找来一面镜子,他梳过头后,将镜子递给市长。

忽然，站在市长身后的一位议员惊叫了一声。

"怎么回事？"人们的眼光一齐投向那位议员。

"市长的脸孔……没有……镜子里是……是亨特的脸孔！……"

人们一齐围过来看。有一位议员喊了起来："这个市长是假的，他肯定是混进我们葫芦瓢市的机器人AH！"

听见这话，艾力克吓坏了，他将镜子一扔，拔腿就跑。

"快，抓住他！"副市长喊道。

可是艾力克跑得飞快。除了亨特先生，没有别的议员能达到这个速度。议员们埋怨亨特，说他不该让机器人模仿他的步伐，因为他是个跑步好手。亨特说："不要紧，我的右腿比左腿长一公分，右边迈的步子要大一些。AH模仿我的步伐只能跑弧线，我们埋伏在左前方就能抓住他！"

于是亨特带人埋伏在左前方的一块草地里。

艾力克跑着跑着，果然不知不觉地拐了一个大弯，来到了亨特他们的埋伏之处。他们喊叫着一跃而起，将艾力克逮住了。他们把他带到副市长那儿。

"原来你就是机器人AH！"副市长盯着艾力克说，"看样子果然和真人一个样！可是你为什么要模仿我们的市长呢？"

"我不是机器人，我是市长艾力克！"艾力克嚎叫着。

"说谎是没有用的，镜子已戳穿了你的把戏！"副市长吩咐把艾力克关进囚车，连夜押往国际宇航中心。

六

国际宇航中心经过检验，确认艾力克是一个只具有模仿能力的超级机器人，便不顾艾力克的哭喊，把他塞进了开往火星的宇宙飞船。

葫芦瓢市的副市长把艾力克当作机器人送走以后，便组织人马到处寻找失踪的市长，可是哪儿也找不着。奇怪的是，几天以后，市内又发现了一个只具有模仿能力的机器人，这人是在理发时被理发师傅发现的，当即被扭送到市府。结果他也被押往国际宇航中心。宇航中心的工作人员非常吃惊，因为逃跑的机器人只有一个，怎么会变出两个来呢？正感到疑惑不解之时，葫芦瓢市又送来第三个、第四个"机器人"……

这些人经过检验，也都和超级机器人无异。

这件事变成了举世瞩目的公案，因为谁是那个机器人 AH，至今还未辨别出来。有人把这归咎于奇奇怪博士发明的镜子。奇奇怪博士很生气，他声明说，他的镜子绝对没问题，出了问题的是葫芦瓢市的教育制度和社会风气，否则，怎么会出现这么多类似机器人的市民呢?……

最倒霉的是艾力克，他至今还在荒凉的火星上过着凄苦孤寂的生活。

（原载上海《少年文艺》1989 年第 3 期）

影视文学类

【张 芸】

（影视文学类）

女，汉，江西安义人，1956年生，中国作家协会会员、中国电视艺术家协会会员、中国音乐家协会会员、江西省影视家协会副主席、原安义县政协主席、现南昌市政府参事。先后在省、市及全国性的刊物上发表作品200多万字，出版磁带、光碟和书籍作品10盘（本），电视剧《小溪弯弯流》获全国优秀短篇电视剧奖，电影《西行》《古村故事》获江西省『五个一工程』奖，长篇电视剧《古村女人》，获第26届中国电视剧最高奖『金鹰奖』和第4届新农村电视剧『金牛奖』，在央视8套已播出五次。2012年获得全国唯一的一个『最佳编剧奖』。

二十集电视剧本《古村女人》（节选）

第一集

1.古村内　晨　外

1975年……

天边刚刚显出鱼肚白，薄薄的晨雾环绕在古村的空气中。

清晨的露水将古村的石板路打的湿漉漉，就像刚刚下过一场小雨，远处偶尔传来几声鸡鸣。

2.古树下　晨　外

村口的古树伫立在小路旁，下地干活的村民牵着水牛经过，牛脖子上的铜铃叮当作响。

3.古村内　晨　外

村子里勤劳的人们早已起床，有的生火做饭，有的整理农具准备一天的活计。

一栋栋年深日久的古屋顶上升起炊烟。

大队的喇叭响了起来。

大队长树发对着喇叭试试声音：喂……喂……

随后，广播喇叭里传来了《大海航行靠舵手》的歌声……

4.金根家堂屋　晨　内

（刘金根家的古屋是个三进的宅子，这些屋曾是明末清初有钱人的府第，土地改革后，分给三户人家居住，第一个院子是张老憨家，第二个院子是李家兴家，最里面是刘金根家。）

八斤婶拿着把大扫帚从古屋的最里面走出来。

5. 李家兴家天井　晨　外

八斤婶拿着大扫帚走到李家兴屋门口，听了听没有动静继续走。

6. 张老憨家天井　晨　外

八斤婶跨过小门，来到张老憨家的院子里，挥动扫帚开始打扫张老憨家的院子，张老憨从屋子里出来看到她的动作忙上去阻拦。

张老憨磕磕巴巴地说道：婶子，你这是…干…干什么，这活哪能让、让你干啊？

八斤婶：应该的，这两天来家的人多，咱们三户走这一个院门，来来往往的搅的你们不安生。

张老憨：不怕，都是给我金根老弟说亲事、事的……好、好事……

八斤婶：哎，你说我们金根，那真是争着抢着要，我推都推不掉……

老憨连连点头，拿起自己的扫帚打扫起来：就，就是。婶子，还是我、我来吧。

八斤婶：那就对不住了啊。

说完八斤婶拿着扫帚走向李家兴家。

7. 李家兴家屋　晨　内

李家兴家里，菊兰哄着一岁大的儿子李勇林，李家兴躺在床上睡觉。

八斤婶挥动扫帚扫了起来。

菊兰听见声音院子里看了看，嘀咕着：臭显摆。

李家兴微微睁开眼，又闭眼继续睡。

8. 李家兴家天井　晨　外

八斤婶扫了几下，见没人出来阻拦，朝屋里喊着：菊兰，这几天家里来的人多，这三家走一个院门，我心里过意不去，给你扫扫院子。

菊兰 OS：哦，婶子，你受累了。

八斤婶没想到菊兰并不出来阻拦她，拿着扫帚，走也不是，扫也不是。

9. 梁老汉家院子　晨　外

梁老汉和儿子梁富贵在天井下收拾农具准备下地干活。

梁富贵将一根断裂的锄头把放在房前的角落里，他的腿有些残疾，走起路来稍稍有些跛脚。

梁富贵接过梁老汉手里的新锄头：爹，给我吧。

10. 梁老汉家红英屋　晨内外

镜子里的梁红英甜甜地笑着，俊俏的小脸上显出两个浅浅的酒窝。

她在小辫子上系好了红头绳，又对着镜子整理着自己身上的小蓝褂。

红英一边打理着自己的容貌，一边跟着大喇叭里传出的声音哼唱着。

这时，外面传来梁老汉和梁富贵出门的声音，厚重的木门咣当当关上了。

红英侧耳听了听。悄悄从窗口探头朝外看，父亲和哥哥果然出门了。

她迅速从床底下拿出一双"千层底鞋"用布包好轻盈地跑出家门。

11. 古村小巷　日　外

红英轻快地穿梭在古村的胡同里，石头砌成的墙壁上粉刷着"掀起活学活用毛泽东思想新高潮，坚持社会主义方向"等标语

几只刚刚吃饱了食在路上溜达的鸭子被她的脚步惊的迅速跑到一边。

12. 古村牌坊下　日　外

红英穿过村里的老牌坊。

13. 古村大喇叭处 日　外

红英从大喇叭底下跑过。

喇叭里继续响着歌声。

14. 古屋门口　日　外

红英路过刘金根家的古屋门口停了下来，两个妇女一边议论着，一边走进古屋。

王婶：这几天我该说的都说了，八斤婶就是不给个话。

田嫂：哪那么容易，人家儿子当兵回来，听说在部队还是个干部呢，这十里八村的姑娘还不随便让他挑啊。

王婶叹了口气无奈地摇摇头，两人进去。

红英正想看看里面刘金根家的动静，突然张老憨扛着锄头走了出来，两人险些撞在一起。

红英吓了一跳，抬头见是张老憨：老憨哥。

说完，红英连忙面红耳赤的逃开。

张老憨倒是镇定自若，好像什么都没有发生，嘬了一口烟袋，继续朝外走去。

15. 古村口石板路　日　外

梁红英轻快的跑过石板路。

16. 古村外山坡　日　外

梁红英快速地跑上山坡。

此时的红英已经满头大汗，急促的呼吸让她的小脸变得更加红润，她一边抹着额头上渗出的汗水一边眺望着村外的山路。

远处蜿蜒的山路上空空如也，既没有来往的木轮车，也没有刘金根穿着军装的身影。

梁红英握紧了手中的那双"千层底"。

17. 金根家堂屋　日　内

八斤婶脱下一只鞋，在桌腿上磕了磕，扔在地上，不慌不忙地摇着蒲扇。

屋子里两个妇女站在她的对面相互使着眼色面露愁容。

王婶清了清嗓子：八斤婶子，金根到底哪天回来啊，村里男女老少盼星星盼月亮地等着，真急死个人。大伙都想看看咱金根出息成什么样了呢。

说着，王婶坐在了床边凳子上，向前凑了凑：他婶子，树发没说他到底哪天到？

八斤婶斜着眼看了看她，又看了看她坐的凳子，故意清了清嗓子，咳嗽一声。

王婶立刻从凳子上弹了起来，田嫂差点笑出声来，王婶显得更加窘迫，强颜欢笑。

田嫂：他婶子，你看，我们也来几回了，你看中哪家姑娘了，倒是给个主意。

八斤婶点了点头：是啊……哪家的姑娘好呢？

王婶和田嫂期待地看着八斤婶。

八斤婶用蒲扇拍了拍脑门：要说吧，我要求还真不高，金根是我们家单传，只要这姑娘能给我刘家生个儿种就行。可话是这么说，相亲总得讲个门当户对，要不让人笑话不说，日子也过不安生啊。我们金根当兵回来，在部队还是个干部，我要是给他选不好媳妇，那还不落一辈子埋怨？我也发愁啊。

八斤婶叹了口气，穿鞋下床：你们这几家我都记着了，我再想想。

两个妇女垂头丧气地走了出去。

18. 李家兴家屋　日　内

菊兰趴在门缝里朝外看着。

田嫂 OS：有什么了不起，看给她神气的。

王婶 OS：还不是看着他儿子，忍忍吧，这门亲要是成了，闺女也算有个好人家。

两人议论纷纷走出古屋。

李家兴打着哈欠半躺在床上：看什么看，十里八村这么多好姑娘都没看上，你那表妹的事就别想了。有那时间不如哄哄孩子。

菊兰：你知道个什么，这些姨婆们根本不知道她八斤婶肚子揣的什么虫儿，说了也是白说。我去了一句话就能戳到她心窝子里去。

李家兴：小心戳疼了八斤婶把你骂出来。

菊兰得意地哼了一声，回头看了看正在床上躺着玩的刚刚一岁的儿子勇林，抱起离去。

19. 金根家天井　日　外

八斤婶从屋内走出来。

菊兰抱着孩子走过来，她故意拧了怀中的勇林一下，孩子哇哇地哭了起来：哎呀，我的儿子，你就别哭了。

菊兰扯高了嗓门大声地哄着孩子。

八斤婶回头看了看，菊兰抱着啼哭的儿子转悠着。

菊兰抬头看到八斤婶：婶子，你说，这男娃子就是不一样，哭起来声音都大的吵人。

八斤婶一心想抱孙子，看着谁家的男娃都喜欢。

八斤婶：可不是，来，让我瞧瞧。

菊兰赶紧抱着孩子凑了过来，八斤婶喜爱的逗着勇林。

菊兰：哎，婶子，这几天你家里可够热闹的了，看得怎么样了？

八斤婶：别看来说媒的人多，都没用，来得再多我也不会花眼。随便他们怎么说，我心里有数。

菊兰：哎呀，要不怎么说是八斤婶呢，真能啊。

八斤婶哼了一声：那是，我生下来 8 斤重，说得来也做得来，嫁给金根爸也是个在村里能说事的人，生下金根后，照样是落地不放纱，扶起犁头扛起耙。

菊兰：可不是，金根这点就像你，聪明，能干。

八斤婶：我们金根可比我强多了。

菊兰眼珠一转：要说金根，可是你们刘家单传啊，媳妇可得选好了。香火要是断了……

八斤婶横了菊兰一眼，菊兰故作说走嘴的样子：呸呸，你看我这嘴。我是好心，你看，婶子的心思别人不知道，我还不知道吗。咱都是贫下中农，看家庭都一样。关键还得看哪家闺女的肚子灵，种上就得是个带把的。

八斤婶面带微笑看着菊兰。

菊兰：你就比方说我吧，当初没过门之前也是争着抢着有人要。都知道我们家的女人，那就是会生。一生一个准！你看我们勇林，哭起来瓦片都颤，劲儿大着呢。人家说这就是看骨血，一家一个骨血。不信你就看我表妹翠枝，虽说眼睛有点毛病，可那要是论生娃……

菊兰发现八斤婶正抱着肩膀端详自己。

菊兰尴尬地笑着：婶子，你干什么这么看我？

八斤婶：我就知道你要往这地方说。没错，你跟你那表妹一个嘴歪一个眼斜倒真是一个骨血。可我就不敢占你们家这骨血，万一生出的孙子嘴歪眼斜可怎么办。

说完八斤婶转身进屋。

菊兰被挤兑的面红耳赤，朝八斤婶家的方向啐了一口，转身进屋。

20.打谷场　日　外

家兴、老憨等十几个在生产队的谷场里打谷子。

家兴："老憨，咱歇歇吧，拿杆烟抽。"老憨不情愿的。

家兴："别小气了，不就袋烟吗，我的烟忘带了，壮丽的，回头我给你抽一支。"

老憨慢慢地递上一烟杆。

家兴："人困了，抽杆烟赛神仙。"边抽边坐在锹把上休息。

旁边的村民甲："这谷子，是咱们几个人的任务，上午要打完的，你还歇着"。

老憨："早干早收工的，快弄吧。"

李家兴："急什么，总得让我过过烟瘾呀。"

梁老汉对他们的话充耳不闻，低头干活。

媒婆大老远地跑过来：老梁头！

梁老汉起身走到田埂上：怎么样？

梁富贵佯装到旁边倒水喝，侧耳听着。

媒婆摇了摇头：又黄了。

梁富贵听到这个消息，立刻愣了一下，随后放下水瓢一瘸一拐地走到田里继续干活。

梁老汉心疼地看着儿子，转身对媒婆：老婶子，你再给使使劲吧。

媒婆：怎么不使劲啊，说了四五家了，我一会儿跑东埠，一会儿跑西平，一会儿跑乔乐，一会儿跑长埠，没一个同意的。不是说你家成份高，就是说你儿子腿有毛病，还有说咱这儿工分低，穷，唉，我这腿都跑细了……

梁老汉：老婶子，对不住了。我们梁家就富贵这一条根，要是断了香火，我……我还哪有脸见梁家的祖宗啊？

媒婆：我知道你做难，可是我也不容易不是，又费工，又受累，挨家挨户地跑啊。

梁老汉：这我知道，你放心，只要能给富贵找着媳妇，我绝不让你白辛苦。吃的喝的，你要什么我给什么。

媒婆：唉，你看，这说哪的话，我也不是这个意思。其实，倒是有个法子，就是不知道你同意不？

梁老汉：什么法子？

媒婆：你家红英，愿意"换亲"不？

梁老汉：换亲？

21.鹭仙河边　日　外

妇女们嘻嘻哈哈地在河边上洗衣服，捣衣声响此起彼伏。

王婶：菊兰，八斤婶她家金根到底什么时候回呀？

菊兰：王婶，你还惦记把闺女往我们宅院里送呀，她八斤婶的眼睛都放到天井口上去了，那能看得上咱村的闺女。

田嫂：是呀，你还没死心呀，那天她那个架势，把自己当成旧社会的老太太了，那个神气。

王婶：我不是看中金根了吗。

菊兰：你看中有什么用，人家没相中你闺女，就是真嫁过去，还不知得受这恶婆婆多少气呢。

转头看见红英，菊兰：红英啊，你以后找婆家可得看好了，别找个像八斤婶这样的婆婆，不然可有你受的。

红英抬头看看他们没有搭话。

菊兰停下来捶着腰：哎呀，累了，歇歇。

说完菊兰躺在了大石头上放懒。

田嫂：才洗几件呀就喊累。

菊兰：怎么了，我这一天又管儿子又管男人，能不累吗？日子过得太不省心。

王婶：哟，就你生个儿子，也不知道是儿子不省心，还是男人不省心。

几个妇女叽叽喳喳地笑了起来。

红英洗好衣服，端着木盆往家走去。

22.古街　日　外

这是鹭仙古村的一条保存完好的古街，门板上都涂上了"忠"和毛主席像及一点标语。街面一色的麻石板铺成。

红英端着木盆从河边走了回来。突然，一个人从背后蒙住了她的眼睛。

红英一愣，荷香嬉笑着从她的身后绕了出来。

见红英闷闷不乐，荷香：金根马上就回来了，你怎么还不高兴？

红英没有回答，径直朝前走去，荷香连忙跟了过去。

23.古街石桥上　日　外

红英和荷香倚在石桥的栏杆上，看着桥下潺潺的流水发呆。

红英：他到底什么时候能回来？

荷香：三年都等了，还怕这么几天？

红英：你没见他们家天天那么多姨婆进进出出吗？

荷香：那怕什么，金根的脾气你又不是不知道，他不回来八斤婶不能给他做主。他一回来，你俩的事还不是板上钉钉吗？

红英：别光说我了，你呢？

荷香紧张地看了看周围：我，我怎么了？

红英：人家可是在镇上工作，天天见不着面，你不担心他跑了。

荷香脸色微红：跑？那也是我先跑，我说……

荷香在红英的耳边耳语了几句。

红英瞪大了眼睛惊讶的：……你疯了吧你？还没成亲呢。

荷香连忙捂住红英的嘴，看了看周围没人：我管呢，我喜欢他，他也喜欢我。稻子熟了，不割还烂在田里啊？

红英紧张了起来：让别人知道了，你还怎么嫁人呀？

荷香：怎么会知道，除非你满世界嚷嚷。

红英：你还有脸说。

荷香：行了，先别说我了，还是想想你的金根吧！

24.古村队部 日　外

队长树发在组织知青弄横幅。

两人知青起了大横幅上面写着"欢迎革命进步青年刘金根归乡"

树发：还是你们有文化，这弄得像真的一样。

知青甲：队长这就是真的，这刘金根是谁呀？

树发：是我们村唯一一个解放军，搞好了将来能当领导的，上面对他回村的事情还是非常重视的。

一个小伙跑过来将一份文件递给树发。

树发拿过文件认真地看着。

知青乙：队长，什么事啊？

树发：咱村又要来知青了，让咱做好安置工作，真是忙得我脚打后脑勺。

25.空境　夜　外

明月当空，夜晚的鹭仙村格外安静。

26.梁老汉家堂屋　夜　内

红英拿着几根新竹条修理着一个用破了的竹篓。

27.梁老汉家门口　夜　外

梁老汉蹲在场院的石头上抽烟袋，烟袋的亮光忽明忽暗。

梁富贵坐在一块石头上敲打着那条残腿。

梁老汉：腿疼了？

梁富贵：恩。

梁老汉：今天的话你都听见了？

梁富贵点了点头：爹，再让老婶子说说看，能不换就别换，万一换过去苦了红英，往后我这当哥的可怎么见她。

梁老汉：我也不想啊？我的闺女我不心疼？咱家这么个样，你……有人家愿意换就不错了。

梁老汉抬头朝屋子看去，红英的影子映在窗棱上，煤油灯的照射下晃来晃去。

梁老汉按灭了烟袋，在地上磕了磕烟灰：唉……什么都别跟红英说，先听听你老婶子的信儿吧。

说完，梁老汉起身朝屋里走去，梁富贵仍旧垂头坐在石头上。

28. 茶花家门口　日　外

茶花和母亲一起将媒婆送到门口。

媒婆：你们就放心吧，他叔是大队长，咱家茶花又长得好看，我看金根妈也没什么可挑剔的。

茶花妈塞给媒婆几张粮票：你跑来跑去怪不容易，这点算我一点心意，茶花的事你的多操心。

媒婆：你看，这……那我就收着。这事你们就把心搁肚子里吧，准成。

送走媒婆，茶花妈见茶花满面笑容。

茶花妈：就听你叔这么一说，咱人都没见着呢，你就美成这样？

茶花：谁说没见过，他当兵走之前在大队学习语录的时候我就见过他。

茶花妈：我说嘛，这回怎么那么上心呢？

茶花撒娇地拉着母亲的手朝屋里走去。

29. 古村外山坡　日　外

红英仍旧站在山坡上望着远处盘旋的山路等待刘金根的归来。

30. 古街　日　外

红英失落地走在街上。这时，她看到八斤婶拎着农具，急忙赶过去接过她手中的东西。

红英：婶子，我来拿吧。

八斤婶斜眼打量着红英：哟，那可不敢。还是等我把金根的亲事定了再说吧，别让人看见了想着我是看中你了，没人给我们金根提亲不说，我也招人笑话。说我老花眼挑来挑去，挑了个成分那么高的。

红英失落地低下头，满脸通红。

八斤婶赔笑道：红英，婶子也不是说你不好，挺水灵个姑娘，也该嫁了。等婶子忙完了金根的婚事，给你说合一个，啊。

红英低头小声地：婶子，我先回了。

说完红英默默走开，八斤婶哼了一声：你还想攀高枝儿？

说完趾高气昂地走远了。

31.大头家门口　日　外

梁老汉和梁富贵蹲在门口等着，这时媒婆从屋里走了出来朝他们俩摆手示意，两人连忙起身走进屋里。

32.大头家堂屋　日　内

梁老汉走了进来显得有些不安，将一篮鸡蛋放在桌子上，不敢直视大头妈，只偶尔抬头看看，梁富贵踮着脚走进来垂首站立在父亲身后默不作声。

大头妈打量着梁富贵，回头朝里屋看去。

女儿胖伢坐在里屋脸朝窗外抹着眼泪。

媒婆见气氛尴尬，开口说话：要不是有苦衷，谁也不会换这个亲。两家闺女都委屈了点，可说到底，续上香火是真的。你们要都同意，这事就定了吧。

大头走进来一脸的傻气，走到母亲身边：妈，媳妇呢？

大头妈疼爱地看着儿子：去玩去吧，过几天媳妇就来了。

大头高兴地笑着：嘿嘿，好，妈真好，给我找媳妇，嘿嘿。

说着大头摇头晃脑地走了出去。

梁老汉想到红英即将换亲，嫁给这个头脑痴呆的傻子，不免心中难过。

大头妈：我们家大头十岁的时候得了场大病，脑子不大灵光。但是人不坏，你家闺女来了不会受罪的。就看你愿意不？

梁老汉正在愣神，梁富贵连忙捅了他一下。

梁老汉回过神：哦，好，换了好，换了好。闺女没事就更好。

媒婆连忙打断他：别瞎说，人家闺女好好的。

梁老汉：对，对。好，闺女好。

媒婆对大头妈：老梁家的闺女还好着呢，人也俊，又能干活。

大头妈点点头：就是不知道你家闺女？

梁老汉：闺女我做主……

大头妈点点头。

33.池塘边　日　外

红英蹲在池塘边洗菜，荷香坐在旁边发呆，见红英魂不守舍，洗过的菜好多都丢在了地上。

荷香：魂儿丢了？

红英不答话仍旧坐在那里发呆，荷香放下菜篮子走到她旁边坐下。

荷香：怎么了，有心事？

红英：八斤婶她要帮我说亲？

荷香：她跟你说的？

红英摇摇头：我家这样，万一她不让金根娶我怎么办？

荷香：你就别胡猜了，安心等着金根回来，他肯定能做的了主，你就放心吧。

红英仍旧一脸的惆怅。

34. 梁老汉家堂屋　夜　内

红英摆好碗筷，一家人坐在一起吃饭。

可喊了几声，梁老汉仍旧坐在天井下抽烟袋，红英想过去叫他被哥哥拦住。

红英：爹，怎么了？

梁富贵：没……没怎么，吃饭吧。

红英坐下吃饭，梁富贵给她夹菜。

哥哥反常的举动让红英更加的诧异。

红英：哥，你……

梁富贵：没事，吃吧。

红英莫名的看着他，又看看天井下的梁老汉，百思不得其解。

昏暗的光线下，梁老汉回想起大头的样子不禁老泪纵横，用力地咬着烟袋嘴儿。

35. 梁老汉家红英屋　夜　内

红英仍旧坐在屋里编着竹篓。

梁老汉走了进来坐在旁边的小竹凳上。

红英抬头看了看父亲：爹。

梁老汉：啊。

红英低头接着干活。

梁老汉沉默良久：红英，爹跟你说个事。

红英：爹，什么事啊，你就说吧。

梁老汉：爹给你说了门亲事。

红英立刻僵在那里，仿佛全身的血液都停止了流动。

随后她缓和了一下情绪：爹，我不急。

梁老汉继续说：你这么大了，也该嫁人了，我已经跟人家说定了。

红英大吃一惊：爹……

梁老汉自顾自地说着：只是……那家的小伙脑子有点憨，憨就憨点吧，人好，你也不会受苦。

红英一边机械编着竹条一边摇头：我不嫁。

梁老汉：爹也知道你怎么想的，可不把你嫁过去，人家就不肯把闺女给你哥当媳妇。咱家成分不好，你哥腿又那样。

红英：爹，你要拿我换亲呀。

梁老汉：不换亲，上哪去给你哥找媳妇？我不能眼看咱梁家的骨血传不下去啊。为了你哥，为了咱梁家，就只能委屈你了。

梁富贵坐在窗外借着屋里的灯光用柴刀修理着锄头把，听着屋里父女俩的对话。

红英早已满眼泪花，抬起头痛心地看着梁老汉：爹……我谁都不嫁。

梁老汉起身强忍泪水用力握着手中的烟袋杆：就这么定了吧。

说完梁老汉起身要往外走，红英痛苦的掰断了手中的竹条起身咆哮道：我说了我谁也不嫁！

梁老汉要迈步出门，红英冲过来一把拉住父亲的胳膊。

红英哭诉着：爹，你不能啊……不能就这么把我给送出去了。我在家好好伺候你，伺候我哥，田里的活我都干了还不行吗，你别把我嫁出去，我求你了爹！

红英泣不成声，用力地握着父亲的胳膊祈求着，可是梁老汉既不回答也不回头，背对这女儿肩膀不停地抽搐着。

窗外的梁富贵站起身隔着窗子朝屋内看过来，见到妹妹如此的痛苦内心无比的酸楚，眼泪夺眶而出。

红英：爹，你说话啊……

红英回头看到哥哥站在窗外，祈求道：哥，你帮我劝劝爹啊，你帮我说句话……

梁富贵眼含热泪惭愧地低下头。

梁老汉用力地掰开女儿的手，哽咽道：爹对不住你了。

说完梁老汉走出屋子。

红英哭喊着：爹，你别这样，我求你了，我不嫁……爹！

梁老汉走出院子，咣当一声关上院门。

红英痛哭着，用头撞着木板墙当当作响，嘴里不停地念叨着：我不嫁……我不嫁。

看到红英一下比一下撞的用力，梁富贵扔下手中的柴刀冲进屋子阻止妹妹。

红英仍旧想拼命地撞墙，两人撕扯中双双摔倒在地。

红英坐在地上失声痛哭：我不嫁……

梁富贵再也忍不住心中的悲痛，紧紧拉着红英的胳膊：是哥对不住你啊……

两人哭做一团。

36.空镜　日　外

日出空镜。

37.梁老汉家红英屋　日　内

红英坐在床上一夜没睡，她面无表情，红肿着眼睛呆呆地看着窗外。

梁富贵端了一碗米糊走进来放在她的面前，他想要开口说点什么，却不知如何开口。

这时，梁老汉开门从外面回来，梁富贵连忙迎了出去。

梁富贵：爹，你去哪了？

梁老汉没有回答双眼布满血丝，木然地收拾工具准备下田干活。

梁富贵拦住他：爹，你别去了。

正在这时，喇叭里的歌声响了起来。

听到歌声，红英身子一震，她突然站起身，冲出院子。

梁老汉和梁富贵立刻跟了出去。

38.古村小巷　日　外

红英发疯一样的跑着。

梁老汉和梁富贵一个年迈，一个腿瘸都跟不上她，这时荷香刚好路过这里。

梁老汉气喘吁吁说不出话，朝红英的方向指着。

荷香会意，立刻追了过去。

荷香：红英，红英！

39. 古村外山坡　日　外

红英一口气冲上了山坡，看到远处的山路仍然不见金根。她扑通一下瘫软在地上。

荷香跑上来抱住她：红英，红英你怎么？

红英眼泪慢慢地流下来：我要嫁人了……我爹把我给我哥换亲。

荷香愣在那里，一时间不知如何是好。

红英痛哭流涕：荷香，我该怎么办，我该怎么办啊……

荷香抱紧和红英：别哭，我去想办法给你哥说媒，他找着媳妇你不就不用换亲了吗？

红英迟疑地看着荷香。

40. 古屋门口　日　外

荷香蹑手蹑脚地走到古屋门前，看看四周没人，快速地闪进院子。

她轻轻地走进院子生怕被人看到。

41. 张老憨家天井　日　外

荷香悄悄地走过张老憨家的院子，往菊兰家走。突然听到里面有人往外走的声音。荷香不知道该往哪里躲，回头见张老憨家的门虚掩着连忙钻了进去躲在门口。

42. 张老憨家屋　日　内

透过镂空的雕花朝外看，八斤婶拿着菜篮子从里面走了出来，走出院子。

荷香大气不敢出，刚想出门听到后面有动静，回头看到正在光着膀子张老憨愣愣地看着自己。

荷香吓得大叫一声从屋子里跑了出来。

43. 李家兴家天井　日　外

菊兰坐在院子里拨花生吃，听到声音走到门口朝张老憨院子看去，看到荷香从张老憨的屋子里跑出来，看傻了眼。

荷香奔着她家的院子跑过来。

菊兰吃惊地看着荷香，别有深意的：妹子，你这是打哪儿来呀？

荷香脸色微红：啊。

李家兴刚好从屋子里走出来：哎，荷香妹子来了啊，进屋。

菊兰白了他一眼，李家兴便没再往里面让她。

菊兰：妹子，你这是来找我？有事？

荷香犹豫了一下，菊兰看了一眼李家兴。

荷香：你是不是有个表妹要嫁人？

菊兰有些纳闷：是啊，你？

荷香：梁富贵嫁不？

菊兰：你跟他什么关系？

荷香：那你别管，你说嫁不嫁。

菊兰缓过神来：哟，还挺冲，你是来说亲的吗。他老梁家怎么不让媒婆来？

荷香：这，我，你就说嫁不嫁。

菊兰坐在凳子上跷起二郎腿：我们家表妹那可是将来要生儿子的，再怎么急着嫁，也不会嫁给老梁家啊。成分不好，腿又瘸，家又穷过去还不是受苦。反正我们是不会嫁的。这年头是怎么的了，你这大姑娘家家的不知道是从哪儿冒出来就给别人说媒……

荷香：行了你别说了，我知道了。

说完荷香转身要走，走到门口回头对菊兰：别跟别人说。

荷香走后菊兰立刻跟到门口，回头看看一头雾水的李家兴。

菊兰：不行，我得找人说说，这里面肯定有事。

说完菊兰走出门去。

44.古村外山坡（梦）　日　外

红英站在山坡上眺望。

"别等了，我回来了。"

红英猛然回头，英俊的刘金根站在她的面前，脸上带着温暖的笑容。

红英不觉悲从中来，泪如雨下：金根……金根

45.梁老汉家红英屋　夜　内

红英猛然惊醒，却发现自己是在做梦。

她擦去脸上的泪痕，从床下拿出那双她为金根亲手缝制的"千层底"。

红英从床上下来，悄悄地打开房门走了出去。

46.古树下　夜　外

夜深人静，远处池塘蛙声连连。

红英拎着煤油灯来到古树下，将煤油灯放在一旁。

红英双手合十，跪在地上，闭上眼睛默默地祈祷。

（OS：金根，你快点回来吧，帮帮我。）

泪水从红英的眼角流下。

47. 知青点宿舍　日　内

树发领着于海生等几个知青来到小队的知青点。

树发和知青甲安排着几个人的床铺和行李。

于海生小心的将相机放在床上，又收拾其他行李。

树发看见了，走过来好奇地看着相机。

树发：这是个什么啊？

于海生：哦，这是照相机啊。

树发：这就是照相机？我还是头一回看见。

于海生：你没照过相？

树发：没有，都没见过这东西。原来镇上有个照相的，后来走了。我也没赶上。

于海生拿起相机：来，我给你照一个。

树发有些不好意思。

于海生：没事，来，站好。

树发极不自然地站在那里。

于海生"咔嚓"一声，按动了快门。

48. 鹭仙河边　日　外

几个妇女在洗衣服，菊兰蹲在田嫂身边。

田嫂：菊兰，你这张快嘴可不能什么都说，这话传开了荷香还怎么见人啊？

菊兰：我可不是瞎说，哎，你都帮我做个证，我要不是亲眼看见荷香从张老憨家里跑出来，我这嘴就烂掉。

妇女们都有些吃惊，低头纷纷议论着。

田嫂：真的啊？

菊兰：那当然。

田嫂：唉，也是，这荷香爹娘死得早，就她那个又聋又瞎的奶奶带她，缺少管教，怎么还能干出这事来……

49. 荷香家 日 内

荷香：不行，我跑了几家，都不愿意嫁给你哥。

红英急切地看着她：那怎么办？

荷香：嗨，你这么等金根回来也不是办法，我再到二队去跑跑。

红英叫住了她：你等等，你不能再去了，你一个大姑娘这么到处给人说亲要遭人闲话的。

荷香边说边把挽起的裤腿挽起：没事，我。

红英拉住她：我去吧……

荷香：你去？

红英眼神坚定：我去金根家，我不想就这么认命。

荷香被红英的举动惊呆了。

50. 古屋院外 日 外

红英站在院外，犹豫了一会，终于咬牙硬着头皮走进了院子。

51. 李家兴家天井 日 外

红英路过李家兴家门口的时候，刚好被屋子里菊兰看到。

52. 八斤婶屋 日 内

红英敲开了八斤婶的门，八斤婶正在屋里打盹，看到红英来，诧异的将她迎进屋子。

菊兰趁机躲在了窗外偷听。

八斤婶还没有睡醒，不停地打着哈欠：红英啊，什么事？

红英窘迫的坐在旁边，不知如何开口。

八斤婶倒了杯茶，慢慢地喝了起来。

红英考虑再三，终于开口直说：我想嫁给金根。

八斤婶一口茶没咽下去，呛的直咳嗽。

窗外偷听的菊兰也大吃一惊。

八斤婶：我没听错吧。

红英脸涨得发紫，噌地一下站了起来：婶子，我想给金根当媳妇。

八斤婶用力地将杯子拍在桌上：我活了大半辈子就没听说过一个姑娘家上门求亲的。再说你也不想想，我们金根娶谁也轮不到你啊？你们家什么成分！

红英：婶子……

八斤婶：梁红英，我真没想到你一个大姑娘能好意思说出这话来，你这样的野闺女就是你家成分好我也不敢要你。你赶紧哪来哪去。

红英：婶子，你听我说。

八斤婶：不用说，我今天告诉你，就算金根想娶你都不行，闹到大天也不行。你想进我们刘家，只要有我在，没门！滚出去！

红英掩面而泣，夺门而出。

走到门口跟菊兰撞了个满怀。她不敢抬头，低头跑开了。

菊兰瞪着眼睛摇着头：事大了。

53. 梁老汉家红英屋　日　内

红英痛苦地跑回家，从床底下拿出了那双"千层底"。

她心疼地抚摸着上面的一针一线，回想着八斤婶的话，心如刀割。

54. 田畈地　日　外

菊兰在跟几个妇女交头接耳。

55. 古树下　日　外

红英扛着铁锹来到树下，手中还抱着一个瓦罐和布包。

红英将瓦罐放在地上，用铁锹挖了一个小坑，把布包打开，最后看了那双本来要作为定情信物的"千层底"用布小心的包好，放进瓦罐。

又将瓦罐放进土坑，双手捧起土，一点一点地将瓦罐埋在了土里。

56. 古街　日　外

菊兰和几个妇女边走边说话。

57. 梁老汉家堂屋　日　内

红英痛苦地坐在天井下，呆呆地望着天空。

突然，梁老汉一脚踹开家门冲了进来，梁富贵一瘸一拐的跟在后面。

梁老汉冲过来一巴掌狠狠地打在红英的脸上，将她打倒在地。

梁老汉还要继续打，富贵急忙从身后抱住父亲：你怎么不死了啊？你说你不嫁，我还想着你是嫌弃大头是个傻子，谁想到你干出这么不要脸的事来，你让我这老脸往哪搁，我打死你个兔崽子！

富贵拼命地拦着父亲。

红英捂着脸，眼眶通红：好，你打死我吧。

梁老汉：还有脸顶嘴。我怎么生你这么个畜生！

说着冲上去又要打。

富贵：爹，别打了！

梁老汉脸涨得通红，拼命朝红英扔着他能抓到的一切东西。

这时，媒婆从外面跑了进来：哎呀我的老天爷啊，你还在这闹呢，你是怎么管教闺女的，这事要是让大头家知道了，一准退亲。

梁老汉大吃一惊：什么？

突然，一股热血冲上头脑，梁老汉眼前一黑，晕倒过去。

58. 李家兴家天井　日　外

荷香气冲冲的进来。

张老憨正要出门，见荷香气势汹汹，又退回屋里。

荷香走到李家兴家门口，菊兰连忙将门关上，从里面闩好。

荷香砸着她的家门：开门，你给我出来。

菊兰：你想干什么？

荷香：你有胆子说人闲话，就有胆子承认，你给我出来。

菊兰：我说什么闲话了……你个大姑娘还敢跑这来撒野。

荷香用力砸着门：你，有本事给我滚出来！

菊兰：你说让我出去我就出去，我偏不出去！

李家兴刚好从外面回来，看到荷香堵在自家门口，刚要说话，看到荷香气势汹汹：妹子，你这干什么？

荷香气愤地瞪着李家兴：你要是有本事就管好你媳妇那张破嘴！

说完，荷香看都不看李家兴一眼，大步走了出去。

李家兴还不知道怎么回事，仍然愣在那里。

59. 梁老汉家老汉屋　夜　内

梁老汉躺在床上慢慢地苏醒过来。

梁富贵连忙凑了过去：爹，爹，你没事吧？

梁老汉虚弱地看着站在一旁的红英：我再问你一次……你嫁不嫁。

红英痛苦的抽泣着。

梁老汉提高了调门：你是要气死我……

说着，梁老汉剧烈的咳嗽起来，一口鲜血吐在了床单上。

梁富贵连忙扶父亲躺下，被梁老汉拦住。

梁老汉嘴角带着鲜血，怒目圆睁，盯着红英。

梁老汉：说话！

说着又要咳嗽，红英连忙跪在地上，哭喊着：爹……

富贵：红英，你就答应了吧。

红英绝望的咬着嘴唇，泪流满面，不肯回答。

富贵：你说啊……

红英仍旧不肯说话。

梁老汉：红英……爹求你还不行吗？

说着，梁老汉挣扎要从床上下来，富贵和红英急忙上前搀扶。

富贵哭喊着跪在父亲脚下：爹，你别难为红英了，我不娶了。

梁老汉：你闭嘴。

说完老汉挣扎着跪在地上：爹求你了！

红英连忙扶住父亲，痛苦的哭喊着：爹，你别这样……别这样……我嫁，我嫁还不行吗？

　红英的哭声撕心裂肺。

60. 梁老汉家红英屋　夜　内

火盆里着着火。

红英眼神空洞，泪水不住的流着，她将一封封金根写来的书信扔进火中。

（OS：金根，我对不起你……我等不到你回来）（淡出）

61. 空镜　日　外

古村全景。

62. 梁老汉家红英屋　晨　内

红英换上了嫁衣，坐在屋里，看着烧过的火盆里的那些灰烬发呆。起身走了出去。

63. 梁老汉家堂屋　日　内

梁富贵从梁老汉屋里走出来，来到红英门口敲门轻轻地叫了一声：红英。

推开门见屋内没人梁富贵急喊：哎呀我的爹啊，出大事了，红英跑了！

64. 古村外山坡　日　外

红英快速地跑上山坡，站在这个她每天守候的地方望向村外，山路仍然空无一人。

她再仔细观看，可泪水模糊了她的双眼，她什么也看不清了她脚步跟跄从山坡路往下走，几次险些摔倒。

红英眺望的那条小路上，仍旧没能看到刘金根的身影，红英彻底地绝望了。

65. 梁老汉家堂屋　日　内

荷香跑了进来冲梁老汉摇摇头。

媒婆：这是什么事呀？

梁老汉焦急的：她婶子，富贵去找了，你先别急……

媒婆：老梁头，你家这闺女……我还头回遇到，那边换亲的已经到村口了，你叫我怎么办呢？

梁老汉痛苦的：老婶子，你坐，我这就去找。

红英站在门口：爹。

66. 梁老汉家门口　日　外

红英坐上了独轮车。梁富贵跟随在后面朝村外走去。

梁老汉站在大门口，一直目送着红英消失在巷子尽头。痛苦地捂着胸口蹲下。

67. 古街　日　外

梁家换亲的队伍缓慢地穿过古街朝村口换亲的地点行进。荷香从后面追了上来，看到独轮车上呆呆的红英，她难过的埋下头，默默抹着眼泪。

68. 古村口　日　外

梁家换亲的队伍来到村口，大头家的人早已等在那里准备换亲。

于海生背着相机在拍摄古村的建筑和风景，刚好经过这里，看到有人办婚事，就拿起相机拍了几张。

这时，远处传来了唢呐声。

红英坐在独轮车上，听到声音，慢慢将盖头掀起一点，就在人群的簇拥下，金根穿着军装跟大家伙寒暄着。

红英呆住了，看着期盼已久的身影，不禁泪流满面。

于海生看到了泪眼朦胧的红英，被红英美丽的容貌吸引住了，不知不觉竟然看呆了。

红英痛苦地闭上眼睛，梁富贵拉住她的手盖上了她的盖头，于海生在盖头放下的刹那迅速按下了快门。

换亲的队伍正准备继续前进，树发带着欢迎刘金根归来的队伍刚好走了过来。

金根看到乡亲们，热情地上前打招呼。

刘金根：这么巧啊，我回来就赶上结婚这么大的喜事。

红英听到了刘金根的声音，双手用力扣住了车辕，在场的人早就听说了红英要嫁金根的传言，全都默不作声，于海生在一旁则是看的一头雾水。

刘金根察觉到事情不对，他看到队伍中穿着新郎衣服的梁富贵。

刘金根眉头微皱看着梁富贵：富贵。

梁富贵不与他对视。

他又回头看了看等着换亲的大头和胖伢。

媒婆对着大头那边的人：时候不早了，新人们赶紧走吧。

刘金根看到泪流不止的荷香狠狠地看着自己的时候，他突然领悟了。

队伍刚要继续前进，刘金根大喊一声：等等！

队伍立刻停了下来，刘金根朝独轮车走去，富贵拉他一把，却被他挣开。

刘金根冲到车前，一把掀开了盖头，看到了早已泪流满面的红英。

刘金根不由分说一把将她抱了下来。

娶亲队伍立刻乱了起来，梁富贵喊一声：金根！

【周毅如】

（影视文学类）

男，1934年5月出生，1936至1945年在澳门生活。1949年参加中国人民解放军，曾任文工团员，文化教员，1955年于江西教育学院中国语言文学系毕业后，曾任中学语文教员，文艺编辑、创作室主任、南昌市文学院院长、国家一级编剧，1992年起享受国务院特殊津贴专家。曾任省人大代表，系南昌市优秀拔尖人才、中国百佳电视艺术工作者、中国作家协会会员、中国电影家协会会员、中国电视艺术家协会会员。电影《两个孩子和狗》获中宣部『五个一工程』奖，《燃烧的港湾》获华表奖；电视剧《澳门轶事》获中国影视飞天奖；长篇小说《聚龙里轶事》获中国首届啄木鸟文学奖及江西省谷雨文学奖。

长篇小说《聚龙里轶事》（节选）

一

从荷兰园搬家到聚龙里，在澳门就相等于从天堂跌到地狱里去了。

荷兰园一带几乎全是小洋楼，什么西班牙式、意大利式、哥特式……而且不少是带着个小花园的。整个住宅显得幽静、高雅、舒适。这是本埠的"贵族区"。

我家原来租用的那栋浅绿色的小楼，虽然没有林木掩映的院落，但外墙上爬满了常青藤，加以半圆形雕花栏杆的平台、尖尖的屋顶，颇有几分外国童话中令人充满幻想的小楼。

搬家前，虽然妈妈已经再三对我说过，由于日本人占领了香港，远在内地的爸爸因汇兑不通，无法寄钱给我们，荷兰园的房子是住不起了，只好搬家，而且说了搬去的地方是穷人聚居的小巷子。但是当妈妈说了一声："到了！"搬运脚行的力工把装着箱子、杂物的板车停在巷口时，我一看聚龙里的那副模样，还是像寒冬腊月又被当头浇了一盆冰水，从头凉到脚了。

什么聚龙里？名字倒有几分威势，可是眼前一条狭窄的小巷，两边全是两层的"楼"，不过都像是用烂木板钉成的，歪歪斜斜，如若不是挤成一排相互依靠着，非倒不可。说也奇怪，这样的破楼，居然有骑楼。一根根晾着湿漉漉衣服的竹竿，横架在对面的骑楼上。那些衣服破破烂烂、五颜六色，还往下滴着水。别看几乎一个星期没下过一滴雨，巷子里坑坑洼洼的地面,仍是水渍渍的。我站在巷口,便可以闻到随风涌来的一股股微烂、腥臭的气味。

"太窄了,车进不去!"脚行力工说着,脸上露出一副鄙薄的神情,似乎在这条陋巷前,他的身价也陡然增高了,和刚才他在荷兰园时的卑恭神态,成了鲜明的对照。

妈妈无奈又递烟又说好话,请他们俩帮忙帮进去。

巷子并不深,而且我们租的是左边的第九家,路并不远的。

两个力工强调在雇他们车的时候,没有说明要搬一段路,就是不答应。那个年轻的,左一句右一句;那个年纪大的,干脆蹲在巷口的一侧,吸着烟,眯着眼睛,似乎在一边看热闹。反正他们心里明白,像我妈妈那么瘦弱的女人,加上我这个十四岁的小孩,无论如何是弄不动这三口箱子、一个大帆布行李袋和一架缝纫机的。何况还有一个装着锅、碗、盆、瓢的大网篮,足有一百好几十斤呢。至于我的弟弟,六岁的冬冬,还坐在车上,靠着行李袋睡得呼呼的。

"加一点钱,请二位帮忙。"妈妈终于松了口。

"好吧,有什么办法呢!送佛送到西天,再加三块钱吧!"年轻的装作一副无可奈何的样子,其实明摆着他就是要等妈妈那句话。

从荷兰园到聚龙里这么远的路,还包括从楼上搬下来,装上车,才五块钱。现在几步路就要加三块钱,显然是在敲竹杠。

"你心太恶了!"我一生气,冲口而出。

"好,阿胜,唔要讲了,搬落车就得了!"那个年纪大的开了腔,照旧是蹲在那儿吸烟。

那个叫阿胜的年轻力工,果然从车上把一口箱子拎了下来。靠着箱子的行李袋一倒,冬冬险些摔了下去。

"细佬哥,唔乱插嘴!"妈妈一边把冬冬抱下车,一边对我吆喝了一声,转脸又对那个阿胜说好话。

"我是黑心人嘛!"阿胜冷嘲热讽地边说边往下搬东西,而且故意重重地往下摔。

妈妈急得一脸通红,不知如何是好。

正当其时,传来了一阵喧哗喝骂声,接着从巷内跑出来一个披头散发的女人,还光着一只脚板。她身后追出一条彪形大汉。那大汉打着赤膊,手中操着一根乌黑的粗木棒，边跑边骂：

"丢那妈，我饮酒要你管？你跑，你跑，我打死你！"

他骂着抡起棒子。

我看着他那凶神恶煞的样子，心里委实害怕，忙往妈妈身后躲去。

那女人一看情况不好，也往我妈妈身后闪去，正好把我撞了个趔趄。

我颠了两步，总算没摔倒。

冬冬却吓得哇哇地哭了起来。

我刚站定，再一看，那大汉站在我妈妈面前，愣了下，却慢慢垂下了操着木棒的手，停了停，向我妈妈点了点头，居然脸上泛出了不好意思的神色，呐呐地说：

"陈太……你都搬来了……"

"阿有叔。"妈妈忙跟他打招呼。

大汉看了看脸上挂着泪珠的冬冬，伸出大手去摸他的脸。

冬冬吓得向我身后躲。

"小肥仔，唔要怕！"大汉俯下身子。

冬冬干脆趴在我的背上，连哭都不敢哭了。

我虽说心里害怕，但冬冬在背后抓着我的衣服，转身不得，再说我还是哥哥，总得有点男子大丈夫的气概嘛！我鼓足勇气看着这张须发硬梆梆，宛如岩石上插着密密麻麻钢针的脸，闻到一股喷人的酒气，听到那粗重喘气声，突然冒出了一句：

"你这个酒鬼！"话一喊出，连我自己都吓了一跳。

大汉一怔，蓦地直起身子，哈哈大笑，笑完连连说：

"对，酒鬼，我是个酒鬼！"

"毛毛，不准没规矩！"妈妈呵斥了我一声，"还不快叫阿有叔！"

我一听妈妈又叫我做毛毛，而且是当着外人，心里真是一百个不高兴，张嘴正要说话，这大汉却呵呵一笑：

"好，我就喜欢有胆量的！"他看了看又问道，"怎么不搬进去？"

我妈把情况说了说，刚说到力工要加三块钱时——

"丢那妈！"大汉吼了一声，真像打了个雷似的。他两道浓眉一皱，用手一指力工阿胜，"咁黑心！"向前逼近。

刚才还神灵活现的阿胜，惊骇地向后退了一步："我……我……"连话都说不出了。

这个阿胜，在广东人中已经算是不矮的了，但站在这位阿有叔面前，却矮了一个头。

"我出力，你出钱，愿不愿，是我们的事！"那年纪大的力工走了过来。

"丢那妈，唔要你们搬！"大汉又吼了一声，上前一步，一手抓过一口大箱子，一手抓过大网篮，一使劲，两件东西全都拎下了车。

两个力工都惊呆了。

我从心底里佩服极了！你看他那高大的身躯，宽阔的肩膀，块块饱绽的肌肉，再加上浓眉下的一双炯炯有神的眼睛，活像希腊神话中的大力神！

"你躲在后面干什么？还不赶快帮陈太搬东西。"这是大汉身站在我妈身后的女人喊的。

那女人没有应声，拉了拉撕破的衣襟，忙走过去，将那口大箱子拎起，往巷子里走去。

"阿香，你拎这个。"大汉又从车上拎下装着我兄弟俩衣服的箱子，喊了一声。

这时，我才发现巷口站着一个和我年龄差不多的女孩，穿着件打了补丁的衣服，也是光着一双脚、脸上还挂着泪珠呢！

"毛毛，你去帮着搬！"妈妈忙叫我。

我连忙走过去，一拎，挺沉，刚离地，我身子就晃荡起来。

那女孩一把将箱子夺了过去，左手一托，箱子竟上了肩。

"唔要你搬！"她转脸对我说了一声。"叭哒、叭哒"光着脚板，向巷子里走了。

我的力气还不如个女孩子，脸上不禁一阵发热。

这时，大汉三下五去二，已经把车上的东西全卸下来了。

"走吧，没你们的事了！"大汉对愣在那儿的两个力工喊。

两个力工默默地接过妈妈给他们的五块钱，快快地拉着车走了。

"你们在这看着，我去去就来。"大汉叮嘱了一声，一弯腰把那硕大的网篮扛上了肩，用左手扶住，然后右手拎起一口大箱子，大步流星地向巷内走去。

"哗，好大力！"冬冬也赞叹起来。

"这是我们的房东阿有叔！"妈妈看着他的背影向我们兄弟俩介绍着。

这就是我们家的新居。

一个钟头以前，我和妈妈弟弟刚经过那摇摇晃晃狭窄的楼梯到了楼上，屋子里便立即被尾随而来的左邻右舍、男女老幼挤满了。

我被挤在屋子的一个角落里，坐在那口装书的箱子上。我眼前大大小小的躯体，裹在破衣烂衫下晃动着；耳边充塞着无所顾忌的嬉笑声，夹杂着不堪入耳的脏话声；最使我难以忍受的是由劣等烟草、汗臭、鱼腥等等混合而成的气味，像热浪一阵阵向我袭来……

我想呕吐，甚至感到再持续下去，我非晕倒不可。

"陈太刚搬来，你们挤在这里，还让不让人家休息了！"阿有叔终于吼了起来。

人们仿佛充耳不闻，还在那里七嘴八舌、说三道四。

要不是阿有叔连骂带赶，准确地说是连推带拉才把他们轰下楼去，还不知道这场"庙会"什么时候才能散场。

屋子里只剩下了我们母子三人。

妈妈像全身散了架似的，疲惫不堪地倚坐在大木箱上，脸色难看极了。

冬冬却高高地坐在靠墙角的长圆形的大行李袋上。因为那里面装着好几床被褥，无疑是软软的、挺舒服的，他竟然倚着墙，又睡着了。

"我喘口气，再来收拾吧！"妈妈有气无力地对我说。

她为搬家的事，整整忙了一个星期。

拜托人找房子，看房子；房子租好了，又得出售多余的家具、杂物；搬家前的整理衣服，包扎容易损坏的东西；搬家时雇车……全靠她一个人。

我和冬冬继续在上学，一直到昨天。

妈妈是累垮了，该我动手帮帮她才对，我是男的嘛！当然，冬冬也是个男的，但你看看他那胖乎乎睡在那里的样子，简直是个肉团团，能干什么？也难怪，他七岁还没足呢！

我站了起来，东看看、西看看，该干什么呢？我又茫茫然了。说实在的，今天以前我干过什么事呢？除了上学和玩，其他一切都是妈妈和昨天辞退的吴妈包下来了。

唉，吴妈要还在我家，该有多好呀！

"陈太，我来帮帮你。"随着话声，阿有婶走了上来。

我眼前一亮，简直有点认不出来了。

阿有婶头发梳理好了，乌黑发亮的头发下，是一张给阳光晒得黑里透红的面庞，五官也长得十分匀称，加上她健康而丰腴的体态，在一件显得窄小洁净的衣衫下充分表露出来了，构成一种特殊的美。

尤其是她那双流露出热情与亲切的漆黑的大眼睛，使你因陌生而产生的距离感，一刹时，消失得无影无踪。

"这太麻烦你！"也许妈妈受到了她生气勃勃的感染，居然带着笑容站起来招呼她。

这时，楼梯口又出现了阿香，她梳洗过了。容光焕发面带着笑容的她，活脱脱是阿有婶的翻版，只不过是缩小了一号而已。

"麻烦什么？远亲不如近邻嘛！"阿有婶说着便动起手来，"肥仔，你真有福啊，在这里都能睡着！"她把冬冬从行李袋上抱了下来。

冬冬揉着眼睛，却突然对阿有婶笑笑。

阿有婶高兴地亲了他一下："真乖！"

我们分了工，妈妈和阿有婶整理屋里；我和阿香在厅堂，架好我睡的帆布行军床。

冬冬里屋外屋来回奔跑，什么也干不了，但仿佛比谁都要忙。

"你叫什么名字？"阿香边解开帆布床边问我，大大方方的。

"陈德。"我反而有点不好意思了。

她接着问了我的岁数以后，便说：

"你比我大一岁，我叫你阿德哥，你叫我阿香。"

我"嗯"了一声，心里却挺高兴。

不到一个小时，家就算安好了。

这时，我才能从从容容地观察一下我们的新家。

房东阿有叔一家，是住在楼下；我们家在楼上，也是一房一厅，还带个厨房，但从面积上算，还没有荷兰园住的房子一半大。

妈妈和冬冬睡在里屋，我则睡在一板之隔的"厅堂"里。

我之所以说是"厅堂"，是因为我找不到恰当的称呼，其实就是一上楼，要进入里屋的一个空档地方。我比较满意的，就是前面骑楼上装着四扇玻璃窗，这与巷内其他人家是不同的。这既可以看到巷子里，又减弱了巷子里传来的嘈杂声响。

最怪的，就是我家的门。门，在我印象中都是立着的，但我这新居的门，却躺盖在上楼的楼口上。打开了，楼梯上下畅通；关上了，楼上楼下就隔断了。据妈妈说，这是决定搬到这里住后，她自己设计，请木匠做的。

搬到这里，妈妈心里不踏实啊！

我心里也是忐忑不安的。

过去在荷兰园的邻居，一个个都是那样衣冠整洁，彬彬有礼；现在虽然只半天功夫，聚龙里的邻居留给我的印象，却大都是些蛮横、粗暴、贫穷的人。

令人感到欣慰的，是房东阿有婶和她的独生女阿香，既亲切又热情。她母女俩帮我们收拾好了以后，妈妈要留她们吃饭，她们不仅不肯，反而送上来一碗炸鱼块和一大盘烧虾仁。

至于阿有叔呢？我时而觉得他粗暴可怕，时而又感到他热情可亲，印象中是极端矛盾的啊！

夜晚，经过一天的劳累，我疲乏地躺在床上，但辗转不能入睡。

不知过了多久，突然一声女人的悲惨的喊声，吓得我从床上蹦了起来。

"阿宽，你回来啊——"接着是一阵嚎啕大哭声。

我惴惴不安地走到骑楼，隔着窗子向下看。藉着昏暗的路灯灯光，我看见一个披头散发的女人，身上的衣服都撕得东一条，西一块地露着肉。她两手举起，朝着天喊着、哭着……

我看着看着，身上感到一阵阵发冷……

这时，妈妈也来到我的身边，搂着我，小声说："别怕，别怕……"

我挨着妈妈，感到她也在颤抖着……

"到里屋去睡吧！"妈妈又小声地说。

我和妈妈、弟弟挤在一床，连灯都没敢熄，结果我做了一夜的噩梦。

那就是我在聚龙里过的第一夜！

我在那个时候，是多么怀念荷兰园啊！但我也明白，不管我心里多么不愿意，多么厌恶，都得在这聚龙里开始过另外一种生活了！

二

今天阿有叔要领我去"拜师"。

搬家和我失学是同时发生的。原先我在荷兰园居住时，就读的是圣彼得小学，在本埠颇有名声。这不仅是因为它是教会办的，校舍、教师、教学设备都是第一流的；而且昂贵的学费、校服费、点心费……决定了在校的学生，大都是权贵、豪绅的子弟。

这所贵族区里的贵族学校，有许许多多古怪的规定。什么早祈祷啊，晚祈祷啊，当然更少不了做礼拜了，还要向神父忏悔呢！最古怪的是每个学生都要轮流做"生日"，每半个月轮一个。凡是轮到的学生，在那一天就要举行一次"仪式"，要接受全班同学的"祝福"，也必须请全班同学吃"点心"，实际上是一场比阔气的竞赛。记得今年二月十五日，给我同桌的严小丽过"生日"。她那被称为澳门渔业大王的爸爸，送来了一个特制的生日蛋糕，足有一个圆桌面那样大，上面还用奶油砌了一座宫殿，还给全班同学每人发了四只金山橙和一盒巧克力。

我明明是五月二十九出生的，但偏偏规定我在十月十五日做"生日"。这对近半年来连吃饭、交房租都要我妈妈上当铺的人家来说，真还不如不"出生"才好呢！

九月开学后，我就为这"生日"发愁，更愁的当然是妈妈，只有冬冬不懂事，还总追问我还有几天过"生日"，要我给他带巧克力。我气得给他头上敲了两个毛栗子，让他哇哇地大哭一场。好在我十月十二日就搬了家，至于三天后，换成谁过"生日"就与我无关了，因为圣彼得小学是不收居住在聚龙里那个穷人窝里学生的。

转学吧！离聚龙里不远的总理故乡纪念中学附小收费是比较低的。经过妈妈的努力，冬冬成了一年级的插班生，而我却因为学校不收六年级插班生，只好失学了。

自此以后，我眼巴巴地看着佩戴附小校章的冬冬，每天清早背着书包去上学，心里真不是个滋味。

妈妈也闲不着。她改变了在荷兰园每天都要打几圈麻将牌的习惯，拿出她二十年前女子职业学校优等生的本领，不到半个月，就成了不挂牌的第一流裁缝，而且还不是她自封的。阿有婶就说过她打工的派立蒙西服店，也难找我妈这样的行家里手。加以左邻右舍需要缝缝补补，妈妈从来是来者不拒的。聚龙里虽然没有几个人能做得起像样的新衣服、却有本事替我妈揽来一大批顾客。这些邻居，有的是茶楼的堂倌，有的是餐厅、咖啡馆的招待……真可说是个个交游广阔。因此，我们住的十八号楼上，整天"嘀嘀嗒嗒"地响着缝纫机的声音。随着时日推移,"陈太"这个把妈妈看成"外路人"的称呼,也无形中消失了,代之以热乎乎的"陈嫂"。聚龙里的人们承认我们是"自己人"了。

只有我一个人明白,我妈心里并没有把这条小巷的人们看作"自己人"。否则,她也不会总唠唠叨叨地跟我说,什么住在对面楼上的阿英,不是个好女人啊!住在巷口靠右第二家的阿龙,手脚不干净啊!摆药摊的,长着个酒糟鼻子的鸿叔,是个卖假药的……其实她还不如直截了当地讲,这些人是妓女、小偷、骗子。我又不是小孩子了!阿有叔就拍过我的肩膀说:"你是你家的男子大丈夫啊!"

不过在我妈眼里,我还是个小毛毛,就差没要我吃奶了。整天把我关在屋子里,嘴里说要我好好温习功课,准备明年考中学,其实是怕我被聚龙里的人带坏了!

怎么学习?六年级的课程,只上了一个月,还整天担心那个硬给我分派的"生日",学过的功课,在我脑子里成了盆浆糊,更不要说没学过的新课呢!

好在妈妈整天俯在缝纫机上,我就整天消磨在我心爱的两本书上。当然,我也曾尝试过想偷偷溜出去,玩它个痛快。但只要我悄悄往楼梯口一走,妈妈就好像背后也长着眼睛:

"毛毛,不准出去!"

我尝试了几次,都以失败告终,干脆死了那条心,把一本《哈克贝利·芬历险记》,一本《鲁滨逊漂流记》看得滚瓜烂熟。看着看着就想入非非,真想有朝一日,要偷偷离开家去流浪一番,去"捞世界"。

"捞世界"是聚龙里人们的口头禅,我一下子就喜欢上了这个词,不过当着我妈的面不敢说罢了,否则她又要急得眼泪直掉,说我学"坏"了!

想是一回事,真要去做,我还没这个胆量。别忘了,半个月以前,别人还叫我"少爷"呢!我既不会驾船、扎木筏;也不会钻木取火,至今没有自己煮过一次饭呢!

唉,我是个无用的人啊!

正当我五心烦躁的时候,阿有叔从海上捕鱼归来了,结束了我这像小和尚念经一样单调的生活。

昨天下午,我正被妈妈逼着练习写毛笔大字,裁好的废报纸都写了一叠，妈还不准我休息，说我不用心，把字的架子都写散了。

我气恼地看着眼前那本破旧的颜真卿字帖，心里真把这老头子恨透了。不知为什么，在我的想象中颜真卿肯定是个老头子，穿一身官袍，一张板着的方脸，没有一丝笑容。我心里直骂：这该死的糟老头，你做你的官，写什么字？现在你的骨头都早就化成了泥巴，可是留下的字，还没完没了地折腾我！

骂归骂，写还得写，否则妈妈又会停下缝纫机来训我。这回我可不再老老实实去摹贴了，干脆饱蘸浓墨，笔走龙蛇，狂草起岳飞的《满江红》。

刚写了"怒发冲冠"几个字，楼梯上响起了沉重的脚步声，整个小楼都震动了。

缝纫机声停了，我和妈妈的视线都投向了楼梯口。

"陈嫂。"传上来清亮的女子声。

"请上来！请！"妈妈忙站起身。

楼梯口却出现了铁塔般的阿有叔。等他走上来后，我才发现身后还有阿有婶。

半个月不见的阿有叔，今天简直变了个样。他穿着件崭新的白竹布对襟衫，这是妈妈为了感谢他夫妻在我家搬来后，给我们种种帮助，特地做了送给他的。脸上的络腮胡也刮得干干净净，露出了一片铁青色。他那张粗犷宛若希腊大力神的脸上泛出笑意后，居然会使人感到他有几分腼腆。

阿有婶就更使我吃惊了！既不像我们搬家那天挨打时，披头散发，破衣烂衫；也不像平时那样匆匆忙忙，面带愁容。她穿了一件浆洗过的蓝士林布衫，熨熨贴贴；精心梳理过的发髻，油光可鉴，还斜斜地插着一支假珠花。那张秀眉明眸的脸上泛出情不自禁的笑容，简直有点喜气洋洋，加上她那健美的身躯，难怪聚龙里的人们都叫她做"靓嫂"呢！

"陈嫂，这给你尝尝。"阿有叔边说边举起了手。

呵！好大的一条石斑鱼，看来足有三四斤呢！

"不，你们太客气了，留给你们自己吃吧！"妈妈推辞着。

"我们有——"阿有婶笑容可掬。

"喂，去帮陈嫂剖好！"阿有叔把石斑鱼往阿有婶手上一塞，不容分说地打断了阿有婶的话。

阿有婶二话不说，拎起鱼就往后面厨房走去。

"我来！我来！"妈妈边说边向阿有婶赶去。

"对，这多爽快！"阿有叔高兴了。

妈妈回过头来，对阿有叔说：

"今天中午，你们夫妻俩，还有阿香，都在我家吃饭。"

"好，我早就听说陈嫂会弄菜！"阿有叔毫不推辞，大声应允。

"你这好吃鬼，一条鱼还够你一个人吃的！"阿有婶在里面说。

"那有什么关系，等会儿我再去买几斤肉，还有一篮虾，痛痛快快喝几杯！"阿有叔高兴地说着，转身向我走近，"喂，你在干什么？"

我心里一怔，连忙将那张乱草的字，揉成一团。

阿有叔一伸手，将我桌上那一叠纸抓了过去：

"还不想让我看啊！"他向我眨眨眼，然后往我床上一坐。

帆布床嘎嘎直响，我真担心他把我的床给坐垮了！

他不哼声了，一板正经地，一张一张看了起来。

我站在他身边，对刚发现的他手臂上的刺花，产生了极大的兴趣。

他手上刺的是一个铁锚。这很普通，许多水手都这样。问题是铁锚的上头还刺着一行英文字。我究竟是从小学一年级就开始学英语的，这几个字我还能认识。

Hero！英雄，也可以译成勇士。

难道阿有叔曾经是名震南海的"勇士号"的水手吗？

我正要问个究竟，却被阿有叔的声音抢先了。

"陈嫂——"

"什么事？"我妈匆匆忙忙从厨房里赶出来问。

阿有婶也随之走出来，手上还有鱼血，身上系着我妈的围裙。

"陈嫂，阿德不念书太可惜了！"他兴奋地挥动着我写的一张字。

阿有叔真够朋友，我姓陈名德，他按广东人的习惯，叫我阿德，就像他喊聚龙里那些二十多岁的年轻人，阿龙、阿蛮一样，从不叫我毛毛。

我妈把我失学的缘由，简略地向他说了几句。

"我给阿德找个好老师补习补习，明年准保能考上，说不定还能考个头二三名！"阿有叔信心十足地边说，边下意识地解开了对襟衫最上面的两个扣子，粗粗的颈项上青筋鼓鼓的。

澳门有个规定，考头二三名的学生不仅可以免费，而且还有奖学金。

他对我的希望也太大了吧！

"那太好了，我就担心毛毛，他太贪玩了，我又没有时间管他。"妈妈很高兴。

又叫我毛毛，还说我贪玩，连门都不准出，玩什么？真是拿她没办法！要是当时有人问我，在人世间最讨厌做什么？我准会回答，最讨厌就是做儿子，什么事都得当爹妈的说了算！

这时，有个邻居匆匆跑上来，要拖我妈去给她病重的婆婆量量身材，好做寿衣。

"做寿衣，可是件大事，你去，"阿有叔拦过话头，转脸去阿有婶，"喂，你去做饭！"他那蒲扇般的大手一挥，事情就决定了。

他肯定是当过船长，要不也是水手长，多干脆利落！我心里真佩服他。这才真正是男子汉大丈夫呢！

妈妈走了以后，阿有婶问他：

"你给阿德找谁做老师？"

"还有谁？当然是顶呱呱的，就是公明嘛！"

"我就知道你要请他，这赌鬼行吗？"阿有婶眉头皱了起来。

"你懂什么？聚龙里是藏龙卧虎之地，什么人没有！公明在圣心中学当过高中老师，是第一流的！"阿有叔大拇指一指，"这是我去请，别人还请不动呢！"

圣心中学我倒知道，确实是澳门第一流的教会学校。不过这个叫公明的老师，怎么又是赌鬼呢？

哈哈，阿有叔真有点意思，要给我找个赌鬼做老师！管它呢，总比关在家里好！

事情就这样定了。

"阿德——"阿有叔在楼下叫我了，该去拜师了，我要好好看看这赌鬼老师是个什么模样！"

"来了——"我向楼下叫了一声，抓起我妈送给老师的见面礼——一斤鸡蛋，两斤香蕉，匆匆地向楼下跑去。

阿有叔领着我出了门，向巷子深处走去，不断有人跟他打招呼。

"大支佬，收了个干崽啊？"一张嬉皮笑脸的大麻脸。

我真恨不得照他鼻梁上来一拳。

"阿有，海鬼没勾掉你的魂啊！我天天盼靓嫂当小寡妇……"

这个更不要脸，但最不要脸的是那些女人。

"阿有，我跟靓嫂讲好了，把你分半个给我。"

"阿有，晚上我等你，没你睡不着啊！"

"阿有，来啊！"

"阿有——"

我羞得脸上发烧，低着头胡乱地走着……

不管人们说什么，阿有叔的回答，总是那瓮声瓮气的三个字：

"丢那妈！"

好在没几步路，就到了巷子的尽头。

"就这楼上"阿有叔拍了我肩头一下。

我抬头一看，这楼比阿有叔和我们住的楼更破烂。楼外的雨淋板破了不少，胡乱地用些长短厚薄不一的木板修补过，活像一件千疮百孔的破衣服，偏偏是个从没拿过针线的男人缝补的，真是丑陋不堪。

"他姓顾，你见了要叫顾老师。"阿有叔叮嘱了一句。

这楼的楼梯在右侧，不用经过楼下的堂屋，就可以直接上楼。楼梯的扶手上厚厚的一层灰，旁边还挂着蜘蛛网，要不是阿有叔带我来，我准认为这里无人居住。

阿有叔一踏上楼阶，楼梯仿佛承受不了这重荷，"吱嘎、吱嘎"直响。我跟在后面，担心楼梯会垮塌下来。

"公明，我给你带学生来了！"阿有叔在门外吼了一声。

这楼和我家住的结构不一样，楼上有个过道，可以看见两间关闭了门的房间。我们是站在靠里面的一间。

"进来吧！"里面有人回答。

其实他答与不答都一样，阿有叔早就推开了房门。

我在阿有叔身后，从他的宽阔的身躯与门框间的缝隙向里看：屋里亮着灯，却没看见人。等进了屋，我才明白大白天亮着灯，是因为屋子里根本没有窗户。屋里的陈设，也大出我的意料之外。整间屋子里到处都是书，靠墙用木板搭的架子上是书，一口破箱上堆的也是书，床头上有两叠书，床前地上直到床边垒起来的，还是书，一张桌子上显然也堆满了书……

人呢？我左看右看，终于发现了桌下有一双脚，我才明白，室内的主人坐在桌前，或者说他是陷在书堆里了。

"公明！"阿有叔一步迈到桌前，向书堆用力一推，喊了一声。

从这桌子的书堆中，冒出一蓬像乱草般的头发。

"坐吧！"主人招呼一声，蓬发又消失了。

坐哪里呢？我看看屋子里似乎没有一张可坐的凳子。再仔细观察一下，有还是有的，不过上面也堆着书。

这简直像是旧书店的临时仓库！

阿有叔也看见凳子了。他不管三七二十一，两只大手从凳子上抱下一大叠书，往他床上一抛，然后把凳子拾过来让我坐。

"阿有叔，你坐。"我忙说，这点礼貌我还是懂的。

阿有叔没搭理我，看了看桌子，用大手一扒，桌上的书"哗啦"地倒地下一大片。

"你……你……"坐在桌子后的人，一下蹦了起来，"你把书都给摔坏了！"

"哈、哈……"阿有叔却一阵大笑。

我这才看清被笑声弄得狼狈地站在那里的顾公明老师！

乱发下是一张极其一般的脸，五官还算端正，但表情呆滞。身上一件圆领带扣的汗衫，被汗浸染得发黄，而且破了两个大窟窿。

"他叫阿德，就是我给你说的那个学生，交给你了！"阿有叔对他说了一句，仿佛一切就功德完满了，一转身，又说了一句："我还有事！"便向外走去。

"走吧！走吧！"顾公明喃喃地说着，又坐了下来。

我坐在凳子上，等待着……

顾公明连看也不看我一眼，只管埋头在一张纸上写着，算着……

大概又有好几分钟过去了，他仍在写着算着，似乎把我给忘却了。

我坐着，却浑身不自在，心里直埋怨阿有叔，怎么给我找了个呆子做老师呢？

他究竟在写什么？我的好奇心又上来了，就像一大群蚂蚁在我身上爬，再也坐不稳了。我挪了挪身子，向桌边靠拢，伸长脖子一看。呵！他面前竟然是一张彩色印刷的番摊纸！别小看了这张练习本一样大小的纸，却是个缩小的番摊赌桌：两边有"大""小"二字分立；中间是全副天九牌，从"么丁"到"天牌"一应俱全；还有点数，从三点到十八点，这是三颗骰子能变化的最小数到最大数。他左手还捏着个东西。我仔细看一下，原来是个小小骰缸！

他摇了三下骰缸，然后揭开看看，嘴里还念念有词，右手却飞快地在一个本子上写了一串数位……

他是在研究赌番摊啊！

看来阿有婶没说错，他真是一个赌鬼啊！

"这不是你要学的！"他的声音是严厉的。

我一怔，然后才意识到他是在说我。

真奇怪，他没抬头，怎么知道我在偷看他的行动呢？

就在他一说，我一怔的功夫，桌上的番摊纸、骰缸，全让他收到抽屉里去了。

他抬起了头，看着我。

我向后挪挪身子，也看着他。

正在这时候，他那双呆滞的眼珠转了转，真是奇迹！一刹那间，他的眼睛起了巨大的变化，仿佛急闪的电光照亮了死沉沉的大海。大海的波涛、水流，层次分明地显露出来了。他的脸变得聪颖而且有几分狡黠。

这是一双我从没见过的眼睛，一双变化多端的眼睛，地层水电阻率而冷酷，宛若一柄利剑，能无情地刺透厚墙。在这样的目光面前是不能撒谎的，他一眼就能把你看穿！

他默默地看着我，我也默默地看着他。他不说话，我也决心不开口，看他怎么办！

他看了我一会儿，突然抓过一张纸，不假思索地，飞快地写了起来。写了一会儿，他将笔往桌上一拍，把靠近我那边桌上的书，往另一边一拨："坐过来，做！"

我不知道他要做什么，但我还是挪近桌边，一看，纸上出了十多个算术题。既有数位元题，也有文字题。

他的字一个个端庄秀气，十分工整。

做就做，我掠了一眼题目，心里有了底，抽出钢笔，开始演算。

我刚做了三道数学题，他指导最后一道文字题：

"做这道！"

这是一道四则混算题，我也很快做完了。

"好吧，你每天上午七点钟来，九点钟回家，两个小时，风雨无阻！"他说完就站了起来。

拜师，就这样拜成了！

我向他鞠了个躬，转身就向外走去。刚走出房门，却险些和一个来人撞了个满怀。抬头一看，是位姑娘。

她穿一件白底小蓝花的上衣，带刘海的烫发下，是一张娟秀的脸。

她神情忧郁地向我点点头，一闪身，向屋里走去。

这不就是住我对面的阿英吗？

我不禁愣了一下。妈妈的话又在我耳边回响："阿英不是个好女人！"

就在我一迟疑间，阿英进了顾老师的房间，而且房门也随即关上了。

她来干什么？我脑子里刚冒出个问号，屋子里传出了对话声：

"你怎么了？"男声，无疑是顾老师在问。

"我受不了啦……"女声，当然是阿英喽，还哭了，啜泣声声入耳。

我赶紧下楼去，堂堂男子大丈夫，怎么能偷听别人的话呢？

回到家里，妈妈听说顾老师答应给我补习功课，多少日子来，第一次露出了笑容。接着我可就倒霉了！听她噜噜嗦嗦讲了半天:什么要用功啊！什么要尊重老师啊……

我左耳朵进右耳朵出，心里想要是我把顾老师研究番摊赌，还和妓女阿英相会告诉她，她不吓晕了才怪呢！

当然，我绝对会对妈妈守口如瓶，保守秘密的！不过顾老师究竟是个怎样的人？简直是个谜！这无疑引起了我极大的兴趣……

三

啊，多迷人的海！

我尽管在澳门住的时日不算太短，也见过海，但那是妈妈牵着我的手，在码头附近散步时所见到的。它并不宽阔，像条混浊的河，而且拥挤着大小船只，甚至有一潭死水的感觉，丝毫没有美感。我渴望着看到"真正的海"，但妈妈不许我离开市区到海滩去。她不止一次说海滩会有鲨鱼，好像鲨鱼会像老虎一样在陆地上奔跑似的。因而今天以前，我只能从安徒生的童话里领略海的风韵。那海是宁静而充满着诗意的柔情，让我感到亲切、迷人……

我现在站在长长的，伸入大海的防波堤的尽头眺望着，眼前的景象却与我在书中所见到的海，迥然不同。

西斜的太阳被阻在一层薄薄的云彩后面，但薄云挡不住它炽热的火焰，反而被烧得通红透亮。映入海中，海水也披上了一层红色的锦缎，轻柔地缓缓地舒展着、抖动着，闪闪发光。

无边无垠的红绒绒而又闪烁着金光的大海啊！

我站立在这大块麻石堆砌而成的防波堤坝上尽头，心里感到了从未体味过的庄严、肃穆……

"阿德哥——"

我转过身来，看见阿香赤着脚，沿着防波堤，从这块石头跳到那块石头向我奔来。她左手拎着鱼篓，右手挥舞着抛线钓竿，边跳跑着边向我喊：

"我又钓了一条'红头三'！"

落日的余晖把她也映红了，额前的刘海随着她的跳动而一掀一掀，两颗乌黑的眸子一闪一闪。在她那红扑扑的面颊上，再配上微微上翘的鼻子，鲜红的嘴唇。卷起的袖管和裤筒，露出藕节般的手臂和腿肚。健康、天真、活泼，美极了。

这才真正是海的女儿呢！我从心底里发出了赞叹。与此同时，我又想起了另一个女孩子，与阿香完全不同的女孩子！

她就是我的同桌，那个渔业大王的女儿严小丽。

她也被称作"海的女儿"呢！

那是在她过"生日"那天。她穿着一身白色的纱裙，背上有一对白得近乎透明的小翅膀，脚上的一双白色的小皮靴，额头上还有一个银光闪闪的头圈，再加上她那双藏在长睫毛里的大眼睛，颇有几分像圣像画里的小天使。可是教我们英文的、长着一副马脸的女老师，却对大家喊着：

"大家欢迎海的女儿啊！"

我一听，真愣住了，这哪像是安徒生童话里的海的女儿呢？大概是那圆桌面般的大蛋糕把她迷昏了头，难怪同学背后都叫她马屁精！

看看阿香吧，这才真正是个海的女儿呢！

"阿德哥，你紧看着我干什么？"阿香站在我面前，仰着脸问。

我脸上一热，支吾着说我怕她摔跤，然后从她鱼篓中抓出那条"红头三"。

"红头三"究竟叫什么鱼，我们不知道，头是红的，呲牙咧嘴，怪难看的。我们之所以叫它"红头三"，是因为澳门当时还有一些印度巡捕，头上缠着红布，对小孩可凶了，所以就给这怪模怪样的鱼，取了这么个名字。

这条鱼可不小，足有一斤多。

"你钓了三条了，我一条还没钓着。"我懊恼地说。

"这条算你钓的，好吗？"阿香真心实意地说。

这可大大地刺激了我的自尊心，堂堂的男子汉大丈夫，还不如个女孩子！我抓过她手中的钓竿，装上了鱼饵，学着那些钓鱼老手那样，从左向右一甩，心想随着钓竿上的小绞车飞快地转动，钓丝会一下成抛物线将，落到两丈开外的海里。可是定睛一看，钓丝还没滑出三尺就落了下来。

再来一次，还是照旧！

我真急了，不管三七二十一，猛甩一下钓竿。这次更糟，钓丝竟从头上转到我身后，把我自己的衣服钩住了。

阿香吓了一跳，忙把鱼钩给我解了出来，还好没钩着肉，要不然那倒刺真够我受的。

我真怕阿香笑话我，但她一句话没说，接过钓竿，轻轻向外一甩，钓丝乖乖地飞了出去，落入水中。

"看着鱼浮，一沉下去，就往上绞。"阿香把钓竿塞回我手中，便转过身子，仿佛向海上眺望着什么。

我心里明白，她是怕我不好意思啊！难怪我妈总说真懂事，特别喜欢她呢！

我家搬到聚龙里已经一个半月了，过去在荷兰园的邻居、学校的同学，我全都没来往了。妈妈与聚龙里的邻居们相处得还不错，其实她心里对这里的人们仍怀有很大的戒心。背着人不知道叮嘱过我多少次，不准我和巷子里的孩子们玩。唯一例外的是对阿有叔一家，可以说是越来越有好感了。最有力的证明是我家那"躺"着的门，近来白天黑夜都不关了，变成了多余的一块板。妈妈甚至还想把它拆下来，做裁衣服的桌子呢！至于对阿香呢？我妈不知道说了多少次，她要有这么个女儿就好了！后来阿有婶听到了，果然要阿香拜她做干妈。妈妈高兴得连夜给阿香做了件新衣服。自此以后，阿香就成了我的小妹，也是聚龙里的孩子中，唯一经过我妈允许与之玩耍的伙伴。

今天要不是阿香说要我和她去公园玩玩，我根本到不了这防波堤上。阿香知道我喜欢海，甚至知道我想长大了当水手呢！除了只读了三年小学，字没我写得好之外，干其他事，阿香几乎样样都比我强。上次，我藉口买毛笔，偷偷和她到海滩上抓过蟹。

"呵，好多蟹啊！"刚踏上海滩，她就高兴地叫了起来。

退潮后的海滩上，海水抛下了不少的贝壳，但蟹呢？我却一只也没看见。

"哪有啊？"我认为她在戏弄我，满心不高兴。

她抿着嘴，向我笑了笑，蹲下来在泥滩上七扒八扒。呵，果真从泥里抓出了一只蟹。

真神了，我什么也看不见，她却接二连三从泥里挖出蟹来。

后来，她告诉我，只要看见泥滩上有小洞，而且洞口冒着气泡的，里面就准有蟹。

我按她的办法，果然也能抓得十不离七八。我真从心里服了……

"快，快！"阿香对我叫着。

糟了，我光顾着想事，把钓鱼忘了，我一看，鱼浮沉下去了，手忙脚乱地摇绞车，结果，还是什么也没钓着。因为我动作慢，鱼咬断了钓丝，连钩也吞食掉了。

"没关系，鱼钩，我多得很。"阿香大概看我垂头丧气的模样，便安慰着我。

难怪妈妈喜欢她，就连我也喜欢她，当然我不会说出口的。喜欢女孩子，那不羞死人啦！

这时，太阳已经被海吞没了一半，天色已变成了暗紫色，该回家了。

阿香把钓竿往后腰上一插，拎着鱼篓；我们俩沿防波堤往回走。

到了海岸上，我却意外地看见每隔几步，就有一个妇女在烧香、磕头，有的还带着小孩。我心里纳闷：这既不过年，又不过节，烧什么香，拜什么佛？便问阿香。

"她们的男人出海去了，求菩萨保佑他们平安回来。我妈也常带我来烧香的。"阿香说完，停下了脚步。回身向大海凝望着。

紫色的晚霞笼罩着海面，刚才我们去过的防波堤的楞楞石块已显现不出了，成了一道暗黑色，而其尽头仿佛已溶入水中……

"爸，该回来了……"阿香自言自语地说。她的语气是渴望中渗透着学生的忧虑与思念……

我本来看着那些女人虔诚膜拜的模样，很想说一句"迷信"，但此时却庆幸没说出来。

"阿宽嫂，多可怜啊！"阿香没转过头，但我感觉到她在对我说。

我的心也在这一刹那间像坠上了铅块，沉甸甸的。我搬到聚龙里的第一夜，就曾被阿宽嫂悲惨的呼喊，吓得整夜不能入睡。后来我才知道阿宽新婚还不到一个月，出海捕鱼，结果是一去不复还了。阿宽嫂听到这噩耗，哭了三天三夜，就疯了。今天阿香一提起，阿宽嫂那披头散发的模样，那哀痛欲绝的呼喊声，又活生生地再现在我的眼前和回响在我耳边。

其实阿宽的悲剧，随时都可能在其他任何一家靠出海维生的人家重演。

有一次阿有叔出海归来，边喝酒边愤愤地嚷叫着："总有一天，我要把渔行老板给宰了。他的良心给狗吃了，一条破船还逼人出海！"那天晚上他又喝醉了，还打了阿有婶。第二天阿有婶见了我妈，边抹眼泪边说："有什么办法呢？他们男人一出海就是拼命，回来心里有气没处发……"

一个半月以来，我知道人世间的事，远比荷兰园三年知道的要多得多！

街灯亮了，但在这黄昏与黑夜相交的昏暗光线下，要不是我想验证一下是否过了下午六点钟，是看不出它那微弱的一小团黄光的。

"快走吧，回去要挨骂了。"我催促着阿香。

正和我并肩而行的阿香反而停下来。

"怎么了？"我问。

"阿德哥，你看——"阿香左手拉住我，右手向前一指。

我循其所指，看见对面人行道上有一个男人匆匆而来。他穿一身皱巴巴的旧西服，西服领还翻起来，头却低着，只能看见一蓬乱麻似的头发。

这是谁？我终于看出来了，是顾公明老师。

他只顾向前走，显然没看见隔着一条马路的我们。

"你看他到哪里？"阿香对我做了个鬼脸，似乎话中有话。

我的好奇心使我转过了身。

哦，原来他是到"海上仙境"去的啊！

"海上仙境"是四个用彩色灯泡围着的大字，准确说是停泊在海边的一条船的大招牌。这条灯火辉煌的船一共有四层，而且雕龙画凤挺华丽的。它既不是本埠的名胜古迹，也不是豪华游艇，而是赫赫有名的水上赌窟。

"我们去看一下他怎么赌的，好吗？"阿香对我说。

我犹豫了一下，回去晚了，准要挨妈妈的骂，但我又按不住好奇心。

"准我们进去吗？"我看了一眼这条豪华的"船"，有点胆怯。

"能进去！"边说边拉着我，向那里走去。

阿有姊是个老实人，她说顾老师是赌鬼，总是有几分道理的。可是自从我拜师那天看见顾老师摆弄骰缸和番摊纸之后，每次去补习功课，再没发现他跟"赌"有什么关系。他的课讲得好极了，圣彼得小学的老师，给我上过课的，没有一个比得上他。枯燥无味的数位，到了他的嘴里就变得有意思了。算术课本上有个鸡兔同笼的习题。他一看就火了。

"呸，什么鸡兔同笼？谁愚蠢到把鸡关在兔笼里？改一改，十二个日本鬼子养了七条狼狗，一共有多少条腿？"说完却笑了起来，又说，"一样的货……一样的货！"

我听着，便把我在广州沦陷后，亲眼看见日本士兵在大街上放狗咬人的事讲给他听。他不笑了，眼睛里闪着怒火。

"唔……我没说错……一样的货，都是畜生！"

说真的，听他的课，真比看"大戏"还要过瘾些。每天在他那里两个小时，我总觉得过得太快了。

他的书多极了！这是我第一天踏进他的房间就留下极深印象的。随着我去补习的日子长了，发现他的书真有点包罗万象。天文、地理、物理、化学、历史、数学……尤其吸引我的是有不少中外小说。

有一天，他突然问我是否喜欢看小说，我作了肯定的回答。他又接着问我现在正在看什么小说。

"《粉妆楼》。"我如实地回答了，这是我从巷口小书摊上租来的。

谁知他一听，马上眯起眼睛看着我，眉头也皱了起来，神色变得异常冷峻，过了好一会儿，带着讥讽的口吻说：

"胡奎卖人头，哼！"他眼一瞪，"你怎么看这些乌七八糟的东西？"

开始我看他那样子，倒有几分畏惧，听他这么一说，我反而不服气了。既然你知道胡奎卖人头，说明你也看过，为什么我就不能看呢？

"你也看过的嘛！"我没好气地说。

他愕然了，想了想又问：

"你是从小书摊那里租的吧？还看了什么？"

我一赌气，说了一大串，什么《七剑十三侠》、《鸳鸯剑》、《火烧红莲寺》……

他听着听着，突然一拍桌子：

"够了！够了！"他把我拉到书架前，从里面抽出一本，在我手上一放，"你应该看这些书。"

我一看，是《苦儿流浪记》。

自此以后，我就从他那儿借书看。说也奇怪，没过多久，我对那口吐飞剑、袖手一镖的侠客小说就不感兴趣了。

补习了一个月，连妈妈都夸奖我大有长进，还特地用砂煲炖了一只鸡，叫我送给顾老师吃。现在谁要说他是个赌鬼，哪是阿婵说的，我也再不会相信了。如果是跟我差不多年龄的人说，我非跟他动拳头不可。

可是，眼前的事，该怎么说呢？什么"海上仙境"，连我都知道这是个赌窟，顾老师从这扇门进去干什么？不是明摆着的吗？

眼见为实，我非进去看看不可！

边想边走，我和阿香上了船。

"阿香，你来了！"一个穿着一身白制服的小仆役跟阿香打了个招呼。

这仆役和我的年龄差不多，全身整洁得活像一枚控得锃亮的铜板，但那颗脑袋似乎大得不合比例，再加上一个圆鼻子，一张蛤蟆大嘴，形成一副滑稽极了的模样，使马上联想到马戏团里的小丑。

阿香也不答话，对他做了个鬼脸，把鱼篓往他手上一塞，拉着我就往里闯。

难怪阿香说能进，原来是有熟人。

我和阿香刚跨进门，后面就传来了怪声怪调的俏皮话：

"老婆拉老公，老公变虾公。倒了洗脚水，床板跪出窿（洞）。阴功唔阴功？"

我一听，脸一发热，把阿香拉着的手挣脱了，转身就想找他打架。

"鬼西崽！"阿香骂了他一句，又拉住我，"阿德哥，他喜欢开玩笑，别生气，他是我的老邻居阿洪。"

我虽然停住了，但还是气呼呼的。

阿洪却晃着大脑袋，咧着一张嘴，向我伸出了手："我们交个朋友吧！"

他的一双乌黑发亮的眼睛里，充满着真诚。这一来，我反而不好意思了，只好和他握握手。

"欢迎大驾光临！"突然他来了个立正，接着一躬腰，而头却看着我直眨眼睛。

我忍不住哈哈大笑起来。

"喂，领班来了！"他眼珠一转，小声说了一句，甩下我们又笔直地站到门口，迎送赌客。果然一个穿着白制服的大个子仆役，正向这边走来。

真是个机灵鬼啊！

阿香忙拉我一下，示意我赶紧走。我俩便赶快溜进了赌厅。

赌厅没有改变客舱的格局，还保留着一间间客房，不同的是房门上都挂着彩色的珠帘。从珠帘内传出牌甩在桌上的"噼啪"声、赌徒们的吆喝声、女人的嬉笑声，嘈杂不堪。

"这一层是推牌儿的，他不在这里！"阿香挺内行似地说了一句，拉着我径直上到了四楼。

四楼的赌厅与楼下就大不相同了。在明亮的灯光下，排开了八张比乒乓球桌还要大的赌桌。赌桌的四周，有三方都挤满了坐着或站着的赌客，而另一方则有一个涂脂抹粉，面目姣好，身穿咖啡色西服的摩登女郎坐在高凳上。她面前的桌面上稳稳地放着一具骰缸，紫檀木的缸罩扣在底座上，严丝密缝。她身旁左右各站着一个身穿白色制服的"荷官"，各自拿着一根又细又长的小木棍。

摩登女郎捧起骰缸，一上一下反复摇了三次，然后仍郑重地放到台面上。赌客便纷纷往台面上的"大"或"小"天九牌的点数上下赌注。经过一阵喧嚷，赌客们的赌注押定了。摩登女郎的手往骰缸罩上一放，随即响起了一阵连续不断的电铃声。顿时，赌客们一个个伸长颈脖，屏息凝神，目光都盯在骰缸上。整张赌桌充满着紧张的气氛。摩登女郎不紧不慢略一环视，一双涂着红指甲油的手轻轻将骰缸罩捧起，端开，露出了玻璃罩内的三颗骰子。

"一、三、四，八点小……"摩登女郎用清亮娇柔的声音唱出了点数，接着唱出的天九牌的花色却让赌客们的欢呼声、咒骂声、叹息声组成的噪音给淹没了。

两个"荷官"忙着给赢家赔钱后，便手脚利落地用木棍在赌桌上一扫，所有输家的钱钞便落在他俩的小簸箕里去了。

这前后几分钟光景，人们的喜怒哀乐表现得如此露骨，简直是赤裸裸的、极度的、带着兽性的疯狂。我的心在颤栗着，油然而生的是一种莫名的恐惧……

第二局又开始了，我没心看这刺激神经的场面，目光在四下里寻找顾公明，想看看这既是我的老师又是赌徒的他。

"他在那里！"阿香轻轻地说，还拉了拉我的衣角。

还是阿香眼尖，在赌厅的一个角落，顾公明果然坐在那里。

我俩悄悄地绕到他的左侧的一根大柱子后。我们能看到他，他却无法看到我们。

他所在的赌桌的赌客们正在纷纷向自己的目标押下赌注。奇怪的是他却稳坐泰山，一动不动，仿佛视而不见，听而不闻地凝神思索着什么……

骰缸揭开了，赌徒们自然又骚动一番，唯一例外的是他。他默默地低着头，在一个小本子上写着、写着……

更令我纳闷的，是他一连四局都是这样，似乎周围发生的一切都与他无关。只有骰缸揭开的一刹那，他的目光闪了闪，然后又是写啊，写啊……

至于他的表情——严格讲简直不能用表情这个词，因为他脸上毫无表示。

真是个怪人，既然不赌，坐在这里干什么呢？

"我偷看过几次，他每次都这样。"阿香好像看出了我的心事，但她也弄不明白这其中有什么奥妙。

"再看一会儿吧！"我下决心要看他下赌注，并要看他是赢是输。结果，我失望了，又一连三局，他还是依然如故。

我和阿香都没兴趣看下去了，悄悄地下了楼，向阿洪告别了一声，离开了这"海上仙境"。

到了街上，我俩才发现天已全黑了，看了看店铺里的大挂钟，呵，八点多钟了！糟了，这顿骂是逃不了！

我俩飞快地向聚龙里跑去，刚到巷口，就看见妈妈和阿有婶都站在那里等着呢！

接着怎么样？我不说，你们猜得着的。我被妈妈骂得个一佛出世、二佛升天。阿香就更倒霉了！阿有婶打了她一顿，说她不该带着我乱跑，还这么晚才回来。不过我们俩谁都没有泄露秘密，既没说我们到了防波堤上钓鱼，更没说到了赌场去"侦察"顾老师。两人都一口咬定说是在公园里玩，后来在街上看耍把戏看迷了。

至于鱼篓和钓竿呢？阿香想得可周到了，她交给了阿洪保管，根本就没带回家。

第二天，阿香把鱼篓、钓竿取回来了，但鱼却让阿洪给吃掉了。最令人哭笑不得的，是阿洪在鱼篓里留了一张纸条，上面用铅笔歪歪斜斜地写着：

你穷我也空，
你空我也穷。
留个臭鱼头，
给你祭祖宗。

鱼篓里还真有个臭鱼头呢！

我和阿香气得直骂，骂了一阵，突然阿香笑了起来。我一愣，马上想起阿洪那滑稽模样，也不禁笑了起来。

阿洪这样的人，你是没法跟他生气的！